KB110772

알기 쉽게 풀어 쓴

신곡

알기 쉽게
풀어 쓴

신곡

초판 1쇄 발행 | 2020년 7월 25일
6쇄 발행 | 2024년 8월 20일

지은이 | 단테 알리기에리
편역자 | 이종권
펴낸이 | 김형호
편집 책임 | 조종순
펴낸곳 | 아름다운날
출판 등록 | 1999년 11월 22일

주소 | (05220) 서울시 강동구 아리수로 72길 66-19
전화 | 02) 3142-8420
팩스 | 02) 3143-4154
이메일 | arumbooks@gmail.com
ISBN | 979-11-86809-92-1 (03880)

알기 쉽게 풀어 쓴

신곡

단테 알리기에리 지음

이종권 편역 | 귀스타프 도레 그림

아름다운날

차례

지옥편

연옥편

천국편

지옥편

제1곡

숲 속의 방황과 베르길리우스

내가 인생의 덧없음을 느끼고 앞이 보이지 않는 어두운 숲 속에 빠져 헤매게 된 것은 이제 막 인생 나그넷길 반 고비를 넘어가던 때[1]의 일이었다.

주위는 온통 어둠에 휩싸여 있었다. 어디가 어딘지 모를 캄캄한 숲 속의 골짜기였다. 목이 몹시 말랐고 몸은 천근만근 무거웠다. 아, 도대체 여기가 어디란 말인가. 내가 왜 이 숲 속에서 헤매고 있단 말인가.

---

1) 단테는 인생의 길이를 70년으로 보았는데, 1265년에 태어난 그가 인생의 절반 나이인 서른다섯 살이 되는 해는 1300년이다.

갑자기 공포심이 밀려들면서 지난 내 인생이 주마등처럼 스쳐 지나갔다. 나는 신의 부름에 제대로 순응하며 살아왔던가. 자신 있게 그렇다고 대답할 수는 없었다. 그렇다면 내가 지금 이 숲 속에서 헤매는 것은 신의 뜻이란 말인가.

나는 도대체 길을 찾을 수가 없었다. 물러설 수도 나아갈 수도 없는 진퇴양난에 빠져 있을 때 구원처럼 가느다란 한 줄기 빛이 보였다. 나는 그 빛을 따라 어두운 숲 속을 뚫고 비틀거리며 언덕을 향해 겨우 발걸음을 옮겼다. 그제야 비로소 혼미했던 정신이 안정되면서 어슴푸레하게 시야가 트였고 뭔가 보이기 시작했다. 나는 잠시 안도의 한숨을 내쉬었다.

그러나 그것도 잠시 내가 언덕의 고갯마루를 향해 발걸음을 재촉하자마자 눈앞에 얼룩무늬 표범[2] 한 마리가 길을 가로막고 포효했다. 나는 본능적으로 공포에 떨며 멈칫하며 물러섰다.

내가 그렇게 두려움과 번민에 빠져 있는 사이 태양이 서서히 떠오르고 있었다. 돌아보니 지나온 길이 저만큼 어둠 속에 묻혀 가고 있었다. 표범은 여전히 내 앞길을 가로막고 있었다. 그러나 처음과는 달리 두려움이 점차 사라질 즈음, 이번엔 설상가상으로 황금빛 갈기를 휘날리며 굶주린 사자가 나타나 금방이라도

---

[2] 표범은 '음란'을 상징하는 동물이다. 이어서 나오는 사자는 '오만', 암늑대는 '탐욕'을 상징한다. 이 세 가지 속성은 사람들을 죄악의 길로 이끄는 요인들이다.

나를 잡아먹을 듯이 허연 송곳니를 내보이며 포효했다. 그 소리가 얼마나 우렁차던지 숲 속의 공기까지 파르르 떨리는 것 같았다. 그리고 숨을 쉴 겨를도 없이 뒤이어 비루먹은 말라깽이 암늑대가 나타나 호시탐탐 나를 노려보며 기회를 엿보았다.

나는 발걸음을 멈추고 비탄의 구렁텅이에 털썩 주저앉고 말았다. 아마도 절망적인 공포심 때문이었을 것이다. 저 언덕의 고갯마루에 도착하기는커녕 이제는 목숨을 부지할 수조차 없을 것이라는 극한의 위기감에 넋을 놓아 버렸는지도 몰랐다. 그런 상태로 얼마나 시간이 흘러갔는지 모른다.

내가 다시 어렴풋이 정신을 차리고 보니 어딘가에서 목소리가 들려왔다.

"그대는 여기서 무얼 하고 있는가. 무엇이 두려워 저 언덕을 향해 나아가지 못하고 주저앉아 비탄에 넋을 놓고 있는가?"

나는 깜짝 놀라 주위를 둘러보았다. 이 무인지경의 숲 속에서 누군가를 만나다니, 감히 상상도 할 수 없는 일이 일어나고 있었다. 아무려면 어떻겠는가. 나는 지푸라기라도 잡는 심정으로 그 목소리에 응답했다.

"당신은 대체 누구십니까? 아니, 누구라도 상관없습니다. 당신이 사람이든 귀신이든 나를 살려줄 수만 있다면 말이지요."

내가 간청하듯이 말을 마치자 곧바로 그 목소리가 분명하게 들려왔다.

"물론 나도 전에는 분명 자네와 같은 사람이었지. 지금은 아니지만 말일세. 난 이탈리아 반도의 유서 깊은 도시 만토바에서 태어났다네. 역사의 한 페이지를 장식하는 율리우스 카이사르의 말년이었지. 그리고 그 뒤를 잇는 현자 아우구스투스 황제 치세에 로마에서 살았다네. 아주 먼 옛날의 얘기지. 그때 나는 시인으로 트로이에서 온 안키세스[3]의 영웅적인 아들을 기리는 찬가를 쓰기도 했었지."

"아니, 그렇다면 지금 내 앞에 있는 당신은 넓디넓은 언어의 강물을 흘려보내신 그 베르길리우스란 말입니까?"

"그렇다네. 내가 바로 베르길리우스라네."

나는 깜짝 놀랐다. 사실 베르길리우스는 내 문학의 영원한 스승이었다. 나는 오래전부터 그를 마음속으로 사숙해 온 터였다. 왜 그렇지 않겠는가. 자신의 손으로 한 줄의 시를 써 본 자라면 어찌 베르길리우스를 모를 수 있겠는가. 그 이름만으로도 그는 이미 불멸의 시인이었다. 그에게서 쏟아진 주옥 같은 시편들은 우리의 고결한 자산이며 나를 비롯한 후세 시인들의 영감의 원천이었으니 내가 어찌 감읍하지 않을 수 있었겠는가. 나는 눈앞에 서 있는 베르길리우스를 보며 조금 전의 절망적인 공포심도

---

3) 트로이의 왕자로 여신 비너스와 사랑에 빠져 아이네이아스를 낳았다. 아이네이아스는 베르길리우스가 쓴 장편 서사시 『아이네이스』의 주인공으로 로마 건국의 시조로 그려진다.

잠시 잊고 말았다.

그러나 곧 나를 호시탐탐 노리고 있는 짐승들로부터 벗어나지 않으면 목숨을 부지할 수 없다는 절박한 생존 본능이 나로 하여금 구원의 손길을 뻗치게 하였다.

"오, 스승 베르길리우스님이여. 저는 지금 사나운 짐승들에게 쫓기고 있습니다. 이 고난으로부터 부디 저를 구원해 주시기를. 지금 제 심장은 떨고 있으며, 피는 싸늘하게 식어가고 있습니다. 제 스스로 이 어두운 숲 속과 저 짐승들로부터 벗어날 수가 없으니 제발 저를 구원해 주시기를……."

그때 베르길리우스의 인자한 목소리가 다시 내 귓전을 울렸다.

"내가 지금부터 그대를 인도하리라. 그대는 다시 저 세속의 진흙탕 속으로 돌아갈 수 없으니, 나를 따르라. 저 사나운 짐승들의 무지막지한 발톱과 이빨로부터 그대를 구출해 영원한 곳으로 인도할 것이니라. 물론 그대가 진정으로 저 언덕을 오르기를 원한다면 말이지. 그대가 나를 따른다면 제일 먼저 지옥의 처참한 모습을 볼 게야. 그곳에서 고통과 비탄의 구렁텅이에서 신음하는 망령들이 다시 죽음을 갈구하는 목불인견의 광경을 보게 되겠지. 그다음 지경에서는 뜨거운 불길 속에서도 때가 되면 축복받은 사람들[4]에게로 갈 수 있다는 희망으로 하루하루

---

4) 천국의 영혼들.

를 속죄하며 지내는 영혼들[5]을 보게 될 거네. 내가 자네를 인도하는 것은 여기까지야. 나는 천국으로 들어갈 수가 없는 운명이거든. 물론 그게 내 잘못은 아니지만 말일세. 그렇다고 미리 절망하진 말게나. 그다음에는 더없이 맑고 순수한 영혼[6]이 나타나 그대의 손을 잡아 줄 테니까. 그녀는 기꺼이 영원한 축복과 기쁨으로 충만한 천국으로 자네를 인도할 게야."

베르길리우스의 말을 듣고 있자니, 어느새 두 눈에 눈물이 맺혔다. 그저 가슴이 벅차올라 감읍할 따름이었다. 왜 그렇지 않았겠는가. 나는 조심스럽게 다가가 스승의 손을 잡았다. 그리고 그 손의 온기를 담아 말했다.

"스승이시여, 부디 당신께서 말씀하신 대로 저를 이 고난의 골짜기에서 벗어나게 해주시기를. 당신께서 너무 일찍 태어나 미처 그 존재를 알지 못했던 하느님의 이름으로 간청합니다. 저를 이곳에서 구출해 지옥과 연옥을 볼 수 있도록 해주시기를. 그리고 제가 천국의 문 앞에서 고결한 영혼을 만날 수 있도록 해주시기를 바라옵고 또 바라옵니다."

그제야 베르길리우스는 잡았던 손을 놓고 아주 천천히 움직이기 시작했고, 나는 그 뒤를 따랐다.

---

5) 연옥의 영혼들.
6) 베아트리체.

나를 구원한 천국의 여인들

어느덧 날이 저물고 어둠과 함께 저녁 안개가 부옇게 몰려왔다. 참으로 내 인생에서 가장 길었고 가장 극적인 하루였다. 나는 묵묵히 스승의 뒤를 따라 걸었다.

한참을 그렇게 걷다 보니 문득 하나의 의문이 떠올랐다. '내가 과연 스승의 뒤를 잘 따라갈 수 있을까.' 마음의 준비가 되어 있지 않았다. 그래서 내게 그만한 능력이나 자격이 있는지 스승에게 여쭙지 않을 수가 없었다.

"크나큰 은총으로 저를 인도해 주시는 스승이시여, 지금 생각하니 제가 너무 감읍한 나머지 경솔했던 게 아닌지 의심스럽습니다. 스승님이 보시기에 제가 당신께서 인도하시는 그 험한 여정을 감당할 수 있다고 보시는지요. 저는 당신께서 생전에 빛나는 시로 노래했던 아이네이아스나 바울처럼 용감무쌍하거나 출중한 능력을 구비하지 못한 지극히 평범한 존재일 뿐입니다. 그런 저를 누가 믿어 주겠는지요. 그저 두렵기만 합니다. 자칫 손가락질이나 받지 않을까 걱정도 되고 말이지요. 스승이시여, 이런 제 걱정과 두려움이 한낱 기우에 지나지 않는 것입니까? 스승님께서 말씀해 주십시오."

그러자 스승 베르길리우스는 그런 내 마음을 다 안다는 듯 고개를 끄덕이며 말했다.

"물론 자네 입장에선 그런 생각을 할 수도 있겠지. 그러나 미리 겁을 먹을 필요는 없네. 지레 겁을 먹고 발걸음을 멈춘다면 그건 어리석은 자야. 마치 제 그림자를 보고 놀라는 것과 마찬가지로 아둔한 짓이지. 모험에는 고난이 따르는 법이라네. 그게 자네가 살아온 저 세상의 진리가 아니던가. 여기서도 그 진리는 마찬가지라네. 그러니 미리 걱정하고 두려움에 몸을 움츠리지 말게나. 그건 부질없는 짓이거든. 자넨 이제 담대해져야 하네."

베르길리우스는 스승답게 인자한 말투로 위로하시면서 왜 자신이 나를 위한 인도자가 되었는지 저간의 사정을 말하기 시작했다. 스승께서는 아직 하느님이 이 세상에 출현[7]하기 훨씬 전

---

7) 예수의 탄생.

에 태어나셨기 때문에 세례를 받을 수 없었음은 물론이고 죽어서도 지옥도 천국도 아닌 림보라는 곳에 머물고 계셨다. 그러니까 림보에는 하느님이 태어나기 진에 생을 마친 영혼들이 머무는 곳인데, 어느 날 스승께서는 당신을 부르는 여인의 목소리를 듣게 되었다.

"우리의 영원한 시성 베르길리우스여, 당신의 위대한 시편은 아직도 세상에서 많은 사람들의 입에서 회자되고 있고, 그 명성은 꺼지지 않는 불꽃처럼 언제까지나 영원할 것입니다."

하느님의 은총을 받아 고결한 천사의 모습으로 빛나는 여인은 간절하게 말했다.

"찬란한 불멸의 시인 베르길리우스여, 나는 당신에게 부탁을 하고자 이렇게 찾아왔습니다. 한때 내 소중한 벗이었던 사람이 지금 무인지경의 어두운 골짜기 숲 속에서 사나운 짐승들에게 쫓기며 방황하고 있습니다. 한마디로 절체절명의 위기에 처해 있지요. 그는 공포와 비탄과 절망에 빠져 왔던 길을 되돌아가려고 합니다. 내가 천국에서 보니 그는 아주 위험한 운명의 구렁텅이에서 헤어나지 못하고 있었습니다. 내가 이렇게 급히 달려왔지만 너무 늦은 건 아닌지 두렵습니다. 그러니 원컨대 위대한 시인 베르길리우스여, 부디 내 소중한 벗을 위기에서 구출하여 저에게 위안을 베풀어 주시기를. 그 은공은 잊지 않을 것입니다. 내가 다시 천국의 하느님 앞으로 돌아간다면 당신께서 이번에

행한 일들에 대해 말씀드릴 것입니다."

여인은 이렇게 말하면서 눈물이 그렁그렁한 눈으로 먼 허공을 바라보았다고 했다. 결국 그녀, 베아트리체는 자신의 연인이자 소중한 벗이었던 나를 구원하기 위해 스승 베르길리우스를 찾아왔던 것이다. 물론 그 이전에 하늘에 계시는 친절하신 여인[8])께서 위기에 처한 나를 발견하시고는 성녀 루치아를 불러 베아트리체를 찾아가게 했고, 그런 연유로 베아트리체는 베르길리우스를 찾아와 간청을 했다는 이야기였다.

스승께서는 이렇게 세세하게 당신께서 나를 인도하게 된 저간의 사정을 말하시면서 내게 용기를 북돋우려는 듯 다시 힘차게 말을 이어갔다.

"내 얘기를 들었으면 알 테지만 자넨 아무 걱정할 것이 없다네. 천국에서 자네 처지를 염려하고 구원하기 위해 세 여인이 신경을 쓰고 있으니까 말일세. 그러니 어찌 두려움에 떨며 주저하고 있겠는가. 담대하게 나를 따라오면 되지 않겠는가."

스승의 말을 들으니 지금까지의 내 모습이 부끄러워 몸 둘 바를 모를 지경이었지만, 한편으로는 용기가 났다. 그렇다. 베아트리체가 있고, 그 뒤에 성녀 루치아와 성모 마리아께서 나를 돌보고 계신데, 무얼 더 망설이고 주저하며 걱정할 게 있겠는가.

---

8) 성모 마리아.

"스승님, 당신의 은혜에 감사합니다. 당신의 말씀을 들으니 저는 이제 걱정할 게 하나도 없음을 알겠습니다. 저는 기꺼이 당신의 인도를 따를 것입니다. 이제 용기가 나고 움츠렸던 어깨가 쫙 펴지며 의지가 샘솟고 있습니다. 스승님, 이제 출발하시지요."

내 말이 끝나자마자 기다렸다는 듯이 스승 베르길리우스는 활기차게 걸음을 옮기기 시작했다. 스승의 인도를 따라가는 내 앞에는 과연 어떤 운명이 기다리고 있을 것인가. 첫 여정으로 지옥을 향해 가는 내 심장은 벌써부터 미지의 도전과 모험 앞에서 쿵쾅거리기 시작했다.

제3곡

지옥문을 지나 아케론 강을 건너다

마침내 스승과 나는 지옥문 앞에 이르렀다. 보기만 해도 겁에 질릴 정도로 기괴하고 음산하기 짝이 없는 거대한 지옥문 위에는 앞으로의 험로를 예고하듯 다음과 같은 시구가 우리를 환영하고 있었다. 아니, 저주하고 있었는지도 몰랐다.

〈여기 문이 있나니, 이 문은 고통의 환란으로 들어가는 문, 영원한 고통이 기다리는 문, 이 문은 지존이신 하느님이 공의로운 힘과 지혜로 만드신 문이니, 이 세상이 끝날 때까지 영원히 남을 것이니라. 한 번 이 문으로 들어온 자는, 그가 누구든지 빠져나갈 수 없나니 희망일랑은 버릴지어다.〉

나는 이 섬뜩한 시구를 읽고는 한 줄기 서늘한 바람이 등골을 훑고 지나가는 것처럼 두려움에 온몸을 떨었다. 스승 베르길 리우스가 내 손을 잡아주지 않았더라면 나는 한참을 그렇게 떨 고 있었을 것이다. 과연 지옥문답게 을씨년스러웠고 가슴 저 깊 은 곳에서 무시무시한 공포감이 밀려와 전율을 느꼈다. 그런 내 심정을 아시는지 스승은 잡은 손에 힘을 주어 나를 안심시켰다. 그러고는 아무렇지도 않게 말했다.

"자자, 여기서 지체할 수는 없네. 갈 길이 멀거든. 이제 믿음을 잃어버리고 고통과 환란에 빠진 망령의 무리들을 보러 가세나."

나는 스승의 뒤를 따라 어둠이 아가리를 한껏 벌리고 있는 동 굴의 초입으로 걸음을 옮기기 시작했다. 그런데 그때, 초입으로 발걸음을 떼자마자 사방에서 가공할 만한 탄식과 비명과 울부 짖음이 울려 퍼졌다. 뭐라 설명하기 어려운 기괴한 광경에 나는 금세 겁을 먹었다. 어디가 어딘지 도무지 분간할 수 없는 어둠 속에서 회오리바람처럼 귓전을 파고드는 온갖 귀곡성은 정말이 지 무시무시했다. 그 소리들은 동굴 같은 어둠의 허공에서 광란 의 소용돌이를 일으키고 있었다. 나는 그만 머리를 감싸쥐고 눈 물을 떨어뜨리면서 스승님께 물었다.

"스승님, 제가 지금 보고 듣고 있는 것은 대체 무엇입니까? 또 끝없이 고통의 비명을 내지르는 저 인간들은 대체 무슨 죄를 지 었기에 저토록 참담하게 울부짖고 있는 것입니까?"

"참으로 한심한 영혼들이지. 저자들의 꼬락서니를 잘 봐두게

나. 자신의 인생을 치욕도 명예도 모르고 살아온 자들의 모습이니까 말일세. 무위도식하며 인생을 소비한 자들이지. 저들 중에는 신의 의지와 상관없이 오로지 자신의 욕망을 충족하는 것으로 일생을 보낸 천사들도 있다네. 타락한 천사들이지. 참으로 안타까운 일이지만 어쩌겠는가. 하느님은 저들을 천국에서 쫓아냈다네. 천국이 더럽혀질까 봐 그랬던 것이지. 그러나 저들은 이 지옥에 떨어져서도 일말의 회개나 반성도 없이 빈둥거리고 있다네."

스승은 한숨을 내쉬며 말했다. 아마도 스승께서는 저들의 영혼이 가여운 나머지 일말의 연민을 느끼고 있는 것처럼 보였다.

"스승님, 저들은 특별하게 악행을 저지른 것도 아닌데 왜 저토록 고통을 당해야만 하는 것입니까? 전 이해가 되지 않습니다. 대체 저들을 괴롭히고 있는 것은 무엇인가요?"

"자네에겐 잘 이해가 안 되겠지만 저들은 죽었어도 죽은 게 아니라네. 오히려 저들은 죽기를 간절히 바라고 있지. 물론 육신의 죽음은 이루어졌지만 영혼은 살아 있는 거야. 말하자면 산 것도 죽은 것도 아니라는 말일세. 그러니까 고통스러울 수밖에 없지 않겠나. 죽고 싶어도 죽을 수 없는, 아니 죽음조차 허락되지 않는 고통이 저들로 하여금 저렇게 비탄의 울부짖음을 쏟아내게 한다네. 자, 여기선 이만하면 됐으니 다시 길을 떠나세."

스승의 뒤를 따라 길을 나섰을 때, 저 멀리 깃발을 앞세우고 걸어가는 한 무리의 행렬이 모습을 나타냈다. 그들은 빠르게 우리 앞을 지나쳤다. 끔찍한 죽음의 행렬이었다. 그 속에는 내가 아는 낯익은 얼굴도 하나 있어 하마터면 깜짝 놀라 소리를 지를 뻔했다. 큰일 앞에서 비겁했던 이[9]였다.

그들은 발가벗겨진 알몸의 형상을 하고 있었는데, 그들을 쫓아오는 수만 마리의 벌떼들에게 쏘여 피를 흘리고 있었다. 얼굴은 물론 온몸은 벌겋게 물이 들었고 고통으로 일그러진 얼굴에서는 연신 피눈물이 흘러내리고 있었다. 참으로 끔찍하고 처참하기 짝이 없는 몰골들이었다.

나는 외면하고 싶어 애써 눈을 돌렸다. 그때 내 눈앞에 시퍼런 강물이 굽이치는 것이 보였다. 스승은 그 강이 지옥을 가로질러 흐르는 아케론 강이라고 일러주셨다. 우리는 강가로 다가갔다. 이미 강가에는 많은 사람들이 나와 웅성거리고 있었다. 아마도 강을 건너려고 무언가를 기다리고 있는 모습이었다. 내가 스승님께 물었다.

"스승님, 대체 저 사람들은 누구이며, 왜 강을 건너려고 하는 것입니까?"

그러나 스승님은 아무 말씀이 없었다. 조금 있으면 자연히 알

---

9) 구체적으로 누구를 가리키는지는 불분명하다. 일반적으로는 1294년에 교황 첼리스트노 5세로 선출되었으나 5개월 만에 스스로 자리에서 물러난 피에르 다 모로네를 가리킨다고 보는 견해가 우세하다.

게 될 테니 가만히 기다려 보자는 투였다. 나는 성급하게 나댄 것이 공연히 무안해져서 고개를 떨어뜨렸다. 스승님의 심기를 건드린 것은 아닌지 걱정이 들었던 것이다. 나는 매번 궁금증을 참지 못하고 조급하게 스승님을 괴롭혔던 게 아닌지 반성하는 마음으로 입을 다물고 스승님의 뒤를 따랐다.

그때였다. 강 저편에서 머리가 하얗게 센 뱃사공[10]이 힘차게 노를 저으며 다가오고 있었다. 그는 노익장을 과시라도 하듯 산발한 은빛 머리칼을 휘날리며 강변에 모여 있던 사람들에게 천둥 같은 목소리로 외쳐대는 것이었다.

"이놈들아, 저주받은 악마의 망령들아! 너희들에게는 남은 것은 하느님의 벼락뿐이니라. 곧 재앙의 불벼락이 시작되리라. 다시 너희들이 하늘을 보는 일은 없을 터이니 꿈일랑 깨는 게 좋을 것이니라. 이제 내가 너희들을 강 건너 어둠의 불길이 활활 타오르는 지옥 속으로 데려가리라. 이놈들아, 단단히 각오를 해야 할 것이다."

한바탕 사자후를 토해낸 뱃사공은 강변에 배를 대고 공포에 질려 부들부들 떨고 있는 망령들을 무섭게 쏘아보았다. 노인의 눈에서는 시퍼런 불꽃이 타오르는 듯했다. 그는 어깨에 노를 둘

---

10) 카론. 그리스 신화에서 어둠의 신 에레보스와 밤의 여신 닉스 사이에서 태어난 인물로, 죽은 자들을 배에 태워 저승 세계로 인도한다.

러메고 한 명씩 배에 오르도록 명령했다. 두려움에 멈칫거리거나 뒤로 내빼려는 자가 보이면 노를 들어 사정없이 등짝을 후려쳤다. 마침내 우리 차례가 되어 스승님과 내가 뱃전에 다가가자 나를 보고 다짜고짜 소리쳤다.

"너는 웬 놈이냐? 네놈은 내가 이곳에서 한 번도 본 적이 없는 살아 있는 영혼이 아니더냐. 여기는 네놈이 있을 곳이 아니란 걸 몰랐더란 말이냐. 이 배에는 죽은 자의 영혼만이 탈 수 있거늘 왜 여기서 어물쩍거리는 것이냐? 어서 썩 물러가지 못할까."

내가 노인의 호통에 놀라 멈칫거리자 스승님이 나서서 타이르듯 말씀하셨다.

"이보시오, 아케론 강의 뱃사공 카론이여, 내 일찍이 그대의 악명은 잘 알고 있소이다. 그러나 그렇게 버럭 성질부터 내지 말고 내 말을 좀 들어본 다음에 성질을 내도 늦지는 않을 것이오. 이 사람은 그대의 말대로 살아 있는 영혼이 맞소. 하지만 이 사람은 하느님의 부르심을 받고 지옥의 여행자로 이곳에 온 거요. 나는 이 사람을 인도하라는 하느님의 명령을 받은 베르길리우스라고 하오. 자! 카론이여, 이만하면 충분히 납득하셨을 테니 우리가 배에 올라도 되겠소?"

그제야 카론은 입을 다물고 순한 양처럼 물러섰다. 하지만 그것도 잠시, 카론은 배에 올라탄 저주받은 망령들을 한번 휘둘러 보더니 다시 얼굴을 일그러뜨리면서 분노의 감정을 나타냈다.

그 모습에 배 안의 망령들은 다시 겁을 집어먹고 부들부들 떨면서 탄식과 비명을 쏟아냈다. 그렇게 한바탕 소란을 겪고 나서 카론은 배를 저어 강을 건너기 시작했다.

아케론 강은 피처럼 붉은 빛이었다. 아니, 검붉은 빛이었다. 악취가 진동했다. 파도가 치듯 물살은 높이 굽이치고 그때마다 배는 심하게 요동쳤다. 여기저기서 배의 난간을 잡고 있던 망령들은 토악질을 하면서 울부짖고 통곡했다.

그들이 건너편에 내리기도 전에 이편에서는 벌써 새로 도착한 망령의 무리들이 웅성거리며 서성대기 시작했다. 이들이 왜 그렇게 강변으로 모여들어 서둘러 아케론 강의 나룻배를 타려고 하는지 나로서는 궁금할 따름이었다. 카론의 말대로 강을 건너면 끔찍한 불벼락의 형벌이 기다리고 있는데 말이다. 물론 이들도 그러한 사실을 알고 있을 터였다.

마침 스승 베르길리우스께서 내 마음을 읽으셨는지 그 사연을 말씀해 주셨다.

"이들은 자신들이 지은 죄를 잘 알고 있다네. 물론 회개의 여지가 없다는 것도 알고 있지. 그래서 서둘러 나룻배에 오르려는 거야. 아무런 희망이 없으니 지옥에 떨어져 하루 빨리 죗값을 치르겠다는 심산인 것이지. 지금까지 죄 없는 망령들이, 그러니까 착하고 어진 영혼들이 이 강을 건넌 적은 한 번도 없다네. 이만하면 아까 카론이 자네에게 불같이 성질을 낸 이유도 설명이 될 거야."

　그 말씀을 마치자 엄청난 바람이 불어왔고 지진이 일어난 듯 땅이 흔들렸다. 그러고는 푸른 섬광이 눈앞에서 번쩍이는 것과 동시에 나는 극심한 어지럼증을 느끼며 그 자리에 쓰러지고 말았다.

제4곡

림보에서 만난 위대한 시인과 철학자들

얼마나 시간이 흘러갔는지 알 수 없었다. 나는 귀청을 찢어발기는 듯한 천둥소리에 놀라 혼수상태에서 깨어났다. 아케론 강을 건넌 것은 확실했다. 아직 카론의 분노에 찬 얼굴이 아른거렸다.

그러나 여기가 대체 어딘지 알 수가 없었다. 주변을 둘러보면 깊은 골짜기의 초입인 것 같긴 한데 분명하지는 않았다. 거기다 골짜기 가득 희부연 안개가 뒤덮고 있어서 앞을 가늠하기조차 어려웠다. 내가 그렇게 비몽사몽 헤매고 있을 때 스승님의 목소리가 들려왔다.

"이보게, 정신이 좀 드는가. 이제 저 어둠의 골짜기 아래로 내려가 볼 때가 된 것 같군. 여기서부터 우리의 본격적인 여행이 시작된다네. 자, 어서 가보세. 내가 앞장을 설 테니 자네는 내 뒤를 따르기만 하면 될 게야."

스승님은 태연하게 말씀하셨지만 어딘가 모르게 안색이 좋지 않아 보였다. 어느새 안색만 보고도 스승님의 현재 상태를 파악할 수 있을 만큼 스승님과 가까워진 것인가. 그렇기는 해도 스승님의 속마음을 진짜로 헤아리기는 어려웠다. 내가 모르는 어떤 두려움 때문인지도 몰랐다. 내 이런 낌새를 느끼셨는지 스승님은 자상하게 말씀하셨다.

"자넨 내가 두려움에 겁을 집어먹고 있다고 보는가? 그렇다면 잘못 짚은 것이네. 난 겁을 먹고 있는 게 아니라 연민 때문에 가슴이 아픈 것이라네. 바로 저 골짜기 아래서 신음하는 망령들을 생각하면 어찌 연민을 갖지 않을 수 있겠는가. 그래서 내 안색이 좀 어두웠던 게지. 안심하고 날 따라오게나."

스승님은 그렇게 나를 위로하고는 서둘러 깊은 어둠에 둘러싸인 골짜기 아래로 내려가기 시작했다. 지금까지와 다르게 이곳에서는 비명과 탄식과 울부짖는 소리가 없었다. 다만 음산한 바람이 가끔 휘몰아칠 뿐이었다.

"스승님, 이곳은 어딘데 이렇게 조용한가요. 마치 모든 소리가 죽은 것 같습니다. 바람소리 빼고는 말이지요. 지금까지와는 너무도 다른 곳이군요. 자못 평화롭기까지 하니 말입니다."

"그렇다네. 이곳은 림보라고 불리는 첫 번째 지옥이지. 여기선 그 누구도 고통에 시달리며 비명을 지르거나 악다구니를 쓰지는 않는다네. 물론 이곳에도 슬픔과 한숨은 있지. 자네가 들은 바람소리는 사실 바람소리가 아니라 한숨소리를 착각한 것이라네."

스승님의 말씀을 듣고 보니 이들은 무슨 죄를 지었기에 한숨소리가 바람소리처럼 들렸을까 궁금했다. 대체 어떤 영혼들이란 말인가. 스승님은 잠시 깊은 생각에 잠겼다가 말을 이었다.

"여기 림보에 있는 자들은 죄를 지은 자들이 아니라네. 아니, 어떻게 보면 생전에 선행을 베풀고 어진 덕을 쌓은 훌륭한 사람도 많지. 그렇다고 천국에 들어갈 수 있는 것은 아니라네. 왜 그런지 그 연유를 자네도 알 것이네. 그들은 신의 존재를 몰랐던 거지. 그러니까 당연히 천국으로 가는 열쇠인 세례를 받은 적도 없을 수밖에. 말하자면 원죄를 그대로 가지고 있는 거야. 그들은 우리 주 그리스도께서 이 땅에 오셔서 우리의 죄를 대속하기 전에 태어났으니까 말일세. 전에도 말했지만 나 역시 그들과 마찬가지 이유로 여기 림보에 머물고 있었다네."

나는 스승님의 말씀을 듣고서야 림보에 머물고 있는 영혼들의 슬픔과 한숨을 이해하게 되었다. 아울러 스승님의 안타까운 처지에 대해서도 깊은 연민을 갖게 되었다. 스승님의 말씀에 따르면 림보에 있는 영혼들이 천국에 오를 가능성은 없었다. 스승님과 같이 우리 인류 역사의 위대한 스승들이 림보에 머물고 있다는 사실은 안타까움을 넘어 나를 고통스럽게 했다.

"스승님, 이곳 림보에 있는 영혼들이 하느님의 나라로 들어가는 것은 정녕 불가능한 것입니까? 지금까지 정말 단 한 명도 그러한 예가 없었습니까?"

스승님은 나의 물음에 깊은 상념에 빠져 한동안 입을 열지 못했다. 아마도 당신의 먼 옛날을 회상하시는 것 같았다.

"그러니까 내가 이곳으로 온 지 얼마 되지 않았을 때였네. 나는 어느 날 황금빛 왕관을 쓰고 찬란한 후광을 받으며 이곳에 오신 분[11]을 보았지. 그분은 우리의 첫 번째 조상인 아담과 그 아들 아벨과 십계명을 받은 모세, 아브라함과 다윗, 요셉, 야곱, 그리고 그 후손들의 영혼을 불러내 축복을 내리고 천국으로 인도해 주셨다네. 참으로 성스럽고 감동적인 광경이었어. 나 또한 내심 그분의 축복을 받을 수 있기를 바랐지만 기대 난망이었네. 그 이후로 구원받은 영혼은 하나도 없었거든."

스승님과 나는 이런 대화를 나누며 더 깊은 골짜기로 내려가고 있었다. 그때 저 멀리서 칠흑 같은 어둠을 뚫고 한 줄기 빛이 흘러나오고 있었다. 그 빛은 은은하면서도 어딘지 모르게 신비로운 위엄을 발하고 있었다. 스승님의 말씀에 따르면, 그 빛은

---

11) 예수 그리스도.

비록 일찍 태어나는 바람에 하느님의 존재를 알지는 못했지만 우리들의 정신을 살찌게 했던 위대한 인류의 스승들인 유명 시인들과 철학자들로부터 나오는 빛이었다.

그들은 살아생전 학문과 예술에서 빛나는 성취를 보여준 고결한 영혼들이었다. 그래서 죽은 후에 이곳 림보에서도 빛을 발하며 영광을 누리고 있었던 것이다. 그들은 우리가 이름만 들어도 다 알 만한 명예로운 자들이었다. 우리가 그 빛을 보고 가까이 다가갔을 때 누군가 외치는 소리가 들려왔다.

"찬양할지어다, 저 위대한 시인을! 하느님의 부르심을 받고 잠시 이곳을 떠났던 그의 영혼이 다시 돌아왔나니, 모두 일어나 찬양하고 경배할지어다."

나는 그 목소리에 알 수 없는 경외심을 느꼈다. 그리고 주위를 둘러보다가 우리를 향해 다가오는 영혼의 그림자들을 보았다. 그 표정에서는 어떤 희로애락의 감정도 읽을 수 없을 만큼 평온했고 고요했다. 그때 스승 베르길리우스께서 먼저 입을 열었다.

"자네 잘 보고 있나? 선두에서 손에 칼을 들고 앞장서 오고 있는 영혼이 누군지 알겠나? 물론 알고 있을 테지. 그를 모른다면 글을 아는 자가 아닐 테니까 말이지. 그는 바로 최고의 시인 호메로스라네. 그다음은 풍자시인 호라티우스고, 세 번째 영혼은 오비디우스, 그리고 마지막 영혼은 루카누스라네. 자, 어떤

가. 이만하면 시의 왕자들이 다 모였다고 할 수 있지 않겠나. 더욱이 저 네 영혼들이 부끄럽게도 나에게까지 시인의 월계관을 씌우고 찬양을 바치니, 이 어찌 영광스럽지 않겠는가."

나는 그가 시인이라는 이름을 갖고 있다면 누가 되었든 마땅히 경의를 표할 다섯 명의 대시인들을 향해 고개를 숙였다. 나는 정말 행운이었고 복 받은 자가 아닐 수 없었다. 다섯 시성들께서는 나를 여섯 번째 시인으로 인정을 해주어서 나는 몸 둘 바를 모를 지경이었다. 분에 넘치는 영광 안에서 나는 그들과 함께 걸으며 많은 이야기를 나누었다.

이윽고 우리는 거대한 성을 마주하게 되었다. 그 위용이 얼마나 대단한지 쳐다보기만 해도 목이 아플 지경이었다. 성 아래에는 작은 강물이 흘러가고 있었다. 강물은 맑고 푸르렀다. 스승님께서는 이 강을 건너 일곱 개의 성문을 지나야 비로소 성 안으로 들어갈 수 있다고 일러주었다.

나는 위대한 시인들의 뒤를 따라 성 안으로 들어갔다. 성 안에는 푸른 잔디에 덮인 아름다운 동산들이 솟아 있었고, 내가 역사책 속에서 보았던 많은 위인들과 현자들의 영혼이 산책을 하고 있었다. 모든 게 평화로웠고 따뜻했다. 나는 흥분해서 꿈속을 헤매는 듯한 희열을 느꼈다.

맨 처음 눈에 들어온 영혼은 엘렉트라[12]였다. 그 옆에는 용맹한 전사로 이름을 떨쳤던 헥토르와 아이네이아스, 그리고 갑옷

차림에 독수리의 눈매를 한 카이사르가 있었다. 또한 카밀라[13]
와 펜테실레이아[14]의 모습도 눈에 띄었다. 눈을 돌리니 거기에
는 라티니스 왕과 공주 라비나[15]가 있었고, 그 밖에도 타르퀴니
우스를 쫓아낸 브루투스와 루크레티아[16]도 보였다.

우리가 좀 더 앞으로 나아가자, 중앙에 있는 동산에는 그야말
로 철학의 신이라고 할 수 있는 기라성 같은 철학자들이 앉거나
혹은 서서 대화를 나누고 있었다. 나는 그 모습을 보고 경이와
감동에 찬 전율을 느꼈다. 그들 철학하는 무리 중에 앉은 지자
들의 스승[17]에게 모두의 찬양과 우러름이 집중되고 있었다. 그
누구보다 그와 가까이 있는 것은 플라톤과 소크라테스였다. 그
리고 수많은 쟁쟁한 철학자들이 그 세 사람을 둘러싼 채 저마
다 다른 모습으로 철학의 향연을 벌이고 있었다.

여기서 그 이름들을 일일이 다 열거할 수는 없지만, 그래도
데모크리토스와 디오게네스, 아낙사고라스와 탈레스, 엠페도클

---

12) 그리스 신화에 나오는 거인신 아틀라스의 딸로, 제우스와 동침해서 트로이 왕국의 건국
시조가 되는 다르다노스를 낳았다.

13) 베르길리우스의 서사시 『아이네이스』에 등장하는 볼스키 족의 공주이자 뛰어난 여전사
로, 이탈리아 반도에 진출한 영웅 아이네이아스와의 전쟁에서 죽임을 당하였다.

14) 전설적인 여자 무인 종족인 아마존의 여왕.

15) 영웅 아이네이아스의 아내.

16) 남편인 콜라티누스의 친척 타르퀴니우스 왕의 아들에게 겁탈당하자 자결한 비운의 여인.

17) 아리스토텔레스. 그의 철학을 받아들인 중세 스콜라주의 전통에 따른 표현법으로 볼
수 있다.

레스와 헤라클레이토스, 제논과 오르페우스, 키케로와 세네카, 유클리드와 프톨레마이오스, 히포크라테스와 아베로에스의 이름만은 적어두어야겠다. 그 밖에도 많은 철학자들이 동산 여기저기 흩어져 대화를 나누거나 사색에 잠겨 거니는 모습은 과연 이곳이 학문의 성이라는 사실을 유감없이 보여주고 있었다.

내가 이렇게 철학자들이 연출하는 일대 장관에 넋이 빠져 있는 동안 어느새 동행한 위대한 시인들은 그들의 자리로 돌아가고, 다시 스승님과 둘만 남게 되었다. 나는 스승님의 뒤를 따라 그가 인도하는 새로운 여정에 한껏 기대를 품고 성문을 빠져나왔다.

제5곡

지옥의 심판관 미노스

내가 스승님을 따라 도착한 곳은 제1지옥 아래에 있는 제2지옥이었다. 아래로 내려갈수록 좁아지는지 제1지옥 림보보다는 그 입구부터 비좁았다. 정문 앞에는 미노스[18]가 무서운 표정으로 떡하니 버티고 서 있었다. 이곳에 들어온 영혼들은 미노스 앞에서 일단 자신의 죄를 낱낱이 고백해야만 했다. 벌써부터 미노스 앞에는 긴 줄이 서 있었다. 그들은 저마다 두려움에 떨며 심판을 받기 위해 기다리고 있는 것이었다.

---

18) 크레타 섬을 통치했던 인물로, 제우스와 에우로페 사이에서 태어났다. 베르길리우스는 『아이네이스』에서 그를 지옥의 심판관으로 묘사하였다.

그러니까 미노스는 지옥의 심판관이었다. 그는 이곳에 들어온 영혼들의 고백을 하나하나 듣고 어느 지옥으로 보낼 것인가를 결정했다. 그런데 그 방법이 아주 특이했다. 미노스는 긴 꼬리를 가지고 있었는데, 죄가 무거울수록 꼬리를 휘둘러 여러 겹으로 휘감는 방식이었다. 그가 꼬리로 휘감는 횟수에 따라 어느 지옥으로 갈 것인가를 결정하는 것이었다.

이런 행태를 가만히 지켜보고 있을 때, 하던 일을 멈춘 미노스가 벌컥 소리를 질렀다.

"이놈, 넌 누구냐? 대체 네놈은 누구기에 스스로 심판의 집을 찾아왔단 말이냐? 어리석은 자여, 어떻게 이곳까지 왔는지 모르지만 내 앞을 그냥 통과할 수는 없다. 여태 한 번도 그러한 적이 없었다. 따라서 네놈 역시도 내 앞에 부복하고서 죄를 고백해야만 한다. 알겠는가?"

지금까지 그래 왔던 것처럼 이번에도 스승 베르길리우스가 나서서 타이르듯 말했다.

"지옥의 심판관 미노스여, 그대의 말이 좀 과한 것 같군. 이 사람은 전능하신 하느님의 뜻에 따라 여기 왔고 또 가야 할 길이 머니 괜히 방해하지 말라. 내 분명 하느님의 뜻이라 했느니, 더 이상 잔말 말고 길을 터주기를 바라노라."

그러자 그 사나운 미노스도 순순히 길을 내주었다. 나는 다시 스승님의 뒤를 따라 정문을 지나 본격적으로 제2지옥이 시작되는 어두컴컴한 공간으로 내려섰다. 그곳은 한 줄기 빛도 들지 않는 어둠의 골짜기이자 비탄의 골짜기였다. 거센 바람이 휘몰아치면서 사방에서 고통에 찬 울부짖음이 들려왔다. 바람이 얼마나 거칠고 세던지 스승님은 내 손을 꼭 잡고 이끌어 주었다. 나는 그렇게 스승님의 손을 잡고 수많은 망령들이 고통으로 울부짖는 모습을 바라보았다. 바람은 매서운 채찍처럼 망령들의 몸을 후려치고 있었다. 그 서슬에 살점이 떨어져나가고 온몸에 멍이 들면서 고통에 찬 신음소리가 쏟아졌다. 그리고 하느님을 향한 원망과 저주도 솟구쳤다.

그들에게는 그 어떤 희망이나 구원의 여지가 없는 것처럼 보였다. 스승님에 따르면, 그들은 자신의 더러운 욕망을 채우는 데 혈안이 되어 올바른 이성을 저버리고 음란을 일삼은 자들이었다. 그들은 끝없이 불어오는 지옥의 태풍에 이리 밀리고 저리 밀리면서 까마득한 절벽 밑의 또 다른 지옥으로 떨어지지 않기 위해 필사적으로 버둥거리고 있었다. 제 몸 하나 건사하기 어려운 지경이었기에 회개와 구원을 갈구할 수조차 없었다.

"잘 보게나. 저기 맨 앞에서 걸어가는 망령이 보이지. 그녀는 수많은 백성들의 황후, 세미라미스라네. 그녀는 일생을 음탕한 향락에 젖어 탕진한 것도 모자라 나중에는 아예 쾌락을 합법화시킨 장본인이지. 백성들의 비난이 쏟아지자 자신의 권력을 이용해 악을 정당화하는 묘한 법을 만들었네. 그러니 세상이 어떻

게 되었겠는가. 사회의 건강한 기풍은 무너지고 풍기문란이 지배하는 악마의 소굴이 되었지."

"스승님의 말씀을 듣고 보니 저 망령들이 고통을 당할 수밖에 없는 이유를 알겠군요."

"그렇지. 자고로 죄 없는 자가 형벌을 받는 법은 없는 법이야. 자, 그다음 망령을 보게. 그녀[19]는 자신의 남편 시카이오스가 죽자 다른 사내와 사랑에 빠져 육체의 욕망을 불살랐지. 결국은 제우스의 노여움을 사서 자살을 하고 말았다네. 그 뒤의 망령은 그 유명한 클레오파트라일세. 영웅호걸들과 한 시대를 멋지게 풍미했지만 그녀 역시 육욕의 죄를 벗어날 길은 없었던 셈이지. 이곳에는 미인 중의 미인 소리를 들었던 헬레나도 있네. 그녀 때문에 트로이 전쟁이 일어났고 수많은 사람들이 재난과 고통 속에서 죽었으니 어찌 신께서 그녀를 지옥으로 보내지 않을 수 있었겠는가."

육욕의 욕망을 제어하지 못해 재앙의 운명을 맞이한 망령들을 보니 절로 한숨이 나왔다. 스승님은 사랑과 욕정 때문에 자신의 인생을 나락으로 떨어뜨린 많은 영웅들의 사례도 들려주었다.

---

19) 디도. 그녀의 오빠 피그말리온이 재산을 탐내 남편을 죽이자 몰래 재물을 배에 싣고 아프리카 북부로 옮겨가 카르타고 왕국을 세웠다. 그 후 표류해 온 아이네이아스와 사랑에 빠졌으나 버림받게 되자 불 속으로 뛰어들어 죽었다.

"보게나, 저기 아킬레우스[20]를, 파리스[21]를, 트리스탄[22]을."

스승님은 사랑 때문에 비극적인 운명을 맞이했던 망령들을 하나하나 가리키며 그 연유와 사연을 말씀해 주셨다. 특히 그 중에는 프란체스카와 파울로의 슬픈 사랑의 이야기[23]도 있었는 데 차마 다 듣고 있기가 괴로울 정도였다. 이곳에서 고통을 받고 있는 저 무수한 망령들이 사랑 때문에 인생을 망쳤다고 생각하니 사랑은 악마의 독화살처럼 느껴졌다. 원래 하느님의 사랑은 순수하고 아름다운 것이거늘 어찌 이렇게까지 타락할 수 있었단 말인가. 고결하고 위대한 사랑이란 정녕 없단 말인가. 내 청춘의 사랑도 그랬던가. 나는 비통한 심정이 되어 눈물을 흘렸다.

제2지옥에서의 여정은 이렇게 끝이 나고 우리는 다시 제3지옥을 향해 걸음을 옮기기 시작했다. 그러나 새로운 여정이 시작

---

20) 호메로스의 서사시 『일리아스』에서 나오는 그리스 최강의 전사. 트로이 왕 프리아모스의 딸 폴릭세네에게 반해 아폴론 신전에서 그녀와 결혼식을 올리려다가 매복해 있던 파리스가 쏜 화살에 발꿈치를 맞아 죽었다.

21) 트로이 왕 프리아모스의 아들로, 스파르타 왕 메넬라오스의 아내인 헬레나를 트로이로 데려오는 바람에 그리스와 트로이 간에 전쟁을 불러일으킨다.

22) 켈트 족의 전설에서 유래하는 사랑 이야기의 주인공으로, 마법의 약물을 잘못 먹는 바람에 숙모인 이졸데와 사랑에 빠지고 결국에는 불행한 죽음을 맞이한다.

23) 라벤나 영주의 딸인 프렌체스카는 리미니의 귀족 잔초토와 결혼하는데, 불구인 잔초토를 대신해 동생인 파올로가 결혼식장에 나타난 것을 계기로 형수와 시동생 간의 불행한 사랑이 싹트게 된다. 몰래 사랑을 나누던 두 사람은 결국 잔초토에게 발각되어 죽임을 당한다.

되자마자 굵은 빗줄기가 쏟아지기 시작하더니 그칠 줄을 몰랐다. 거기다 사나운 바람과 우박까지 끼쳐들었다. 우리의 앞길이 순탄치 않을 것임을 예고라도 하듯이 바닥은 진창길로 변했고, 주위의 공기는 극심한 악취를 내뿜고 있었다.

제6곡

탐욕과 분노의 망령들

 우리는 제3지옥의 정문 앞에 도착했다. 정신을 차릴 수 없을 정도의 세찬 빗줄기와 악취는 여전했다. 잠시 정신을 가다듬고 망루를 바라보니 거기 이 지옥의 파수꾼 케르베로스가 서 있었다. 그 모습이 자못 괴상했다. 머리가 세 개에 뱀처럼 긴 꼬리를 달고 있었으며 눈에서는 시퍼런 불꽃이 이글이글 타올랐다. 그런 무서운 눈으로 이곳에 갇힌 망령들이 도망가지 못하도록 파수를 서고 있었다.

 케르베로스는 이따금씩 맘에 안 드는 망령들이 있으면 사납게 으르렁거리면서 날카로운 발톱으로 할퀴고 물어뜯었다. 사지가 갈기갈기 찢어져 너덜너덜해진 망령들은 억수같이 쏟아지는 빗속에 그대로 내동댕이쳐졌다. 겁에 질린 망령들은 이 괴물 개를 피해서 이리저리 바삐 움직이느라 정신이 없었다.

스승님과 내가 제3지옥에 도착했을 때의 상황은 대충 이러했다.

이곳은 무슨 저수를 받았는지 영원히 비가 내리는 축축하고 음산한 비의 나라처럼 보였다. 그 빗속에서 우리가 모습을 나타내자 케르베로스는 세 개의 목구멍을 한껏 벌리고 송곳니를 드러낸 채 으르렁거리며 우리를 막아섰다. 스승님은 기다리고 있었다는 듯이 흙을 한 줌 쥐어 그놈의 아가리에 처넣었다. 그러자 금방이라도 달려들 것처럼 맹렬한 기세를 과시하던 케르베로스는 곧 잠잠해졌다.

지금껏 그놈에게 시달려 왔던 망령들도 일단 안심이 되었는지 진창 바닥 여기저기에 털썩 주저앉아 긴 한숨을 내쉬었다. 더러는 무엇이 그리 원통한지 통곡하는 자도 있었고, 머리를 쥐어뜯으며 탄식하는 자도 있었다. 아예 드러누워 꼼짝하지 않는 망령들도 많았다. 그래서 발걸음을 옮기기 힘들 지경이었다.

스승 베르길리우스에 따르면, 이 망령들은 육체의 형상을 가지고 있으나 무게는 없었다. 그래서 좀 거치적거리기는 하겠지만 막 밟고 지나가도 괜찮았다. 우리는 억수처럼 퍼붓는 빗줄기를 뚫고 망령들을 밟으며 앞으로 나아갔다. 한참을 그렇게 걷고 있을 때 죽은 듯이 누워 있던 망령 하나가 벌떡 몸을 일으켜 내 앞으로 나서며 말을 걸어왔다.

"그대 이 지옥의 순례자여, 그대는 나를 알아볼 수 있겠소? 내 기억이 정확하다면 그대는 내가 여기 오기 전에 태어났었지. 나와 같은 피렌체에 살았을 테고. 그렇지 않은가?"

그러나 아무리 생각을 해봐도 나는 그 망령을 보았던 기억이 나지 않았다. 아마도 망령은 나를 제 고향 피렌체 사람으로 알고 반가운 마음에 말을 걸어온 것 같았다. 나는 기억이 나지 않는다고 대답하면서 물었다.

"당신은 대체 누굽니까? 왜 이곳에서 비를 맞으며 끔찍한 고통의 형벌을 받고 있는지요?"

그러자 망령이 입을 열어 말했다.

"자루가 넘칠 만큼 질투로 그득그득한 그대의 도시[24]에서 난 평온한 삶을 살았다오. 그곳 사람들은 나를 치아코[25]라고 불렀소. 아무리 먹어도 배가 고픈 돼지처럼 만족을 몰랐기 때문이지. 남에게 베풀지 않고 그악스럽게 탐욕을 부렸으니 치아코라고 불러도 할 말은 없었소. 이곳에 있는 망령들은 다 나처럼 탐욕의 죄를 짓고 그치지 않는 빗줄기 속에서 고통을 당하고 있는 것이라오."

치아코는 이렇게 말하고는 말을 끊었다. 배가 불러 숨쉬기가

---

24) 피렌체.

25) Ciacco. 이름인지 별명인지는 불분명하지만, '돼지'라는 말처럼 경멸적인 뜻을 담은 별명으로 흔히 해석된다.

어려운 듯 헐떡거리며 긴 한숨을 토해냈다. 그가 겨우 좀 진정되는 기미를 보이자 나는 그의 처지에 진정으로 동정심을 표했다. 그리고 같은 고향 사람으로서 피렌체의 사정을 물었다. 피렌체 시민들이 시기와 모함으로 분열되고 서로 파당을 만들어 이전투구를 하고 있는 이유와 전망을 묻자, 그가 다시 긴 한숨을 토해내며 말했다.

"지금까지 피렌체는 두 개의 큰 파당으로 갈려 양 세력이 권력을 독점하기 위한 싸움을 벌여 왔다오. 그 와중에 수많은 시민들이 피를 흘리며 죽어갔지요. 문제는 여기서 그치지 않고 앞으로도 수년간 이러한 권력 다툼을 위한 정쟁이 끝나지 않을 것이라는 점이오. 이런 망할 놈의 비극이 어디 있겠소. 혹시 모르니 그대도 조심하는 게 좋을 것이오."

나도 한숨이 나왔다. 어쩌다가 피렌체의 정치 상황이 이토록 나락으로 떨어졌는지. 정녕 이 혼란을 수습하고 다시 피렌체의 공화정을 일으켜 세울 정의로운 정치가는 없단 말인가. 나는 치아코에게 내가 알고 있던 정치가들인 파리나타[26]와 테기아이오[27] 등은 지금 어디에 있는지를 물었다. 그들은 한때 한 당파의 수뇌

---

26) 교황을 지지하는 겔프당과 신성로마황제를 지지하는 기벨린당이 대립하는 피렌체 정가에서 1239년 겔프당의 리더가 되었으며, 1258년 기벨린당과의 권력 투쟁에서 패해 피렌체에서 추방된 이후 사망했다.

27) 교황 지지파에 속하는 인물.

로서 피렌체를 위해 정열을 바쳤던 정치가들이었다. 나는 그들의 행방이 궁금했던 것이다. 치아코는 주저 없이 대답했다.

"그들은 저 아래 있소. 우리보다 죗값이 더 무거운 게지요. 아마 이곳을 지나 아래로 내려가다 보면 만날 수도 있을 것이오. 그들이 지은 죄의 업보가 무겁기 때문에 밑바닥까지 내려가게된 거요. 인과응보인 것을 어쩌겠소. 아, 그리고 한 가지 부탁을 해야겠소. 그대가 이 지옥의 순례를 마치고 지상으로 돌아가면부디 내 고향 피렌체 친구들에게 안부를 전해주기 바라오. 나는 고향에 대한 사무치는 그리움으로 잠을 못 이루고 가슴이 찢어지는 슬픔으로 날을 지새우고 있다오. 부디 내 부탁을 잊지 말아주길 바라오."

나는 치아코에게 꼭 그렇게 하겠다고 약속했다. 치아코는 그제야 마음이 놓였는지 그 자리에 마른 검불처럼 힘없이 쓰러져다른 망령들과 뒤섞였다. 그러자 아직까지 아무 말씀이 없던 스승님께서 모처럼 입을 열었다.

"아마 저들은 다시 일어나지 못할 걸세. 최후의 심판 날 천사의 나팔소리가 울려 퍼질 때까진 말일세. 그때가 되면 이 지옥의 망령들은 무덤의 골짜기에서 다시 육체를 되찾고 하느님의영원한 심판을 받게 되겠지."

스승님께서는 이렇게 말을 마치고는 빗물과 망령들이 뒤엉켜엉망진창인 길을 헤치고 나아가기 시작했다. 나는 스승님의 뒤를 따라가며 궁금해서 여쭈었다.

"스승님, 하느님의 최후의 심판이 내려진 다음에 망령들의 고통은 끝이 나는 것입니까? 아니면 지금과 마찬가지로 여전히 고통의 질곡에 파묻혀 있어야 하는 것입니까?"

"네가 배운 것[28]이 무엇이더냐. 완전해질수록 기쁨이든 고통이든 더 뚜렷해지는 법 아닌가. 이 저주받은 망령들은 결코 완전에 이르지는 못할 것이지만, 지금보다는 그것에 가까워질 수 있겠지."

나는 스승님과 걸어가면서 많은 이야기를 나누었다. 그것은 인간의 기쁨과 고통에 대한 이야기였다. 그렇게 한참을 이야기하며 아래로 내려가다 보니 문득 한 괴물이 우리 앞을 가로막고 나섰다. 바로 제4지옥의 문지기인 플루톤이었다.

---

28) 스콜라 철학의 이론. 이것에 따르면, 최후의 심판 뒤에 저주받은 영혼들의 고통은 더 뚜렷해지고 축복받은 영혼들의 행복은 보다 커지게 된다.

벌거벗은 진흙탕 속의 망령들

"오오, 사탄이여. 이 지옥의 왕 사탄이여. 저 살아 있는 영혼에게 저주를 내려주시기를!"

나를 발견한 플루톤은 내가 살아 있는 인간이라는 사실에 놀란 나머지 지옥의 왕 사탄에게 도움을 요청하고 있었다. 그때 스승 베르길리우스가 나서며 플루톤의 얼굴에다 대고 냅다 소리쳤다.

"닥쳐라. 이 저주스런 탐욕의 화신이여! 그대는 탐욕의 대가를 치르게 될 것이다. 그때는 알게 되리라. 자신의 분노로 그대 육신을 불태워 버렸다는 것을. 또한 그대는 아무리 사탄의 힘을 빌리더라도 우리의 앞길을 막을 수가 없으리라. 우리가 가는 길은 하느님과 성 미카엘 천사가 인도하기 때문이지. 우리는 이 지옥의 곳곳을 빠짐없이 순례하며 죗값에 따라 그에 알맞은 형벌의 고통을 받고 있는 망령의 무리들을 보게 될 것이다. 이것이 하느님의 뜻이거늘 그대가 어찌 감히 우리의 길을 막을 수 있단 말인가."

스승님의 당찬 일갈에 플루톤은 움찔했다. 그러고는 망망대해의 쪽배가 거대한 폭풍우에 힘없이 난파되듯이 기세가 한풀 꺾이며 주저앉았다. 스승님과 나는 망설임 없이 제4지옥의 더 아래쪽을 향해 발걸음을 재촉했다.

이곳에도 역시 수많은 망령들이 모여 있었다. 그 모습이 어찌나 기괴하던지 나는 경악을 금치 못했다. 그들은 거대하게 소용돌이치는 좁은 해협의 파도가 솟구쳤다 부서지듯이 저마다 감당할 수 없는 무거운 짐을 가슴에 안은 채 필사적으로 앞으로 나아가고 있었다. 그 무거운 짐은 세상에서 그들이 쌓아온 재물과 같은 것이었다. 그들은 흔히 구두쇠나 수전노로 불리는 망령의 무리들과 사치와 낭비에 빠져 인생을 탕진한 망령의 무리들이었다.

이 두 무리들은 서로에게 삿대질을 하며 악다구니를 주고받았다. 서로 아픈 구석을 찌르며 상대를 폄하고 욕보이는 짓거리였다. 둘 다 서로 죽일 듯이 물어뜯고 싸우고 있지만 자승자박이었다. 그러한 모습을 바라보던 나는 인간에 대한 혐오와 연민 때

문에 말문이 막히고 눈물이 났다. 그러자 베르길리우스가 다가와 어깨를 감싸 쥐고 등을 토닥이며 나를 위로했다.

"원래 죄는 먼지처럼 가볍다네. 그래서 그 두께를 알기가 어렵고 무게 또한 느끼기 어렵지. 그 때문에 이곳에 있는 망령들은 자신의 몸보다 죄가 몇 배나 무거워질 때까지 그것을 깨닫지 못하고 살다가 끝내는 이곳으로 끌려와 저리 고통을 당하고 있는 것일세."

망령들 중에는 일반 사람들은 물론 이른바 성직자라는 자들도 있어 나를 놀라게 했다. 재물을 탐하는 성직자라니 상상하기 힘들었다. 더욱이 생전에 추기경이나 교황이었던 자들도 있었다. 그들은 신도의 재물을 모아 올바른 곳에 쓰지 않고 사사로이 쓰거나 사치와 낭비를 일삼아 왔던 자들이었다. 그런가 하면 돈과 재물을 너무 사랑한 나머지 닥치는 대로 부를 쌓고 허영에 빠져 주위에 베풀 줄 몰랐던 사람들도 이곳에서 고통을 받고 있었다.

이런 망령의 무리들이 지옥에 떨어져서도 일말의 반성이나 뉘우침도 없이 서로 잘났다고 손가락질을 하며 으르렁거리고 있는 모양새는 참으로 꼴불견이었다. 그들은 생전에도 남들을 업신여기며 자신의 재물을 뽐냈을 것이다. 자랑할 게 없으니 자신의 탐욕을 자랑하는 구제불능의 한심한 영혼들이었다. 그들은 하느님의 공의로운 뜻을 거역하고 탐욕에 찌들어 인생을 탕진한 죄 많은 탕아들이었기에 이곳에서 영원히 벗어날 수 없는 고통에 신음하고 있는 것이다.

이제 다시 길을 재촉할 때가 되었는지 스승님이 조용히 앞장서 걸음을 옮기기 시작했다. 우리는 제5지옥이 있는 골짜기를 향해 내려가 시냇물이 흐르는 한 기슭에 이르렀다. 그 시냇물을 따라가자 꽤 큰 도랑이 나왔는데, 그곳에서는 용암이 분출하듯 물이 부글부글 끓어넘치고 있었다. 물은 탁하고 거무스름했으며 몹시도 역겨운 악취를 풍겼다. 도랑물은 이윽고 벼랑 아래에 있는 스틱스[29]라는 이름의 늪으로 떨어져 내렸다.

우리는 다시 골짜기를 타고 내려와 늪에 이르렀다. 가만히 보니 늪 속에는 온통 진흙으로 칠갑을 한 망령들이 허우적거리며 원수마냥 서로 치고받고 싸우고 있었다. 그들은 하나같이 전부 발가벗겨진 알몸이었는데 그 광경이 참으로 목불인견이었다. 나는 눈살을 찌푸리며 외면했다. 그러자 스승님이 한 말씀하시는 것이었다.

"자네도 보았겠지. 저들을 어찌 인간이라고 할 수 있겠나. 서로 물어뜯는 짐승만도 못한 인간 군상들을 잘 보아두게나. 늪 위로 거품이 부글부글 끓어오르는 게 보이는가. 그건 저 짐승

---

29) 그리스 신화에서 저승세계의 입구에 있다고 알려진 강. 단테는 이 강을 하부 지옥의 성벽을 해자처럼 감싸는 늪으로 묘사하고 있다.

같은 망령들의 한숨소리라네. 목구멍까지 진흙이 가득 차 있으니 그런 게야. 저들은 태양 아래서도 생전에 불만과 분노로 제 영혼을 갉아먹던 자들이네. 그 버릇을 못 버리고 이 지옥의 늪에 떨어져서도 끝없이 투덜거리며 중얼거리고 있는 거지. 비록 우리가 알아들을 수는 없지만 말일세. 부글거리는 거품이 터질 때마다 무슨 소리가 들리는 것 같지 않은가."

스승님의 말씀을 듣고 보니 한시라도 빨리 이곳을 벗어나고 싶었다. 다시는 보고 싶지 않은 광경을 뒤로 하고서 늪가를 벗어나 한참을 걸은 끝에 우리는 까마득한 성벽 위로 뾰족탑이 보이는 곳에 도착했다.

제8곡

디스의 성 아래서

　가까이 다가가자 성벽 위 뾰족탑에서 두 개의 횃불이 타오르는 모습이 먼저 눈에 들어왔다. 그런데 좀 더 자세히 살펴보니 그 횃불에 응답하듯 다른 불빛 하나가 저 멀리서 안개를 뚫고 신호를 보내는 것이 아닌가. 나는 궁금해서 스승님께 여쭈었다. 그러자 베르길리우스는 조금 기다리면 자연히 알게 될 것이니 잠자코 있으라는 듯이 저 아래쪽 불빛을 향해 눈길을 던졌다.

　바로 그때 안개에 휩싸인 강물 위로 희미하게 모습을 드러내는 물체가 있었다. 한 척의 나룻배였다. 나룻배이긴 했지만 그 속도가 어찌나 빠르던지 눈 깜짝할 사이에 우리 눈앞에 모습을 드러냈다. 나룻배에는 우람한 체구의 뱃사공이 떡하니 버티고 서서 우리를 향해 냅다 소리를 질렀다.

"이 망할 놈의 망령들아, 네놈들은 또 어디서 온 떨거지들이란 말이냐. 어서 썩 물러가지 못할까!"

목소리가 우렁차고 사뭇 기백에 넘치는 모습에 나는 주춤하고 물러섰다. 스승 베르길리우스가 나서서 응답했다.

"플레기아스[30]여, 그렇게 초면부터 큰소리는 내지 말게. 우리는 그대와 아무런 원한도 없다. 그리고 그대가 할 일은 객들을 배에 태우고 강을 건네주는 게 아닌가. 우리는 사사로운 목적으로 온 게 아닐세. 이게 다 주님의 뜻임을 안다면 어서 우리를 배에 태워주길 바라네."

스승님께서 주님의 뜻 운운하자 플레기아스도 한풀 꺾였는지 군소리 없이 우리를 받아주었다. 잠시 출렁거리던 나룻배는 여느 때보다 더 깊이 물살을 가르며 죽음의 늪을 가로질러 나아갔다. 그리고 늪의 중간쯤 이르렀을 때 느닷없이 진흙투성이 망령 하나가 불쑥 솟아올라 배를 막으면서 소리쳤다.

"살아 있는 육신을 갖고 이곳에 온 그대는 대체 누구란 말인가. 이런 일이 어떻게 일어날 수 있단 말인가. 아직 한 번도 없던

---

30) 전쟁의 신인 아레스의 아들로, 자신의 딸 코로니스를 농락한 태양의 신 아폴론에게 복수하려고 그 신에게 바쳐진 델포이 신전을 불태웠다. 이처럼 신에게 대적하여 결국 아폴론에게 죽임을 당하였다.

일이니 내 묻지 않을 수가 없구나."

내가 모처럼 스승님을 제치고 앞에 나서며 말했다.

"물론 그대의 말이 맞다. 허나 이곳에 오래 머무르지는 않을 것이다. 그건 그렇고 그대의 몰골이 흉측하기가 말이 아닌데 대체 그대는 뉘신가?"

"나를 모르겠는가. 이곳에서 울고 있는 이 망령의 얼굴을 잘 보시오."

내가 가만히 보니 아닌 게 아니라 낯이 익었다. 비록 진흙투성이여서 뚜렷하게 이목구비가 드러나지는 않았지만 그는 피렌체에서 내가 봤던 필리포 아르젠티였다. 그는 스스로 위대하다 여길 만큼 심성이 거만해서 아무도 가까이 지내려 하지 않은 자였다.

내가 자기를 알아본 것을 눈치챘는지 필리포의 망령은 얼른 뱃머리를 움켜잡으려고 손을 뻗었다. 미리 그런 낌새를 알아채고 있던 스승님이 앞발을 번쩍 들어 손을 밀쳐버렸다. 그래서 그 망령은 늪 한가운데로 다시 굴러 떨어졌다. 그러자 기다렸다는 듯이 늪 속에서 또 다른 진흙투성이 망령들이 나타나 그의 사지를 찢어발겼다. 끔찍한 고통으로 울부짖던 망령은 분노를 참지 못해 이빨로 제 몸을 마구 물어뜯기 시작했다. 일찍이 본 적 없는 처참한 광란의 아비규환이었다.

이렇게 한바탕 소란을 겪은 후에도 우리는 죽음의 늪을 좀 더 지나야만 했다. 마침내 스승님께서는 우리가 디스[31] 성에 가까이 왔음을 일러주었다. 저 멀리 시뻘건 불길이 보였다. 그 불길을 좇아 나룻배는 깊은 죽음의 골짜기를 향해 나아갔고 한참후에야 어떤 기슭에 다다르게 되었다. 그때까지 한 마디도 없었던 뱃사공 플레기아스가 힘찬 목소리로 배에서 내릴 것을 요구했다.

"자, 다 왔소. 어서들 내리시오. 여기가 성의 입구니 어서들 내리란 말이오. 나도 바쁜 몸이올시다."

원래 디스 성은 하늘에서 추방당한 타락 천사들이 모여 사는 지옥의 중심부였다. 우리가 배에서 내려 바라본 성벽은 마치 철벽을 두른 것 같은 위용을 자랑하고 있었는데, 성벽 위에서는 악마들이 잔뜩 모여들어 화를 내면서 소리쳤다.

"누구냐? 대체 누구기에 멀쩡하게 살아서 이 죽음의 골짜기를 지나가려고 하느냔 말이다."

이번에는 스승님이 나섰다. 내가 나서 봐야 시간만 지체되고 말싸움만 길어질 것을 염려하신 모양이었다. 스승님은 나를 뒤에 남겨둔 채 성문 앞으로 나아가 문을 열어 줄 것을 설득했다. 그러나 악마들은 성문을 굳게 잠근 채 끄떡도 하지 않았다. 저

---

31) 본래 이름은 디스 파테르로 '부(富)의 아버지'라는 뜻을 가진다. 로마 신화에서 지하 세계를 관장하는 신으로, 그리스 신화의 하데스 또는 플루톤에 해당하는데, 여기서는 타락한 천사들의 우두머리인 마왕 루시퍼 또는 그가 사는 하부 지옥을 가리킨다.

들의 요구는 스승님만 들어올 수 있다는 것이었다. 나처럼 살아 있는 인간은 절대 들어올 수 없다고 고집을 부렸다. 나는 스승님께서 나를 남겨두고 혼자 가시지는 않을 것이라는 믿음이 있었지만, 저들의 요구가 워낙 강경했기 때문에 겁이 벌컥 났다. 이 지옥에 나 혼자 남겨질지도 모른다는 불길한 생각이 순간 엄습했다.

베르길리우스는 저들과 실랑이 끝에 소득 없이 돌아와 겁에 질려 떨고 있는 나를 보며 말했다.

"자네는 걱정 말게나. 우리의 앞길은 그분[32])께서 정하신 바라 어느 누구도 막을 수가 없을 테니까. 굳건한 믿음을 갖고 기다려 보세. 저들이 이렇게 막무가내로 나오는 것은 그리 새삼스러운 일도 아니지. 예전에 여기보다 더 바깥의 문[33])에서도 그랬는데, 그 문은 지금도 열려 있다네. 자네는 그 문 위에 적힌 죽음의 글귀를 이미 보았지. 그곳을 통과해 가파른 길을 거침없이 내려오는 분이 계시니, 그분이 이 성문을 열어 주실 것이네."

---

32) 하느님.
33) 지옥 입구의 문. 림보의 성현들을 구하러 내려온 예수 그리스도가 그 문을 부수고 저항하는 악마들을 제압하였다.

복수의 세 마녀

나는 스승님의 말씀을 듣고 나서야 안심이 되었다. 얼마나 초조하고 불안했으면 손바닥에 땀이 질척했겠는가. 그러나 스승님의 말씀대로 정말 하느님의 사자가 오기는 오는 것인지 회의가 들었다. 어떻게 길잡이도 없이 홀로 하늘나라에서 연옥을 거쳐 지옥의 골짜기들을 지나 여기까지 올 수 있단 말인가. 내가 그렇게 회의에 빠져 다시 불안해할 때 스승님이 나섰다.

"하느님의 사자는 반드시 올 테니까 너무 걱정하지 말게. 우리가 누구인가. 하느님과 성모 마리아와 베아트리체의 보살핌을 받아 이 지옥의 여정을 시작하지 않았던가."

하긴 그랬다. 그렇지 않았다면 감히 상상이나 할 수 있었겠는

가. 지금까지 그 누구도 시도한 적이 없는 고난에 찬 여정이고, 아무도 가보지 않은 전대미문의 길이었다. 여태껏 살아 있는 육신을 갖고 제1지옥에서 제9지옥에 이르는 지옥을 순례한 자는 없었다. 그런데 스승님께서는 우리가 능히 모든 시련을 극복하고 이 고난의 길을 갈 수 있다고 말하고 있었다. 아울러 개인적인 경험을 덧붙여서 말씀하셨다.

"아주 예전의 일이었네. 아마 내가 육신의 옷을 벗어버리고 막 림보에 도착했을 때였네. 그때 나는 이곳을 한 번 지나간 적이 있다네. 물론 내 자의로 그랬던 것은 아니었지. 자네도 들어 봤을 걸세. 에리톤[34]이라고 마술을 부리는 무녀가 있었지. 나는 그녀의 마법에 걸려 그리스도를 배신한 유다가 있는 지옥[35]에 갔었네. 그곳은 하늘나라로부터 가장 멀고, 무시무시한 어둠과 공포와 전율에 뒤덮인 곳이었지. 비록 마법에 걸려 갔던 길이기는 하지만 어쨌든 한 번 지나간 적이 있으니 이번에도 잘 될 걸세."

그때 성벽 위 뾰족탑 위로 세 악녀[36]가 홀연히 모습을 드러냈다. 그녀들은 저마다 초록색 뱀을 허리띠처럼 두르고 있었고, 머

---

34) 그리스 테살리아 지방의 여자 마법사로, 파르살로스 전투의 결과를 알려달라는 폼페이우스의 부탁을 받자 어느 죽은 병사의 혼을 저승에서 불러냈다고 한다.

35) 가장 깊숙한 곳에 있는 제9지옥.

36) 그리스 신화에서 에리니스로 불리는 복수의 여신들.

리 역시 머리카락 대신 가느다란 실뱀들이 뒤엉켜 얼굴까지 늘어져 있었다. 그 모습 자체가 공포감을 불러일으켰다. 베르길리우스는 저들이 바로 영원한 탄식의 여왕[37]을 섬기는 시녀들이라고 일러주었다.

"잘 보게나. 지금 오른쪽에서 울고 있는 여인이 알렉토[38]라네. 가운데 여인은 티시포네[39], 그리고 왼쪽에 있는 여인은 메가이라[40]일세."

우리가 쳐다보고 있는 동안에도 그녀들은 날카로운 쉿소리로 고함을 지르면서 서로의 가슴을 손톱으로 찢고 손바닥으로 때리고 있었다. 나는 그만 겁을 집어먹고 스승의 뒤로 물러났다. 그때 한 악녀가 우리를 내려다보며 냅다 소리쳤다.

"오늘 저 두 놈들에게 이 세상 마지막 선물을 안겨주자. 어서 메두사를 불러 돌로 만들어 버리자. 전에 테세우스가 쳐들어왔을 때 복수를 못 했으니 오늘이야말로 끝장을 내버리자꾸나."

그 증오에 찬 소리를 듣자마자 스승님께서는 얼른 나에게 돌아서서 눈을 감고 있으리라고 급박하게 명령했다. 만일 고르곤[41]

---

37) 지하 세계를 다스리는 하데스(또는 플루톤)의 아내 페르세포네.
38) 복수의 여신들 중 막내로, 욕망을 의미한다.
39) 복수의 여신들 중 맏이로, 복수를 의미한다.
40) 복수의 여신들 중 둘째로, 질투를 의미한다.
41) 그리스 신화에 나오는 스텐노와 에우리알레, 그리고 메두사 등 세 자매 괴물로, 머리카락이 온통 뱀으로 이루어진 여자의 모습을 하고 있다.

이 진짜 나타나 그의 눈에 띄는 순간에는 누구든지 돌로 변해 버린다는 말씀이었다. 스승님은 나를 돌아서게 한 뒤에 자신의 손으로 내 눈을 가려 주었다.

그리고 얼마 안 돼 나는 지축이 흔들리고 태풍이 휘몰아치는 소리를 들었다. 뜨거운 기운들이 재촉하고 폭주하는 격렬한 바람의 소리, 숲을 헤집으며 가지들을 부러뜨려 멀리 날려버리는 거친 바람의 소리, 거대하고 자욱한 흙먼지를 일으켜 목동과 짐승들을 달아나게 만드는 사나운 바람의 소리를 들으며 나는 온몸을 덜덜 떨었다. 시간이 얼마나 지났을까. 스승님이 내 눈을 가린 손을 풀어주면서 말씀하셨다.

"자, 이제 돌아서도 좋네. 저기 안개에 뒤덮인 수면 위로 물거품이 일어나는 것이 보이는가. 잘 보게나. 내가 말한 대로 성문이 곧 열리게 될 걸세. 우리의 시련은 끝났네. 저기 세 마녀와 수많은 악마들이 추풍낙엽처럼 흩어져서 미친 듯이 도망가는 것이 보이지 않는가."

과연 스승님의 말씀은 한 치의 거짓도 없었다. 한바탕 요란한 태풍이 지나가고 사방이 잠잠해지면서 저 멀리 안개와 바람을 헤치고 홀연히 다가오는 하늘나라의 사자가 있었다. 그는 저주받은 지옥의 늪 스틱스를 몸에 물 한 방울 묻히지 않고 건너오고 있었다.

우리는 예를 갖춰 경건하게 사자에게 고개를 숙였다. 사자는 성문 앞에 이르러 지팡이를 들어 성문을 내리쳤다. 그리고 마침내 디스의 성문이 열렸다. 사자의 위엄 앞에 아무도 나서는 자가 없었다. 우리의 앞길을 가로막고 의기양양하던 성벽 위의 수많은 악마들도 자취를 감추었다.

하늘의 사자는 이렇게 우리의 앞길을 열어 주고는 표표히 사라졌다. 스승님과 나는 그의 뒷모습을 망연히 넋을 놓고 바라보다가 성문 안으로 발걸음을 옮기기 시작했다.

파리나타의 불길한 예언

좁은 길을 따라서 우리는 성내로 진입했다. 도성 안 중앙대로의 양쪽에는 드넓은 벌판이 펼쳐져 있었다. 그곳에는 안개가 자욱했고 음산한 죽음의 냄새가 풍겨왔다. 역시나 안개가 걷힌 후 살펴보니 다름 아닌 공동묘지였다. 크고 작은 무덤들에는 봉분이 파헤쳐져 있었고, 그 속에서 단말마의 울부짖음과 함께 시뻘건 불꽃이 널름거리고 있었다. 지금까지도 그랬지만 참으로 괴이한 광경이었다. 내가 물었다.

"스승님, 저 파헤쳐진 무덤 속에서 울부짖고 있는 자들은 무슨 죄를 지은 자들입니까?"

스승님은 저들이 하느님을 믿지 않고 우상을 섬긴 이교도의 우두머리들과 그 추종자들이라고 일러주었다. 아울러 그 수가 엄청나게 많을 뿐 아니라 그들이 당하는 고통도 상상을 초월한다고 했다. 우리는 불꽃을 널름거리는 수많은 무덤들 사이를 걸으며 그 끔찍한 광경에 몸서리를 쳤다.

"그런데 스승님, 여기 무덤들은 언제까지 이렇게 파헤쳐진 채로 열려 있어야 하는지요?"

"아마도 한참을 그렇게 있어야 할 걸세. 저 위에 두고 온 육신을 되찾아 여호사밧[42]에서 이곳으로 돌아올 때에야 비로소 닫히게 되겠지. 여기에는 에피쿠로스와 그 추종자들의 무덤도 있는데, 자네도 알다시피 그들은 육신과 함께 영혼이 죽는다고 믿지 않았는가. 허나 전능하신 하느님 앞에서는 한낱 요설에 불과한 믿음일 뿐이었지."

나는 묵묵히 고개를 끄덕이다가 조심스레 입을 열었다.

"스승님, 외람된 부탁이지만 저 무덤 속을 한번 들여다봐도 되겠습니까? 무척 겁나기는 하지만 갑자기 무덤 속이 궁금해서 말이지요."

"구태여 그리하지 않아도 자네의 바람은 곧 이루어질 걸세. 그리고 아직 나에게 말하지 않은 소망[43] 역시 채워질 거네."

---

42) 예루살렘 근처의 계곡으로, 최후의 심판일에 모든 영혼들이 여기에 모여서 자신의 육신과 재결합한다고 한다.
43) 단테는 고향 피렌체 사람을 만나고 싶어한다.

스승님의 예언대로 나의 바람과 소망이 어찌 충족될지 기대하면서 나는 불꽃이 사방에서 널름거리는 무덤 사이를 스승과 함께 지나가고 있었다. 그때 내 귀에 낯익은 고향 사투리가 들려왔다. 무덤 한가운데서 홀연히 몸을 일으켜 피렌체 사투리로 말을 걸어오는 자가 있었던 것이다.

"지금 내 앞으로 걸어가는 그대는 누구신가? 어찌하여 그대는 살아 있는 육신을 가지고 이 불구덩이 무덤을 지나가려 하오. 내 그대 말투를 들으니 내 고향 피렌체 출신 같은데…… 그렇지 않소? 만약 그렇다면 부디 잠깐이나마 이곳에 머물러 내 얘기를 들어주시오."

내가 깜짝 놀라 주위를 두리번거리자 스승님께서 내게 말하는 것이었다.

"저쪽을 보게. 저기 몸을 일으켜 자네에게 말을 거는 저자는 파리나타[44]가 아닌가. 이젠 자네가 직접 이야기를 나눠보게나. 얼마 만에 만난 고향 사람인가. 나는 잠자코 구경이나 하고 있겠네."

스승님이 가리키는 곳을 바라보니 정말 파리나타가 무덤 사이에서 상반신을 일으킨 채 얼굴을 꼿꼿이 쳐들고 있었다. 그가 나를 보고 물었다.

---

44) 각주 26)의 내용 참조.

"그대의 조상은 누구인가?"

나는 내 조상의 가계와 이력에 대해 하나도 숨김없이 대답해 주었다. 내 말을 다 듣고 난 후에 파리나타는 원수를 만난 듯이 못마땅한 표정을 지었다.[45] 그러고는 지난 정치적 격변기에 자신이 우리 집안을 두 번[46]이나 추방했던 일들을 자랑스럽게 떠벌렸다. 나는 모욕을 느끼고 화가 나서 버럭 소리를 질렀다.

"우리는 쫓겨났어도 다시 돌아왔지만 당신네는 그런 기술을 배우지 못했지요."[47]

그러자 이번에는 바로 옆 무덤에서 망령 하나[48]가 윗몸을 일으켰다. 그는 내가 누구와 함께 왔는지 보려는 듯 주위를 두리번거렸다. 그러고는 울먹이며 말했다.

"자네는 피렌체의 자랑 단테가 아닌가. 대체 자네는 무슨 권능이 있어 이 지옥을 여행하고 있지? 내 아들은 어디에 있는가? 왜 함께 오지 않았나?"

내가 대답했다.

"어르신을 여기서 뵙게 될 줄은 정말 몰랐습니다. 그리고 어르신, 제가 여기까지 온 것은 무슨 권능이 있어서가 아닙니다. 저

---

45) 단테가 속한 겔프당은 파리나타의 기벨린당과 적대적인 관계였다.

46) 1248년, 1260년.

47) 기벨린당 세력은 1266년 피렌체에서 추방된 이후 복귀하지 못하였다.

48) 카발칸테 데이 카발칸티. 단테의 친구이자 시인인 귀도 카발칸티의 아버지.

기 계신 제 스승님께서 인도해 주신 덕분이지요. 귀도가 경멸했던 분이랍니다."

"아, 자네 말을 들으니 불길한 느낌이 드는군. 그럼 내 아들은 죽었단 말인가?"

나는 가타부타하지 않고 잠자코 있었다. 사실 귀도는 살아 있었다. 다만 사람이 죽고 나면 이토록 세상에서 벌어지는 일에 대해 깜깜해질 수 있을까 고민하느라 대답할 기회를 놓친 것이었다. 그러자 망령은 그만 지레 절망한 나머지 단말마의 비명을 내지르며 꼬꾸라져 버렸다. 그러는 사이 다시 파리나타가 말을 걸어왔다. 그는 한 당파의 우두머리답게 이곳에서도 위엄과 기개를 보여주려는 듯 허세를 떨었다. 그러고는 나에게 마지막 저주를 퍼부었다.

"이곳을 다스리는 여인[49]의 얼굴이 쉰 번 그 빛을 발하기 전에 그대는 결국 깨닫게 될 것이다. 그대가 말한 그런 기술을 배우기가 얼마나 힘든 일인지를."[50]

파리나타는 사색당파 싸움으로 서로가 서로를 죽이고 추방하는 과정에서 빚어진 오해와 진실, 그리고 앞으로 전개될 정치

---

49) 페르세포네. 하데스와 결혼하면서 저승의 여왕이 된 그녀는 달의 여신 디아나와 동일시되기도 한다.
50) 달이 50번 차올랐다가 기울기(50개월) 전에 단테도 추방을 당할 것이라는, 그리고 고향으로 돌아가기 어려울 것이라는 예언이다.

투쟁에서 내가 속한 정파가 패배할 것이라는 예언과 함께 그런 저주를 퍼부었다. 그 전에 그는 자신이 왜 그토록 정치적으로 핍박을 받아야 했는지 억울함을 토로했다.

그러나 나는 여기까지 와서 그와 정치적 견해를 놓고 싸울 생각이 없었다. 그건 옆에 계신 스승님에게 부끄러운 처사이기도 했고, 무엇보다 한때 내가 몸담았던 파당의 정치적 싸움에 진절머리가 나기도 했기 때문이다. 나는 그저 옆에 쓰러진 망령에게 그의 아들이 아직 살아 있다는 말을 전해 달라는 부탁만 하고는 입을 닫았다. 내가 침묵하자 파리나타는 어느새 무덤 속으로 사라져 버렸다.

나는 스승 베르길리우스가 있는 쪽으로 걸음을 옮겨가면서 물었다.

"스승님, 파리나타의 예언이 실현될까 두렵습니다. 저자의 예언이 무슨 근거가 있는 것입니까?"

베르길리우스는 미리 속단해 불안해하지 말라고 말하면서 나를 위로했다.

"장차 맑고 아름다운 영혼[51] 앞에 서면 자네 운명에 대해 분명히 알게 될 것이네. 그때까지는 조급해하지 말고 우리의 여정을 계속 밀고 나아가야 하겠지."

---

51) 베아트리체.

스승님은 말을 마치고 무덤들 사이를 빠져나와 성벽에서 떨어진 한갓진 길로 발길을 옮겼다. 그 길 아래쪽은 더 깊은 골짜기로 이어지고 있었는데, 벌써부터 골짜기 아래로부터 기분 나쁜 악취가 바람을 타고 올라오고 있었다.

제11곡

지옥의 하부구조

　우리가 비좁은 오솔길을 걸어 바위투성이 벼랑 끝에 이르렀을 때, 밑을 내려다보니 처참한 몰골을 한 망령들이 득시글거리고 있었다. 우리는 바람을 타고 올라오는 악취에 숨이 막힐 지경이었다. 그래서 악취를 피하기 위해 어느 거대한 무덤의 봉분 뒤로 잠시 몸을 피했다. 무덤에는 묘비명이 있었는데 다음과 같이 씌어 있었다.

　〈여기 포티누스에게 이끌려 바른 길에서 벗어난 교황 아나스타시우스[52]를 내가 지키노라〉

---

52) 아나스타시우스 2세. 예수의 신성만을 인정했다는 의심을 받아 전임 교황으로부터 파문당한 동방 교회의 아카키우스 총대주교와 그 추종자인 포티누스 부제에 우호적인 태도를 보임으로써, 후대에 가톨릭교회를 혼란케 만든 배교자라는 비판을 받았다.

우리는 악취가 걷힐 때까지 좀 쉬었다 가기로 했다. 베르길리우스는 그 틈을 이용해 내게 지옥의 하부구조에 대해 설명해 주었다.

"이 골짜기 아래로 내려가면 점점 좁아지는 원통형으로 이루어진 세 개의 지옥이 나온다네. 저주받은 죄 많은 망령들이 형벌의 고통으로 몸부림을 치고 있는 곳이지. 그들이 지은 죄는 여러 가지이지만 그중에서도 남을 기망하고 속이는 죄로 인해 고통을 받고 있는 거라네."

나는 스승님께 제7지옥에 갇혀 있는 망령들에 대해 물었다.

"첫 번째 지옥에는 폭력을 휘둘러 사람을 죽이거나 상해를 입힌 자들이 갇혀 있다네. 또한 두 번째 지옥에는 자기 자신에게 폭력을 행사한 자들인데, 자살을 하거나 자해를 저지르거나 노름으로 인생을 탕진한 경우일세. 결국은 그 대가로 몸부림치며 후회의 눈물을 흘리고 있지. 그리고 세 번째 지옥에는 하느님을 깔보거나 업신여긴 자들이 갇혀 있네. 이들 역시 하느님의 공의를 부정하고 모독한 죄로 고통을 받고 있지. 덧붙이자면 부정한 방법으로 타인의 재산을 강탈한 고리대금업자들도 여기서 그 죗값을 치르고 있다네."

제7지옥에 대한 설명을 마친 베르길리우스는 제8지옥과 제9지옥에 대해서도 간략하게 설명해 주었다. 제8지옥에는 양심과 정의를 저버린 위선자, 남의 물건을 훔친 도둑들, 성스러운 성직을 돈으로 사고 판 자들, 더러운 포주들이 갇혀 있는데, 이들은 모두 최소한의 인간적인 양심과 신의를 저버린 악의 무리들이었다. 가장 깊은 지옥인 제9지옥에는 그 모든 반역자의 무리들이 갇혀 있는데, 그들은 영원히 구제받을 수 없는 형벌을 받고 있다고 일러주었다.

제12곡

미노타우로스와 켄타우로스

악취가 좀 가시자 우리는 제7지옥의 벼랑을 따라 아래로 내려갔다. 길은 험하고 어딘지 모르게 음산한 기운이 감돌았다. 그 옛날 알프스 산에서 지진으로 산사태가 일어나 길이 다 막혀 버렸던 것처럼 우리 앞에는 무너진 바위 사이로 겨우 한 사람이 지나갈 만한 좁은 길이 있을 뿐이었다.

한동안 길을 따라 내려가던 우리의 발걸음을 멈추게 하는 것이 있었다. 가짜 암소의 배 속에서 잉태된 크레타의 치욕[53]이었

---

53) 크레타의 왕 미노스가 포세이돈에게서 멋진 황소를 선물로 받았는데, 황소를 보고 반해 버린 왕비 파시파에가 나무로 만든 암소 모형 안에 들어가 기어이 황소와 정을 통한다. 그렇게 해서 몸뚱이는 사람이고 머리는 소인 괴물 미노타우로스를 낳게 된다.

다. 그것은 뭔가에 잔뜩 화가 난 듯 나를 향해 곧 달려들 기세였다. 이에 베르길리우스가 나서서 타이르듯 말했다.

"오해하지 마시게. 이 사람은 아테네의 공작[54]이 아니라네. 그러니 화를 풀고 어서 길을 열어 주게나. 우리는 갈 길이 멀고 급하이."

스승님의 말씀에도 불구하고 미노타우로스는 화를 삭이지 못한 채 길길이 날뛰었다. 그 모양새를 살피던 스승께서 나를 재촉했고, 우리는 재빨리 바위들 사이를 뛰어서 골짜기 아래로 내려갔다. 그곳에는 시뻘건 피의 강물이 굽이치고 있었다. 나는 토할 것 같은 역한 기운을 느꼈다. 자세히 보니 피의 강물은 부글부글 끓고 있었고, 망령들이 그 안에서 득시글거리며 몸부림치고 있었다. 너무나 처참한 광경이라 가슴을 치며 눈물을 흘리지 않을 수 없었다.

그러고도 얼마나 더 내려갔을까. 우리의 눈앞에 커다란 계곡이 활처럼 둥근 반원을 그리며 펼쳐졌다. 그리고 무리를 이룬 켄타우로스[55]들이 활로 무장한 채 강 주위를 뛰어다니다가 낯선 방문자를 보고는 일제히 움직임을 멈추었다. 그들 중 하나가 외쳤다.

---

54) 미노타우로스를 죽인 영웅 테세우스. 아테네의 왕 아이게우스의 아들이라 중세식으로 공작이라는 작위를 붙인 듯하다.
55) 그리스 신화에 나오는 반인반마(半人半馬)의 괴물.

"네놈들은 누구냐? 무슨 죄를 짓고 여기까지 온 것이냐? 냉큼 대답하지 않으면 활을 쏘겠다."

베르길리우스가 나섰다.

"그렇게 서두를 것 없다네. 내 대답은 케이론[56]에게 직접 할 것인즉 기다리게나."

그러고는 내게 몇몇 괴물들에 관해 귀띔해 주었다. 좀 전에 우리에게 외친 자는 네소스였다. 이 자는 아름다운 데이아네이라[57]를 겁탈하려다가 헤라클레스에게 죽임을 당한 놈이었다. 그리고 무리 가운데에서 고개를 숙이고 있는 자는 아킬레우스를 가르친 케이론이었으며, 그 옆에서 얼굴이 붉으락푸르락하면서 성을 내고 있는 자는 폴로스[58]였다. 이들 켄타우로스들은 모두 이 골짜기 피의 강 주변을 맴돌면서 호시탐탐 물을 벗어날 기회를 엿보는 망령들에게 화살을 쏘고 있었다. 피의 강을 지키는 파수꾼들인 셈이었다.

우리가 이들 무리에 가까이 가자 케이론이 부하들을 향해 말했다.

"네놈들도 저들의 모습을 봤겠지. 특히 뒤에 오고 있는 저기

---

56) 켄타우로스족의 일원으로, 총명하고 우아한데다 의술과 예술에도 능통하였다.
57) 그리스 신화에 나오는 헤라클레스의 아내.
58) 라피테스의 왕 페이리토오스의 결혼식에서 술에 취해 왕의 신부와 여자들을 납치하려 한 불한당.

저놈이 발걸음을 옮길 때마다 풀과 돌멩이가 들썩거리는 것을 말이다. 우리처럼 죽은 망령들이라면 무게가 없어 움직임이 없을 텐데, 이상하지 않은가 말이다."

그때 베르길리우스가 잽싸게 앞으로 나서며 그 말을 받았다.

"아케론이여, 그대의 말이 맞다. 그대는 뭇 영웅들의 스승답게 과연 명민하구나. 그대의 말처럼 이 젊은이는 살아 있는 사람이 맞다. 그리고 나는 이 친구의 인도자인 베르길리우스다. 나는 이 지옥의 골짜기를 처음부터 끝까지 인도하고 있는 중이지. 그건 하늘나라에 있는 맑고 고귀한 영혼[59]의 뜻을 받들어 하는 일이기도 하고. 자, 그러니 이제 부디 그대의 부하에게 명령해 우리를 등에 업고 이 골짜기를 건널 수 있도록 해주게."

그러자 아케론은 옆에 있는 네소스에게 명령을 내렸다.

"네가 가서 저들을 안내해. 그리고 길을 막는 녀석들은 비키게 하고."

이렇게 해서 우리는 네소스의 안내를 받으며 피의 강을 따라 앞으로 나아가기 시작했다.

그렇게 길을 나선 지 얼마 되지 않아, 피가 들끓는 강물에 잠겨 겨우 눈썹 위만 내놓고 허우적거리며 울부짖는 한 무리의 망령들을 만나게 되었다. 나는 그들이 무슨 죄를 짓고 이런 형벌

---

59) 베아트리체.

을 당하고 있는지 궁금했다. 네소스가 말했다.

"저들은 살아생전에 죄 없는 백성들을 죽이고 재산을 빼앗은 악명 높은 군주들이오. 저들 중에는 알렉산드로스 대왕도 있고, 시칠리아 섬의 폭군 디오니시우스도 있소. 그리고 저기 검은 머리칼을 아무렇게나 늘어뜨려 얼굴을 가리고 있는 자는 아촐리노[60]이고, 그 옆의 금발은 의붓자식에게 시해된 에스테 가문의 포악한 군주 오피초라오."

설명을 마치고 다시 앞으로 나아가자 이번에는 피의 강물 위로 목을 내밀고 있는 망령의 무리가 나타났다. 네소스는 한쪽에 홀로 있는 자를 가리키면서, 템스 강가에서 지금도 존경받는 자의 심장을 하느님의 품 안에서 가른 놈[61]이라고 말했다.

거기서 좀 더 나아갔을 때는 이제 가슴까지 드러낸 망령들이 보였는데, 그들 중 상당수를 알아볼 수 있었다. 그리고 피의 강물이 점점 얕아져 겨우 발목을 적시고 있는 곳에 이르렀다. 네소스에 따르면, 이렇게 차츰 얕아졌던 강물은 저 건너편에서 다시 깊어져 심연을 이루었다. 거기에는 극악무도한 폭력배들과 군주들이 아비규환의 처참한 모습으로 고통을 견디고 있었다.

---

[60] 1223년부터 이탈리아 북동부 지방을 다스린 영주이자 기벨린 파의 우두머리로, 잔혹한 통치를 일삼다가 1259년 감옥에서 죽었다.

[61] 기 드 몽포르. 그는 자신의 아버지를 죽인 영국 왕 에드워드에게 복수하려고 왕의 사촌 헨리를 죽였는데, 살해 장소가 비테르보의 교회라서 하느님의 품 안이라고 표현하고 있다.

나는 대체 어떤 군주들이 그런 형벌을 받고 있는지 네소스에게 물었다.

"뭐 일일이 다 열거할 수는 없지만 내가 본 망령들만 말하자면, 우선 저 사나웠던 아틸라[62]와 피로스,[63] 섹스투스[64]가 있소. 그리고 가장 깊은 곳에는 천지 분간 못하고 날뛰면서 수많은 인명을 살상한 코르네토의 리니에르와 리니에르 파초[65] 같은 천하의 망나니들이 피의 강물에 온몸이 잠긴 채 비명도 지르지 못하는 참혹한 형벌을 받고 있다오."

이렇게 말을 마친 네소스는 우리를 남겨둔 채 홀연히 왔던 길로 되돌아갔다.

---

[62] 기원후 5세기경에 이탈리아 반도를 침략해 악명을 떨친 훈족의 왕.

[63] 기원전 3세기경에 세 차례에 걸쳐 로마와 전쟁을 벌였던 에페이로스의 왕.

[64] 아프리카에서 수확한 곡물이 로마로 들어오는 것을 막은 해적.

[65] 13세기경에 이탈리아 중부의 아레초 지역을 누비며 살인과 약탈을 일삼던 강도.

제13곡

자살을 한 망령들

    이렇게 해서 우리는 무사히 제7지옥의 두 번째 지옥으로 들어가게 되었다. 우리 앞에는 오솔길 하나 없는 숲이 막아섰다. 그 숲은 푸르지 않고 어두웠다. 그리고 나무들은 하나같이 말라비틀어진 흉측한 몰골을 하고 있었다. 그것들은 열매는커녕 뾰족한 가시로 덮여 있었는데, 모두 독을 품고 있었다.

    그래서 야생동물조차 볼 수 없을 지경이었지만, 거기에는 희한하게도 몰골이 괴이하고 사나운 새들이 살고 있었다. 바로 하르피이아였다. 이 새들은 여인의 얼굴에다 커다란 날개와 날카로운 발톱, 털북숭이 배를 가졌으며, 가시투성이 나뭇가지 위에서 울부짖고 있었다. 그리고 숲 속 여기저기에서는 비탄의 울음소리가 들려

왔는데, 정작 그 모습이 보이지 않아 무척 당황스러웠다.

이번에도 스승님께서 나서서 내 궁금증을 해소해 주었다.

"당황할 거 없네. 자네 궁금증은 곧 풀어질 테니까. 자, 자네 맘대로 저기 있는 나뭇가지 하나를 부러뜨려 보게나."

"으아악! 대체 내 몸에 왜 손을 대는 것이냐?"

내가 스승님의 말씀대로 손을 뻗어 나뭇가지를 부러뜨리자 난데없이 비명소리와 함께 가지가 꺾인 자리에서 시뻘건 피가 흘러나왔다. 참으로 놀랄 만한 광경이었다. 나무가 사람처럼 말을 하고 있었다.

"왜 나를 해치려는 것이냐? 그대는 자비라고는 손톱만큼도 없는 인간이란 말인가. 내 비록 지금은 이러한 몰골을 하고 있지만 나 역시 인간이었느니라. 설사 내가 간악한 뱀의 망령이라고 할지라도 그대의 손길이 이토록 인정머리가 없다니. 그대의 눈에는 내가 이렇게 철철 피를 흘리며 고통으로 신음하는 모습이 보이지 않는단 말이냐?"

베르길리우스가 대신 나서서 응답했다.

"그대 피 흘리는 불쌍한 망령이여. 그대 몸에 손을 댄 것은 저 사람이지만, 그건 내가 시켜서 한 행동이니 나를 책망하기를 바라네. 나도 마음이 아프다네. 혹 그대는 내가 옛날에 썼던 시[66]

---

66) 『아이네이스』

를 읽어 보았는가? 그 시에서 나는 그대처럼 피 흘리는 나무에 대해 읊은 적이 있네만."

"물론 읽어 보았습니다. 위대한 당신의 시를 읽지 않고도 인생을 살 수 있는 이가 어디 있겠습니까. 허나 그때는 피 흘리는 나무 얘기를 믿을 수가 없었습니다. 제 운명의 미래를 미천한 인간이 어찌 짐작이나 할 수 있었겠는지요. 아, 제가 진작 당신의 시에서 교훈을 얻었더라면 좋았을 것을⋯⋯."

"후회는 언제나 늦게 오는 법이라네. 아무튼 마음이 아픈 것은 나도 마찬가지일세. 이젠 진정하고 이 사람에게 그대의 전생에 대해 말해 주시게나. 이 사람은 다시 저 세상으로 돌아갈 몸이니, 그대의 억울함을 밝히고 잃어버린 명예를 회복할 수 있을 것이네."

베르길리우스의 말을 들은 나무가 결심이 선 듯 말을 시작했다.

"그렇다면 시키는 대로 하겠습니다. 나는 페데리코 황제의 마음을 움직일 두 열쇠를 모두 갖고 있던 사람[67]입니다. 그것들을 써서 그분의 마음을 잠갔다가 열었다가 했지요. 그러므로 세상에 있을 때 내가 섬기던 그분의 마음을 나만큼 잘 헤아리는 사람은 없었습니다. 그분은 내게 자신의 비밀을 아무도 알 수 없게

---

[67] 피에르 델라 비냐. 법률가이자 시인으로, 페데리코 2세의 궁정에서 수석 서기관으로 일하며 총애를 받았다.

하라는 명령을 내렸고, 나는 그 명령을 수행하느라 밤낮없이 정성을 다했습니다. 아무도 내 충정을 의심하는 사람은 없었지요."

여기까지 말을 마친 나무는 긴 한숨을 내쉬더니 말을 이었다.

"그러나 호사다마라고 했던가요. 나도 모르게 궁정에는 나를 시기하고 질투하는 궁녀들이 있었고, 그들은 황제를 부추겨서 내게 쏠렸던 그분의 총애를 빼앗아갔지요. 나는 졸지에 반역자가 되어 감옥에 갇히게 되었습니다. 그곳에서 숱한 고문을 받고 슬픔과 탄식의 나락으로 떨어지고 말았지요. 그래서 나는 더 이상의 굴욕과 모멸을 피하기 위해 스스로 목숨을 끊는 결단을 내렸습니다. 그러나 지금도 맹세하거니와 황제에 대한 내 충정은 조금도 의심할 바 없이 진실한 것이었습니다. 이 점을 알아주시기 바랍니다. 그러니 부디 지상으로 돌아간다면, 이런 내 억울함을 밝혀 반역자라는 누명을 쓰고 실추된 내 명예를 회복시켜주기를 바랍니다."

나는 그의 애처로운 처지에 깊이 공감했다. 아마 스승님께서도 그랬던 것 같았다. 스승님이 깊은 위로를 담아 말했다.

"그대 피 흘리는 애처로운 망령이여, 그대의 바람은 이 사람에 의해 저 세상에서 이루어질 것이니 걱정하지 말게나. 그리고 그대가 어떻게 말라비틀어진 나무가 되어 버렸는지, 또 이곳에서 탈출한 망령이 있었는지 더 얘기를 해주시게나."

그러자 나무로 변한 망령은 거친 한숨을 내쉬었고, 한숨은

곧 바람이 되어 대기를 흔들었다. 그러고는 슬픈 망령의 목소리
가 다시 들려왔다.

"제 손으로 스스로 목숨을 끊은 망령들은 미노스의 심판을
받아 여기 제7지옥으로 떨어지게 됩니다. 미노스가 제 꼬리를
일곱 번 휘감는 것이지요. 결국 저는 이 숲 속에 떨어져 한 알의
씨앗으로 지옥의 생활을 시작하게 된 겁니다. 그리고 싹이 돋고
한 그루 나무로 컸던 것이지요. 이파리가 나기 시작하면 하르피
이아들이 날아와 이파리를 쪼아대면서 고통을 안겨줍니다. 게
다가 몸통에 구멍까지 뚫어 우리로 하여금 그 구멍으로 비탄을
쏟아내게 한답니다."

나는 망령에게 뭐라 위로의 말을 해줄 수가 없었다. 저들에게
도 최후의 심판의 날이 빨리 와서 육신을 되찾고 조금이라도 고
통에서 벗어나기를 바랄 뿐이었다. 그러나 스승 베르길리우스
는 자살을 한 이의 망령들은 최후의 심판의 날에도 다른 망령
들과는 달리 육체를 다시 회복할 수 없다고 일러주었다.

이러한 사실을 알고 있었는지 망령은 입을 다물고 깊은 슬픔
에 빠져 침묵하고 있었다. 우리는 난감한 표정으로 동정을 표하
는 수밖에 없었다. 그때였다. 갑자기 숲을 흔드는 소리가 들려왔
다. 그 소리는 마치 사냥꾼에게 쫓기는 짐승의 울부짖음과도 같
았다. 그리고 곧 벌거벗은 채 피를 흘리는 두 망령이 나타났다.
그들은 고래고래 악을 쓰며 숲을 헤쳐 나가고 있었는데 어찌나

빠른지 가로막는 숲의 가지들이 모두 부러졌다. 앞서 달리는 망령이 외쳤다.

"그대 죽음이여, 어서 오라."

그러자 뒤따라가는 망령이 소리쳤다.

"그대는 전쟁터에서 적에게 쫓기고 있다고 하더라도 지금처럼 빠르지 않았을 것이다."

이윽고 두 망령들은 가시덤불 속으로 쓰러져 가쁜 숨을 몰아쉬었다. 그러자 그들을 노리고 있었다는 듯이 숲 속에서 들개들이 나타났다. 피에 굶주린 들개들이었다. 들개들의 눈에서는 살기가 번뜩였다. 놈들은 사정없이 망령들에게 달라붙어 물어뜯고 사지를 찢어발겼다.

우리는 이런 처참한 광경을 지켜보았다. 스승님은 저 두 망령이 생전에 어마어마한 재물을 소유했던 부자였는데 헛되이 재물을 탕진한 죗값을 죽어서 받고 있다고 했다.

스승님은 내 손을 잡고 숲으로 이끌었다. 그곳에는 가지가 부러져 피투성이가 된 나무가 비탄의 눈물을 흘리고 있었다. 알고 보니 그 나무는 나와 동향인 피렌체 사람이었는데, 세상살이의 각박함을 이기지 못하고 목을 매 자살하는 바람에 이곳에서 고통을 당하고 있었다. 스승님과 나는 바닥에 떨어져 있는 이파리와 가지를 주워 그 발치에다 놓아 주었다.

지옥 강의 유래

나는 고향 사람을 만나 반갑기는 했지만 그의 처지가 애처로워 연민을 느끼지 않을 수 없었다. 아울러 그리운 고향 생각에 그만 가슴이 울컥해져 눈물을 흘렸다. 이런 내 처지를 헤아린 스승님은 고향에 돌아갈 수 있는 길은 우리가 함께하고 있는 이 지옥의 여정을 빨리 끝내는 방법밖에 없다고 일러주었다.

우리는 어느새 제7지옥의 두 번째 지옥을 지나 마지막 세 번째 지옥의 초입에 들어섰다. 우리 눈앞에는 풀 한 포기 나지 않은 황량한 들판이 펼쳐져 있었고, 자살한 망령들의 숲이 그 들판을 화환처럼 에워싸고 있었다. 바닥은 메마른 모래밭이었는데, 눈앞에 펼쳐진 광경을 보면서 나는 신의 형벌이 얼마나 무서운지를 다시 한 번 깨달았다.

그곳 사막에는 벌거숭이 망령들이 무리를 지어 빼곡하게 서 있었고, 그 위로는 불덩이가 함박눈처럼 쏟아져 망령들을 괴롭히고 있었다. 울부짖음과 단말마의 비명으로 들끓는 아비규환의 불구덩이가 따로 없었다. 그 속에서 하느님을 욕보이고 모독했던 무리들은 벌렁 드러누워 눈을 치떴으며, 고리대금업자들은 잔뜩 몸을 웅크린 채 땀을 흘려댔다. 그리고 하느님의 율법을 어긴 동성애자들은 그 수가 가장 많았는데, 그들은 어디 한 곳에 있지 못하고 이리저리 방황했다.

나는 그중에서도 미동도 하지 않고 누워 있는 망령을 보고 베르길리우스에게 물었다.

"스승님, 저 불구덩이 속에서 꼼짝하지 않고 누워 있는 저 거대한 덩치는 대체 누군지 궁금합니다."

내 목소리를 들었는지 거대한 덩치의 망령이 스승님의 대답을 가로막고 나서며 말했다.

"나는 살아서나 죽어서나 마찬가지지. 제우스가 그의 대장장이[68]를 시켜 내게 불벼락을 내려 죽게 했지만, 난 단 한 번도 제우스를 무서워해 본 적이 없느니라."

자못 호기를 뽐내는 목소리였다.

---

68) 불카누스. 대장장이이며 불의 신인 그는 제우스의 강력한 무기인 번개를 만들었다.

그러자 스승님께서 전에 없이 화를 벌컥 내면서 큰소리로 꾸짖는 것이었다.

"네놈은 여기서도 그 잘난 체하는 버릇을 버리지 못했단 말이냐. 대체 네놈은 얼마나 더 큰 형벌을 받아야 버릇을 고치겠느냐. 이 오만하기 짝이 없는 망령아!"

그제야 망령은 잠잠해졌다.

베르길리우스에 따르면, 저 거대한 망령은 테베를 공격하던 일곱 명의 왕 중 하나인 카파네우스였다. 그는 생전에도 신을 모독하고 불경죄를 저질렀던 자인데, 일말의 반성조차 없이 이 지옥에 떨어져서도 여전히 오만한 모습에 스승님도 꽤나 화가 난 모양이었다.

우리는 불타오르는 모래사막을 피해 숲 가장자리를 조심스레 걸어 시냇물이 흐르는 곳에 이르렀다. 그 시냇물의 빛깔은 섬뜩한 핏빛이었다.

"우리가 이 지옥의 여정을 시작한 후로 이 시냇물처럼 진기한 마술을 부리는 모습을 본 적은 없을 것이네. 그도 그럴 것이 이 시냇물은 불이란 불을 모두 집어삼켜 꺼버리기 때문이지."

스승님의 말씀을 듣고 보니 나는 그 내막이 더욱 궁금해졌다. 스승님의 자세한 얘기가 이어졌다.

"그 옛날 바다[69] 한가운데에 크레타라는 섬나라가 있었네. 참으로 아름답고 풍족한 나라였는데, 왕[70]이 처음 나라를 통치하던 시기에는 그야말로 번영을 구가했다네. 섬 중앙에는 '이데'라는 산이 있어 수목이 우거지고 맑은 시냇물이 흘러 낙원처럼 아름다웠다지. 당시 왕의 아내 레아[71]는 여러 명의 자식들을 낳았는데, 아비로부터 아들을 지키기 위해서 이데 산을 요람으로 선택했네. 그리고 아이가 울 때마다 시종들을 시켜 다른 소리를 내게 해 울음소리를 감추었지. 그 산에는 늙은 거인이 우뚝 서 있었는데, 어깨는 다미에타[72]를 향하고 얼굴은 거울을 쳐다보듯 로마 쪽을 향해 있었다지 뭔가. 그 거인의 머리는 금으로, 팔과 가슴은 은으로, 배와 무릎은 구리로, 다리는 쇠로 이루어져 있었는데, 오른쪽 발만은 마른 흙으로 되어 있어서 오른발로 중심을 잡아야만 했다는군. 그런 상태에서 오랜 세월이 흘러 차츰 금이 아닌 몸뚱이는 부식되어 틈이 벌어지고 그 사이로 거인의 눈물이 떨어져 이 지옥의 다섯 강을 이루게 된 것이라지. 아케

---

69) 중세 유럽인들에게 바다는 지중해를 가리켰다.

70) 크레타 섬을 처음 다스린 것으로 전해지는 전설적인 왕은 사투르누스다. 그는 그리스 신화의 농경신인 크로노스와 동일시되는데, 그의 치세기는 모든 것이 풍족한 황금시대로 불리며 당시 사람들은 다툼 없이 순박하고 행복하게 살았다고 한다.

71) 천공의 신 우라노스와 대지의 여신 가이아 사이에서 태어난 딸로, 남매 사이인 사투르누스와 결혼해 여러 자식들을 낳았다. 그러나 자식들 중 하나가 아버지를 몰아내고 왕이 된다는 예언을 들은 사투르누스는 레아가 아이를 낳을 때마다 족족 집어삼켜 버렸다. 그러자 레아는 마지막으로 낳은 아들 제우스를 이데 산의 동굴에 감추고 대신 돌덩이를 낳은 척해서 사투르누스로 하여금 집어삼키게 했다. 그렇게 해서 몰래 키워낸 제우스가 커서 아버지를 몰아내고 최고의 지배자가 되었다.

72) 이집트 나일 강 하구에 있는 도시 이름.

론과 스틱스, 플레게톤,[73] 그리고 지옥의 맨 아래에 있는 코키토스[74]가 바로 그것들이라네."

베르길리우스의 다소 장황한 얘기를 듣고 나니 내 궁금증이 또 도져서 여쭈었다.

"스승님 말씀대로 이 지옥 강들이 저 세상에서부터 시작된 것이라면 어찌하여 이 지옥의 기슭에서만 보이는 것인지요?"

"자네는 혹 이 지옥이 아래로 곧게 이어지는 동굴로 착각을 하는 게 아닌가. 지옥은 둥근 원이 중층 구조를 이루며 아래로 연결되어 있다네. 우리가 아래로 많이 내려오기는 했지만 지옥 한 바퀴를 돌려면 아직도 길이 멀다네. 그러니 강물을 여기서 보게 되는 것도 이상할 것이 없겠지. 앞으로 놀랄 일이 점점 많아질 걸세. 원래 여행이란 그런 것이라네."

베르길리우스는 이렇게 우리의 앞길에 대한 모종의 암시를 하면서 걸음을 옮겼다.

"스승님, 언제쯤이면 플레게톤 강을 볼 수 있을는지요? 그리고 레테[75]에 대해서는 왜 말이 없으신가요?"

"내 일러주지 않았던가. 자네 기억을 한번 더듬어 보게. 펄펄

---

73) 두 시인이 이미 지나온 강들이다. 아케론은 3곡에서, 스틱스는 7곡과 8곡에서, 그리고 플레게톤은 이름을 언급하지 않았으나 12곡에서 피가 들끓는 강으로 묘사하고 있다.

74) 제31곡에서 얼어붙은 웅덩이로 묘사하고 있다.

75) 그리스 신화에서 저승 세계를 흐르는 강들 중 하나로, 망각의 강으로 일컬어진다.

끓는 강물에 몸을 담근 채 허우적거리던 망령들이 생각날 것일세. 그게 바로 플레게톤 강이었네. 그리고 물을 마시면 자신의 과거를 잊게 되는 레테 강은 이제 이곳을 벗어나면 볼 수 있을 것이네. 미리 말해 두지만 그곳은 죄를 회개한 자들이 죄 사함을 받은 날 몸을 씻으러 가는 곳이라네."

그러고는 잠시 멎었던 스승님의 말씀이 다시 이어졌다.

"자, 이제 이 지옥의 숲을 벗어나 길을 재촉하세나. 나를 잘 따라오게. 앞서도 말했지만 이 지옥에서 함박눈처럼 떨어지던 불덩이들은 다 꺼지게 될 것이네."

제15곡

부르네토 선생님과 동성애자들

우리는 한참을 걸어 숲에서 멀리 떨어진 곳에 이르렀다. 그곳 둑길 아래서 우리는 한 무리의 망령들과 또다시 만나게 되었다. 그들은 달밤에 서로의 얼굴을 확인이라도 하는 것처럼 우리를 뚫어져라 쳐다보았다. 그리고 그 가운데 한 망령이 내 옷자락을 잡으며 반갑게 말하는 것이었다.

"아, 여기서 자네를 보게 되다니. 자네는 단테가 아닌가? 나를 모르겠는가?"

자세히 보니 그는 부르네토 라티니[76] 선생님이었다. 참으로 뜻

---

76) 단테가 스승으로 섬겼던 피렌체 출신의 철학자이자 수사학자 겸 법률가.

밖이었다. 나는 반가움과 놀라움을 표시했다.

"자네와 함께 얘기를 나누고 싶은데 괜찮겠는가?"

내가 고개를 끄덕여 괜찮다는 무언의 대답을 하자 부르네토가 말을 이었다.

"아직 최후의 심판의 날이 오지 않았는데 자네를 이곳까지 이끈 것은 운명이란 말인가. 이곳은 자네가 올 곳이 아니야. 지금이라도 할 수만 있다면 얼른 달아나라고 하고 싶군. 이곳까지 자네를 인도한 자가 누구인가?"

부르네토는 이렇게 말하면서 힐끗 베르길리우스를 쳐다보았다. 그 모습이 어딘지 불안해 보였다. 내가 말했다.

"저는 아직 제 나이가 완전히 차기도 전[77]에 어느 계곡에서 길을 잃었습니다. 그런 와중에 이분께서 나타나 제가 이곳을 탈 없이 순례할 수 있도록 인도해 주셨지요. 그러니 걱정하지 않으셔도 됩니다."

내 말을 들은 부르네토는 다시금 스승님 쪽을 슬쩍 쳐다본 다음 입을 열었다.

"이렇게 대화를 나눌 수 있어 고맙군. 나는 일찍이 자네의 재능을 알아보았지. 자신의 별을 뒤따르는 한 자네는 틀림없이 바라는 바 영광스런 곳에 도착할 수 있을 것이네. 자네가 은혜로운 분

---

77) 죽기 전.

을 만나 이 지옥을 순례하고 있다니, 내가 살아 있었다면 마음껏 격려를 해줬을 텐데 말이야. 그 점이 나로서는 무척 아쉽다네."

그러고는 망령들이 갖는 예언의 힘으로 내게 앞날을 일러주었다.

"부디 내 말을 잘 들어두게나. 그대의 선의에도 불구하고 피렌체의 토박이 시민들에게 자네는 적이 될 것이네. 그들은 근본부터가 비열하고 악한 무리들이지. 그들과 또 다른 파당을 만들어 적대하고 있고, 로마인의 후예를 자임하고 있는 자네가 속한 피렌체 시민들 또한 다를 것이 없다네. 그들 두 파당은 아마도 서로 자네를 끌어들이려 할 것이네. 자네의 명예로운 지위를 이용하자는 속셈이겠지. 이기심과 질투에 눈먼 인간들의 세상에서 앞날은 한 치도 알 수가 없는 법이니 조심해야 할 걸세. 파당의 무리에서 멀리 떨어져 있게.[78] 예나 지금이나 초목은 산양의 무리와 멀리 떨어져 있을 때 안전한 법이지."

나는 부르네토의 충고를 고맙게 받아들이면서 덧붙였다.

"이곳에서 선생님을 뵙게 되다니요. 제가 좀 더 정치를 잘 했더라면 선생님은 아직도 저 세상에서 명예를 누리며 살고 계셨을 텐데 안타깝기 짝이 없습니다. 저는 지금도 선생님의 열정적인 모습을 기억하고 있습니다. 선생님께서는 사람의 도리를 가르쳐

---

78) 단테는 망명 중에 겔프 백당과도 결별하였다.

주셨지요. 어버이와 같은 인자한 가르침은 지금도 제게 감동으로 남아 있답니다. 선생님이 말씀하신 제 앞날에 대한 충고는 깊이 새겨두겠습니다. 그리고 맑고 고결한 영혼[79]을 만나면 제 운명에 대해 잘 알 수 있을 것입니다. 다만 여기서 제가 말씀드리고 싶은 것은 지금까지도 그랬거니와 앞으로도 제 양심에 반하는 일은 하지 않을 것이라는 점입니다. 어쨌거나 운명의 수레바퀴를 돌리는 것은 하느님의 몫이니 당연히 그에 따라야 하겠지요."

베르길리우스는 부르네토의 충고를 잘 받아들이라고 일러주었다. 나는 스승님의 말씀에 동의하면서 부르네토에게 함께 가고 있는 망령의 무리들 중에 세상에서 명예를 떨친 망령이 있는가를 물었다.

"물론 있다네. 일일이 다 말할 수는 없겠지만 몇몇 망령들에 대해서는 얘기해도 좋을 듯싶군. 이 망령의 무리들은 세상에서 모두 성직자들이거나 저명한 학자들이었지. 이들의 공통점은 모두가 하느님의 율법을 어긴 동성애의 죄를 범했다는 것일세. 자네에게 부끄럽네만 나 역시 마찬가지지. 저기 앞장서 걸어가는 두 망령은 프리스키아누스[80]와 프란체스코 다코르소[81]라네.

---

79) 베아트리체.
80) 6세기 초에 명성을 떨친 라틴어 문법학자.
81) 13세기 볼로냐 법학파의 거장으로, 영국 에드워드 1세의 부름을 받아 옥스퍼드 대학에서 강의하였다.

그리고 하인들의 하인[82]에 의해 아르노 강에서 바킬리오네 강으로 옮겨져 거기서 죄 많은 육신을 남긴 자[83]도 보이지. 뭐, 그 밖에도 많은 망령들이 있네만, 자네와 더 얘길 나눌 만한 치지가 못 되는군. 저기 모래사막에서 불꽃이 타오르는 것이 보이잖나. 사나운 망령들이 이곳으로 오고 있네. 저놈들과는 도저히 어울릴 수가 없다네. 대신 내가 지은 『테로소』[84]를 추천할 테니 나중에 읽어보게나. 난 어서 몸을 피해야겠네. 잘 가게."

말을 마친 부르네토는 부리나케 몸을 돌려 달려갔다. 그 모습은 마치 경주에 참가한 육상 선수의 뒷모습을 보는 것처럼 힘차고 경쾌했다.

---

82) 공식적인 문헌들에서 쓰이기도 하는 교황의 별칭으로, 여기서는 보니파시오 8세를 가리킨다.

83) 피렌체 출신의 안드레아 데 모치를 가리킨다. 피렌체의 주교였던 그는 1295년 바킬리오네 강가에 자리한 비첸차의 주교로 좌천되었다가 이듬해 사망하였다.

84) 라티니가 정쟁에 휘말려 프랑스로 망명해 있는 동안 프랑스 어로 쓴 백과사전적 작품.

제16곡

수도자의 밧줄

우리는 어느덧 제7지옥이 끝나는 세 번째 지옥의 가장자리에 이르렀다. 그곳에는 강물이 벼랑 밑으로 떨어져 거대한 폭포를 이루고 있었다. 물소리가 얼마나 엄청나던지 귀가 윙윙거리며 울릴 정도였다.

그때 망령의 무리들 중 세 명이 우리 앞에 모습을 나타냈다. 그들 역시 하느님의 율법을 어기고 동성애의 죄를 범한 자들이었다. 그들은 거칠고 사나웠다. 온몸이 상처투성이였고 진물이 흘러나와 끔찍한 몰골로 악취를 풍기고 있었다. 그들 모두는 나와 동향인 피렌체 출신의 명망가들이었다.

그중 한 망령이 우리 앞을 가로막고 나서며 내게 물었다.

"그대는 산 자의 몸으로 어찌 이 지옥을 순례하려 하는가?"

내가 나서기도 전에 스승 베르길리우스가 차분하게 저간의 사정을 일러주었다. 그러자 그 망령은 고맙게도 내게 축복을 내려주었다. 또 다른 망령은 고향 피렌체의 소식을 물은 다음, 돌아가게 되면 자신의 안부를 전해 달라고 부탁하고는 다른 망령들과 함께 바람처럼 사라졌다.

우리는 다시 걸음을 재촉해 앞으로 나아갔다. 그리고 잠시 후 천둥소리처럼 굉음을 내며 폭포가 떨어지고 있는 벼랑에 이르렀다. 가까이에서 보니 그 폭포의 빛깔은 온통 핏빛이었다.

그때 스승님께서는 무슨 생각이 드셨는지 내가 허리에 매고 있던 밧줄을 풀어 달라고 하셨다. 나는 한때 수도승 생활을 한 적이 있어 허리에 밧줄을 매고 다녔던 것이다. 그것으로 표범[85]을 잡아 볼까 생각하기도 했다. 어쨌거나 나는 밧줄을 풀어 스승님께 건넸다. 그러자 스승님께서는 그 밧줄을 들고 벼랑 가까이 다가가더니 골짜기 아래로 휙 던져 버리는 것이었다. 아마도 무슨 신호를 보내는 것 같았다. 잠시 후, 벼랑 아래쪽에서 캄캄한 어둠을 가르며 거슬러 올라오는 물체가 보였다. 이윽고 그 물체가 모습을 드러냈을 때, 나는 심장이 멎는 듯한 충격을 받았다. 그도 그럴 것이 그 물체는 내가 상상도 할 수 없는 기괴한 모습을 하고 있었다.

---

85) 제1곡에 나오는 음란함의 상징인 표범.

제17곡

게리온과 고리대금업자들

"잘 보게나, 꼬리가 뾰족한 저 짐승[86]을. 저 무지막지한 괴물
은 산과 들을 자유롭게 넘나들고, 성곽이나 온갖 무기들을 단
숨에 쳐부수며, 온 세상에 더러운 악의 씨앗을 퍼뜨린다네."

베르길리우스가 나에게 말했다. 그러고는 괴물에게 손짓을
해 가까이 오라는 신호를 보냈다. 그러자 그 괴물은 큰 날개를
펼친 채 머리와 가슴을 벼랑 끝 가장자리에 턱하니 걸치는 것이
었다. 얼굴은 사람의 모습으로 언뜻 선량해 보이기까지 했다. 몸
통은 뱀의 형상을 하고 있었고, 두 개의 앞발에는 날카로운 발

---

86) 게리온.

톱들이 나 있었다. 그리고 등과 가슴, 양 옆구리에는 이상한 모양의 무늬가 아름답게 수놓아져 있었는데, 가끔 두 갈래로 갈라진 꼬리를 허공으로 치켜들어 휘휘 내저었다.

스승님은 나를 데리고 벼랑의 오른쪽으로 돌면서 뜨거운 모래사막과 불덩이를 피해 나갔다. 그러고는 손가락으로 저 아래쪽 모래바닥에서 웅성거리고 있는 망령들을 가리키며 말했다.

"자네가 이곳에서 경험을 쌓을 좋은 기회네. 저 아래로 내려가서 망령들의 동태를 살펴보고 오게. 다만 너무 오래 있어서도 안 되고 망령들과 실랑이를 해서도 안 되네. 나는 자네가 올 때까지 이놈의 괴물과 한번 협상을 해보겠네. 우리가 이놈의 등을 빌려 타고 저 아래로 내려갈 수 있는지를 말일세."

나는 혼자 제7지옥의 세 번째 지옥에서 제일 가장자리로 내려갔다. 아까 어렴풋이 보았던 것처럼 그곳에는 망령들이 눈물을 흘리며 참혹한 형벌을 받고 있었다. 사방에서 불덩이가 연신 쏟아지고 모래바닥의 뜨거운 열기에 그들은 하나같이 안절부절못하며 이리저리 몸을 뒤척이느라 정신이 없었다. 그 모습은 마치 한여름 뙤약볕 아래서 개가 벼룩이나 파리에게 물려 어쩔 줄모르고 날뛰는 것과 흡사해 보였다.

망령들 중에 낯익은 자는 없었다. 다만 자세히 보니 그들은 누구랄 것도 없이 저마다 목에 돈주머니를 하나씩 매달고 있었다. 그들은 모두 생전에 고리대금업자들이었다. 돈주머니에는 서로 다른 색깔과 모양의 무늬가 그려져 있었는데, 아마도 그것은 생전에 그들 자신의 가문을 표시하는 문양 같았다.

망령들 사이를 거닐며 주위를 살피던 나는 마침 노란색 돈주머니에 그려진 하늘색 사자 문양[87]을 보게 되었다. 그 옆에는 빨간색 돈주머니에 그려진 흰색 거위 문양[88]이 있었다. 그리고 흰색 돈주머니에 그려진 파란색 암퇘지 문양[89]도 보였는데, 그 돈주머니의 주인이 나를 보고 소리쳤다.

"사지 육신이 멀쩡한 자가 어찌 이 참혹한 모래밭에서 얼쩡대는 것이냐? 어서 썩 물러가라. 여긴 나를 빼고는 모두 피렌체 사람들인데, 어리석게도 자신들과 같은 처지에 있는 나를 조롱하고 있다. 그 때문에 내 귀청이 떨어질 정도로 괴롭구나."

나는 더 머물며 고리대금업자들의 망령과 얘기를 하고 싶었지만 오래 머물지 말라는 스승님의 말이 생각나 발걸음을 돌렸다. 내가 돌아왔을 때 스승님은 협상이 잘 되었는지 막 괴물 게리온의 등에 올라타고 있었고, 내게도 얼른 타라고 손을 내밀었다. 나는 두려웠지만 스승님을 믿고 올라탔다. 스승님은 뒤에서 나를 꼭 껴안고 명령을 내렸다.

---

87) 피렌체의 겔프당에 속하는 잔필리아치 가문의 문장.
88) 피렌체의 기벨린당에 속하는 오브리아키 가문의 문장.
89) 파도바의 귀족 집안인 스크로베니 가문의 문장.

"자! 게리온, 이제 어서 가자. 네 등에 탄 사람은 죽은 망령이 아니라 살아 있는 목숨이니 조심해서 내려가자꾸나."

그러자 게리온은 일말의 망설임도 없이 조심스럽게 원을 그리며 벼랑 아래로 내려갔다. 나는 두려움에 떨며 아래로부터 올라오는 차가운 바람의 기미만을 느낄 뿐 거의 정신을 잃을 지경이었다. 그때 오른편 아래쪽에서 거대한 파도가 치는 듯한 소리가 들려왔다. 밑을 내려다보니 타오르는 불구덩이가 눈에 들어왔고, 그 속에서는 탄식과 비명이 들끓고 있었다. 그 소리에 정신이 팔려 하마터면 떨어질 뻔했다. 나는 게리온의 등에 필사적으로 매달렸다. 한참 후 게리온은 벼랑 아래 골짜기 바위틈에 우리를 내려놓고는 잽싸게 사라졌다.

제18곡

말레볼제의 사악한 망령들

우리는 이렇게 해서 게리온의 도움을 받아 말레볼제[90]라고 불리는 제8지옥에 이르게 되었다. 이곳 사악한 벌판의 가운데에는 아주 넓고 깊은 웅덩이[91]가 있었다. 그리고 높고 험한 절벽과 웅덩이 사이에는 각종 사악한 죄를 범한 죄인들을 구분지어 형벌을 가하는 열 개의 구덩이가 계단식으로 아래를 향해 원형을 이루면서 차곡차곡 패어 있었다. 마치 해자들이 성벽을 중심으로 동심원을 이루며 성을 에워싸고 있는 것 같은 구조였다.

---

90) '사악한 구덩이'라는 뜻으로, 단테가 지어낸 말이다.
91) 제9지옥을 이루는 얼어붙은 호수 코키토스.

그런 상태에서 절벽의 발치에서부터 구덩이들을 차례차례 가로질러 뻗어 내려간 돌다리들이 웅덩이에 이르러서는 모두 끊겨 있었다. 베르길리우스는 나를 인도하며 왼쪽으로 난 길을 따라 내려갔다.

우리는 오른편 첫 번째 구덩이에서 매질을 당하는 망령들을 보았다. 지금까지와는 다르게 모든 것이 새로웠다. 그들은 뚜쟁이와 엽색가들이었다. 구덩이 밑바닥에서는 망령의 무리들이 벌거벗은 채 두 편으로 나뉘어 걸어오고 있었다. 그들 위로는 주변을 에워싼 바위에서 마귀들이 튀어나와 마구 채찍질을 했다. 나는 망령들이 채찍을 피하기 위해 이리저리 몸을 피하며 달아나는 비참한 모습을 보고 한숨을 토해냈다. 피가 나고 살점이 떨어져 허옇게 뼈가 드러나는 고통 속에서 울부짖는 망령들……

그 망령들 중에 내 눈에 띄는 자가 있었다. 내가 좀 더 자세하게 그자의 얼굴을 보기 위해 걸음을 멈추자, 스승님도 함께 걸음을 멈추고 내가 망령과 얘기를 할 수 있도록 허락했다. 뿔 달린 마귀에게 채찍을 맞아 피투성이가 된 망령은 고개를 숙여 얼굴을 감추려고 했다. 자신의 정체가 탄로나는 것이 두려웠던 모양이다. 그러나 나는 그자의 얼굴을 분명 기억하고 있었다. 내가 망령에게 타이르듯 소리쳤다.

"그대가 얼굴을 감춘다고 내 그대를 모를 줄 알았더냐. 내 기

억이 분명하다면 그대는 베네디코 카치아네미코[92]가 분명하렷
다. 그렇지 않은가. 그대는 대체 무슨 죄를 지었기에 이 지옥에
떨어져 참혹한 고통을 받고 있단 말인가?"

그가 썩 내키지 않는 몸짓으로 말했다.

"내 어찌 숨길 수 있겠는가. 나는 그대가 말한 베네디코가 맞
소이다. 아! 어쩌다 내가 이런 추잡한 얘기를 내 입으로 하게 되
었는지…… 내 운명이 원망스럽소. 내게는 아름다운 누이동생
기솔라벨라가 있었다오. 그런데 내가 돈에 눈이 멀어 누이의 몸
을 탐내던 후작에게 넘겨주고 말았지요. 부끄러운 짓이었소. 하
지만 볼로냐에선 그런 짓이 공공연히 행해진 것도 사실이라오.
그래서 우리 볼로냐 사람들은 이곳에서 죗값을 치르고 있소이
다."

이렇게 얘기하는 동안 마귀가 나타나 베네디코에게 채찍질을
하며 꾸짖었다.

"어서 썩 꺼지지 못할까. 누이동생을 돈과 바꾼 이 뚜쟁이 놈
아. 이곳에선 네놈이 팔아먹을 처자는 없으니 어서 썩 꺼져라.
네놈이 그러고도 한때 겔프당의 우두머리였다니, 한심하지도 않
은가."

나는 마귀의 준엄한 꾸짖음을 들으며 스승님 곁으로 돌아왔

---

92) 볼로냐의 겔프당에 속하는 가문 출신으로 당쟁에 적극적으로 가담하였다.

다. 그리고 다시 걸음을 옮기자 돌다리가 보였다. 우리는 돌다리 위로 올라섰다. 그때 스승님께서 입을 열었다.

"잠깐 걸음을 멈추고 저 망령들의 얼굴을 좀 보게나. 안 태어난 것보다 못한 자들의 망령들이지. 저들과 같은 방향으로 걷고 있었기 때문에 우린 저들의 얼굴을 제대로 보지 못했던 거라네."

다리 위에서 내려다보니 우리가 지나왔던 구덩이에서 매질을 당하고 있는 망령들이 보였고, 그 반대쪽에서는 우리가 있는 쪽을 향해 망령들이 마귀의 채찍을 피해 달려오고 있었다. 스승님은 그 무리 중에서 체구가 우람한 망령을 가리키며 이아손이라고 일러주었다. 그는 내가 보기에도 당당하고 기품이 있는 모습이었다.

베르길리우스에 따르면, 이아손은 황금 양피를 구하기 위해 콜키스로 원정을 떠난 영웅들의 대장이었다. 그 원정에서 이아손은 우여곡절 끝에 황금 양피를 손에 넣고는 돌아와 결혼까지 하게 되었다. 그런데 그는 호색한 기질이 있어서 원정 중에 여러 명의 여인들을 속여 관계를 맺고는 차버렸다. 그 때문에 이 지옥에 떨어져 고통을 받고 있었던 것이다.

어느덧 우리는 언덕을 지나 아치형 다리가 골짜기 위에 걸려 있는 지점에 이르렀다. 거기 두 번째 구덩이에는 온갖 아첨꾼들이 악취 나는 똥물 속에서 벌을 받고 있었다. 제 몸을 치고 쥐어뜯으며 울부짖는 망령들로 구덩이 속은 그야말로 아비규환이었다. 얼마나 역겹던지 속이 울렁거렸고, 금방이라도 토할 것 같았다. 구덩이 아래서 올라오는 악취가 코를 찔렀고, 사방 벽에는 더러운 곰팡이가 덕지덕지 서식하고 있었다. 그 구덩이가 얼마나 깊던지 다리 꼭대기에 올라서야 그 전부를 볼 수 있을 정도였다.

스승님과 나는 다리 위에서 똥물에 처박혀 득시글거리는 참혹한 망령들을 바라보았다. 한참을 그렇게 바라보다가 나와 눈이 마주친 망령이 있었는데, 그가 댓바람에 소리치는 것이었다.

"그대는 왜 나만 뚫어져라 쳐다보는 것이오? 이곳에는 나보다 더 더럽고 악취를 풍기는 망령들이 얼마든지 있을 텐데 말이오."

그때 불현듯 내 머릿속에서 그 망령의 얼굴이 떠올랐다.

"그대는 소문난 아첨꾼 알레시오 인테르미넬리[93]가 아닌가. 물론 명문 귀족이며 백장미 당원이기도 했지."

그러자 그 망령은 머리통을 제 손으로 쥐어뜯으면서 말하는 것이었다.

"그대의 말이 맞소이다. 아첨을 하느라 내 혓바닥은 한 번도 싫증 날 겨를이 없었다오. 그런 내 혓바닥이 나를 이 지옥에 빠

---

93) 이탈리아 중부 피사 근처에 있는 루카 출신의 인물.

뜨린 거요."

그때 베르길리우스가 한 망령을 가리키며 나를 보고 말했다.

"자네 눈을 들어 저길 보게나. 머리를 풀어 늘어뜨린 창녀의
얼굴이 보이잖나? 바로 타이스[94]라네. 온몸에 똥칠을 하고 제
손톱으로 몸뚱이를 벅벅 긁고 있지. 생전엔 아름다움을 뽐내며
뭇 사내들을 울렸지. 한편으론 제 몸뚱어리를 내주고 금화를 챙
기면서 말이지. 자, 이제 이곳을 떠나 다시 길을 나서 보게나."

---

94) 테렌티우스의 희극 「거세된 남자」에 나오는 등장인물.

치부를 한 교황들

우리는 세 번째 구덩이에 도착했다. 구덩이 한복판에는 예의 아치형 다리가 걸려 있고, 그 아래에는 성직이나 성물을 사고팔아 모독한 자들이 형벌을 받고 있었다. 그들 위에는 다음과 같은 시구가 걸려 있었다.

〈마술사 시몬[95]이여 / 그리고 그를 추종하는 자들이여 / 하느님의 말씀을 듣지 않고 / 재물에 눈이 멀어 / 신성한 성직과 성물을 / 금과 은으로 사고팔아 더럽히고 말았으니 / 이제 이 지옥

---

95) 「사도행전」에 나오는 마술사로, 예수의 제자들이 성령의 힘으로 기적을 행하는 것을 보고 돈으로 그 능력을 사려고 하였다. 성직이나 성물을 사고파는 죄악을 가리키는 시모니아(simonia)라는 용어는 여기에서 유래한다.

에 떨어진 그대들을 향해 / 나팔소리가 울려야[96] 마땅하리라〉

나는 시구를 읽으면서 하느님께서 행하시는 선악에 대한 정의로운 심판이야말로 얼마나 무서운가를 절실하게 깨달았다. 그것은 저 세상에서나 이곳 지옥에서나 마찬가지였다. 새삼 하느님의 권능이 얼마나 크고 위대한지 알게 되었다.

스승님과 나는 돌다리 위에서 세 번째 구덩이를 바라보다가 구덩이를 둘러싸고 있는 바위와 바닥에 둥근 구멍이 수없이 나 있는 것을 보았다. 그 구멍들에는 저마다 망령들이 거꾸로 처박혀 있었는데, 발과 무릎과 허벅지는 삐죽 밖으로 나오고 몸통은 안에 묻혀 있었다. 그런 상태로 발바닥에서 활활 불이 타오른 까닭에 망령들은 다리를 퍼덕거리며 고통에 몸부림을 치고 있었다. 그 몸부림이 얼마나 격심했던지 사지를 철사로 꽁꽁 묶어 놓았더라도 능히 끊어질 만했다.

나는 여러 망령들 중에서도 유독 다른 망령들보다 다리를 심하게 버둥거리며 시뻘건 화염 속에서 고통 받고 있는 자에게 눈길이 갔다. 나는 그의 죄에 관해 스승님께 물었다.

"자네가 직접 저자의 말을 들을 기회가 있을 것이네. 자, 어서 저 아래로 내려가 망령을 만나보록 하세."

---

96) 중세 법정에서는 재판관의 판결을 공포하기에 앞서 나팔을 불어 사람들의 주의를 환기시켰다고 한다.

우리는 다리를 지나고 왼쪽으로 야트막한 언덕을 타고 아래로 내려가 수많은 구멍이 나 있는 바닥에 도착했다. 그러고는 아까 보았던 그 망령 앞에 이르렀다. 내가 자못 지엄하게 물었다.

"그대 거꾸로 처박혀 울부짖고 있는 망령이여, 그대는 누구이며 무슨 죄를 지었는지 말해 줄 수 있겠는가?"

이에 망령[97]은 괴로움에 두 다리를 더 격렬하게 버둥거리며 흐느껴 말하는 것이었다.

"그대는 보니파시오[98]가 아닌가. 아직 자네가 이곳에 올 때가 아닌 거로 아는데 이게 무슨 일이지? 그새 재물을 긁어모으는 일에 싫증이라도 났나? 성직과 성물을 시정잡배처럼 사고팔더니 결국 이 꼴이 되었나?"

아마도 망령은 나를 다른 사람으로 착각하고 있었던 것 같았다. 나는 어안이 벙벙했지만 스승님의 충고를 받고는 얼른 그 망령에게 나는 보니파시오가 아니라고 말해 주었다. 그제야 망령은 자신의 얘기를 하는 것이었다.

"그렇다면 그대는 정녕 내가 누군지 궁금한 거요? 그걸 알기

---

97) 교황 니콜라우스 3세(재위 1277~1280년). 인품과 덕성이 뛰어난 교황으로 알려져 있어 성직이나 성물을 사고팔았다고 보기는 어렵다. 다만 피렌체의 정치적 싸움을 조정하는 데 실패한 책임을 물어 단테는 그를 지옥으로 보내버린 듯하다.

98) 교황 보니파시오 8세(재위 1294~1303년). 여러 훌륭한 업적을 남겼으나, 자신의 영향력을 키우기 위해 겔프 흑당을 지원하면서 단테가 속한 겔프 백당이 곤경에 처한 탓에 교황에 대한 단테의 평가는 좋지 않다.

위해 이 험악한 지옥의 골짜기까지 왔다면 기꺼이 대답해 주겠소. 나는 생전에 커다란 망토[99]를 입었던 사람이라오. 또한 암곰[100]의 아들이기도 했소. 그래서 새끼 곰들의 번영을 위해 저 세상에서는 주머니에다 돈을 담았고, 그 대가로 지금 여기에서는 구덩이에다 나 자신을 담고 있소이다."

나는 그가 왜 나를 보니파시오라고 착각하고 저주를 퍼부었는지 물었다.

"내가 성급하긴 했지만 그건 그럴 만한 이유가 있소이다. 지금 내가 처박혀 있는 머리 아래쪽에는 나보다 앞서 신성을 모독한 교황들이 끌려와 처박혀 있다오. 내가 착각했던 이유는 그자가 오면 내가 여기서 밀려나 저 아래로 떨어질 것을 미리 염려했기 때문이었소. 저 아래 구덩이는 빛 한 줄기 비치치 않는 것은 물론이고 숨조차 쉬지 못하는 채로 돌멩이처럼 지내야 하는 곳이라오."

말을 마친 망령은 자신의 뒤에 보니파시오가, 다시 그 뒤에 자신과 보니파시오를 능가할 정도로 사악한 목자[101]가 올 것이라고 일러주었다.

---

99) 교황의 법의(法衣).

100) 니콜라우스 3세가 속한 오르시니 가문의 문장이 암곰이다.

101) 교황 클레멘스 5세(재위 1305~1314년). 프랑스 왕의 힘에 눌려 교황청을 로마에서 아비뇽으로 옮겨가는, 이른바 '아비뇽의 유수'로 가톨릭 역사에 오점을 남겼다.

나는 그들의 후안무치한 범죄에 치를 떨었다.

"그대는 입이 있으면 말해 보라. 우리 주 예수께서 베드로에게 열쇠[102]를 맡기실 때 무슨 재물을 요구했던가? 예수는 다만 나를 따르라고 했을 뿐 아무것도 요구한 것이 없다는 것을 그대도 알고 있지 않은가. 또한 예수께서 승천하신 후 사악한 영혼[103]을 잃은 자리에 마티아를 앉혔을 때[104]도 베드로나 다른 사도들이 그에게 무슨 대가를 요구한 적이 있었던가? 이런 저간의 사정을 모르지 않을 그대가 어찌 교황의 몸으로 재물을 탐했단 말인가. 그것도 부정한 방법으로 왕과 결탁을 해서 재물을 쌓았으니 하느님이 보시기에 그 죄가 얼마나 크겠는가. 따라서 그대가 이곳에서 거꾸로 처박혀 오랜 세월 고통의 형벌을 받는 것은 마땅하리라. 그대와 같은 성직자들 때문에 선악이 뒤섞여 세상은 타락하고 온갖 부패와 음란한 기풍이 만연하고 있다는 것을 알아야 하거늘 그대는 어찌 일말의 반성조차 없단 말인가. 일찍이 복음 작가[105]가 말씀을 통해 그대와 같이 썩어문드러진 교황이 출현하리라고 예언했던 것은 하나도 그르지 않았도다."

내가 이렇게 한바탕 준엄하게 호통을 치자, 망령은 양심의 가

---

102) 천국의 열쇠.

103) 예수를 팔아먹은 가롯 유다.

104) 유다를 대신할 제자로 마티다가 추첨으로 뽑혔을 때를 가리킨다.

105) 「요한계시록」을 쓴 사도 요한.

책을 받았는지 잠잠해졌다가 이내 비명을 내지르며 두 발을 허공에서 버둥거렸다. 그때까지 스승 베르길리우스는 곁에서 내 모습을 대견하다는 듯이 지켜볼 뿐 말이 없었다.

얼마 후 베르길리우스는 나를 꼭 껴안듯이 붙들고는 우리가 내려왔던 벼랑길을 다시 올라가 네 번째 구덩이가 내려다보이는 아치형의 다리 위로 인도했다. 그곳에서 나는 심호흡을 하며 우리가 순례하게 될 깊은 골짜기를 내려다보았다.

제20곡

가짜 예언자들이 받는 고통

우리는 어느새 일단의 망령들이 눈물을 흘리며 비탄에 잠겨 있는 모습이 보이는 곳에 이르렀다. 그들은 원통형의 둥근 골짜기를 따라 묵묵히 걸어오고 있었는데, 마치 경건하게 기도를 하며 걸어오는 수도승들 같아 보였다.

그러나 그들이 가까이 오자 그 모습이 너무나 기괴해서 깜짝 놀라지 않을 수 없었다. 사람의 이목구비를 갖추고는 있었지만 그 위치가 제멋대로 돌아가 있었다. 얼굴은 가슴 위가 아니라 등을 향해 있어 앞을 바라볼 수가 없었고, 걷는 모습이 마치 뒷걸음을 치는 것처럼 어색하기 짝이 없었다. 사고나 병으로 사지가 부자연스럽게 뒤틀린 경우를 본 적은 있지만 이처럼 목과 얼굴이 정반대로 돌아가 있는 사람은 본 적이 없었다.

하느님은 애초에 자신의 형상을 따라 인간의 육체를 만드셨건만 어쩌다 이런 기괴한 망령들이 생겨난 것인지 궁금했다. 그들 망령들은 끊임없이 눈물을 흘리고 있었는데 자신의 눈물로 등줄기와 엉덩이를 적시고 있었다. 그 광경이 참으로 괴이하고 수상쩍었다.

내가 일찍이 본 적도 들은 적도 없는 그 모습에 충격을 받아 바위 한 귀퉁이에 서서 눈시울을 붉히자, 스승님이 다가와 딱하다는 듯이 타이르는 것이었다.

"자넨 아직도 모른단 말인가. 신의 엄정한 심판에 대해 연민을 느끼는 것만큼 불경한 짓이 또 어디 있겠는가. 정녕 모른다면, 하느님에 대한 믿음이 부족한 것이라네. 생각해 보게. 죄 없는 사람이 하느님의 심판을 받았겠는가. 그런 일은 예수 그리스도가 이 땅에 오신 후로 단 한 번도 없었다네. 전능하신 하느님이 어떤 분인데 그런 일이 일어날 수 있었겠는가. 차후로는 망령들에게 함부로 연민을 내비치거나 눈물을 떨어뜨리는 값싼 동정은 하지 말아야 할 것이네."

나는 스승님의 말씀에 내 스스로를 자책하며 고개를 끄덕이지 않을 수 없었다. 스승님은 내 곁으로 다가와 말을 이었다.

"이제 그만 고개를 들고 저기를 보게. 저 망령은 그 옛날 테베 사람들이 보는 앞에서 땅이 갈라지자 감쪽같이 사라졌던 사내

암피아라오스[106]라네. 자신의 예언을 과신했던 나머지 운명을 비껴가려 얕은 수를 썼다가 이 지옥의 골짜기로 떨어지고 말았지. 죄인이라면 누구든지 예외 없이 잡아들이는 미노스의 손아귀를 벗어나지 못했던 거라네."

베르길리우스에 따르면, 이곳의 망령들은 스스로를 예언자라 자처하며 앞날을 미리 보려 했기 때문에 그 벌로 이제는 얼굴이 반대로 돌아가 뒷걸음을 치는 것이라고 했다. 나는 그 모습이 기괴한 것과는 별개로 정말 그 죄에 합당한 형벌이라는 생각이 들었다.

스승님께서 다음으로 지목한 예언자의 망령은 테이레시아스[107]였다. 그는 저 세상에서 산책을 하다가 서로 뒤엉켜 교미하고 있는 뱀을 발견하고는 지팡이로 후려쳐 떼어놓았다. 그 때문에 여자의 몸으로 7년을 살게 되었고, 다시금 교미하는 뱀을 발견하고 지팡이로 후려치면서 남자의 몸으로 돌아올 수 있었다.

그다음으로는 아론타[108]가 지목되었다. 그는 대리석이 많이

---

106) 그리스 신화에 나오는 예언자이자 테베를 공략한 일곱 장군들 가운데 한 명으로, 테베 공략이 실패하리라는 것을 알고 처음에는 발을 뺐으나 결국 참전하게 되었다. 그리고 제우스가 던진 벼락에 갈라진 땅 속으로 떨어져 죽었다.

107) 테베의 유명한 장님 예언자로, 그의 예언 능력은 남자와 여자 가운데 누가 더 성적인 쾌감이 큰가 하는 문제로 다투던 제우스와 헤라 사이에서 제우스를 편들어 준 대가로 받은 것이었다. 그 대신 분노한 헤라에게서는 눈이 멀어버리는 저주를 받았다.

108) 이탈리아 지역의 옛 부족 에트루리아의 점쟁이로, 카이사르와 폼페이우스 간의 싸움뿐 아니라 카이사르의 승리까지 예언하였다.

나는 카라라의 산골 루니에서 새하얀 대리석 동굴을 짓고 살았다. 그는 농사꾼이었다. 그러다가 가끔 별을 보고 점을 쳤다. 그는 평범한 농부로 보일 뿐 예언자의 풍모는 없었다.

그 옆에는 긴 머리를 엉망으로 늘어뜨린 채 걷고 있는 한 여자가 있었다. 나는 스승 베르길리우스에게 물었다.

"스승님, 저 여자도 예언자였습니까? 어째 좀 으스스한 분위기를 풍기는 게 무서운 여자 같습니다만……."

내 물음에 스승님은 웬일인지 엷은 미소를 보이며 대답했다.

"저 여자는 만토라네. 자기 아버지[109]가 죽은 후 바쿠스의 도시[110]가 몰락하자, 그녀는 고향을 등지고 오랜 세월 동안 세상을 떠돌았지. 그러다가 한 곳에 정착하게 되었는데, 알프스 기슭 호수에서 발원한 강물이 흘러오다가 평지와 만나서 고인 늪 한가운데 섬처럼 떠 있는 곳으로, 사람이 살지 않는 황폐한 땅이었네. 저 여자는 그 땅에서 종들과 함께 정착해 살다가 죽었지. 그리고 세월이 흘러 장성한 아들이 도시를 건설하고 어머니의 이름을 따 만투바라고 했다네. 그곳은 내 고향이기도 하지."

베르길리우스는 모처럼 향수에 젖어 먼 옛날을 회상하는 듯했다. 그 모습을 보고 있자니 나도 그리운 고향 생각에 슬픔이

---

109) 테이레시아스.
110) 테베.

밀려왔다. 우리가 그렇게 향수에 젖어 잠시 넋을 놓고 있는 사이 다시 한 무리의 망령들이 나타났다.

그중에 에우리필로스가 있었다. 그는 긴 수염을 늘어뜨려 위엄을 과시하고 있었다. 스승님의 말씀에 따르면, 그 역시 예언자였다. 그리스의 가정마다 요람을 채우기 어려웠을 때[111], 칼가스[112]와 더불어 그리스 함대가 출항할 시간을 예언한 자였다. 그리고 그 옆에는 말라비틀어져 갈비뼈가 다 보이는 망령이 따라가고 있었는데, 그 자는 미켈레 스코토[113]였다. 그는 마술을 부려 속일 줄 아는 자로, 궁정에서 여러 왕들을 섬기기도 했다.

그 밖에도 베르길리우스는 기와를 잇는 기술자 출신으로 플로렌스에서 활동했던 점성술사 구이도 보나타이, 구두 만드는 무두장이였던 아스덴테를 가리키며 그들은 자신의 천직을 버리고 예언자 행세를 하다가 이 지옥에 떨어져 고통을 당하고 있다고 일러주었다. 이들 뒤에는 한 무리의 여인들이 있었는데, 그들은 생전에 가정을 내팽개치고 앞날을 미리 알 수 있다는 헛된 망상을 좇아 예언자들의 뒤를 따라다니던 망령들이었다.

---

111) 트로이 전쟁으로 그리스 남자들이 모두 출전하는 바람에 여자들이 아이를 가질 수 없었던 상황을 묘사하고 있다.

112) 트로이 전쟁 당시 그리스군의 예언자로, 전쟁 중에 벌어질 여러 사건들을 예언하였다.

113) 스코틀랜드 출신의 의사이자 철학자, 마술사, 점성술가로 시칠리아의 페데리코 2세 궁정에서 지냈다.

이렇게 우리가 제8지옥의 네 번째 구덩이를 순례하는 사이, 날이 저물고 어두워졌다. 스승님이 고개를 들어 허공을 바라보며 혼잣말처럼 중얼거렸다.

　"간밤에는 달이 그리도 밝더니……."

　내게는 그저 낮이고 밤이고 막막한 어둠뿐인 지옥의 순례길인데도 스승님은 어둠 뒤편의 달을 보고 있었던 것 같았다.

　"자네는 달 속에 갇혀 벌을 받고 있는 카인을 본 적이 있는가?"

　"금시초문입니다. 카인이라면 동생 아벨을 죽인 그 카인을 말하는 것입니까?"

　"그렇다네. 우리 고향 사람들은 카인이 아벨을 죽이고도 그 사실을 부인했기 때문에 가시넝쿨을 등에 진 채 달 속에 갇혀 벌을 받고 있다고 믿고 있다네."

　나는 스승님의 말씀에 피식 웃음이 났다. 이 지옥과는 아무런 관계도 없는 달 얘기를 하며 걷는 동안에 우리는 다섯 번째 구덩이가 보이는 다리에 이르렀다.

제21곡

역청 지옥과 마귀들

나는 다리 꼭대기에서 아래 골짜기의 구덩이를 바라보았다. 하지만 괴이한 신음소리만 들릴 뿐 어둠의 장막으로 뒤덮여 있어 아무것도 보이지 않았다. 그 밑바닥에서는 역청이 부글부글 들끓고 있었다. 마치 베네치아 선창에서 배의 갈라진 틈새를 메우기 위해 역청을 끓이듯이 이곳에서도 전능하신 하느님의 말씀으로 역청이 부글부글 끓어올라 구덩이 양쪽의 둑을 까맣게 칠해놓고 있었다.

그래서 내가 볼 수 있는 것이라고는 구덩이 밑바닥에서 부글부글 끓어오르다 사라지는 거품뿐이었다. 나는 역청 지옥을 자세히 살펴볼 요량으로 구덩이 쪽으로 몸을 기울였다. 그러자 스승님께서 내 소매를 잡으며 급박하게 소리쳤다.

"조심하게나!"

나는 비로소 정신이 번쩍 들어 자세를 바로잡고는 스승님 곁에 서 있었다. 그러다 문득 뒤돌아보니 시커먼 마귀가 돌다리 위로 달려오고 있었다. 우람한 덩치에 비해 다리가 짧고 팔은 땅까지 늘어져 있었으며, 살갗은 울퉁불퉁하고 얼굴은 잔뜩 일그러진 상태였다. 한눈에 봐도 그 몰골이 무시무시했다. 마귀는 발목을 꽉 잡은 죄인 하나를 어깨 위에 둘러메고 있었다. 녀석은 다리 위에서 고함을 질러댔다.

"말레브란케[114]들이여, 내가 여기 성녀 지타[115]를 다스리던 행정관 한 놈을 잡아왔다. 이놈을 저 역청지옥에 처박아라. 아직 그 마을에는 이놈과 같은 탐관오리들이 득실거려서 나는 다시 그들을 잡으러 가야 한다. 그놈들은 모두 돈에 영혼을 판 죄인들이지."

마귀는 어깨에 둘러메고 있던 죄인을 번쩍 들어 올렸다가 역청 속으로 내던져버리고는 바람처럼 사라졌다. 아마도 무척이나 바쁜 모양이었다. 스승님의 말씀에 따르면, 그 마귀는 오랜 옛날부터 탐관오리를 잡아다가 역청 속에 처박는 일을 운명으

---

114) 말레볼제처럼 단테가 지어낸 말로, '사악한 앞발'이라는 뜻을 가지며 다섯 번째 구덩이에 있는 마귀들을 가리킨다.

115) 이탈리아 피사 인근 도시인 루카 출신의 수녀로, 평생 성스러운 삶을 살았으며 루카의 수호성인으로 받들어졌다. 여기서는 루카를 가리키는데, 단테가 살던 당시 그곳은 피렌체와 마찬가지로 겔프 흑당의 본거지였던 까닭에 나쁜 이미지로 그려지고 있다.

로 삼아 왔으며 인간의 역사가 계속되는 한 앞으로도 그 일은 끝나지 않을 것이었다.

나는 역청 속에 처박힌 죄인의 모습이 궁금해 아래를 내려다보았다. 그는 부글부글 끓는 역청 속에 잠겼다가 수면 위로 떠오르곤 했는데, 그때마다 마귀들이 긴 장대 끝에 달린 작살을 이용해 사정없이 찔러댔다. 그러면서 저주의 말을 쏟아냈다.

"이곳에선 산토 볼토[116]도 아무런 소용이 없다. 또한 세르키오[117]에서처럼 헤엄을 칠 수도 없다. 그러니 우리들의 작살을 맞지 않으려면 역청 위로 고개를 내밀지 마라. 이 못된 도적들아! 이 흉악한 탐관오리들아! 어디 한번 여기서도 도둑질을 해보거라."

이렇게 저주를 퍼부으면서도 마귀들은 연신 장대를 휘둘러 죄인들이 고개를 내밀지 못하도록 하고 있었다. 그것은 마치 요리사가 기다란 주걱으로 가마솥 안에 담긴 고깃덩어리를 능숙하게 휘젓는 모습과 흡사했다.

베르길리우스는 마귀들이 있는 곳으로 나아가면서 나에게 말했다.

"자네는 마귀들이 눈치 채지 못하게 저 바위 뒤에 숨어 있게.

---

116) '성스러운 얼굴'이라는 뜻으로, 검은 나무로 만들어진 예수 십자가상을 가리킨다. 루카 사람들은 산마르티노 성당에 보관되어 있는 이 십자가상의 이름을 부르며 기도하였다고 한다.
117) 루카 근처에 있는 작은 강.

혹여 내가 마귀들에게 공격을 당해도 나서지 말게나. 무서워하지도 말고. 어떤 위험 속에서도 우리를 지켜 주시는 주님이 계시다는 것을 믿고 기다리면 되네. 내가 부를 때까지 말이야. 자, 어서 몸을 숨기도록 하게."

이렇게 당부를 한 스승님은 다리를 건너 여섯 번째 구덩이가 있는 언덕으로 걸어갔다. 그러자 마귀들이 나타나 장대를 휘두르며 위협을 해왔다. 나는 바위 뒤에 몸을 숨긴 채 초조하게 스승님의 모습을 지켜보았다. 스승님이 마귀들에게 일갈했다.

"이놈들아, 그만두지 못할까. 네놈들은 섣불리 나를 위협하기 전에 내 말을 들어야 할 것이다. 네놈들 중 누구든지 한 명만 나서거라. 그리고 내 얘기를 들어보고 난 다음에 나를 위협해도 좋을 것이다."

이에 서로 얼굴을 보며 어리둥절한 표정으로 쑥덕거리던 마귀들 중에 한 놈이 나섰다. 그 마귀는 말라코다[118]였다. 그는 몹시 오만한 표정으로 베르길리우스를 훑어보더니 불손하게 막말을 쏟아냈다.

"그래, 어디 한번 네놈의 말을 들어보자꾸나. 그래봐야 우리가 네놈의 앞길을 터주는 일은 없을 것이다. 어쨌거나 이 작살에 온몸

---

118) '사악한 꼬리'라는 뜻으로, 역시나 단테가 지어낸 이름이며 다섯 번째 구덩이에 있는 마귀들의 우두머리이다.

이 만신창이가 되기 전에 한마디 하겠다면 말릴 생각은 없다. 다만 내게는 인내심이 없으니 되도록 짧게 말하는 게 좋을 것이다."

스승님이 말라코다가 가까이 다가오는 것을 보고 말했다.

"잘 들어라. 그대는 어찌 내 앞길을 막는 것이냐? 그대는 정녕 내가 하느님의 뜻을 받들어 이 어두운 지옥을 순례하고 있다는 사실을 모른단 말인가? 어서 길을 열라. 내가 인도해야 할 분이 저기 있으니, 어서 길을 열란 말이다."

말라코다는 하느님 운운하는 말을 듣고 기세가 꺾였는지 장대를 땅에 떨어뜨렸다. 그러고는 주위의 졸개들을 설득했다. 마귀들은 불만이 가득한 표정이었지만 대장의 말에 모두 장대를 내려놓았다. 그제야 베르길리우스는 안도의 한숨을 내쉬며 나를 불렀다.

내가 스승님의 말을 듣고 뛰쳐나가자, 졸개 마귀들도 태도를 바꾸어 앞으로 튀어나왔다. 나에게 마귀들은 여전히 위협적이었다. 마귀들은 나를 조롱하며 장대를 다시 부여잡고 위협했다. 그 모습을 보고 있던 대장 마귀가 나섰다.

"그만두어라, 스카르밀레오네[119]!"

그러자 졸개 마귀들이 다시 잠잠해졌다. 말라코다는 대장의 위엄을 되찾았는지 우리를 향해 당당하게 말했다.

---

119) '산발한 머리'라는 뜻의 말.

"이 돌다리 너머로는 갈 수가 없소이다. 여섯 번째 구덩이에 이르는 돌다리가 무너져서 말이오. 어제, 이맘때보다 다섯 시간 더 지났을 때로부터 1200년하고도 66년 전에 있었던 일이라오. 그러니 부득불 그대들은 다른 길을 찾아야 할 거요. 내 그대들을 안내할 졸개들을 붙여줄 테니 그들의 안내를 받도록 하시오."

그러고는 알리키노, 칼카브리나, 카냐초, 바르바리치아, 리비코코, 드라기냐초, 치리아토, 그라피아카네[120] 등등 한 열 명쯤 되는 마귀들의 이름을 불러 앞으로 나오게 한 다음, 우리를 잘 안내하도록 명령을 내렸다.

나는 말라코다의 말을 듣고는 언짢았다. 자기 졸개를 붙여준다는 말이 어딘지 수상쩍었기 때문이다. 나는 스승님에게 졸개들 없이 우리끼리만 가자고 말씀드렸지만, 이런 내 의중을 읽은 스승님은 아무 걱정 말라고 안심을 시켰다.

그리하여 우리는 마귀들의 안내를 받아 역청이 들끓는 다섯 번째 구덩이의 왼쪽 언덕을 향해 걸음을 옮겼다. 떠나기 전에 말라코다와 졸개들은 그들만의 이상한 신호를 주고받으며 작별 의식을 나누었다. 스승님의 말씀에도 불구하고 나는 마귀들과의 동행이 영 마땅치 않았지만 어쩔 도리가 없었다.

---

120) 알리키노(장난꾸러기 요괴), 칼카브리나(안개를 짓밟는 자), 카냐초(크고 사나운 개), 바르바리치아(곱슬 수염), 리비코코(뜨거운 바람), 드라기냐초(커다란 괴물 용), 치리아토(멧돼지), 그라피아카네(할퀴는 개).

제22곡

마귀들의 난장판

우리가 걸어가는 동안, 내 눈은 들끓는 역청 속에서 고통받는 망령들에게로 향해 있었다. 그들의 모습은 참으로 가관이었다. 돌고래처럼 등을 내보이며 떠올랐다가 사라지는가 하면, 개구리처럼 코끝만을 내놓고 있기도 했다. 그들 모두는 마귀 바르바리치아가 가까이 다가오기라도 할라치면 재빠르게 역청 속으로 몸을 숨겼다.

나는 그중에서 어정쩡하게 혼자 우물쭈물하고 있는 망령을 보았는데, 그는 곧 마귀 그라피아카네의 작살에 목덜미가 찍혀 끌려나왔다. 역청으로 뒤덮인 모습이 시커먼 물개를 연상시켰다. 마귀들이 망령을 둘러싼 채로 물고 뜯고 할퀴며 한바탕 난

리를 피웠다. 베르길리우스가 나서서 마귀들에게 경거망동하지 말라고 주의를 주자 겨우 진정이 되었다.

망령[121]은 나바라 왕국[122] 출신이었다. 부친이 방탕한 생활로 재산을 탕진한 끝에 자살로 생을 마감하자, 모친은 그동안 숨겨 왔던 연인과 결혼하면서 그를 어느 귀족의 노예로 보내 버렸다. 이후 그는 우여곡절 끝에 자비로운 왕 테오발도[123]의 신하가 되었다. 그는 왕의 환심을 사기 위해 아첨을 일삼았을 뿐 아니라, 왕궁의 재산 관리인으로서 아주 비열한 방법으로 재산을 축적했다. 그 결과 이 역청 지옥에 떨어져 벌을 받고 있었다.

진정된 듯싶었던 졸개 마귀들은 얼마 되지 않아 다시 망령에게 달려들었다. 그리고 손톱으로 할퀴고 어금니로 여기저기 살점을 물어뜯으며 괴롭혔다. 마귀들에게는 그게 재미난 놀이인 것 같았다. 나는 눈앞에서 벌어지는 참혹한 광경에 아연실색했다. 졸개들의 대장인 바르바리치아가 나서서 말려보았지만 그때뿐이었다. 마귀들은 망령이 호시탐탐 도망갈 기회를 노리고 있다면서 자신들의 놀이를 멈추지 않았다. 바르바리치아가 다시 나서서 말했다.

---

121) 치암폴로.

122) 이베리아 반도 동북쪽 산악 지방에 존재했던 작은 왕국.

123) 1253년부터 1270년까지 나바라를 통치했던 테오발도 2세.

"그렇다면 내가 이놈을 꼭 붙잡고 있을 테니 너희들은 뒤로 물러나 있어라."

그러고는 베르길리우스에게 궁금한 것이 있으면 이시 망령한테 물어보라고 말했다.

"이보시오. 역청 지옥에 혹 그대가 아는 이탈리아 사람이 있소?"

질문을 받은 망령은 자기와 조금 전까지 함께 있던 자가 이탈리아인 수도승이라고 대답했다.

수도승의 이름은 고미타[124]였다. 망령에 따르면, 그는 자신이 모시던 영주의 포로들을 풀어 주면서 뇌물을 받았을 뿐만 아니라, 사기와 공금 횡령으로 엄청난 돈을 갈취한 도적이었다.

이어서 망령은 로구도로[125]의 영주 미켈레 잔케[126]의 이름도 들먹였다. 그리고 다른 이름들도 계속해서 말하려 했지만 언제 또 마귀들이 달려들지 몰라 전전긍긍하며 입을 다물었다.

그러다가 망령은 도망치기 위한 꾀를 내어 마귀들을 유혹했다. 자신이 휘파람을 불어 역청 지옥 속에 있는 죄인들을 불러낼 테니 마귀들은 조금 떨어져 숨어 있으라는 제안이었다. 마귀

---

124) 이탈리아 반도 남쪽에 있는 사르데냐 섬 출신의 수도사로, 갈루아의 영주 밑에서 일하였다.

125) 샤르데냐의 4개 관할구 중 하나.

126) 호색과 간계로 악명을 떨친 영주로, 자신을 배신한 사위에게 죽임을 당하였다.

들은 이 제안에 반신반의하며 바위 뒤로 몸을 숨겼다. 망령은 그 틈을 놓치지 않고 바르바리치아의 손아귀에서 몸을 빼 순식간에 역청 속으로 뛰어들었다.

마귀들은 비로소 망령의 교묘한 수작에 속은 것을 알았지만 다시 잡을 수는 없는 노릇이었다. 그러자 마귀들끼리 내분이 일어나 서로 치고받는 난투극을 벌이게 되었는데, 급기야 알리키노와 칼카부리나는 혈투 끝에 역청 속으로 함께 떨어지고 말았다. 두 마귀는 날개가 역청에 엉겨 붙어 살려 달라고 아우성을 쳤으나, 위험을 감수하고 역청 속으로 동료를 구하기 위해 뛰어드는 마귀는 없었다.

이렇게 마귀들의 싸움으로 난장판이 된 다섯 번째 구덩이를 뒤로 한 채, 스승님과 나는 여섯 번째 구덩이를 향해 내려갔다.

제23곡

위선자들의 납으로 된 망토

나는 여섯 번째 구덩이를 향해 걸으면서도 마귀들이 쫓아오는 것 같은 환청과 환영에 시달렸다. 스승 베르길리우스가 걱정하지 말라고 나를 안심시켰지만, 스승님의 말이 끝나가도 전에 시끄러운 날갯짓 소리가 들리는가 싶더니 이내 마귀들이 모습을 드러냈다.

그러자 스승님은 나를 덥석 가슴에 앉고서 재빨리 둔덕 아래로 미끄러져 내려갔다. 그야말로 순식간에 일어난 일이었다. 우리가 여섯 번째 구덩이를 둘러싼 둔덕 기슭에 발을 딛고 나서 올려다보니 마귀들이 둔덕 저 위에 도달해 있었다. 하지만 마귀들은 다섯 번째 구덩이 밖으로는 나올 수 없는 만큼 우리에게

더 이상 위협이 되지 못했다.

나는 안도의 한숨을 내쉬면서 주위를 둘러보았다. 망령이 득시글거리고 있었다. 그들은 고통에 울부짖으며 천천히 발걸음을 옮기는 중이었는데, 어딘지 모르게 지치고 무거워 보였다. 마치 무슨 패배자의 무리 같았다. 게다가 그들은 온몸을 뒤덮는 망토에 눈까지 내려오는 모자를 쓰고 있어 클뤼니의 수도승들 같은 분위기를 자아냈다.

망령들이 입고 있는 망토의 겉은 금빛으로 화려했지만 정작 속은 납이어서 굉장히 무거웠다. 그 옛날 페데리코는 지푸라기를 입힌 것에 불과했다.[127] 망령들의 발걸음이 그토록 무겁고 느렸던 데에는 다 그만한 이유가 있었던 것이다. 우리는 망령의 무리들과 함께 걸었으나 발걸음을 한 번 옮길 때마다 주위의 얼굴이 바뀌어 있을 정도로 그들의 발걸음은 느렸다.

"스승님, 이들 무리 중에 그 명성이 세상에서 널리 알려진 알 만한 망령들이 있습니까?"

내가 스승님께 여쭈었으나 그 대답은 스승님이 아닌 한 망령으로부터 들어야 했다. 그 망령은 용케도 내 토스카나 말투를 알아듣고 말을 걸어왔던 것이다.

---

127) 시칠리아 국왕 프리드리히 2세는 반역자들에게 두꺼운 납으로 된 옷을 입혀 벌을 주었다는 일화가 전해지는데, 그런 납 옷도 망자들이 입고 있는 외투에 비하면 지푸라기처럼 가벼웠을 것이라는 얘기다.

"뉘신지 모르지만 잠깐 걸음을 멈춰 주시면 좋겠소. 이 지옥의 어둠 속에서 그토록 발걸음이 빠른 그대들은 대체 뉘시오? 만일 그대들이 궁금한 것이 있다면 내 다 알려드리겠소."

내가 걸음을 멈추고 뒤를 돌아다보니 망령들이 기를 쓰고 우리를 향해 걸어오고 있었다. 그들로서는 최대한 빠른 걸음이겠지만 내가 볼 때는 느려터진 걸음이었다.

"자네, 잠깐 멈추게나. 저 망령이 올 때까지 우린 좀 기다리기로 하세. 그래야 얘기를 나눌 수 있을 테니까."

스승 베르길리우스의 말이었다.

얼마 후 도착한 망령들은 나를 뚫어져라 훑어보고는 자기들끼리 쑥덕대기 시작했다. 말하자면 그들은 나를 면전에서 보고서야 비로소 내가 살아 있는 육신을 가진 인간이라는 사실을 알게 되었던 것이다. 사지가 마음대로 움직이는 인간을 만났으니 그들로서는 깜짝 놀랄 만한 일이었을 게 분명했다. 그들 중 한 망령이 나에게 무슨 특권으로 망토도 걸치지 않고 이 구덩이를 지나가고 있느냐고 물었다. 그리고 아까 말을 걸었던 망령이 이어서 말했다.

"그대 토스카나의 친구여, 그대는 누구이기에 지금 우리와 같은 위선자의 무리와 함께 걷고 있는 것인가?"

스승 베르길리우스의 양해를 얻어 내가 말했다.

"내 고향은 피렌체라오. 아름다운 아르노 강이 도시를 관통하고 있는 유서 깊은 도시지요. 그리고 물론 나는 그대들이 짐작하듯이 살아 있는 육신과 영혼을 갖고 있소. 이제 대답이 되었소? 그렇다면 내가 묻겠소. 그대들은 뉘시오? 그대들은 눈물을 하도 흘려 눈과 뺨이 짓무르는 고통 속에서도 어찌 그렇게 빛나는 금빛 망토를 걸치고 있는 것이오? 내겐 참으로 기이하게 보인다오."

내 말에 망령 하나가 나서서 대답했다.

"이 망토는 아주 두꺼운 납으로 만들어져 있소이다. 얼마나 무거운지 저울에 올려놓으면 저울이 납작해질 거요. 우리는 볼로냐의 향락 수도사들[128]이었다오. 나는 카탈라노, 이 사람은 로데린고라고 하오.[129] 우리 둘은 비록 서로 소속된 당은 달랐지만 정치적 타협의 결과로 부득불 평화를 유지하기 위해 보통 한 사람이 맡는 직책에 함께 선출되었소이다. 그때 우리가 얼마나 일을 열심히 했는지는 지금도 가르딘고[130] 지역 사람들은 잘 기억하고 있을 것이오."

나는 카탈라노의 말을 다 듣고 나서야 이들이 그 고약했던 수

---

128) 1261년 볼로냐에서 결성된 '영광의 동정녀 마리아 기사단'에 속하는 수도사들을 가리킨다. 대립하는 당파와 가문 사이에 평화를 중재하고 약자를 보호코자 하는 창립 목적에서 이탈해 세속적인 안락을 추구한 결과 그리 불리게 되었다.

129) 1266년 함께 피렌체의 집정관이 된 두 사람. 카탈라노는 겔프당 소속이었고, 로데린고는 기벨린당 소속이었다.

130) 피렌체 시뇨리아 광장 부근의 지역. 그곳에는 기벨린당 소속의 우베르티 가문의 집이 있었는데, 두 집정관 당시에 일어난 민중 폭동으로 불타고 파괴되었다.

도승들이라는 것을 알게 되었다. 사실은 이들이 함께 집정관을 지내면서 교황의 사주를 받아 한 당[131]에게만 유리하게 일을 처리했고, 결국 가르딘고는 불만이 폭발한 민중의 손에 의해 파괴되어 폐허로 변했던 것이다.

"이 수도승 망나니들아! 그대들의 죄는⋯⋯."

나는 이들에게 욕이라도 한 바가지 해주고 싶어 입을 열었으나 곧 다물 수밖에 없었다. 갑자기 내가 서 있는 발치에서 말뚝에 묶여 못이 박힌 채 십자가 형벌을 받고 있는 망령이 나타났기 때문이다. 나도 놀랐지만, 말뚝에 묶인 망령도 나를 보고 놀랐는지 잔뜩 인상을 쓰며 몸을 뒤척였다. 내가 좀 더 자세하게 보려고 허리를 숙이자, 카탈라노가 끼어들어 말했다.

"저자는 백성을 위해 한 사람[132]이 순교해야 한다고 바리새인들에게 충고했던 자[133]라오. 그 대가로 저리 참혹한 형벌을 받고 있는 것이지요. 벌거벗은 몸으로 땅바닥에 드러누워 있어, 누군가 그 위로 지나가면 납으로 된 망토가 얼마나 무거운지 먼저 느끼게 된답니다. 그의 장인[134]과 그의 말에 동조했던 유대인들

---

131) 기벨린당. 신성로마제국 황제를 추종한 세력이다.

132) 예수 그리스도.

133) 예루살렘의 대제사장이었던 가야파. 로마 총독 빌라도에게 예수를 대역죄인으로 고발해 십자가형을 받게 하였다.

134) 안나스. 대제사장 출신으로 유대교계의 막후 실력자였다.

도 이곳 구덩이에서 마찬가지로 참혹한 형벌을 받고 있다오."

이번에는 스승님도 그 참혹한 모습에 적잖게 놀라는 모습이었다. 잠시 후 스승님은 카탈라노에게 우리가 안전하게 빠져나갈 수 있는 탈출구를 물었으나, 대답은 엉뚱하게도 로데린고가 했다.

"멀지 않은 곳에 돌다리가 하나 있소. 비록 다리가 허물어져 제 역할은 못하지만 바위들이 쌓여 있는 골짜기를 따라가면 위로 올라갈 수 있을 것이오."

그 말을 들은 베르길리우스는 큰 낭패를 보았다는 표정으로 끙 하고 신음을 토했다. 스승님의 말씀에 따르면, 마귀들의 대장 말라코다가 제 졸개들을 시켜 안내한 곳은 우리가 애초 의도했던 목적지와 전혀 달랐던 것이다. 결국 말라코다에게 속았던 셈이었다.

제24곡

반니 푸치의 불행한 예언

스승님은 다소 화가 난 표정으로 앞장서 로데린고가 일러준 길을 따라 걸음을 옮겼다. 물론 그 뒤에는 내가 있었다. 한참 후, 무너진 다리에 이르러서야 스승님은 평정심을 회복한 듯 예전처럼 자상하게 나를 인도했다.

길은 몹시 험하고 위험했다. 무너진 바위들을 피해 벼랑을 기어올라 천신만고 끝에 아치형의 꼭대기에 이르러서야 겨우 한숨을 놓을 수 있었다. 나는 기진맥진해 쓰러졌다. 얼마나 길이 험했던지 무게가 없는 영혼인 스승님조차 힘들어 보일 정도였다. 내가 쓰러져 거친 숨을 토해내는 것을 보고 스승님은 여기서 주저앉아 쉴 여유가 없다며 어서 일어나라고 채근

했다.

"우리에겐 아직 가야 할 길이 멀다네. 그 길도 우리가 방금 지나온 길처럼 험할 걸세. 자네 영혼의 힘으로 지친 육체를 일으켜 세우게나. 물론 앞으로도 지칠 때마다 그래야 할 거야. 그리고 이 모든 것은 바로 자네를 위한 것이라는 사실을 잊지 말게. 자, 어서 일어나게나."

나는 스승님의 말씀에 용기를 얻어 불쑥 몸을 일으켰다. 우리는 다시 좁고 울퉁불퉁한 길을 걸어 일곱 번째 구덩이의 초입에 이르렀다. 저 아래쪽 구덩이에서 무슨 신음소리 같은 알아들을 수 없는 소음이 들리는 것 같았다. 나는 궁금하여 아래쪽을 내려다보았지만 어두워서 아무것도 볼 수 없었다. 우리는 방향을 바꾸어 여덟 번째 구덩이와 이어지는 다리 아래로 내려가서야 구덩이 속을 볼 수 있었다.

나는 구덩이 속에서 우글거리는 각양각색의 뱀들을 보고서 기겁했다. 갑자기 온몸의 피가 얼어붙는 듯한 오싹한 느낌에 소름이 돋아나는 것이었다. 그 생김새도 무척 다양하고 흉측한데다 뭐라 설명할 수 없는 기분 나쁜 악취를 내뿜고 있었다. 사악하고 교활한 뱀이 많기로 유명한 저 세상의 리비아 사막과 에티오피아 사막과 홍해 주변의 뱀들을 다 합해도 이곳에 비하면 새 발의 피일 것이라는 생각이 들 정도였다.

그런데 더욱 오싹한 것은 구덩이 속의 뱀들에게 쫓겨 우왕좌

왕하는 망령들의 모습이었다. 그들은 벌거벗은 채로 뱀들이 우글거리는 구덩이 속에서 하염없이 쫓기고 있었다. 어디 한 군데 몸을 피할 곳이라고는 없었고, 마법의 돌[135]을 찾아낼 가망도 없었다. 뒤로 젖힌 그들의 양손은 뱀들로 결박되었고, 허리에는 뱀의 머리와 꼬리가 삐져나와 앞쪽에서 뒤엉켰다.

우리가 잠시 그 참혹한 광경에 시선을 주고 있는 사이에 뱀한 마리가 날아올라 지나가던 망령의 목과 어깨 사이를 물어뜯었다. 그러자 망령은 순식간에 불에 타서 한 줌 재가 되어 부서져 내렸다. 하지만 그것도 잠시, 한 줌의 재는 무슨 마술을 부리듯 순식간에 본래의 모습을 되찾았다. 그것은 마치 500년을 살고 죽었다가 다시 살아난다는 전설의 새 불사조를 연상시켰다. 다시 제 모습을 찾은 망령은 자신이 금방 겪었던 처참한 고통이 실감나지 않는지 멍한 상태로 주변을 둘러보고는 깊은 탄식의 한숨을 토해냈다.

우리는 망령에게 가까이 다가갔다. 그리고 베르길리우스가 바로 물었다.

"그대는 누구인가?"

"나는 얼마 전에 토스카나에서 이 지옥의 구덩이 속으로 떨어진 자라오. 내 생전에는 짐승처럼 막 살았지요. 후레자식답게

---

135) 독을 제거해 준다고 알려진 신비의 돌.

사람보다 짐승의 삶을 좋아한 나는 반니 푸치[136]라는 짐승이오. 피스토이아[137]는 나한테 어울리는 소굴이었소."

그런데 가만히 보니 망령은 저 세상에서 내가 만나본 기억이 있는 자였다. 그래서 망령에게 알은 체를 하자 망령도 나를 훑어보더니 돌연 얼굴을 붉히며 말했다.

"내 생전에 별꼴을 다 보고 살았지만 지금보다 수치스러운 적은 없었소. 그대에게 이런 꼴을 보이다니! 허나 이왕 이렇게 된 마당에 뭘 더 숨길 게 있겠소. 그대가 묻는다면 내 솔직하게 대답하리다."

그래서 나는 물었다.

"그대는 생전에 무슨 죄를 지었기에 이 지옥의 구덩이에 떨어지게 된 것이오?"

"내가 여기 떨어지게 된 것은 생전에 교회의 성스러운 물건을 훔치고 그 죄를 다른 사람에게 덮어씌웠기 때문이라오. 그대는 나를 보고 인과응보라고 생각할 테지만, 그대의 운명도 그리 밝지만은 않을 것이오. 이제 내가 그대의 운명을 예언을 할 테니

---

136) 피스토이아의 귀족인 라차리 집안의 사생아로, 성질이 거칠고 극단적인 면모를 보였다. 흑당의 일원으로 피스토이아의 정치 싸움에 적극적으로 가담하는 한편, 살인과 약탈도 자행하였다. 심지어 동료와 짜고 피스토이아 대성당에서 성물을 훔쳐내기도 했는데, 이 때문에 엉뚱한 사람이 누명을 쓰고 처형당할 뻔했다. 결국 진범들이 체포되었지만, 그는 달아나고 동료만 처형되었다.

137) 피렌체 근처의 도시로, 당쟁이 끊이지 않았던 이곳을 단테는 피렌체만큼이나 증오하였다.

잘 들으시오. 머잖아 피스토이아에서 흑당이 망하고 피렌체에서는 백성과 풍습이 바뀌게 될 것이오.[138] 마르스[139]는 검은 구름으로 뒤덮인 마그라 계곡에서 번개[140]를 불러내어 모진 폭풍우와 함께 피노체 벌판에서 싸울 것이고, 흩어지는 안개 속에서 모든 백당도 상처를 입고 흩어질 것이오. 바로 그때부터 그대의 고난과 유랑이 시작될 것이오."

나는 반니 푸치의 예언에 전율했다. 그것은 내 운명에 대한 저주에 다름이 아니었기 때문이다.

---

138) 1301년 피스토이아에서 백당이 피렌체 백당의 도움을 받아 흑당을 몰아내는 데 성공한다. 그러나 얼마 후 피렌체에서는 흑당이 백당을 몰아내고 승리한다.

139) 로마 신화에 나오는 전쟁의 신으로, 그리스 신화의 아레스와 동격이다.

140) 마그라 강 계곡에 자리한 루니지아나 지방의 모로엘로 말라스피나 후작을 가리킨다. 그는 피렌체의 흑당과 결탁해 정쟁에 적극적으로 가담하였다.

제25곡

피렌체의 도둑들이 받는 형벌

도둑질한 자의 망령은 말을 하면서도 하늘에다 대고 상스러운 손짓을 해댔다. 지옥의 구덩이에 떨어져서도 신성을 모독하는 불한당의 행태를 버리지 못하고 있었던 것이다. 하느님도 두려워하지 않는다는 방자함이 하늘을 찌를 기세였다. 나는 이자의 망발을 더는 두고 볼 수가 없어 스승님에게 무언의 도움을 요청했다.

그때였다. 어디서 날아왔는지 뱀 한 마리가 망령의 목을 휘감는가 싶더니 다른 뱀 마리가 또 날아와 양팔을 결박했다. 이제는 꼼짝할 수 없는 처지가 된 망령은 고통으로 몸부림쳤다. 그 모습에 나도 모르게 탄식과 저주가 쏟아졌다.

"아, 어리석은 자여. 그리고 그대와 같은 독신자를 배출한 도시 피스토이아여. 차라리 불타 재가 되어 버려라. 반니 푸치여, 그대는 어찌하여 한 줌의 재로 돌아가지 못하고 신을 모독하고 있는가? 내 지금까지 지옥의 여러 구덩이를 지나왔지만 그대와 같은 망령은 본 적이 없다. 일찍이 테베의 성벽에서 떨어진 자[141]도 그대와 같은 신성모독은 하지 않았거늘……."

내가 말을 마치기도 전에 반니 푸치는 줄행랑을 쳤다. 그때 켄타우로스[142] 하나가 천둥 같은 고함을 치며 달려왔다. 켄타우로스의 등에는 수많은 뱀들이 뒤엉켜 있었고, 어깨 위에는 날개를 펼친 용이 올라앉아 불을 내뿜고 있었다. 그 서슬에 놀란 내가 주춤하면서 한 걸음 물러서자, 스승님께서 말씀하셨다.

"저놈은 카쿠스[143]라네. 헤라클레스한테서 소를 훔쳤다가 결국 몽둥이찜질을 당해 죽었지. 그런데도 저놈은 이곳에 떨어져서도 도둑질을 멈추지 않아 제 동료들과 어울리지 못하고 있다네. 원래는 헤라클레스에게 백 대의 몽둥이를 맞아야 했는데 그만 열 대밖에 맞지 않고 죽었기 때문에 제 버릇을 버리지 못했다고 하는군."

---

141) 제우스의 번개를 맞고 죽은 카파네우스.
142) 그리스 신화에 나오는 반인반마(半人半馬)의 괴물 종족.
143) 그리스 신화에 나오는 거인 괴물로, 머리가 셋 달리고 입으로는 불을 뿜었다. 그런데 여기서는 켄타우로스와 불을 뿜는 용이 결합된 형태로 그려지고 있다.

베르길리우스가 말하는 사이에 카쿠스는 저만치로 사라지고, 뒤쪽에서 세 망령이 다가왔다. 그들은 얘기를 나누고 있었는데, 서로 부르는 이름을 들어보니 아뇰로[144]와 부오소[145], 푸치오[146]였다.

그리고 내 귀에 익은 이름 하나가 그들 사이에서 흘러나왔다. 바로 치안파[147]라는 이름이었다. 내가 그의 처지를 물어볼 속셈으로 입을 열려 하자, 스승님이 급히 만류했다. 그럴 만한 이유가 있겠다 싶어 나는 조용히 그들의 모습을 지켜보기만 했다.

잠시 후, 내 눈앞에서 보고도 믿을 수 없는 참혹한 광경이 벌어졌다. 갑자기 여섯 개의 발이 달린 뱀이 나타나서 한 명에게 달라붙었던 것이다. 뱀은 가운데 발로 배를 휘감고, 앞발로는 두 팔을 붙잡은 상태에서 망령의 양쪽 뺨을 물어뜯었다. 그리고 뒤쪽 발로는 허벅지를 누르고 사타구니 사이로 꼬리를 집어넣어 망령의 등허리 쪽에 붙였다. 그러자 둘이 하나의 기괴한 형체로 합쳐지기 시작했는데, 이를 바라보던 두 망령이 외쳤다.

"이런, 아뇰로! 네 몸이 변하고 있어. 넌 지금 둘도 아니고 하

---

144) 피렌체의 브루넬레스키 가문 출신으로, 어렸을 때부터 부모님의 지갑을 털다가 나중에는 강도짓까지 하게 되었다고 한다.
145) 피렌체의 도둑이라는 것 외에 알려진 바는 없다.
146) 피렌체 기벨린당의 일원으로, 절름발이였으며 특이하게도 낮에만 도둑질을 했다고 전한다.
147) 피렌체 도나티 가문 출신의 기사로, 도둑질을 일삼았다.

나도 아니야."

두 개의 머리통이 하나로 합쳐지면서 각각의 얼굴도 뒤섞인 채로 한 얼굴이 되었다. 두 팔은 두 앞발과 합쳐졌고, 허벅지와 다리, 배, 가슴은 일찍이 본 적도 없는 형상의 사지가 되었다. 그렇게 한 몸이면서 아무것도 아닌 형상으로 망령은 어슬렁거리며 사라졌다. 이어서 또 다른 한 마리의 뱀이 번개처럼 재빠르게 날아와 다른 한 명의 배를 뚫고 바닥에 떨어졌다. 이번 뱀은 발이 네 개였다. 배가 뚫린 망령은 다리가 합쳐져 꼬리가 되고, 팔이 줄어들어 앞발이 되었으며, 생식기가 갈라져서는 뒷발을 이루었다. 반대로 뱀은 꼬리가 갈라져 다리가 되고, 앞발은 자라 팔이 되었으며, 뒷발이 합쳐져 생식기로 변하는 것이었다. 이렇게 뱀이 되어버린 망령은 골짜기로 사라졌다. 그리고 사람으로 변한 망령은 멀거니 서 있는 망령에게 말했다.

"내가 했던 것처럼 부오소도 이곳을 기어서 달리게 되었군."

나는 눈앞에서 일어난 일들이 마치 지독한 악몽을 꾸는 것 같은 생각이 들었다. 그것은 분명 현실이면서도 비현실적이었다. 바람이 불 때마다 그 모습을 바꾸는 사막의 모래 언덕일지라도 이처럼 변화무쌍할 수는 없을 것이다. 나는 정신이 혼미해지고 눈이 어지러워 쓰러질 지경이었다. 다만 그 와중에서도 마지막으로 제 모습을 유지한 망령이 푸치오라는 것만큼은 알 수 있었다.

제26곡

오디세우스의 운명의 항해

나는 무거운 발걸음으로 베르길리우스의 인도를 받아 여덟 번째 구덩이의 바닥을 볼 수 있는 기슭에 이르렀다. 이 구덩이 속에서는 사기꾼과 모략꾼들이 벌을 받고 있었다. 그들은 모두 한때 영웅이거나 왕자들이었다. 우리가 바닥을 내려다보자 마치 거대한 반딧불이 무리가 빛을 내며 날아다니는 것 같은 광경이 펼쳐지고 있었다. 수많은 불꽃이 허공에서 화려하게 춤을 추는 한여름 밤의 축제처럼 보일 정도였다. 그러나 좀처럼 죄인들은 보이지 않았다. 불꽃 하나하나가 죄인들의 형체를 가리고 있었기 때문이다. 마치 엘리야[148]

---

148) 죽을 때 불 말이 이끄는 불수레를 타고 회오리바람에 휩싸여 하늘로 올라갔다.

의 마차가 하늘로 올라갈 때 제자[149]의 눈에 높이 치솟는 구름 같은 불꽃만 보였던 것과 같은 형국이었다. 스승님 말씀에 따르면, 이곳 구덩이의 불꽃은 스스로를 불대우고 있기 때눈에 영원히 꺼지지 않는다고 했다. 그 죄가 클수록 불꽃은 활활 타올라 망령의 모습을 볼 수 없었다.

나는 불꽃들 속에서 유독 거세게 두 가닥으로 타오르는 불꽃을 발견했다. 스승님에게 저 불꽃 속에서는 누가 불타고 있는지를 물었다.

"오디세우스[150]와 디오메데스[151]라네. 그들은 전쟁에 이기기 위해 계략을 꾸몄지. 목마의 술수로 고귀한 로마의 조상[152]이 굳게 닫혀 있던 성문을 빠져나가게 했고, 또한 아킬레우스를 교묘하게 전장으로 꾀어내어 그의 애인 데이다메이아[153]가 절망 끝에 자살하게 만든 죄를 받고 있는 거라네. 아마 지금 저들은 불꽃 속에 갇혀 후회를 하고 있을 걸세."

---

149) 성경에 나오는 예언자 엘리사.

150) 이타케 섬의 왕으로, 용맹과 기지가 뛰어났으며 목마 속에 군사들을 숨기는 속임수로 트로이를 함락하였다.

151) 아르고스의 왕으로, 80척의 선단을 이끌고 트로이 전쟁에 참가하였다.

152) 아이네이아스. 트로이의 뛰어난 용사로, 왕족 안키세스와 미의 여신 비너스 사이에서 태어났다. 베르길리우스의 서사시 『아이네이스』에 따르면, 트로이 성이 함락당한 후에 이탈리아로 건너가 로마를 건국하였다.

153) 스키로스 섬의 왕 리코메데스의 딸로, 아킬레우스를 사랑해 아들을 낳았으며 아킬레우스가 전사했다는 소식을 듣고 자결했다.

나는 스승님에게 저들 망령의 목소리를 직접 듣게 해달라고 부탁했다. 내 부탁을 수락하면서 스승님은 다만 망령들에게 질문은 자신이 할 터이니 옆에서 가만히 듣고만 있으라고 주의를 주었다.

허공에서 반짝이며 일렁이던 불꽃이 가까이 다가오자 스승님이 말했다.

"오, 두 가닥의 불꽃으로 갈라져 타오르는 망령들이여, 나 베르길리우스가 그대들 생전의 이야기를 시로 쓴 적이 있다는 사실을 알고 있을 것이오. 그대들이 어떻게 해서 죽었는지 말해 줄 수 있겠소? 내 예전 시[154]에서 그대들의 죽음에 이르는 여정을 읽어본 적은 있으나 그건 오래된 일이고 기억도 가물가물하니 그대들에게 직접 듣고 싶소이다."

그러자 두 개의 불꽃이 무슨 소리를 내며 한참을 흔들렸다. 오디세우스의 불꽃이 더 크게 흔들리는가 싶더니 이윽고 말소리가 흘러나오기 시작했다.

"우리의 귀국길은 파란만장했다오. 그 얘기를 여기서 어떻게 다 하겠소. 아주 짧게 대강만을 얘기한다 해도 며칠은 걸릴 것이오. 그러니 그대들에겐 거두절미하고 말하겠소. 전쟁을 마친

---

154) 호메로스의 영웅서사시 『오디세이아』. 서사시의 주인공 오디세우스는 오랜 방황 끝에 귀향하는데, 여기서는 그가 부하들과 미지의 바다로 나갔다가 난파당해 죽은 것으로 그려지고 있다.

우리는 고향으로 돌아가기 위해 항해를 시작했다오. 우여곡절 끝에 우리는 태양신의 딸 키르케[155]가 살고 있는 섬에 도착했지만, 키르케가 내 동료들을 돼지로 만들어 어쩔 수 없이 그곳에서 살며 자식을 두기도 했소. 그러나 고향에 대한 향수도 자식에 대한 살가움도 이 세상에 대해 더 알고 싶은 내 호기심과 욕망을 억누르지는 못했소. 그래서 그때까지 사람으로 남아 있던 동료 몇 명과 배를 타고 바다로 나갔소."

우리는 오디세우스의 목소리에 계속 귀를 기울였다.

"말하자면 새로운 모험이 시작됐던 거요. 우리는 지중해로 나아가 저 멀리 스페인과 모로코에 이르기까지 여러 해안과 섬들을 둘러보며 항해를 계속했소. 나와 동료들은 늙고 기운도 쇠잔한 백발의 노인들이 다 돼서야 헤라클레스가 경계선을 세워 놓은 좁고 험한 해협[156]에 이르렀소. 나는 일장 연설로 동료들의 심장에 모험의 열망을 채웠고, 우리는 다시 힘을 내 고물을 동쪽으로 향하고서[157] 항해를 시작했소. 서남쪽으로 내려갈수록 북극성이 점차 그 모습을 감추더니 어느 날부터는 완전히 사라져 보이지 않았소. 그리고 비로소 바다로 나온 지 다섯 달이 지

---

155) 헬리오스의 딸로, 오디세우스의 부하들을 돼지로 만들었다.
156) 지브롤터 해협.
157) 뱃머리는 서쪽을 향해 있어서 계속 서남쪽을 향해 항해하고 있는 셈이다.

낮을 때 저 멀리 지금까지 보지 못했던 웅장한 산이 그 모습을 나타냈다오. 나와 동료들은 산을 보고는 흥분해 환호성을 질렀지만, 그것도 잠시 우리는 곧 비탄을 맛보아야 했소. 그것은 미지의 산으로부터 강력한 회오리바람이 불어와 우리가 탄 배의 뱃머리를 강타하기 시작했기 때문이오. 그렇게 두 번 세 번 강타를 당한 배는 휘청거리며 기울기 시작했고, 네 번째 이르러서는 마침내 뱃머리와 함께 바다 속으로 침몰하고 말았소. 물론 내 운명도 배와 함께 침몰했소."

제27곡

불꽃의 영혼 구이도 다 몬테펠트로

말을 마친 오디세우스의 불꽃은 기운을 잃고 우리에게서 멀어져 갔다. 베르길리우스는 무거운 발걸음으로 사라지는 오디세우스에게 감사의 말을 전했다.

"우리를 위해 이렇게 얘기를 해주어서 고맙소이다. 이제 더 이상 물을 게 없다오. 내가 괜한 질문으로 그대의 과거의 아픈 상처를 들춰내게 해서 미안하구려."

이렇게 해서 오디세우스와 작별하고 다음 여정을 위해 떠나려고 하는데, 새로운 불꽃 하나가 비명을 지르며 우리의 발걸음을 막고 나섰다. 곧이어 비명이 잦아들면서 사람의 목소리가 흘러 나왔는데, 그는 자신을 우르비노[158]와 테베레의 발원지 사이

의 산골 사람[159]이라고 소개한 다음 우리와 얘기를 나누고 싶다고 말했다. 그는 자신이 살았고 다스리던 이탈리아 동북부의 도시 로마냐의 소식을 알고 싶다고 간청했다.

베르길리우스는 나보고 상대하라고 넌지시 눈짓을 보냈다. 나는 간단하게 로마냐의 소식을 전해 주었다.

"영원한 불꽃에 휩싸인 영혼이여, 내가 지상을 떠날 무렵에는 로마냐에 큰 전쟁은 없었다오. 그러나 인간 세상의 일은 한 치 앞을 내다볼 수 없으니, 언제 파당간의 권력 투쟁이 일어나 전쟁의 먹구름이 밀려올지는 알 수 없는 일이지요."

그러자 불꽃은 자신이 생전에 교황[160]과 손잡고 적군[161]을 격파했던 전공을 자랑스레 내세우며 거들먹거렸다.

"아니, 대체 당신들은 누구를 위해 전쟁을 벌였단 말이오. 당신은 전공을 내세우지만 그 전쟁에서 죽은 시민들의 생각은 안 해봤소? 그들이 왜 당신들 때문에 죽어야 했는지 반성부터 하란 말이오. 그러니 절대 자랑스러운 일은 아니지요."

---

158) 이탈리아 중동부에 있는 작은 도시.

159) 테베레 강의 발원지는 이탈리아 중동부의 코로나로 산이고, 그곳과 우르비노 사이의 산골은 몬테펠트로를 가리킨다. 이곳 출신으로 로마냐를 다스린 인물은 '구이도 다 몬테펠트로'이다. 그는 기벨린당의 당수로, 1295년 교황 보니파시오 8세에게 복종하기까지 로마냐와 토스카나에서 교황에 반대하여 싸웠다.

160) 마르티누스 4세.

161) 프랑스 군대.

나는 벌컥 화를 내며 무고한 시민들을 학살한 게 뭐 그리 자랑스러운 일이냐고 쏘아붙였다.

베르길리우스는 내가 화를 내자 좀 놀랐는지 화를 삭이라고 충고했다. 그러고는 저 불꽃의 영혼이 살아생전에 한때 인생의 허무함을 깨닫고 수도승이 된 적도 있다고 말하면서 그의 말을 더 들어볼 것을 권유했다. 내가 그에게 말했다.

"그대가 할 말이 있으면 해보시오. 세상에서 당신의 이름이 명예롭기를 바란다면 말이오."

그러자 불꽃이 잠시 일렁이는가 싶더니 이번에는 자신의 신세타령을 한바탕 늘어놓았다. 그는 이 지옥의 구덩이에서 자신이 받고 있는 형벌에 대해 체념하고 있었다. 어차피 죄를 짓고 지옥에 떨어진 몸으로 그 누구도 살아서 이 지옥을 벗어날 수 없다는 것을 알고 있는 느낌이었다. 그리고 그 체념에는 일말의 뉘우침이 있었다. 그가 자신의 전생을 회고하듯이 얘기를 시작했다.

"나는 사자[162]보다는 여우처럼 살아왔소이다. 나는 여우가 그렇듯이 꾀주머니를 차고 온갖 권모술수를 능란하게 구사해 세상에 이름깨나 알려지게 되었소. 그러나 나이가 들어 인생을 정리할 시기가 되자 뒤늦게 지난 시절에 내가 행했던 모든 행동들이

---

162) 구이도가 당수를 지낸 기벨린당의 문양은 사자였다.

후회가 되었다오. 그래 밧줄을 허리에 두르고[163] 속죄의 길을 가고자 했지요. 그런데 불행하게도 그 무렵 새로운 바리새인들의 왕[164]이 나타니 내 신세를 망쳤소. 아마 지금쯤 그도 여기 어디서 나보다 훨씬 더 참혹한 형벌을 받고 있을 것이오."

베르길리우스는 눈살을 찌푸렸다. 스승은 자신의 잘못은 보지 못하는 어리석은 태도에 몹시 실망한 기색이었다. 하지만 불꽃은 태연하게 말을 이었다.

"아무튼 그 작자에게는 여우처럼 간교한 내 꾀주머니가 필요했고, 나는 그에게 봉사하는 대가로 천국에 들어가게 해주는 면죄부를 받기로 했다오. 그러나 이러한 거래는 나에게 죽음의 길로 접어드는 지름길이 되었소. 수도승이 된 지 1년 만에 검은 천사에게 머리채를 잡혀 이 지옥 구덩이에 떨어지고 말았던 거요. 나는 곧장 지옥의 심판관 미노스 앞에 서게 되었고, 미노스는 그 무시무시한 꼬리로 나를 여덟 번 휘감아 바로 이 구덩이로 보내버렸소. 영원히 꺼지지 않는 불꽃 속에서 형벌을 받아야 한다는 판단이었소. 이것이 내가 불꽃 속에 갇혀 고통을 당하며 비탄과 눈물로 하루하루를 보내고 있는 이유라오."

말을 마친 망령은 불꽃을 한 번 치켜들더니 홀연히 사라졌다.

---

163) 프란체스코 수도회의 수도승들은 청빈함의 상징으로 허리에 끈을 묶었다.
164) 교황 보니파시오 8세.

제28곡

분열하고 이간질한 망령들

나는 다시 베르길리우스의 인도 아래 바윗길을 지나 또 다른 아치형의 문에 이르렀다. 아홉 번째 구덩이의 기슭이었다. 아래를 내려다보니 구덩이 속에서는 생전에 불화와 분열, 그리고 이간질을 일삼았던 죄인들의 망령이 벌을 받고 있었다. 하느님이 하나 되게 한 것을 찢고 절단한 것이 이들의 죄였던 것이다.

아무리 뛰어난 시인이라도 내가 지금 목격하고 있는 참혹한 광경을 묘사할 수는 없을 것이다. 인간의 언어로는 도저히 감당이 안 되는 무시무시한 광경이 벌어지고 있었다. 죄인들은 온몸을 난자당한 듯 피투성이였고, 바닥은 핏물로 진창을 이루고 있었다. 지금껏 저 이탈리아의 대지 위에 뿌려진 피를 다 합해도

이곳 아홉 번째 구덩이에는 미치지 못할 것 같았다. 참으로 징그 럽고 끔찍하기 그지없는 광경이 눈앞에서 벌어지고 있었다.

우리 앞에 모습을 드러낸 첫 번째 망령은 턱부터 엉덩이에 이 르기까지 완전히 반으로 갈라져 있는 기괴한 모습이었다. 그의 두 다리 사이로는 핏물이 흘러내리는 시뻘건 오장육부가 다 튀 어나와 걸려 있었다. 그는 자신을 쳐다보고 있는 우리를 발견하 고는 가슴의 절개된 상처를 쩍 벌리고는 미친 듯이 소리를 쳤다.

"찢어진 나를 보아라. 나 무함마드[165]가 어찌 되었는지 확인하 라. 저기 앞에는 알리[166]가 울며 지나가고 있다. 그는 턱에서 이 마까지가 쪼개져 있도다. 이 상처들이 아물라치면 악마가 다가 와 칼로 다시 베어버리니 참으로 잔인하구나. 그런데 그대는 누 구인가? 어찌 온전한 상태로 이곳을 지나고 있는가?"

무함마드는 내가 살아 있는 육체와 영혼을 소유한 인간이라 는 사실을 믿지 못했다. 그래서 베르길리우스가 내가 지옥의 순 례에 나선 저간의 사정을 설명해 주었다.

그 설명을 듣고 놀란 수많은 망령들이 구덩이 속에서 일제히 나를 바라보았다.

---

165) 이슬람교의 창시자로, 영어식 표현으로는 마호메트라 불린다. 단테는 그를 그리스도교 내부에 분열을 조장한 죄인으로 여겨 지옥으로 떨어뜨렸다.

166) 마호메트의 사촌이자 사위로, 마호메트가 사후에 4대 칼리프가 되었으나 후계자를 정 하지 못한 채 사망함으로써, 수니파와 시아파 분열의 단초를 제공하였다.

그럼에도 무함마드는 여전히 의심스런 눈초리로 쏘아보며 나를 향해 부탁을 했다.

"그대가 정녕 저 세상으로 돌아가 태양을 볼 수 있다면, 내 부탁을 들어주시오. 부디 돌치노[167] 수도승을 만나거든 내 말을 전해 주기 바라오. 지금 당장 나를 뒤쫓아 이 지옥의 구덩이에 떨어지기 싫거들랑 식량을 충분히 확보해 두라고. 그렇지 않으면 폭설로 인해 노바라[168]인들이 언제 승리를 빼앗길지도 모르니까."

무함마드는 말을 마치고는 뒤에서 오는 망령들에 밀려 어쩔 수 없이 사라졌다.

그다음 우리가 만난 망령들은 정치적으로 불화와 분열을 일으켜 형벌을 받고 있는 자들이었다. 그들 중 목에 구멍이 나고 코는 눈썹까지 잘려나갔으며, 귀는 한 개만 남은 망령이 시뻘건 피로 가득한 목구멍을 열어 알은 체를 했다.

망령은 자신을 메디치나의 피에르[169]라고 소개하면서, 이탈리아 땅에서 나를 본 적이 있다고 했다. 그러고는 파노의 두 사람

---

167) 그리스도의 사도이자 예언자를 자처한 인물로, 자신을 따르는 신도 5천 명을 이끌고 제벨로 산으로 들어갔다. 교황 클레멘스 5세의 군대와 싸우다가 식량 부족과 추위 때문에 항복하였고, 화형에 처해졌다. 마호메트는 돌치노에게 자신과 같은 꼴을 당하지 말라는 역설적 경고의 말을 했던 것 같다.

168) 이탈리아 북서부 알프스 근처의 도시. 이곳 사람들은 교황의 군대에 참가해 돌치노의 무리와 싸웠다.

169) 로마냐 지방의 영주들을 이간질한 자로 추측된다.

구이도와 안졸렐로[170]에게 불행한 정치적 예언을 전해 줄 것을 부탁했다. 나는 그 부탁을 수락하면서 그들의 목숨을 결정하는 것은 결국 ㄱ 사람들의 운명에 달려 있는 것이라고 말해 주었다.

그다음 만난 망령은 피에르의 소개에 따르면, 세 치 혀를 놀려 카이사르로 하여금 망설임을 떨쳐버리게 했던 자[171]였다. 그는 그 죄로 목구멍에서부터 혀가 잘린 채 공포에 떨고 있었다. 물론 말을 할 수도 없었다.

그리고 다른 한 망령이 손이 다 잘린 짤막한 양 팔을 허공에 처든 채 흘러내리는 피로 얼굴을 적시며 고함을 지르고 있었다. 그는 내가 잘 아는 모스카[172]였다. 내가 혀를 차며 쏘아붙였다.

"쯧쯧, 그렇게 피로 목욕을 하더니, 그대가 얻은 거라곤 가문의 비참한 몰락뿐이군."

그러자 모스카는 고통에 싸여 미친 사람처럼 몸부림치더니 훌쩍 떠나 버렸다.

나는 계속해서 구덩이 속의 망령들을 바라보다가 눈에 확 띄는 자를 발견하고는 놀랐다. 그는 자신의 잘린 머리를 초롱불처

---

170) 파노의 귀족으로 말라테스티노의 초청을 받고 가던 중 바다에 빠져 익사했다.

171) 가이우스 스크리보니우스 쿠리오. 로마의 정치가로, 루비콘 강 앞에서 망설이는 카이사르를 부추겨 강을 건너도록 만들었다. 결국 카이사르는 로마의 권력자가 되었지만, 그 과정에서 폼페이우스의 군대와 싸우게 된 분열의 죄를 단테는 묻고 있는 듯하다.

172) 람베르티 가문에 속한 인물로, 단테는 그를 겔프당과 기벨린당 사이를 분열시켜 복수가 이어지도록 한 장본인으로 보았다.

럼 양손으로 받쳐 들고 있었는데, 걸음을 옮길 때마다 피가 쏟아졌다. 그 머리는 우리를 쳐다보며 신세 한탄을 쏟아냈다.

"내가 받고 있는 형벌을 보시오. 이보다 더 끔찍할 수는 없을 것이오. 나는 보른의 베르트랑[173]이오. 생전에 나는 아버지와 아들이 반목하게 한 죄를 지었다오. 서로 굳게 믿는 부자 사이를 내가 갈라놓았으니, 그 벌로 내 머리를 몸뚱어리에서 떼어내 이렇게 들고 다니는 거라오."

베트르랑의 망령은 진심으로 뉘우치고 있는 모습이었다. 그의 떼어낸 눈에서는 시뻘건 핏물이 연신 흘러내리고 있었다.

---

173) 12세기 후반 프랑스 남부 지방 페리고르의 귀족으로, 프로방스 문학의 대표적인 시인으로 꼽힌다. 그는 영국 왕 헨리 2세의 신하였지만, 장남 헨리 3세가 아버지를 모반하도록 교사했다.

제29곡

연금술사가 받는 형벌

내가 이 지옥의 구덩이에서 본 것 중 어느 것 하나 연민 없이 볼 수 있는 광경은 없었다. 나는 그만 울고 싶은 심정에 사로잡혔다.

그때 베르길리우스는 내게 죄인들의 죄는 보지 못하고 그 결과인 참혹한 형벌에만 집착하지 말 것을 충고했다. 아울러 갈 길이 머니, 더는 지체하지 말고 따를 것을 지시했다.

그렇지만 나는 더 많은 망령들을 만나보고 싶은 미련이 남아서 숙부에 대한 얘기를 꺼냈다. 그러자 스승님은 기다렸다는 듯이 말했다.

"내 그럴 줄 알았지. 사실 난 아까 제리 델 벨로[174]라고 불리는 자네의 친척을 보았네. 자네가 베르트랑에 눈이 팔려 있을 때였지. 그런데 그자는 자넬 반가워하기는커녕 거칠게 삿대질을 하며 쌍욕을 퍼붓더군. 차라리 자네가 못 본 게 다행이지 않은가. 그러니까 이 지옥에서는 혈육이라고 해도 집착을 하지 말게나."

나는 스승께서 말한 친척을 떠올리며 잠시 처연해졌다. 그가 살해된 지 30년이 넘었건만 문제가 된 가문 간의 피의 복수는 계속되고 있었다. 결국 그는 두 가문을 분열시킨 죄로 이 구덩이에서 벌을 받고 있었던 것이다. 스승님 말씀대로 그가 나에게 쌍욕을 퍼부었다면, 그건 아마 내가 그의 원수를 갚는 데 적극 나서지 않았기 때문이리라.

다시 길을 나서 돌다리를 지나니 우리 앞에 골짜기가 나타났다. 사방이 어둠에 둘러싸여 있어 골짜기 아래 열 번째 구덩이를 볼 수는 없었다. 대신 우리가 구덩이 앞에 이르자 괴상한 소리가 들려왔다. 그 소리는 비명의 화살이 아니라 연민의 화살처럼 우리 귀에 곧장 날아들었다. 나도 모르게 두 손으로 귀를 막고 싶었다.

마치 그 소리는 한여름철이면 전염병이 창궐하는 지역인 발디

---

174) 단테의 아저씨뻘 되는 인물로, 피렌체의 사케티 가문과 정치적으로 다투다가 원한을
사서 살해되었다.

키아나와 마렘마, 그리고 사르데냐[175] 섬의 환자들이 내뱉는 신음소리를 다 합쳐 놓은 것보다 더 처절했다.

골짜기 아래로 내려가자 서서히 시야가 트이면서 신음소리에 걸맞은 참상이 벌어지고 있었다. 이 구덩이 입구에서는 정의의 여신이 생전의 죄상이 적혀 있는 장부를 들고 죄인 하나하나마다 그에 맞는 형벌을 내리고 있었다. 그 참혹한 광경은 그 옛날 전염병으로 온 도시가 떼죽음을 달했던 저 아이기나 섬[176]의 참상을 방불케 했다.

우리는 몸뚱어리가 썩어문드러진 채 여기저기 엎드려 있거나 누워 있는 수많은 망령들을 보았다. 망령들의 입에선 거품처럼 신음이 흘러나왔다. 나는 그 속에서 몸이 부스럼투성이인 두 망령이 서로 등을 맞대고 앉아 손톱으로 마구 제 몸뚱어리를 긁고 있는 모습에 눈길이 갔다. 그들의 몸에서는 긁을 때마다 상처의 딱지가 떨어져 피가 흘러내렸고, 그때를 놓치지 않고 파리가 달려들어 상처의 피고름을 빨아먹고 있었다.

베르길리우스가 두 망령에게 다가가 누구인지 묻자, 자신들

---

175) 아레초 남쪽에 위치한 이 세 지역은 여름철만 되면 늪이 조성되어 독기와 함께 각종 질병이 창궐했다.

176) 아테네 남서 사로니카 만 중앙 가까이에 있는 섬. 그리스 신화에서 제우스는 요정 아이기나에게 반해 이 섬으로 그녀를 납치해 간다. 이에 질투심에 사로잡힌 헤라가 섬에 질병을 퍼뜨려, 제우스와 아이기나가 낳은 아들인 아이아코스를 제외한 모든 사람들과 가축들이 죽었다.

이 이탈리아인이라는 사실을 밝혔다. 그중 한 망령은 아레초 출신의 연금술사[177]였다. 그는 농담으로 "나는 하늘을 나는 재주를 가지고 있다."고 입을 잘못 놀렸다가 시에나의 알베로가 지른 불에 타죽었다고 했으나, 정작 그가 이곳에 떨어진 이유는 연금술사로 가짜 돈을 만들어 유통시켰기 때문이다.

나는 베르길리우스에게 내 조국 시에나 사람들의 허영과 사치에 대해서 말했다. 그들의 허세는 프랑스인들조차 혀를 내두를 지경이었다. 그때 내 말을 듣고 있던 한 망령이 이견을 제기하며 몇몇 사람의 예를 들었다.

"지나친 금욕과 절제로 항상 거지꼴을 하고 다녔던 스트리카[178]는 제외하고, 카네이션을 곁들인 요리법을 개발한 미식가 니콜로[179]도 제외해야겠지요. 그나저나 나를 잘 보시오. 내가 누구인지 알 수 있을 테니까."

내가 가만히 보니 내게 이의를 제기했던 망령은 나병환자처럼 손톱 발톱이 다 빠지고 얼굴과 온몸이 썩어문드러져 있었다. 그럼에도 내가 그를 알아볼 수 있었던 것은 그가 다름 아닌 내 친구였기 때문이다.

---

177) 그리폴리노. 그는 시에나의 귀족 알베로에게 미움을 샀고, 알베로는 친아들처럼 사랑하는 시에나의 주교를 이용해 그를 화형에 처하게 만들었다.

178) 그는 아버지에게서 받은 유산을 방탕하게 썼다. 여기서는 반어적인 표현이다.

179) 스트리카의 형제로 사치스러운 생활을 즐겼다.

"그래, 나는 카포키오일세. 학창시절 그대의 친구이기도 했지. 연금술로 가짜 돈을 만들었다가 들통 나는 바람에 화형에 처해졌지. 하지만 그대는 내가 타고난 원숭이[180]였다는 것을 잘 알고 있을 거야."

---

180) 원숭이처럼 모방을 잘했다는 뜻이다.

제30곡

사기꾼과 거짓말쟁이들

내가 카포키오의 말을 듣고 있는 사이에 벌거벗은 두 망령이 서로 상대방을 물어뜯으면서 달려가다가 갑자기 한 망령이 카포키오의 목덜미를 물어뜯었다. 카포키오는 외마디 비명을 내지르며 사지를 늘어뜨렸다.

카포키오를 물어뜯은 망령은 잔니 스키키[181]였다. 그는 축 늘어진 카포키오의 목덜미를 문 채 자갈투성이 골짜기로 질질 끌고 갔다. 그 뒤에는 카포키오의 살점이 드문드문 떨어져 있었다.

---

181) 시모네의 유언장을 가짜로 만들어준 뒤 그 대가로 가장 좋은 암말을 얻은 인물이다.

그때까지 이런 광경을 보고 있던 아레초 사람[182]이 공포에 질린 얼굴로 말했다.

"저자는 한번 미쳐 날뛰기 시작하면 아무도 막을 자가 없답니다. 그래서 모두들 피해 다니기에 바쁘지요."

사실은 나도 잔니 스키키에 대해서는 들은 얘기가 좀 있었다. 그는 성대 모사의 달인이었는데, 죽은 사람의 목소리를 흉내 내 살아 있는 것처럼 해서 가짜 유언장을 작성했다는 풍문을 들은 바 있었다. 잔니 스키키와 서로 물어뜯던 망령은 파렴치한 미르라[183]의 영혼이었다. 그녀는 사랑의 정도에서 벗어나 아버지의 여자가 되었다.

다시 아레초 사람이 말했다.

"좋은 암말을 얻기 위해 가짜 유언장을 꾸민 잔니 스키키나 자신의 욕정을 채우기 위해 변장을 하고 아버지와 동침을 한 미르라나 지옥의 저울에 달아보면 아마 똑같은 근수가 나올 겁니다."

나는 미친 듯이 서로 물어뜯던 두 망령을 뒤로 하고 앞으로 나가 다른 망령들에게 시선을 돌렸다.

먼저 내 시선을 사로잡은 망령은 얼굴이 바짝 마르고 몸은 비

---

182) 제29곡에 나오는 그리폴리노.
183) 키프로스 섬의 왕인 키니라스의 딸로, 아버지에게 연정을 품어 동침했다가 이를 알게 된 아버지한테 쫓겨났다.

대해 마치 류트 같은 형상을 한 자였다. 이 망령은 가랑이 아래가 잘려나간 상태였다. 그리고 심한 수종으로 인한 악성 체액 때문에 사지가 뒤틀려 있었다. 물주머니처럼 배가 볼록한데도 극심한 갈증으로 입은 벌어진 채였다. 다름 아닌 장인(匠人) 아다모[184]의 망령이었다. 그는 자신이 금화를 위조한 것은 모두 알렉산드로, 아기뇰포, 구이도 삼형제가 시켜서 한 짓이라고 항변했다.

내가 다시 눈을 돌려 바라보니 모락모락 김이 나는 두 망령이 아다모 곁에 있는 것이 보였다. 아다모는 그들이 자신이 여기 오기 전부터 있었던 자들로 그 자리에서 한 번도 움직이는 것을 본 적이 없다고 했다. 내가 물었다.

"저들은 대체 무슨 죄를 지었기에 저 자리에 붙박여 뜨거운 김을 뿜어내고 있는가?"

아다모에 따르면, 한 망령은 젊은 요셉을 유혹하다 거절당하자 앙심을 품고 모함한 거짓말쟁이[185]이고, 다른 한 망령은 트로이 출신의 거짓말쟁이 그리스인 시논[186]이었다. 이 두 망령의 몸에서 김이 나오는 것은 그들의 가슴 속에서 거짓의 독이 끓어오

---

184) 그는 피렌체의 금화(피오리노)를 주조했는데, 순금에 값싼 금속을 합금해 만든 가짜 금화를 엄청나게 주조해 피렌체의 재정이 흔들릴 정도였다. 이것이 발각되어 화형당했다.

185) 『창세기』에 나오는 보디발의 아내.

186) 트로이 사람들에게 일부러 포로가 된 뒤에 거짓말을 해서 목마를 성 안으로 끌고 가도록 했다.

르고 있었기 때문이다.

그런데 아다모의 말을 듣고 있던 시논은 분을 삭이지 못하고 아다모의 불룩한 배를 주먹으로 쿵하고 쳤다. 그러자 아다모도 지지 않고 반사적으로 시논의 얼굴을 후려쳤다. 이 둘은 그렇게 육탄전을 벌이면서도 쉬지 않고 입을 놀려 상대방을 비방하고 욕설을 퍼부었다. 서로 이를 갈며 필사적으로 엉겨 붙어 치고받았다. 둘의 싸움이 점점 더 격렬해지고, 나는 어느새 나도 모르게 그들의 싸움을 구경하느라 정신이 없었다.

이런 모습을 보고 있던 베르길리우스가 말했다.

"자네는 저들의 싸움이 재밌나 보군. 더러운 것을 보거든 고개를 돌려야 하거늘 어찌 구경을 하고 있단 말인가. 자네도 싸우고 싶은가?"

나는 스승님의 호통을 듣고 부끄러움에 얼굴을 들 수 없었다. 사죄의 말조차 꺼낼 엄두가 나지 않았다. 그저 이 순간이 꿈이었으면 하고 바랄 뿐이었다.

그런 나를 베르길리우스가 타일렀다.

"작은 실수는 용서받을 수 있네. 다시 반복하지 않는 것이 중요하겠지. 다시는 저런 싸움에 끼어들지 말게나. 만에 하나 그런 상황이 다시 오면 내가 자네 곁에 있다는 사실을 명심하게나."

제31곡

하느님에게 대든 거인들

스승님의 격려에 힘입어 다시 용기를 회복한 나는 스승님을 따라 처참한 골짜기를 벗어났다. 밤인지 낮인지 알 수 없을 만큼 어둠침침해서 앞이 잘 보이지 않았다. 그때 날카로운 뿔피리 소리가 천둥소리처럼 들려왔다.

잠시 후, 건너편을 바라보니 높은 탑 같은 것이 보였다. 그래서 내가 물었다.

"스승님, 저 멀리 보이는 것이 무엇입니까? 제 눈에는 탑 같기도 하고 무슨 도시 같기도 한데요."

스승님이 자상하게 말했다.

"자네가 깜짝 놀라기 전에 내 미리 가르쳐 주겠네. 저것은 탑도 아니고 도시는 더더욱 아니라네. 이제 곧 알게 될 테지만, 저 것은 거인들인데 배꼽 아래는 구멍 속에 들어가 있지. 그들은 자신들의 힘을 과시하고 하느님에게 대들었던 무리들로, 이 지 옥의 마지막 관문을 지키고 있다네."

나는 스승님의 말을 들으며 이상한 전율을 느꼈다. 안개가 걷 히면 안개에 가려져 있던 사물이 드러나듯이, 우리가 어둠을 뚫 고 거인들에게 가까이 다가감에 따라 내 두려움도 커졌다. 마치 성벽 위에 탑이 줄지어 서 있듯이 언덕 위에는 무시무시한 거인 들이 상반신을 드러내놓고 탑처럼 서 있었다. 조금 전에 내가 들 은 소리는 그 옛날 제우스가 아직 천상에서 거인들을 위협하기 위해 냈던 천둥소리와 같았다. 거인들의 얼굴은 크고 길어 로마 의 성 베드로 성당의 솔방울[187]만 했고, 상반신만 해도 세 명의 프리슬란트 사람[188]을 합해 놓아도 이에 미치지 못했다.

"라펠 마이 아메케 자비 알미!"[189]

거인이 우렁찬 목소리로 우리가 알 수 없는 주문을 외쳤다.

그러자 스승은 조롱하듯이 말했다.

"이 어리석은 망령아, 그렇게 따분하면 목덜미에 매달아놓은

---

187) 청동으로 만든 솔방울로, 그 높이가 4미터쯤 된다.
188) 네덜란드 북부 지방 사람으로, 키가 무척 컸다.
189) 단테가 혼란스러운 언어의 모습을 보여주기 위해 특별한 의미가 없는 말을 한 듯 보 인다.

뿔피리라도 불며 기분을 풀면 좋을 것을!"

그러고 나서 나에게 말했다.

"저놈은 니므롯[190]인데, 하느님의 능력을 믿지 못하고 자신의 힘을 과시하려 들었지. 그 잘못으로 본래 하나였던 언어가 갈라져 세상의 이곳과 저곳의 의사소통이 불가능하게 되었다네. 저놈한테 신경을 쓰지 말게. 저놈은 인간의 말을 알아듣지 못하고, 저놈의 말 또한 어떤 인간도 알아듣지 못하니까."

우리는 다시 왼쪽 길을 잡아 나갔는데, 거기서 사슬로 몸을 대여섯 번이나 친친 감아놓은 흉악한 거인과 마주쳤다.

"이 기세등등한 녀석은 지존 제우스에게 반항하여 자신의 힘을 시험해 보려고 했던 에피알테스[191]네. 거인들이 그리스의 신들과 전쟁을 할 무렵에 이 녀석도 꽤 설치고 다녔으나 화살에 눈을 맞아 장님이 되었으니, 지금은 저렇게 명상을 하듯이 얌전하게 있을 수밖에 없는 처지라네."

나는 스승에게 무지무지하게 거대하고 팔이 100개나 된다는 브리아레오스[192]를 한번 보고 싶다고 요청했다. 그러자 스승님이 말했다.

---

190) 창세기에 나오는 함족의 우두머리로, 바벨탑을 세우기 위해 사람들을 선동했다.
191) 올림포스 신들을 공격하기 위해 거인 오토스와 함께 산을 높이 쌓다가 아폴론의 화살에 맞아 죽었다.
192) 50개의 머리와 100개의 팔을 가진 괴물.

"그건 좀 어려울 걸세. 자네는 곧 이 근처에서 헤라클레스와 싸우다 죽은 거인 안타이오스[193]를 만나게 돼 있으니까 말이지. 그는 말을 할 수도 있고 묶여 있지도 않다네. 그러므로 우리를 여러 악의 근원지인 제9지옥으로 데려다 줄 걸세. 그대가 보고 싶다는 브리아레오스는 아주 먼 곳에 있지. 얼굴이 흉악하다는 것만 다르지 그 역시 구멍에 박혀 묶여 있다네."

그때 갑자기 에피알테스가 무엇엔가 성이 났는지 몸을 부르르 떨었다. 그것만으로도 지진이 난 것처럼 심하게 땅이 흔들렸다. 우리는 황급하게 앞으로 나가 드디어 안타이오스가 있는 곳에 이르렀다. 이 거인의 상반신은 구멍에서 다섯 알라[194]나 높이 솟아올라와 있었다. 베르길리우스가 말했다.

"이보게 안타이오스! 거두절미하고 말하겠네. 그대가 한니발을 격파한 행운의 골짜기[195]에서 사자 천 마리를 잡아먹었다고 하지만, 만일 그대가 형제 거인들의 싸움에 가세했더라면 제우스를 이겼을 것이라고 하는 자도 있더군. 그대는 정말 대단한 거인이야. 자, 그러니 우리를 코키토스[196] 강의 얼어붙은 땅바닥으로 데려다 주게나. 그럼 여기 있는 내 동행자가 아래 세상에 가

---

193) 가이아와 포세이돈의 아들로, 사자들을 잡아먹고 살았다.
194) 길이를 재는 단위로, 두 팔 반의 길이에 해당한다.
195) 리비아의 바그라다 강 유역 계곡을 가리킨다.
196) 탄식의 강을 일컬으며, 단테는 얼어붙은 호수로 그리고 있다.

서 그대의 명예를 드높여 줄 걸세."

그러자 안타이오스는 급히 허리를 굽히고 두 손을 내밀어 스승을 잡아 올렸다. 스승님이 내게 말했다

"자네는 어서 이리 오게. 내 품에 품어 줄 테니까."

그리하여 우리는 한 덩어리가 되어 안타이오스의 손아귀에 안겼다. 그가 허리를 구부리자 커다란 탑이 기우뚱하는 것처럼 보였다. 간담이 서늘했다. 하지만 안타이오스는 지옥의 마왕 루시퍼와 유다를 삼킨 제9지옥에다 우리를 사뿐히 내려놓고 사라졌다.

제32곡

얼음 호수의 배신자들

제9지옥은 각종 배신자들이 벌을 받는 곳으로, 다시 그 죄에 따라 네 개의 지옥으로 나뉘어 있었다. 첫 번째 지옥에서는 친지나 혈족을 배신한 자들, 두 번째 지옥에는 조국이나 자기가 속해 있던 집단을 배신한 자들이 벌을 받고 있었다.

안타이오스의 도움으로 마지막 지옥인 제9지옥에 이르렀을 때, 나는 말문부터 막혔다. 뮤즈의 도움 없이는 한마디의 시도 읊을 수 없을 만큼 절망적인 기분이었다. 이 우주와 지구의 중심이며 가장 깊은 지옥의 밑바닥을 노래하는 것은 내 능력으로는 도저히 감당이 안 되는 일이었다. 설사 머리를 쥐어짜 어찌어찌 시구를 읊조린다 한들 그것은 어린아이의 옹알거림에 지나지 않을 것이다.

그 옛날 암피온[197]이 성벽을 쌓으려 할 때 뮤즈가 준 수금을 타자 바윗덩어리들이 산에서 굴러와 그대로 성이 되었듯이, 내게도 그러한 영감이 찾아오기를 기도했다. 왜 내게 이런 괴로움을 안겨 주는가. 지옥에 갇힌 극악무도한 망령들이여, 차라리 태어나지 말거나 아니면 그저 양이나 염소로 태어났으면 좋았을 것을!

우리는 유리처럼 보이는 코키토스의 첫 번째 지옥에서 얼음 속에 있는 슬픈 망령들을 보았다. 크레타 섬의 거인이 흘린 눈물이 지옥으로 흘러내려 이 바닥에 이르러서는 꽁꽁 얼어붙어 빙하 호수가 된 것이다. 얼음이 얼마나 두꺼운지 물이 흐르는 것을 전혀 느낄 수 없었다.

카이나[198]라고 불리는 이곳은 혈족을 배신한 자들이 갇혀 있었다. 얼음 위로 망령들의 머리가 솟아나와 있었다. 선 채로 얼음 속에 갇혀 있는 수많은 망령들은 머리만 내밀고 추위에 이빨을 덜덜 떨고 있었다.

잠시 후, 정신을 차리고 주위를 둘러보니 발치에 서로 머리칼이 엉켜 있는 두 망령이 보였다. 그들은 알베르토[199]에게서 나서

---

197) 제우스와 안티오페 사이에서 태어난 쌍둥이 중 하나로, 쌍둥이 형제 제토스와 더불어 테베의 왕이 되었다.
198) 인류 최초의 살인자 카인의 이름을 따와 단테가 지어낸 명칭이다.
199) 알베르토 델리 알베르티 백작. 그는 비센초와 시에베 계곡 근처의 많은 땅과 성을 소유하고 있었다.

서로를 죽인 자들[200]이었다. 그 두 망령은 이 지옥에 떨어져서도 가슴을 맞댄 채 두 마리의 염소처럼 갖은 욕설을 퍼붓고 머리를 치고받으며 싸우고 있었다. 베르길리우스가 나서 한바탕 호통을 치고 나서야 그들은 비로소 잠잠해졌다.

그러자 이번에는 그 옆에서 고개를 숙이고 있던 한 망령이 고개를 들며 말했다.

"아서의 창에 가슴과 그림자까지 뚫렸던 자[201]도 있고, 불화를 일으켜 가문을 몰락하게 한 포카차[202]도 있고, 사솔 마스케로니[203]도 있지만, 이들 모두는 저 형제 놈들보다 못할 것이다."

이렇게 말하는 망령은 자신을 카미촌 데 파치[204]라고 소개하고, 자신의 죄를 가볍게 해줄 카롤리노[205]를 기다린다고 했다.

우리는 다시 그들을 뒤로 하고 두 번째 지옥인 안테노라[206]를

---

200) 나폴리오네와 알렉산드로. 권력과 재산 다툼으로 형제끼리 죽고 죽였다.

201) 영국 왕 아서는 자기를 배반하여 영지를 빼앗으려던 조카 모드레트를 창으로 찔렀다. 아서 왕이 창을 뽑아내자, 모드레트의 가슴에 뚫린 구멍 사이로 햇살이 통과해 땅에 비친 그림자에서조차 구멍이 나 있었다.

202) 겔프 백당에 속한 그는 숙부를 살해했다.

203) 피렌체 토스카 가문 출신으로, 부자였던 숙부가 죽자 숙부의 외아들을 죽이고 재산을 차지했다.

204) 그는 자신의 친척 우베르티노를 살해하였다.

205) 카미촌 데 파치와 같은 가문 사람으로, 겔프 백당 소속이면서도 흑당에 매수되어 많은 동지들을 죽거나 다치게 만들었다. 카미촌의 죄를 가볍게 해준다는 말은 그보다 더 무거운 죄를 지었다는 뜻이다.

206) 트로이 장군 안테노르의 이름에서 따옴.

향해 얼음 호수를 미끄러져 내려갔다. 안테노라에는 조국을 배신한 망령들이 얼음에 갇힌 채 고개를 뻣뻣이 들고 서 있었다. 그중 한 망령의 머리를 모르고 걷어차자, 망령[207]이 고함을 지르며 발끈했다.

"대체 어떤 놈이기에 내 머리를 발로 차는 것이냐? 만약 몬타페르티의 복수[208]를 하러 온 놈이 아니라면 나를 발로 찰 자격이 있는 놈은 여기에 없을 터인데……."

나는 그 말을 듣고 그자의 정체를 단번에 알아보았다. 하지만 짐짓 모른 체하며 정체를 밝힐 것을 요청했으나, 그는 되레 화를 내며 당당한 모습이었다. 아무것도 묻지 말고 따지지도 말고 어서 떠나 달라는 태도였다. 나는 그 교만함에 역겨움을 느꼈다. 이 지옥의 얼음 호수에 떨어져서도 일말의 반성조차 없이 고개를 뻣뻣이 쳐들고 대드는 듯한 거만한 태도에 어이가 없었다.

나는 화가 나서 그에게 달려들어 머리칼을 움켜잡으며 꾸짖었다. 그러나 그는 눈을 치켜뜨고 바락바락 악다구니를 쓰며 대들었다. 나는 다시 달려들어 머리칼을 한 움큼씩 뽑기 시작했다. 그는 고통에 몸부림을 쳤으나 제 이름을 밝히기를 거부했

---

207) 보카 델리 아바티.

208) 겔프당 소속이면서도 당시 우세했던 기벨린당을 편든 보카는 몬타페르티 전투에서 칼로 기수의 손을 쳐서 깃발을 떨어뜨리게 만들었다. 이에 전의를 상실한 겔프 파가 패배하였다.

다. 나는 손을 털고 일어서며 준엄하게 꾸짖었다.

"이 더러운 배신자야, 난 이미 네놈의 정체를 알고 있다. 네놈은 보카가 아니더냐. 동료들을 배신하고 아군의 사기를 떨어뜨려 패전을 하게 만들었지. 나는 조국을 배신한 네놈의 이름을 저세상에 영원히 남겨 다시는 배신자가 나오지 않게 할 것이다."

내 꾸짖음에도 보카는 반성하는 기색이 없이 오히려 저와 비슷한 죄를 짓고 이곳에 함께 갇혀 있는 두에라[209]와 베케리아[210] 같은 몇몇 배신자들을 거론하며 끝까지 오만한 모습을 보였다. 그는 참으로 뻔뻔한 작자가 아닐 수 없었다.

우리는 그 자리를 떠나 앞으로 나아가다가 한 구덩이에 두 망령이 얼어붙어 있는 광경을 보았다. 그들은 서로 엉겨 붙어 있었는데, 한 망령의 머리가 다른 한 망령의 머리 위에 모자처럼 얹혀 있었다. 그런 상태로 위 망령이 아래 망령의 머리와 목덜미를 게걸스럽게 물어뜯었는데, 그 모양새가 참으로 처참해 보였다.

---

209) 크레모나의 영주로, 저지해야 할 프랑스 군대를 돈을 받고 통과시켰다.
210) 발롬브로사의 수도원장이었던 그는 기벨린당과 음모하여 반역을 시도했다 교수형을 당했다.

제33곡

우골리노와 루지에리

 나는 대체 무슨 원한으로 저렇게 짐승처럼 물어뜯고 있는지
그 사정이 궁금해 물었다. 그러자 머리를 물어뜯고 있던 망령은
머리를 내려놓고 입가에 묻은 머리칼을 뜯어낸 다음 얘기를 시
작했다.

 "내가 이 반역자에게 치욕을 줄 수만 있다면 나는 무슨 짓이
든 할 수 있소. 나는 우골리노[211] 백작이고, 이놈은 루지에리 대
주교요. 나는 피사의 평화를 위해 여동생을 반대파의 조반니 비

---

211) 피사와 사르데 섬의 방대한 영토를 소유한 귀족으로, 기벨린당 소속이었지만 겔프당이
　　승리하도록 도와 피사에서 정권을 잡았다. 하지만 기벨린당 소속의 루지에리와 여러
　　피사의 가문들이 봉기하면서 포로가 되어 탑 속에 갇혀 굶어죽었다.

스콘티와 결혼을 시켰소. 사심 없는 행동이었소. 그러나 동료들에게 반역자로 의심을 받아 나는 감옥에 갇혔고, 조반니는 추방이 되었지요. 그 후 감옥에서 나와 추방된 나는 절치부심 세력을 키워 다시 피사를 점령하고 권력을 장악했소. 그리고 조카와 양두정치를 실시하며 권력을 유지했소. 조카와 알력으로 대립하던 중 대주교와 협력한 기벨린 가문을 추방하며 권력을 공고히 하고자 했소. 그러나 피사에 물가가 오르고 대중들이 폭동을 일으켜 반란으로 치달았소. 나는 루지에리의 조카를 죽이고 정치적으로 수습에 나섰는데, 대주교 루지에리는 나를 반역죄로 몰아 감옥에 가두는 것도 모자라 자식 두 명과 손자 둘까지 굶어죽게 만들었소. 아마 그대가 루지에리에게 당한 그 피눈물 나는 고통을 알고 있다면, 내가 이곳에서 루지에리의 머리를 물어뜯고 있는 사정을 이해할 수 있을 것이오."

우골리노는 이렇게 긴 얘기를 마치더니 다시 곧 미친 개처럼 대주교 루지에리의 머리통을 잡고 물어뜯기 시작했다.

나는 우골리노의 원한과 증오에 연민을 감출 수 없었다. 특히나 어린 손자들까지 감옥에 갇혀 굶어죽게 했으니, 그가 그런 행동을 하는 것에도 일말의 동정을 느끼지 않을 수 없었다.

우리는 우골리노의 딱한 처지를 뒤로 하고 다시 앞으로 나가 톨로메아라고 불리는 세 번째 지옥에 이르렀다. 이곳에서는 친구나 동료들을 배신한 자들이 드러누운 자세로 벌을 받고 있었

다. 그들이 고통의 눈물을 흘리면 눈물이 이내 얼음이 되어 버리는 통에 울 수조차 없는 형국이었다. 그리고 이 캄캄한 지옥 맨 밑바닥에서도 어디선가 살을 에는 바람이 불어오고 있었다. 나는 이 바람의 정체를 물었으나 스승님은 조금 있으면 다 알게 된다는 듯이 말씀이 없으셨다.

그때 온통 얼음을 뒤집어쓴 망령 하나가 나를 보고 외쳤다.

"그대 이 지옥의 가장 깊은 밑바닥을 순례하는 자여, 제발 할 수만 있다면 내 눈에서 이 얼음을 치워 줄 수 있겠소. 이젠 가슴에서 내 사무치는 울분의 눈물이 얼기 전에 한 번쯤 눈꺼풀 밖으로 흘려보내고 싶소이다."

나는 그 망령의 딱한 처지가 안타까워 혀를 차며 당신은 누구이며 무슨 죄를 지었는지를 물었다.

"나는 알베리고[212] 수사요."

"아니, 그대가 벌써 죽었단 말이오?"

내가 알기로는 그는 세상에서 아직까지 분명히 살고 있는 사람이었다. 아니, 어떻게 이런 일이 일어날 수 있단 말인가. 육체는 지상에 머물며 활동을 하고 있는데, 영혼은 지옥에 떨어져 벌을 받고 있다니, 나는 도저히 이해할 수가 없었다.

"내 육신이 세상에서 어떻게 되어 있는지 나는 모르오. 종종

---

212) 피렌체의 수도승이었던 그는 친척들을 연회에 초대해 모조리 죽였다.

아트로포스[213]가 움직이기도 전에 영혼이 먼저 떨어지는 경우가 있지요."

내가 의문을 표하자 이번에도 스승님께서 풀어 주셨다.

"여기 제9지옥의 세 번째 지옥에 있는 자들은 대부분 지상에 육체를 갖고 있다네. 그것은 운명의 세 여신 중 한 명인 아트로포스가 생명의 실을 끊기 전에 영혼이 먼저 이곳에 떨어진 경우라네. 그러니까 죽기 전에 영혼이 먼저 떨어져 나간 것이지."

스승님의 말이 떨어지기가 무섭게 알베리고가 자신의 왼쪽에 있는 망령을 가리키며 말했다.

"저놈은 브랑카 도리아[214]인데, 벌써 몇 년째 저렇게 갇혀 있다오."

나는 그의 말을 믿을 수가 없었다. 내가 최근에 들은 바에 따르면, 도리아는 아직 죽지 않고 잘 먹고 잘 살고 있었다. 그렇다면 지상에서 먹고 마시는 도리아의 육체는 영혼이 빠져나간 허수아비란 말인가.

알베리고가 다시 눈 위의 얼음을 치워 달라고 했지만, 나는 그의 부탁을 거절했다. 그의 부탁을 들어줄 만도 했지만 나는 웬일인지 선뜻 나서기가 싫었다. 베르길리우스도 아무 말씀이 없는 것으로 보아 내 행동에 암묵적으로 동의하신 것 같았다.

---

213) 그리스 신화에 나오는 운명의 여신으로, 운명의 실을 끊는 역할을 한다.
214) 제노바의 귀족으로, 장인의 권력을 탈취하기 위해 연회에 초대해 살해했다.

제34곡

마왕 루시퍼의 삼위일체

우리는 다시 걸음을 재촉해 제9지옥의 마지막 네 번째 지옥을 향해 나아갔다. 앞서 가던 베르길리우스가 한순간 돌아서 멈춰서더니 나를 보며 말했다.

"자, 이제 용기를 내서 앞을 보게나! 드디어 지옥의 왕의 깃발이 우리를 향해 다가오고 있네. 앞을 보고 있는가?"

스승님의 목소리는 전에 없이 떨리고 있었다.

마치 안개가 자욱하게 낀 것처럼, 혹은 우리가 속한 반구가 어둠에 잠길 때 멀리서 바람에 풍차가 보이듯이 나는 언뜻 무슨 거대한 물체를 본 것 같았다. 하지만 그것도 잠시, 거센 바람이 나를 밀어냈고 그 바람에 나는 스승님의 등 뒤로 몸을 숨겨야만 했다. 바람이 분 것은 마왕 루시퍼의 날갯짓 때문이었다.

스승님이 말한 마왕의 모습은 짙은 안개에 가려져 뚜렷한 모습을 드러내지 않았다. 그 대신 얼음 빙판 아래 각기 서로 다른 자세를 취하고 있는 배신자들의 망령들이 보였다. 누워 있는 자가 있는가 하면, 머리를 처들고 서 있는 자도 있었고, 거꾸로 발바닥을 처든 자들도 있었으며, 활처럼 몸을 반원으로 구부리고 있는 자들도 있었다.

베르길리우스는 비켜서며 나를 멈추게 하더니 말했다.

"자, 잘 보게나. 저자가 바로 루시퍼[215]네. 지금부터 자네는 모름지기 용기로 단단히 무장을 해야만 하네."

나는 마왕 루시퍼를 보고 극한의 공포에 사로잡혀 피가 얼고 맥이 빠져 정신이 혼미해졌다. 마왕은 제 몸의 상반신을 얼음 밖으로 내놓고 있었는데, 그 거대한 몸체에 비하면 전에 본 거인들은 팔뚝 하나만도 못했다.

루시퍼는 한 개의 머리통에 세 개의 얼굴을 갖고 있었다. 입에는 최악의 배신자 세 명을 물고 있었는데, 예수를 팔아넘긴 갸롯 유다가 빨간 얼굴로 가운데에 있었고, 그 양 옆에는 카이사르를 죽인 브루투스와 카시우스[216]가 각기 누렇고 검은 얼굴을 한

---

215) 한때는 가장 아름다운 천사였다고 한다.
216) 브루투스와 함께한 카이사르 암살의 주모자이다.

채 자리를 잡고 있었다.

스승님의 말씀에 따르면, 하느님의 삼위일체가 있는 것처럼 루시퍼가 갖고 있는 세 개의 얼굴은 지옥왕의 삼위일체였다. 각각의 얼굴 밑에선 커다란 날개가 두 개씩 튀어나와 있었는데, 날개가 한 번 퍼덕일 때마다 그로부터 세 줄기의 바람이 불어와 코키토스를 얼어붙게 만들었다. 그리고 루시퍼의 여섯 눈동자에서는 피눈물이 흘러내렸고, 턱 주변에는 고드름이 맺혀 있었다.

내가 혼미한 정신으로 넋이 빠져 있을 때, 스승님의 목소리가 나를 깨웠다.

"자, 이제 여기서 볼 것은 다 보았으니 다시 길을 떠나세. 우리에게는 아직 마지막 한 고비가 남아 있다네. 어서 내 허리에 손을 두르고 등 뒤에 꼭 매달리게나."

나는 얼른 스승님의 등에 업히듯 바짝 등에 달라붙었다.

그러자 베르길리우스는 마왕 루시퍼의 털북숭이 옆구리를 타고 아래로 내려가기 시작했다. 허리를 지나 옆구리가 쑥 내밀어진 언저리까지 내려왔을 때, 스승님은 돌연 몸을 거꾸로 돌려 위로 향했다. 나는 다시 지옥으로 돌아가는 것이 아닌가 하고 착각했다. 이런 내 마음을 짐작이라도 했는지 스승님께서 한마디를 툭 던졌다.

"나를 꽉 잡아야 하네. 이렇게 거꾸로 털사다리를 타고 올라가야만 이 지옥에서 빠져나갈 수가 있다네."

그러고는 루시퍼의 다리 사이로 밖이 내다보이는 동굴처럼 생긴 바위틈을 빠져나왔다. 스승님은 비로소 바위 언저리에 나를 내려놓았다. 어떤 안도감이 밀려오면서 나는 그만 힘이 빠져 그 자리에 털썩 주저앉고 말았다. 방향 감각과 시간관념이 뒤죽박죽으로 뒤엉켜 혼란스러웠던 것이다.

"아직 갈 길은 멀고 행로는 거칠 것이니, 자, 어서 일어나게나."

베르길리우스는 이렇게 걸음을 재촉하면서 내 혼란스러움을 명쾌하게 정리해 주었다. 그가 나를 업고 루시퍼의 옆구리를 타고 내려오다가 돌연 몸을 돌렸던 순간, 우리는 지구의 중심을 통과해 북반구에서 남반구로 방향을 이동했던 것이다. 그에 따라 얼음이 없어졌고, 밤이 새벽으로 바뀌어 있었다.

베르길리우스의 설명을 듣고 나는 하늘이 보이는 곳까지 스승님의 뒤를 따라갔다. 그리고 거기서 바위틈 사이로 흐르는 시냇물 소리를 들을 수 있었다. 시냇물은 완만하게 경사를 이루며 천천히 굽이쳐 흘러가고 있었다. 그리고 미명의 새벽하늘에서 별들이 반짝이는 것을 볼 수 있었다.

우리는 마침내 어둠의 지옥을 빠져나와 다시 아름다운 별을 볼 수 있게 되었다.

연옥편

제1곡

연옥의 문지기 카토

나는 악몽과도 같았던 지옥에서 벗어나 잔잔한 물결 위를 항해하기 위해 내 재능의 쪽배에 닻을 올렸다. 이제 나는 시인으로서 영혼을 정화하여 천국에 오르고자 하는 두 번째 세계인 연옥을 노래할 것이다.

나는 뮤즈에게 시적 영감을 불러일으켜 달라고 부탁했다. 지옥의 캄캄한 세계에 빠져 죽었던 시가 다시 살아나도록 뮤즈의 맏언니 칼리오페[217]에게 기도했다.

"오, 성스러운 뮤즈여, 나는 그대들의 것이니 죽었던 시가 다

---

217) 뮤즈들 중 가장 으뜸이며, 아름다운 목소리를 지니고 있다.

시 살아나게 해다오. 그래서 부활과 희망을 노래하게 해다오."

나는 고개를 들어 해가 뜨기 전의 새벽하늘을 바라보았다.

하늘은 수정처럼 푸른 빛깔이 수평선 끝까지 퍼져 있었다. 나는 가슴을 짓눌렀던 지옥의 죽은 대기에서 벗어나 기쁨을 되찾은 기분이었다. 지옥에서 막 빠져나온 내 가슴은 기쁨과 환희로 가득 차올랐다.

동쪽 하늘에는 반짝이는 샛별이 떠올라 물고기자리를 감싸며 빛나고 있었다. 그 모습이 마치 하늘이 웃고 있는 것처럼 보였다. 오른쪽으로 고개를 돌려 바라보니, 최초의 사람들[218] 말고는 아무도 본 적이 없는 별 네 개가 반짝이고 있었다. 하늘은 별들의 빛남을 기뻐하는 듯했다. 그리고 북녘을 바라보니, 그곳에는 별 하나 보이지 않는 황량한 어둠뿐이었다.

그렇게 하늘을 바라보며 시상에 빠져 있던 나는 다른 한쪽으로 눈을 돌렸다. 그곳에는 기다란 은빛 수염과 두 갈래로 갈라진 머리카락을 가슴까지 길게 늘어뜨린 노인[219]의 모습이 보였

---

218) 에덴동산의 아담과 하와.

219) 노인은 우티카의 카토로 연옥의 문지기 노릇을 하고 있었다. 그는 북아프리카의 고대 도시 우티카 출신으로 로마의 정치인이자 스토아학자로 공화주의자였다. 카이사르에 반대하여 폼페이우스에게 동조했으나 폼페이우스가 패하자 우티카에서 마흔아홉 살에 자살했다. 원래 자살한 자들은 제7지옥에 있어야 마땅하지만 카토는 자살을 하면서까지 자유와 공화주의를 위해 싸운 숭고한 공로를 인정받아 연옥의 문지기 노릇을 하고 있었다. 다만 자살을 했기 때문에 다른 연옥의 영혼들과는 달리 정죄의 산에는 오르지 못하는 운명이었다.

다. 하늘에 떠 있던 네 개의 별이 마치 노인을 환하게 비추고 있는 것처럼 얼굴에서 광채가 났다. 마치 햇빛을 받고 있는 것처럼 눈부시게 보였다.

노인이 엄숙한 수염을 쓸어내리며 물었다.

"그대들은 누구인가? 눈이 먼 영원한 감옥에서 빠져나온 그대들은 대체 누구란 말인가? 지옥의 구덩이에서 그대들을 이끈 길잡이 등불이라도 있었단 말인가? 아니면 나도 모르는 사이에 엄격하기로 이름난 심연의 법칙이 깨지기라도 했단 말인가? 그것도 아니면 지옥의 망령들도 내가 지키는 이곳 바위산의 동굴까지 올 수 있다는 새로운 천국의 율법이라도 생겼단 말인가?"

그때까지 잠자코 있던 베르길리우스가 나를 불러 정중하게 예를 차리도록 한 뒤 입을 열었다.

"우리가 어떻게 하느님의 도움 없이 이곳까지 올 수 있었겠습니까? 이 사람은 살아 있는 육체와 영혼을 가지고 있습니다. 어느 날 천국에서 베아트리체가 내려와 어두운 숲 속에서 방황하는 이 사람을 인도하도록 내게 요청했습니다. 그래서 나는 길잡이가 되어 이 사람을 인도해 지옥의 순례를 끝내고 이곳에 막 도착을 한 것입니다."

노인은 내가 살아 있는 영혼이라는 사실에 다소 놀라는 표정이었다. 그리고는 나에게 살아 있는 몸으로 어찌 지옥의 순례 길을 순순히 따라나섰느냐고 물었다. 나는 생과 사의 갈림길에서 베르길리우스를 따라나설 수밖에 없던 저간의 사정을 설명했다. 노인은 내 설명에 비로소 표정을 누그러뜨리며 수긍하는 모습을 보였다. 다시 베르길리우스가 나서서 간청했다.

"이제 당신도 이 사람이 여기까지 오게 된 연유를 아셨으니, 우리를 반갑게 대해 주시기 바랍니다. 이 사람은 생명을 걸고 고귀한 도덕적 자유를 찾아가고 있습니다. 당신도 자유와 공화주의를 위해 목숨을 걸고 싸웠던 분이니, 우리 입장을 이해하실 겁니다. 우리는 결코 심연의 법칙을 깨뜨린 것이 아닙니다. 그리고 저는 림보에 머무를 때 당신의 부인 마르키아와 많은 얘기를 나누었습니다. 내가 다시 돌아간다면 당신의 안부를 전해드리겠습니다. 이 사람은 살아 있고 저 또한 미노스[220]에게 결박되어 있는 몸이 아니니, 부디 우리에게 이 문을 지나 연옥의 일곱 왕국을 순례하게 해주시기 바랍니다."

노인은 마르키아 얘기가 나오자 침울한 표정을 지었다. 옛날을 회상하는 듯한 모습이었다. 노인은 살아생전 부부의 연을 맺었던 마르키아에게 지금도 애정을 갖고 있지만, 그녀는 지금 아케론 강이 흐르고 있는 림보에 살고 있으므로 현실적으로 그녀를 도울 수 있는 방법이 없다고 아쉬워했다. 한 번 구원을 받은 영혼은 천국에 대한 사랑이 있을 뿐 사사로운 정에 이끌려서는

---

220) 지옥의 심판관.

안 되기 때문이라고 했다. 그러니까 노인의 말은 굳이 마르키아를 입에 올리며 아첨을 할 필요는 없다는 것이었다. 하늘의 고귀한 여인 베아트리체의 이름을 들어 부탁하면 그만이라는 투였다. 그러고는 막아섰던 길을 비켜주며 말했다.

"이제 당신들의 길을 가시오. 다만 지옥의 더러운 기운에 오염된 몸을 정결하게 씻고 겸손의 표시로 갈대 줄기를 허리에 두르고 가시오. 천사 앞에 나서려면 반드시 내 말을 따라야만 하오. 조금이라도 지옥의 기운이 묻어 있으면 이곳 천사 앞에 나아갈 수 없거든. 마침 해가 떠오르고 있으니 그대들의 길을 밝혀줄 것이오."

노인은 말을 마치고는 바람처럼 사라졌다.

새벽이 어슴푸레하게 밝아오자 저 멀리 바다가 일렁이는 게 보였다. 우리는 해안으로 내려가 노인이 일러준 대로 했다. 스승님은 두 손으로 나뭇잎 이슬을 받아 지옥에서 더러워진 내 얼굴을 씻어주었다. 그리고 우리는 아무도 그곳을 항해한 사람은 되돌아간 적이 없는 해변에 다다랐다. 스승님은 갈대 줄기를 뜯어내 내 허리에 동여매 주었는데 갈대를 뜯어낸 자리에 금방 새로운 갈대가 돋아났다. 참으로 경이로운 경험이었다.

제2곡

친구 카셀로

이윽고 태양이 수평선에서 떠오르며 아름다운 여명의 새하얀 뺨이 천천히 주황빛으로 변해 가고 있었다. 우리는 마음만 앞서 갈 뿐 몸은 그대로 해변에 서 있었다.

그때 저 멀리에서 한 줄기 빛이 안개 자욱한 바다 위를 미끄러지듯 눈 깜짝할 사이에 우리 눈앞에 이르렀다. 내가 스승님에게 고개를 돌린 사이에 그 빛은 눈이 부실 만큼 더욱 커졌다. 그리고 무엇인지 알 수 없는 새하얀 빛들이 양쪽에서 나타났다.

그것들이 날개로 드러나는 순간, 아무 말도 하지 않던 스승님이 그분을 알아보고 소리쳤다.

"무릎을 꿇어라. 하느님의 천사이시다. 두 손을 모아라. 너는 이런 분들을 계속 볼 것이다. 그분은 인간이 아니므로 돛대나 노가 필요 없고, 날개를 높이 세우고 깃털로 바람을 일으키느니라."

나는 스승님의 말에 따라 무릎을 꿇고 두 손을 가슴에 모아 기도하듯 경건한 자세를 갖추었다. 배는 내가 생각했던 것보다 작고 허술해 보였다. 배 안에는 수많은 영혼들이 모여 "이스라엘이 이집트에서 나올 때"로 시작하는 「시편」을 한 목소리로 노래하고 있었다. 노래가 끝나자 뱃머리에 앉아 있던 천사가 성호를 그으며 그들을 축복했다. 우리 쪽으로 다가왔던 천사는 배 안의 영혼들이 배에서 내리는 모습을 지켜보다가 다 내리자 다른 천사와 함께 곧장 떠났다. 뒤에 남겨진 영혼들 중 한 영혼이 자신들보다 먼저 와 있는 우리를 발견하고는 조심스럽게 다가와 물었다.

"부탁하노니 그대들이 산에 오르는 길을 알고 있다면 알려주시기를 바랍니다."

그러자 베르길리우스가 우리도 방금 도착했다는 것을 밝히면서 오르는 길은 거칠고도 험하다고 대답했다. 수많은 영혼들은 내가 숨을 내쉬는 것을 보고는 깜짝 놀라 얼굴이 창백해졌다. 그들은 정화하러 가야 하는 것도 잊은 채 내 얼굴을 뚫어지게 바라보았다.

바로 그때, 나를 둘러싸고 있던 무리들 중 한 영혼[221]이 앞으로 나서며 나를 껴안았다. 나도 감동하여 껴안으려 했지만, 세 번이나 허공만 더듬었을 뿐이었다. 내 얼굴이 빨개졌는지 그 영혼이 웃으며 뒤로 물러섰다. 그제야 나는 그가 누구인지 알아보고 잠시 이야기하고 싶다고 부탁했다.

"카셀로, 어쩌다가 이리 오랜 시간을 빼앗겼는가?"

"자기 뜻대로 영혼을 거두는 분께서 이곳에 오는 걸 거부했기 때문이라네. 물론 그분이 잘못한 것은 없네. 그분은 석 달 동안[222] 이곳에 오기를 원하는 영혼들을 모두 받아들였거든. 나도 테베레 강물에 소금기가 어리는 곳에서 바다를 바라보며 기다리다가 그때 이곳에 들어왔지."

"그대 노래는 늘 내 영혼을 위로해 주었는데, 새로운 법이 그대의 기억을 빼앗지 않았다면 노래를 들려주오."

내 부탁에 그는 주저 없이 노래를 부르기 시작했다.

"내 마음에 속삭이는 사랑은……."

그의 노랫소리에 나뿐 아니라 주위에 있던 수많은 영혼들이 귀를 기울였다. 그의 노랫소리에 매료돼 도취했던 것이다. 그때 어디선가 홀연히 노인이 나타나 쩌렁쩌렁한 목소리로 소리쳤다.

---

221) 단테의 절친한 친구인 카셀로는 피렌체의 유명한 음악가로, 단테의 시를 종종 작곡했을 만큼 단테와 막역했다.
222) 1299년 성탄일로부터 1300년 부활절까지 3개월 동안 대사면령이 내려졌다.

"이게 무슨 짓들인가! 게을러빠진 영혼들아, 그대들처럼 꾸물 거리다가 대체 언제 정죄의 산에 올라 죄를 씻고 하느님을 볼 수 있단 말인가?"

노인의 목소리가 얼마나 크고 위엄이 있었던지 겁을 먹은 영혼들은 혼비백산해 뿔뿔이 흩어져 달아났다. 그 모습이 마치 비둘기들이 먹이를 쪼다가 뭔가에 놀라 급히 도망을 치는 것과 흡사했다. 그들은 어디로 가는지조차 모르고 허겁지겁 산비탈을 타고 달아나거나 해변 기슭을 따라 달려갔다. 그 바람에 나는 카셀로와 작별 인사도 못한 채 헤어졌다. 주변을 둘러보던 베르길리우스는 갈 길을 정한 듯 앞장서 나를 인도하기 시작했다.

만프레디

나는 카토의 준엄한 꾸중을 듣고 마음이 무거워졌다. 한순간 내 사사로운 감정에 휩싸여 카셀로의 노랫소리에 그만 정신을 놓았던 것이다. 나는 참회하는 마음으로 스승님의 뒤를 따라 말 없이 걸었다. 스승님도 평소와는 다르게 말이 없었고 불편한 기색이 역력했다. 하찮은 허물조차도 스승님에겐 후회로 다가오나 보았다.

나는 눈을 들어 하늘을 향해 높이 솟아오른 산을 바라보았다. 태양은 우리 뒤에서 붉게 타올라 그림자를 만들었다. 문득 내 그림자만 있는 것을 보고 내가 놀라 옆을 돌아보았다. 이에 스승님이 말했다.

"왜 믿지 못하느냐? 내가 너를 인도하고 있다는 것을. 내 그림자를 만들던 몸은 이미 브린디시에서 나폴리로 옮겨져 묻혀 있지. 내 앞에 그림자가 없다고 놀랄 필요는 없다."

베르길리우스의 말씀에 따르면, 당신과 같은 영혼들은 그림자는 없지만 희로애락의 감정은 살아 있다고 하면서 전능하신 하느님이 다스리는 세상의 이치를 인간의 이성으로는 가늠할 수 없다고 하셨다. 성모 마리아가 동정녀의 몸으로 예수를 잉태한 것이나 그 후 일어난 십자가의 수난과 부활에 이르는 일련의 사건 또한 이성의 눈으로는 재단할 수 없는 영역이라고 말씀하셨다.

우리가 얘기를 나누며 걷는 동안 마침내 정죄의 산기슭에 도달했다. 그러나 산이라기보다는 하늘을 향해 깎아지른 듯이 치솟은 험준한 바위로 된 절벽처럼 보였다. 날개 없이는 도저히 오를 수가 없을 정도로 가팔랐다. 우리가 경사가 좀 완만한 곳을 찾아 길을 더듬고 있을 때 한 무리의 영혼들이 왼쪽에서 모습을 나타냈다. 그들의 발걸음은 아주 느렸는데, 마치 제자리걸음을 하고 있는 것처럼 보였다.

베르길리우스는 저 영혼들이 교회에서 파문을 당한 자들이라고 했다. 다만 죽기 전에 회개를 해 연옥으로 올 수 있었는데, 걸음이 느린 것은 그만큼 구원에 이르는 길이 멀다는 뜻이라고 일러주었다. 그들에게 가까이 다가가자 그들은 바위 모서리 아래 한 구석에 모여 웅크린 채 서 있었다.

스승님이 그들 무리를 보고 점잖게 말했다.

"선택받은 복된 영혼들이여, 내 그대들이 기원하는 평화의 이름으로 부탁하오니 우리에게 산으로 오르는 길을 알려주시오. 지혜로운 자일수록 시간 낭비하는 것을 싫어하지요."

그러자 무리지어 있던 영혼들이 하나, 둘 앞으로 나오기 시작했다. 그 모습은 마치 양이 눈과 코를 땅에 처박고 있다가 앞선 놈이 하는 짓을 그대로 따라 하는 것 같았다. 앞에 나선 영혼들이 내 그림자를 보고 흠칫 놀라 뒷걸음을 쳤다. 그러자 이내 다른 영혼들도 그를 따라 물러섰다. 그 모습을 보고 있던 베르길리우스는 우리의 정체를 밝히고, 특히 하느님의 뜻으로 내가 살아 있는 육신과 영혼을 가지고 이 연옥의 산을 오르려고 하는 것이니 놀랄 것이 없다고 안심시켰다.

그제야 영혼들이 저마다 손을 들어 앞쪽을 가리키며 길을 가르쳐주었다. 우리는 감사의 표시로 가볍게 고개를 숙여 목례를 하고 뒤로 돌아섰다.

그때 무리 중의 한 영혼이 말을 걸며 나를 향해 아는 척을 했다.

"그대가 누구건 간에 혹시 나를 본 적이 있는지 생각해 보시오."

그 말에 나는 그 영혼을 자세히 살펴보았다. 금발에 중후한 풍모를 지닌 그 영혼은 눈썹 위에 상흔이 남아 있었다. 나는 아무리 생각해 보아도 기억이 나지 않았다. 내가 본 적이 없다고 하자 그 영혼은 가슴 앞섶을 풀어헤쳐 상처를 내보였다.

"나는 만프레디[223]라네. 황후 콘스탄차의 손자 말일세. 부탁하건대 돌아가거든 나의 사랑스러운 딸에게 사실을 말해 주게. 내가 지은 죄는 끔찍했지만 한없이 자비로운 팔을 가진 하느님께서는 나를 받아들이셨지. 클레멘스의 명령을 받은 코센차의 목자가 이런 하느님의 모습을 깨달았다면, 내 육신은 베네벤토 근처의 다리 어귀에서 돌무더기의 보호를 받았을 거요. 하지만 지금 내 육신은 베르데 강변에서 비바람을 맞고 있지. 사실 성스러운 교회를 능멸하다 죽은 자는 막바지에 회개한다 해도 오만하게 살아온 시간의 30배를 연옥 밖에서 기다려야 한다네. 다만 지상에서 신실한 기도를 하면 단축될 수도 있지. 그래서 그대에게 부탁을 하고 싶네. 부디 지상으로 돌아가거든 나의 착한 딸 콘스탄차[224]를 찾아 내 안부를 전해 주고 나를 위해 기도해 달라고 해주게나. 내가 아무리 여기서 눈물로 회개를 해도 내 유일한 희망은 세상 사람들의 기도뿐이라네."

만프레디는 말을 마치며 눈물을 흘렸다. 나는 불현듯 그가 불쌍하게 느껴졌다. 세상에서는 한 나라의 왕이었던 자가 아니었던가. 지금 그가 자신의 처지를 한탄하며 눈물을 흘리고 있었다.

---

223) 프레드리히 2세의 서자로 태어나 8년간(1258~1266년) 나폴리와 시칠리아 왕국을 통치했다. 조카의 왕위를 탈취해 교회로부터 여러 번 파문을 당하고 1266년 2월 베네벤토 전투에서 전사했다.

224) 만프레디의 할머니와 같은 이름을 가진 만프레디의 딸은 아라곤의 왕 페드로 3세와 결혼했다.

제4곡

나태한 자들의 영혼

우리의 감각이 즐거움이나 슬픔에 경도되어 있으면 다른 감각은 없는 것처럼 느껴진다. 그래서 어떤 것을 보거나 들을 때는 시간이 얼마나 빨리 가는지 깨닫지 못한다. 나도 만프레디의 얘기를 듣느라 태양이 이마 위에까지 떠오른 것을 몰랐다. 서둘러야만 했다.

어느새 영혼들이 한목소리로 "여기가 바로 그대들이 찾는 곳이오."라는 곳에 도착했다. 그곳은 포도나무가 익어갈 무렵 가시나무를 모아다가 막아놓은 울타리의 구멍보다 더 좁아 보였다. 우리는 부서진 바위 틈새로 필사적으로 기어올랐다.

"스승님, 이제 어디로 가야 하나요?"

"한 걸음도 뒷걸음질 하지 마라. 내 뒤를 따라 계속 산을 오르거라."

산꼭대기는 보이지 않을 정도로 높았고 경사는 수직으로 무척 가팔랐다. 나는 숨을 몰아쉬며 더는 못 가겠다고 버텼다. 그 모습을 본 베르길리우스는 "여기까지만 몸을 끌어올려라."라고 말하며 조금 위의 비탈을 가리켰다.

스승님은 이 정죄의 산은 처음 오를 때는 힘들지만 위로 올라갈수록 냇물을 따라가는 것처럼 수월해진다고 격려를 했다. 나는 스승님의 말에 용기를 얻어 암벽 사이의 틈새를 공략하며 이를 악물고 기어 올라갔다. 마침내 첫 번째 벼랑 위에 올라서자 긴장이 풀리면서 다리가 후들거려 그 자리에 주저앉았다. 우리가 지나온 동쪽 산기슭을 내려다보니 까마득하게 보였다. 그리고 왼편에서 태양이 뜨겁게 내리쬐는 것을 발견하고는 놀랐다.

베르길리우스는 나에게 이곳 연옥은 태양의 궤도가 왼쪽으로 돌고, 이스라엘의 시온 산에서는 오른쪽으로 돈다고 일러주었다. 남반구의 지리적 특성 때문에 방향 감각에 혼란이 왔던 것이다. 나는 한동안 눈부신 태양을 바라보다가 고개를 떨어뜨렸다. 스승님의 말을 듣고 보니 내가 갖고 있는 세상의 지식이라는 것이 얼마나 협소한 것인지를 알 수 있었다.

베르길리우스는 자신의 말에는 한 치의 오차도 없다고 하시면서 진실에는 구차한 변명이 통하지 않는다고 말했다. 우리가 다시 길을 나서자 왼쪽으로 커다란 바위 하나가 툭 불거져 나와 있는 것이 보였다. 한 무리의 영혼들이 그 그늘 아래에서 지친 몸을 쉬고 있었다. 그들의 자세가 가관이었는데 모두 지치고 피곤한 기색이어서 잔뜩 게으름을 피우고 있는 것처럼 보였다.

"스승님, 저들을 좀 보시지요. 저 게을러빠진 영혼들은 여기서 무얼 하고 있나요?"

내 말을 들었는지 그들 중 한 영혼이 냉소적으로 내뱉었다.

"어디 그렇게 유능하시면 올라가 보시던가."

나는 그 목소리를 듣자마자 단번에 벨라쿠야[225]라는 것을 알았다. 내가 필사적으로 그 영혼에게 다가가자 그 영혼이 말했다.

"태양이 어떻게 마차를 왼쪽으로 끌고 가는지 보았는가?"

"벨라쿠야, 왜 여기 앉아 있는가? 안내자를 기다리는가? 아니면 예전의 오래된 습관 때문인가?"

"오, 형제여, 올라간들 무슨 소용인가? 내가 들어가지 못하도록 하느님의 천사가 막을 텐데. 내가 마지막까지 선한 숨[226]을 쉬는 것을 미루었던 탓에 살았던 만큼 나는 문 밖에서 기다려야 하네. 누군가 나를 위해 세상에서 은총이 가득한 기도를 해준다

---

225) 벨라쿠야는 단테의 친한 친구였는데, 악기를 만드는 장인으로 피렌체에서 가장 게으른 자였다.
226) 참회의 숨을 쉬는 것.

면 시간을 단축할 수는 있겠지."

이 말을 듣고 있던 나를 베르길리우스가 어서 가자고 재촉했다. 태양이 이미 자오선에 닿았으니 게으른 영혼들처럼 지체해서는 안 된다는 거였다.

제5곡

폭력의 죄를 저지른 영혼들

우리가 게으른 영혼들을 뒤로 하고 막 걸음을 떼었을 때 뒤에 있던 자들이 내 그림자를 보고 웅성거렸다. 내가 뒤를 돌아보자 베르길리우스는 왜 이렇게 산만하냐며 주의를 주었다.

"여기서 숙덕이는 게 너와 무슨 상관이냐. 사람이란 생각에 생각을 더하면 원래 목표한 바를 잃게 되느니라."

나는 용서를 비는 사람의 낯빛으로 스승님의 뒤를 따라 걸었다. 우리가 산 중턱의 기슭을 지나고 있을 때 우리보다 앞서 한 무리의 영혼이 '주여, 우리를 불쌍히 여기소서!'라는 성가를 부르며 걸어가고 있는 모습이 보였다.

그들이 우리를 발견하고 잠시 멈췄다. 우리가 가까이 다가가

자 그들 역시 내가 살아 있는 영혼임을 알고는 놀라는 기색이었다.

"오, 이런! 저걸 좀 보라고. 왼쪽에 빛이 들지 않아. 살아 있는 걸음걸이야. 그대는 대체 누구기에 산 자의 몸으로 이곳까지 왔는가?"

그러자 베르길리우스가 나서며 지금까지 해왔던 대로 다시 한 번 내가 하느님의 은혜를 입어 산 자의 몸으로 지옥을 거쳐 이곳 연옥까지 왔음을 설명하고, 다시 지상으로 돌아가 그대들을 위해 기도하도록 전해 줄 수 있을 것이라고 덧붙였다.

그러자 그들은 달려오면서 나에게 하소연했다. 이를 본 스승님은 그들에게 붙잡혀 사정을 듣다 보면 한이 없을 것이라면서 계속 걸어가면서 그들의 말을 들어주라고 했다. 그들은 멈춰 서서 자신들의 얘기를 들어주지 않는 것에 대해 불만을 터뜨렸다. 그때 한 영혼이 힘겹게 쫓아와 헐떡이며 말했다.

"우린 모두 폭력으로 인해 비명횡사한 자들이오. 죽기 직전까지 죄인의 몸이었소. 그러나 죽음을 눈앞에 두고 가까스로 하느님의 은총을 입어 하느님께서 우리의 참회를 받아들여주셨지요. 비로소 우린 죄를 뉘우치고 원수까지 용서하면서 하느님의 품안에서 숨을 거둘 수 있었소. 아마 하느님도 우리가 그대와 얘기하려는 열망을 잘 알고 계실 테니 우리 얘길 들어주시오."

나는 그들의 말을 듣고 가슴이 아팠다. 그들 중에 내가 아는 영혼은 없었다. 그들은 모두 회개를 미루다 죽기 직전에야 회개를 한 무리들이었다. 나는 베르길리우스의 승낙을 얻고 나서 그들의 사정을 들어주었다.

먼저 하소연을 하고 나선 영혼은 야코보 델 카세로[227]였다. 그는 밀라노에 가기 위해 파토바를 지나던 중 아초 8세가 보낸 자객에게 쫓기게 되자 그만 방향을 잘못 잡아 늪 쪽으로 도망치다 억새풀에 걸려 진흙에 빠지는 바람에 목에 칼을 맞고 죽게 된 경위를 소상하게 얘기했다. 아울러 내게 파노에 갈 기회가 있으면 부디 그곳 사람들에게 부탁하여 자신을 위해 기도해 줄 것을 부탁했다.

카세로의 얘기가 끝나자 이번에는 몬테펠트로 출신의 영혼 부온콘테[228]가 나섰다. 그는 전투 중에 카센티노에서 목이 찔려 피를 흘리며 맨발로 정신없이 도망을 치다 보니 아르키아노 강과 아르노 강이 합쳐지는 지점에 이르러 의식을 잃고 마지막으로 마리아의 이름을 부르다 쓰러졌다는 얘기를 했다. 그 후 천사

---

227) 그는 피노 출신의 유명한 정치인으로, 한때 볼로냐와 밀라노의 시장을 지낸 적도 있는 열혈 겔프당원이었다.

228) 그는 기벨린당의 지도자로 아레초에서 승승장구해서 캄팔디노 전투에서 총사령관이 되어 출정했다. 그러나 목에 치명적인 상처를 입고 도망치다 행방이 묘연해졌고, 부하들은 그의 시신을 찾으려 전장을 뒤졌지만 빈손으로 돌아왔다. 단테도 피렌체 군의 일원으로 참전을 한 바 있어 그에 대해서는 잘 알고 있었다.

가 내려와 자신을 데려가려고 하자 지옥의 마귀가 방해를 했고, 결국 둘 사이에 합의가 이루어져 영혼은 천사가 데려가는 대신 육신은 지옥의 마귀가 갖고 가기로 되었다고 했다. 신이 난 지옥의 마귀는 거친 폭풍우를 불러 자기의 시체를 아르노 강으로 떠내려가도록 만들었고, 지금도 아르노 강의 기슭에서 썩어가고 있다고 길게 탄식을 쏟아냈다.

마지막으로 그는 자기 아내인 조반나와 친지들조차 자신이 지옥에 있는 줄 알고 기도를 해주지 않는다고 하면서 자신의 소식을 전해 기도하게 해달라고 부탁했다. 나는 그러마고 약속하면서 다시 저 세상으로 돌아가게 되면 나라도 그의 시신을 찾아 유골이나마 장사를 지내주리라고 마음을 먹었다.

그 사이 어느새 또 다른 영혼이 끼어들었다.

그녀는 정숙한 여인 피아[229]였다. 가정의 비극으로 억울하게 죽은 영혼이었다. 그녀는 나를 보자마자 넬로의 전 처인 자신의 처지를 헤아려 달라고 간청했다. 이 살인사건은 아직 비밀에 싸여 있다는 것이었다. 넬로가 하인을 시켜 성의 창문 밖으로 피아를 내던졌는데, 그 이유는 넬로가 이웃에 사는 백작의 미망인과 결혼을 하기 위해서였다고 했다. 나는 피아의 말에 깊은 동정

---

[229] 시에나의 귀족 가문 출신으로 마렘마의 성주 아들인 피에트라의 넬로와 결혼했으나 젊디젊은 나이에 남편에게 살해된 비극의 여주인공이다.

을 느꼈다. 그는 철저한 고독 속에서 하느님의 사랑을 깨닫고 모두를 용서했던 것이다.

그러나 피아가 말을 마치기도 전에 다른 영혼들이 제 각기 자신들의 얘기를 하려고 목소리를 높였다. 그들은 집요하게 달라붙었다.

음유시인 소르델로

차라[230] 노름판에서 잃은 자는 허망한 마음으로 주사위를 던
지지만, 딴 자는 사람들로 둘러싸인 채 그곳을 유유히 빠져나가
듯이 나도 영혼들의 무리를 헤치고 앞으로 계속 걸었다. 영혼들
은 아직 살아 있는 자기 가족이나 친지에게 기도를 해 달라고
부탁하기 위해 나를 에워쌌다.

그중에는 기노 디 타코[231]에게 살해를 당한 아레초 사람[232]도

---

230) 세 개의 주사위를 던져 그 숫자를 알아맞히는 게임.
231) 원래 법관이었으나 시에나의 유명한 도둑으로 훔친 물건을 기사답게 나누기도 했다.
232) 타코의 친척에게 사형을 선고하여 그 원한으로 타코에게 죽임을 당했다.

있었고, 가문끼리 싸우다가 물에 빠져 익사한 자[233]도 있었다. 그 밖에도 비천한 가문 출신으로 프랑스 왕의 주치의로 명성을 떨치다가 억울한 누명을 쓰고 교수형을 당한 피에르도 있었다.

나는 이 모든 영혼들에게 세상으로 돌아가면 반드시 그들의 가족과 친지들에게 이곳 사정을 알리고 기도를 부탁하겠다는 약속을 하고서야 비로소 그들 무리에서 벗어날 수 있었다. 내게 기도를 부탁한 영혼들은 모두 비정상적으로 죽은 자들이었다. 그런데 나로서는 그들의 부탁에도 불구하고 살아 있는 사람의 기도가 정말 죽은 영혼들을 구제할 수 있는지 의심이 들었다. 나는 베르길리우스의 지혜에서 그 대답을 구하기로 마음을 먹고 여쭈었다.

"스승님, 제가 스승님의 시를 마르고 닳도록 읊조려 왔습니다만, 거기엔 분명히 천국의 율법은 기도만으로 바뀔 수 없다고 하셨습니다. 그런데도 저 영혼들은 무슨 까닭으로 내게 세상 사람들의 기도를 부탁하는지 그 연유를 말씀해 주십시오. 제가 혹 스승님의 시를 잘못 이해한 것입니까?"

스승님이 고개를 갸웃하며 대답했다.

"분명 사람들의 기도로 하느님의 정의의 율법을 바꿀 수는 없네. 그렇다고 해서 저 영혼들의 부탁이 그르다고 할 수도 없지.

---

233) 기벨린당의 구치오. 겔프당의 가문과 싸우다 아르노 강에 빠져 죽었다.

왜냐하면 이곳 연옥의 문 밖에서 기다리는 동안 하느님께 기도를 하면 그 시간이 단축될 수 있거든. 물론 지옥에 떨어진 망령들에게는 아무리 기도를 해도 소용이 없지. 그러니까 지옥과 연옥은 엄연히 다른 차원이야."

나는 스승님의 말씀에도 불구하고 마음속에 많은 의문이 일었지만 스승은 더 이상 내 질문에 대답할 의향이 없었던지 내 입을 막아버렸다. 그러고는 베아트리체를 만나기 전에는 섣부른 질문이나 결론은 유보하라고 일렀다. 경거망동하지 말라는 조용하나 준엄한 말씀이었다.

나는 베아트리체라는 이름을 듣자 가슴이 환해지면서 알 수 없는 희열을 느꼈다. 이번에는 내가 그녀를 만날 욕심에 스승님께 서둘러 걸음을 재촉하자고 졸랐다. 때마침 태양도 지고 있어서 벌써 산 그림자가 드리우고 있었다. 이렇게 조급해하는 내게 스승님은 앞으로 산꼭대기에 이르기 전에 여러 번 태양이 떠오르는 것을 볼 것이라고 말했다.

사실 하루 저녁에 꼭대기까지 오를 것 같은 기세였지만, 지난 한 여정은 여러 날이 걸릴 터였다. 산은 높고 길은 험할 것이다. 나는 말없이 베르길리우스를 따라 걸었다. 그때 멀리 떨어지지 않은 곳에서 우리를 바라보고 있는 외로운 영혼을 발견했다. 스승님은 그가 우리들에게 어쩌면 지름길을 알려줄 것이라고 말했다.

그는 오만한 자세로 태연하게 앉아 있었다. 스승님이 길을 물어도 외면하고 이탈리아의 정치판이 어떻게 돌아가고 있는지를 물었다. 스승님이 만토바 출신이라고 하자, 그는 돌연 태도를 바꾸어 화들짝 놀라며 스승을 껴안았다.

"그대가 정녕 만토바 출신입니까? 나는 소르델로[234]라고 하지요. 그대와 동향이라오."

오, 노예의 나라여, 고통스러운 여인숙이여, 사공도 없이 거대한 폭풍우에 휘말린 배여, 부패와 싸움으로 젖은 곳이여!

자기 고향 이름만 듣고도 이리 반기거늘 지금 그곳에 사는 자들은 서로 물어뜯느라 정신이 없구나. 평화로운 곳이 어디 한 곳이라도 있는지, 해안을 둘러봐도 중심부를 찾아봐도 도무지 찾을 수가 없구나. 가난한 백성들은 도탄에 빠져 허우적거리고 혼란은 그치질 않으니 이를 어쩔 것인가.

잔인한 사람아, 와서 고통받는 귀족들을 보고 불행을 치유하여라. 사람들이 얼마나 서로 사랑하는지 와서 보라. 그래도 가여운 마음이 들지 않으면 네 명성을 부끄럽게 여겨야 할 것이다.

우리를 위해 땅 위에서 십자가에 못 박히신 제우스[235]여! 당신

---

234) 소르델로는 당대의 유명한 음유시인이다. 그는 자신의 시로 칭송을 했던 백작 부인과 사랑이 싹트게 되었고, 이로 인해 백작 부인이 불륜의 고통을 이기지 못하고 가출을 해버렸다. 이에 따라 소르델로 역시 아무도 모르는 유랑의 길을 떠났다고 전해지는 전설의 시인이다.

235) 여기서는 예수를 가리킨다.

의 정의로운 눈길은 어디로 향하고 있습니까? 제 조국을 버리신 것은 아닙니까? 아니면 이 모든 악몽의 끝에서 축복을 내려주시려고 관망을 하고 있는 것입니까? 당신의 뜻은 어디에 있는 것입니까?

당시 나는 절망에 빠져 생사를 넘나드는 고비를 맞고 있었다. 정치권과 교황권이 끝없이 갈등하면서 싸우는 곳이 바로 이탈리아였다. 내 고향 피렌체 또한 마찬가지였다. 저마다 잘났다고 뽐내는 이들이 서로 나서 동료들의 가슴에 화살을 날리는 일이 허다했다. 시민들은 정의를 따라 행동해야 할 때 침묵했고 늑장을 부렸다. 그저 말로만 시위를 당길 뿐이었다. 나는 이런 상황에 절망했다. 그에 따라 내 꿈도 깨져버렸고 방황의 날들만 이어졌다. 과연 피렌체는 미래가 있을 것인가.

〜✦〜

귀족과 왕들의 영혼들

내가 두 분의 모습을 보고 너무 부러워 잠시 이러한 상념에 빠져 있다가 보니 그때까지 두 사람은 손을 붙잡고 있었다. 정중하고 반가운 인사가 거듭된 뒤에야 소르델로는 말했다.

"그대는 누구십니까?"

베르길리우스가 엷은 미소를 띠며 예를 갖추어 말했다.

"나는 베르길리우스라고 합니다. 당신께서 이곳으로 오기 훨씬 이전에 내 육신은 황제 옥타비아누스에 의해 땅에 묻혔지요. 나는 죄를 짓지는 않았지만 믿음이 없어 천국에 들어가지 못하고 있답니다."

소르델로는 놀란 나머지 허리를 굽혀 스승님의 무릎 아래를 껴안고 칭송했다.

"라틴의 영광이여, 선생 덕택에 우리 언어의 탁월함이 드러났지요. 무슨 공덕과 은총으로 내 앞에 나타나셨나요? 제가 선생의 말을 들을 자격이 있다면, 지옥 어디서 왔는지 말씀해 주시지요."

그러자 베르길리우스는 하늘의 도움으로 모든 지옥을 다 순례하고 왔다고 말하면서 자신은 림보에 있다고 덧붙였다. 그러자 소르델로는 안쓰러운 표정을 지었다. 그는 지옥이라면 다 참혹한 고통에 시달리는 곳으로 생각을 하고 있었기 때문이다.

"내가 머무르는 곳이 지옥이지만 림보에는 고통이나 가책이 없다오. 다만 슬픈 곳이며 한숨소리가 들리는 곳일 따름이지요. 림보에는 무슨 죄를 지은 영혼들이 모여 있는 곳이 아닙니다. 다만 너무 일찍 태어나 신앙이 뭔지 모르고 죽었기 때문에, 비록 죄는 짓지 않았지만 천국에 오르지 못하는 것뿐이지요."

소르델로는 스승님의 말씀에 림보에 대한 호기심을 나타냈다. 베르길리우스는 림보에는 세례로 죄를 씻기 전에 죽은 어린이들과 세 가지 덕성인 믿음, 소망, 사랑의 은총을 받지 못한 어른들이 있다고 말해 주었다. 그러고는 정중하게 소르델로에게 연옥으로 가는 지름길이 있으면 알려 달라고 부탁했다.

"제가 갈 수 있는 곳까지만 안내하겠습니다. 헌데 해가 진 다음에는 갈 수 없으니, 오늘은 푸근하게 쉴 만한 장소를 찾는 것

이 좋겠습니다. 저 아래 오른쪽 계곡에 한 무리의 영혼들이 모여 있는데 그리로 안내를 해도 괜찮겠는지요? 아마 모르긴 해도 선생이라면 그들도 좋아할 겁니다."

"왜 밤에는 올라갈 수 없는가? 누가 방해라도 하는가? 아니면 힘이 없어서 그러는가?"

스승님의 말에 소르델로가 손가락으로 땅바닥에 금을 그으며 말했다.

"보시지요. 해가 지면 이 선을 한 발짝도 넘어설 수가 없습니다. 누가 못 가게 하는 것이 아니라 어둠이 우리의 의지를 꺾기 때문이지요."

그렇게 말하면서 소르델로는 우리를 아늑한 계곡으로 인도했다. 계곡은 각종 꽃으로 장식되어 있었고 향기를 내뿜고 있었다. 이 세상의 온갖 귀금속과 보석을 다 합쳐도 이 계곡의 색깔을 당해낼 수 없을 정도로 아름다웠다. 나는 초원 위에 여러 영혼들이 앉아서 '살베 레기나'[236]를 부르는 모습을 보았다. 찬양을 들으니 내 가슴에도 평화가 가득 넘치는 느낌이었다. 우리는 해가 완전히 질 때까지 자리를 잡고 그들이 모습을 지켜보기로 했다.

소르델로의 말에 따르면, 그들은 모두 왕족과 귀족들이었다.

---

236) '문안드립니다, 모후이시여.'라는 뜻으로 저녁 예배 때 성모 마리아에게 드리는 찬양이다.

나는 그들이 살아생전 서로 원수였던 왕들이었으나 여기서는 서로 위로하며 노래하는 모습에 감동했다. 맨 위쪽에 있는 영혼이 황제 루돌프 1세[237]였다. 그는 신분이 높아 여기서도 가장 위에 자리하고 있었다. 그리고 가장 낮은 곳에는 후작 구일리엘모[238]가 있었다.

그 사이에는 보헤미아의 왕 오토카르 2세와 납작코 사나이로 불렸던 프랑스 왕 필리프 3세, 인자하게 생긴 나바라 왕 테발도 2세의 형제 엔리코, 샤를 양주, 아라곤의 피에트로 3세, 영국 왕 헨리 3세 등이 보였다. 소르델로는 그들의 전생에 대해 일일이 언급하며, 아울러 그 후세에 이르기까지 과거와 현재를 넘나들며 세세하게 설명을 해주었다.

---

237) 합스부르크 가문으로 1273년부터 1291년까지 신성로마제국의 황제였다.

238) 북부 이탈리아의 몬페라토와 카나베세를 다스렸는데, 알레산드리아와 전쟁 중 포로로 잡혔다가 죽었다.

쿠라도의 예언

　뱃사람들이 향수에 젖고 순례자가 종소리에 사랑을 가슴 아파할 무렵, 나는 드디어 영혼의 소리에 귀담아 듣지 않고 있었다. 소르델로의 얘기를 듣는 중에 일몰이 되었다. 그때 한 영혼이 가지런히 두 손을 앞에 모은 채 예루살렘이 있는 동쪽을 향해 고개를 숙이고 저녁 기도를 하는 모습이 보였다. 그 모습이 경건했고 아름다웠다. 저녁 기도의 성가 '빛이 다하기 전에'가 은은히 들리는가 싶더니 이내 다른 영혼들이 합창을 불러 계곡 전체로 퍼져나갔다.

　천사들이 하늘에서 골짜기 양쪽으로 내려왔다. 한 천사는 불이 붙은 칼을 들고 있었는데 칼끝이 두 갈래로 부러져 있었다.

다른 천사는 눈부신 후광을 거느린 채 우아하게 은빛 날개를 펄럭거렸다. 나는 눈이 부셔 똑바로 바라볼 수가 없었다.

소르델로가 말했다.

"마리아가 보내서 온 천사지요. 조금 있으면 마귀가 보낸 뱀이 나타날 텐데 그것들로부터 이 계곡을 지키기 위해서랍니다."

나는 스승의 어깨에 달라붙었다. 뱀이 언제 나타날지 모른다는 공포심이 갑자기 나를 위축시켰다. 그는 우리를 다른 곳으로 안내하며 말했다.

"자, 이리로 내려가시지요. 어두워지기 전에 더 위대한 영혼들이 있는 곳으로 가서 대화를 나눠보는 게 좋겠습니다. 그들도 선생님을 보면 반가워하실 것입니다."

겨우 몇 걸음을 옮겼을 때 한 무리의 영혼들이 나타났다. 그중에 내 모습을 유심히 살펴보는 영혼이 있었는데, 어둠 때문에 얼굴 윤곽이 뚜렷하지 않았다. 잠시 후 모습을 드러낸 영혼은 친구였던 니노 비스콘티[239]였다.

그가 저주받은 자들 사이에 있지 않은 것을 보고 나는 무척 기뻤다. 우리는 다정하게 인사를 주고받았다.

"그 머나먼 바다를 지나 언제 이 산기슭으로 왔는가?"

---

239) 비스콘티는 사르데냐 섬 갈루라의 판사였으며, 우골리노 백작의 외손자였다. 할아버지와 피사의 시정을 둘러싸고 수차례 싸우다가 죽었다.

"슬픈 곳을 지나 오늘 아침에 이곳에 왔소. 하지만 아직 나는 첫 번째 삶[240]에 있고, 다른 삶을 얻기 위해 이 길을 가는 중이오."

소르델로와 니노는 내가 현세의 사람이라는 것을 알고는 어리둥절한 모습이었다. 그때 니노가 곁에 앉아 있는 영혼에게 소리쳤다.

"쿠라도[241]여, 하느님이 사랑으로 뜻하신 바를 보러 오라!"

그러고는 내게 간곡하게 부탁했다.

"부디 세상으로 돌아가거든 조반나[242]에게 나를 위해 기도하도록 말해 주오. 그애의 엄마[243]는 더 이상 나를 사랑하지 않소. 불쌍한 사람! 눈길과 손길로 접촉해 주지 않으면 여자들에게 사랑이 얼마나 지속되는지 그녀를 보면 알 것이오. 밀라노 사람들을 전쟁으로 몰아붙인 독사[244]는 갈루라의 수탉[245]만큼 그녀의 무덤을 지키지는 못할 것이오."

나는 니노의 의견에 동의의 표시로 고개를 끄덕이며 고개를

---

240) 살아 있는 몸이란 뜻.
241) 코라도 말라스피나는 마그라 계곡에 있는 빌라프랑카의 후작이었다.
242) 니노의 외동딸.
243) 니노의 부인은 밀라노의 영주 갈레아초 비스콘티와 재혼했다.
244) 갈레아초 비스콘티 가문의 문장.
245) 피사 니노 비스콘티 가문의 문장.

들어 축[246)의 둘레에서 느리게 움직이는 별들을 쳐다보았다. 베르길리우스가 물었다.

"무엇을 그렇게 보고 있느냐?"

"세 개의 불꽃을 보고 있습니다."

"네가 오늘 아침에 보았던 별 네 개는 산 아래에 있고 저 별 세 개가 떠올랐구나."

그때 소르델로가 내 소매를 끌어당기며 말했다.

"저기 우리의 원수가 있소."

소르델로의 손가락이 가리킨 곳을 보자 꽃과 풀 사이에 뱀 한 마리가 똬리를 틀고 있었다. 아마도 하와에게 쓰디쓴 음식을 준 놈일 것이다. 하늘의 천사가 날갯짓을 하며 나타나자 뱀은 쏜살같이 사라졌다.

그때 가까이 있던 쿠라도가 내 얼굴을 빤히 주시하며 말했다.

"눈부신 정상에 오를 때까지 당신의 자유의지 안에서 초를 발견하기를 바랍니다. 혹시 마그라 계곡의 소식을 알면 말해 주시오. 나는 그곳의 세력가였다오. 쿠라도 말라스피나라고 불렸소만, 이곳에서 죄를 씻고 있지요."

그의 말에 내가 대답했다.

"나는 그대가 살던 곳은 간 적이 없소. 하지만 유럽에 사는 사

---

246) 지구의 회전축.

람이라면 모르는 사람이 없을 만큼 그대 가문의 명성은 자자하지요. 악마의 머리가 세상을 흔들어도 그대의 명예로운 사람들은 악의 길을 경멸하며 올바로 갈 거요."

그러자 쿠라도가 말했다.

"이제 가시지요. 숫양이 네 발을 펴고 걸터앉은 침상에 태양이 일곱 번 눕기 전에,[247] 하느님의 정의가 멈추지 않는다면 당신이 말한 의견은 사람의 말보다 더 큰 못으로 그대의 마음에 박히게 될 것입니다."

쿠라도와 얘기하는 사이 천사도 돌아가고 나는 스승님과 소르델로, 니노, 쿠라도와 함께 풀밭 위에 누워 피곤한 하루를 회상하며 잠을 청했다.

---

247) 7년이 되기 전에.

제9곡

루치아와 수호천사의 도움

티토노스의 신부[248]가 동쪽 지평선에 하얗게 모습을 드러내며 꼬리로 사람을 치는 냉혈 동물[249]의 형상으로 놓인 보석들이 반짝이고 있었다. 밤은 우리가 있던 자리로 내려와 두 걸음쯤 올라 서 있었고, 날개를 벌써 아래로 숙이고 세 걸음 정도 발걸음을 옮길 즈음이었다.

아담의 육체를 물려받은 나는 지난밤 잠을 못 이겨 우리 다섯 명이 있었던 풀밭 위에 고꾸라졌다. 새벽이 가까이 오자 제비가

---

248) 새벽의 여신 에오스.
249) 전갈.

그 옛날 전설의 아픔을 기억해서 그런지 구슬픈 노래를 지저귀기 시작했다.

그 무렵 나는 꿈에서 황금빛 날개를 가진 독수리가 커다란 날개를 펼쳐 하늘을 뒤덮은 채 위용을 과시하며 하강하는 것을 본 것 같았다. 마치 친구들과 함께 있던 가네메데스[250]가 신들의 모임에 끌려갈 때의 모습과 같았다. 그런 착각도 잠시 황금빛 독수리가 하늘을 선회하다 급강하해 나를 번쩍 안고는 하늘에 있는 불꽃 세계로 뛰어드는 것 같았다.

그 불꽃이 너무나 세서 나는 꿈에서 깨었다. 옆에는 언제나처럼 나의 위로가 되는 분이 있었다. 태양은 벌써 꽤 높이 떠올라 있었고, 내 얼굴은 바다를 향해 있었다. 스승님은 우리가 있는 곳에 대해 설명했다.

"무서워 말고 안심하게. 우리는 지금 좋은 곳에 있다네. 벌써 연옥에 도착했다네. 저기 빙 둘러쳐진 절벽을 보게. 자네가 꿈속을 헤매고 있을 때 루치아 성녀가 내려와 자네를 안고 가겠다고 했네. 그곳에 소르델로와 다른 영혼들은 그분은 떠오르는 태양과 함께 자네를 안고 올라 이곳에 내려놓았지. 나 역시 그분의 뒤를 따라 이곳에 이르렀고. 그분은 저 입구를 보여주시면서 자

---

250) 가네메데스는 트로이 왕의 아들로, 친구들과 이데 산으로 사냥을 나갔다가 제우스가 보낸 독수리에 납치돼 올림포스로 끌려갔다.

네의 잠을 가지고 가셨다네."

나의 모든 의구심은 사라지고 나는 다시 기운을 얻어 스승님의 뒤를 따라 힘차게 걸음을 옮기기 시작했다. 해는 벌써 두 시간이나 지나 여덟 시경이었다. 우리는 걸음을 재촉했다.

우리가 드디어 그 입구에 다다랐을 때 앞을 보니 각기 색깔이 다른 세 개의 계단이 보였다. 계단의 맨 꼭대기 문지방에는 칼을 든 문지기[251]가 잿빛 옷을 입고 앉아 있었다. 나는 그분의 얼굴을 보려 했지만, 들고 있는 칼이 너무 번쩍거려 볼 수가 없었다. 그때 문지기가 칼을 한번 휘두르더니 위엄에 찬 목소리로 말했다.

"그 자리에서 멈춰라. 무엇을 원하느냐? 안내자는 어디 있는가?"

베르길리우스가 즉각 대답했다.

"이곳까지 우리를 인도한 것은 루치아 성녀입니다. 이 문을 가르쳐 준 것도 그분이십니다."

그러자 문지기가 다시 말했다.

"그렇다면 우리의 계단으로 나아오너라."

우리가 첫 번째 계단[252]을 올라가자 눈부신 흰 대리석이 거울

---

251) 수호천사.
252) 첫 번째 대리석 계단은 양심을 상징하는 것으로, 양심에 비추어 죄를 씻고 성찰하는 곳이다.

처럼 맑고 투명해서 나의 모습이 그대로 비쳤다. 두 번째 계단[253]을 올라가니 그곳은 자색보다 더 검은색의 돌로 되어 있었는데, 가로세로에 금이 나 있었다. 세 번째 계단[254]은 갓 흘러나온 선혈처럼 활활 타는 붉은 바위로 되어 있었다.

세 번째 계단 위에는 아까 보았던 천사가 앉아 있었다. 그가 앉아 있는 문지방은 금강석으로 되어 있어 휘황하게 빛을 발하고 있었다. 그 앞에 이르자 베르길리우스가 내게 넌지시 눈짓을 보내며 말했다.

"정중하게 자물쇠를 열어 달라고 청하여라."

나는 곧장 무릎을 꿇고 천사에게 문의 빗장을 열어 달라고 빌면서 먼저 내 가슴을 세 번 쳤다.[255] 그러자 천사는 내 이마에 일곱 개의 P자[256]를 새기며 말했다.

"이제 문 안으로 들어가서 하나하나 상처를 씻도록 하라."

문지기는 내게 이렇게 말하면서 잿빛 옷자락을 들추고 열쇠

---

253) 두 번째 계단은 우리 마음의 어두운 그늘을 상징하며, 죄를 고백한 마음이 고집을 이긴 것을 의미한다.
254) 세 번째 계단은 죄를 씻고 열매를 맺어 하느님의 뜻을 이루겠다는 불타는 사랑을 상징한다.
255) 생각과 말과 행동으로 지은 죄를 뉘우치는 의미이다.
256) P자는 죄를 의미하는 라틴어 peccati의 약자로, 일곱 가지 대죄를 상징한다. 즉 교만, 인색, 질투, 나태, 탐욕, 탐식, 방탕의 죄이다. 교만의 죄는 지옥의 가장 깊은 곳에 있었는데, 여기선 반대로 맨 앞에 있다. 그것은 가장 무거운 죄부터 씻어야 연옥의 산을 오르기가 쉽기 때문이다.

두 개를 꺼내 문을 열었다. 하나는 황금 열쇠였고, 하나는 은 열쇠였다. 먼저 은 열쇠를 꽂고 다음에 황금 열쇠를 꽂는 것을 보고 나는 무척 기뻤다.

"이 열쇠 중 하나라도 잘못 꽂으면 열리지 않느니라. 이것을 나는 베드로에게 받았는데, 내 발 앞에 엎드리는 자에게는 실수로 열더라도 잠그지 말라고 하셨다. 이제 들어가라. 뒤를 돌아보면 밖으로 나와야 한다는 것을 명심하고."

그 거룩한 문이 크고 요란한 소리를 내며 열렸다. 내가 최초의 우레와 같은 소리에 귀를 기울일 때 '천주여, 당신을 찬미하나이다!'라는 노래가 감미롭게 들려왔다. 마치 오르간에 맞춰 노래를 들을 때 그러하듯이 노랫말이 들렸다 들리지 않았다 했다.

교만의 죄를 씻는 무거운 영혼들

잘못된 사랑은 굽은 길도 똑바로 보이게 하므로 그러한 사랑을 한 영혼은 영원히 이 문으로 들어서지 못할 것이다. 문이 닫히는 소리를 들으며 나는 문지기의 뒤를 돌아보지 말라는 경고를 되새긴 채 스승의 뒤에 바짝 붙어 걸었다.

먼저 갈라진 바위틈으로 올라가자 파도처럼 길이 오락가락 이어졌다. 스승님이 말했다.

"재주를 부려야겠구나. 벽이 트인 쪽으로 붙어서 가야겠다."

마침내 우리는 바늘구멍처럼 좁은 바위틈을 빠져나와 산이 뒤로 물러서고 시야가 확 트인 곳에 다다랐다. 마치 평평한 바위로 된 선반 같은 곳이었다. 몸이 지쳤던 우리는 잠시 멈추었

다. 눈앞에 펼쳐진 길은 하늘에 닿아 있었고, 양 옆에는 사람 키의 세 곱절이나 되는 아찔한 절벽이 마치 추녀 끝처럼 치솟아 있었다.

우리는 한동안 지친 심신을 쉴 겸 아찔한 절벽을 바라보았다. 하얀 대리석의 절벽은 폴리클레이토스[257]뿐만 아니라 자연도 부끄러워할 만큼 아름다운 조각들로 장식되어 있었다.

오랜 세월 눈물로 기다렸던 평화를 이 땅에 알려주러 온 천사[258]가 생생하게 조각되어 있어 마치 '아베'[259]라고 말하는 듯했다. 그곳에는 또 '이 몸은 주님의 종'[260]이라고 대답한 분의 모습도 조각되어 있었다. 그 뒤로는 성스러운 궤[261]를 끄는 황소와 수레가 새겨져 있었다. 그 앞에는 「시편」의 작가[262]가 춤을 추며 가고 있었다. 그 모습을 미갈[263]이 오만하고 경멸하는 듯한 얼굴로 바라보고 있었다.

발길을 옮기자 거기에는 로마 황제의 높은 영광이 그려져 있

---

257) 기원전 5세기에 이름을 날렸던 그리스의 조각가.

258) 수태고지를 알려준 가브리엘 천사.

259) 천사가 마리아에게 한 말인 '은총을 가득 받은 자여, 기뻐하라.'이다.

260) 성모 마리아가 고백한 말.

261) 다윗이 웃사를 시켜 궤를 옮겼다. 그때 궤가 흔들렸는게 그것을 바로 잡으려던 웃사가 그 자리에서 죽고 만다.

262) 다윗.

263) 다윗의 아내로 사울의 딸. 다윗이 춤추는 모습을 비웃어 아이를 낳지 못하는 벌을 받는다.

었다. 트라야누스 황제로, 말 위에서 불쌍한 과부가 눈물을 흘리며 탄원하자 그것을 듣고 있는 모습이었다. 과부는 "황제여, 죽은 제 아들의 원수를 갚아 주소서. 제 가슴이 찢어집니다."라고 말하는 것 같았다. 결국 트라야누스는 과부의 청을 받아들여 과부의 원수를 먼저 갚고 전장으로 떠났다.

내가 그 위대한 겸손의 조각들을 넋을 놓고 바라보고 있을 때 베르길리우스가 속삭였다.

"자네, 저기를 보게나. 저기 우리를 향해 다가오는 한 무리의 영혼들이 있구나. 저들이 우리를 다른 곳으로 안내할 것이다."

"스승님, 제가 보기에는 왠지 영혼처럼 보이지 않습니다."

"나 역시 처음엔 그렇게 의심했네. 그러나 저들은 분명 영혼이네. 자신들의 죗값을 치르느라 고개가 땅에 닿을 만큼 허리를 굽히고 있어 그렇게 보일 뿐이지. 저쪽을 잘 보거라. 바위를 짊어지고 가슴을 치며 참회하는 모습이 보일 거야."

오만한 그리스도인들이여, 불쌍한 사람들이여, 마음에 병이 들어 뒤로 가는 발길에 믿음을 두고 있구나.[264] 우리는 모두 최후의 심판을 향해 날아가는 나비가 되기 위해 태어난 유충이라는 것을 모르는가? 유충이 어찌 높은 곳에 마음을 두고 떠다니는가.

---

264) 세상의 유혹에 사로잡혀 있다는 뜻이다.

그들의 자세는 지붕과 천장을 떠받치는 꼲목처럼 고개를 숙이고 무르팍을 가슴에 붙이고 있었다. 등에는 무거운 돌을 짊어졌기 때문에 아무리 인내심이 많은 자라 해도 지금 당장 '더는 못하겠다'라는 말을 할 것 같은 모양이었다.

교만의 대가와 겸손

"하늘에 계신 우리 아버지여, 아무런 대가 없이 모든 피조물에게 아낌없는 사랑을 베푸시는 이여, 당신의 은총에 우리가 감사함이 마땅하오며, 온갖 피조물에 의해 당신의 이름과 권능이 찬양받으옵소서. 당신 나라의 평화가 저희에게 임하게 하옵소서. 만약 평화가 오지 않으면, 저희의 모든 재주를 다 부려도 스스로 그에 이를 수 없나이다. 당신의 천사들이 호산나를 노래하며 저들의 뜻을 당신께 제물로 바친 것과 같이 인간들도 제 것들을 그리하게 하옵소서. 매일의 양식을 오늘도 우리에게 주옵소서. 양식이 없이는 이 거친 광야를 나가고자 열망하는 자들이라도 뒷걸음질로 돌아가고 말 것이옵니다. 우리에게 죄 지은 자를 우리가 사하여 주듯이 당신도 우리의 죄를 긍휼히 여기사 거룩한 은총으로 사하여 주소서……. 주여, 이 마지막 기도는 우리를 위함이 아니라 우리들 뒤에 남은 자들을 위함이옵니다."

그 영혼들은 자신들과 우리들을 위해 이렇게 기도하며 짐에 눌려 몸을 구부린 채 느리게 움직였다. 그들은 서로 다른 고통[265]에 시달리며 첫 번째 둘레를 돌면서 속세의 죄를 씻어내고 있었다. 그곳에서 그들은 우리를 위해 기도하고 있는데 나는 그들을 위해 무엇을 할 수 있을까? 그들이 세상에서 지은 죄를 잘 씻어 하늘로 가볍게 올라가도록 돕는 일이리라.

그때 베르길리우스가 그들에게 말했다.

"부디 정의와 연민으로 그대들의 짐을 벗겨주어 뜻대로 날아오르기를! 계단으로 가는 지름길을 알려주구려. 길이 여러 개면 덜 험준한 길을 가르쳐 주시오. 이 사람은 아담의 육신을 걸쳐서 나와 달리 올라가는 게 힘들다오."

스승의 말에 무거운 짐을 진 영혼 중 하나가 말했다.

"오른쪽으로 가면 살아 있는 사람도 오를 수 있는 길이 나온다오. 내 교만을 다스리는 이 돌덩이만 아니라면 얼굴을 들어 두 분을 한번 보고 싶소만……. 아무튼 내가 아는 분들이 아니

---

265) 죄의 경중에 따라 등에 지고 있는 짐의 무게도 달랐다.

더라도 두 분이 우리에게 해준 연민의 말만으로도 위안이 되오. 나는 라틴 사람 토스카나 사람 구일리엘모[266] 알도브란데스코의 아들이오. 아마 그 이름을 아는지 모르겠소. 고귀한 업적을 쌓은 가문에서 태어난 나는 무척 거만해서 모든 사람을 경멸하다가 그것 때문에 죽고 말았소. 시에나 사람이나 캄파냐티코의 아이들까지 나를 알 것이오. 내 이름은 움베르토[267]요. 내 교만이 나의 집안 모두를 재앙에 빠뜨리고 말았지. 그래서 산 자들에게 하지 않은 것을 죽은 자에게 하고 있소."

내가 움베르토의 말을 듣느라 정신이 팔려 있는 사이에 돌덩이를 지고 있던 다른 한 영혼이 겨우 몸을 비틀어 나를 쳐다보았다. 그 순간 나는 그를 알아보았다.

"오데리시, 그대는 구비오의 영광이며 화가들의 자랑이 아닌가요? 파리에서도 최고의 세밀화가로 이름을 날렸던 그대가 아닌가요?"

"형제여, 볼로냐 사람 프랑코[268]의 양피지 색채가 더 생생하니 영광은 그에게로 돌려야 하오. 나는 살아 있는 동안 남보다 뛰어나고 싶은 욕망에 교만했지요. 여기서 갚고 있지만, 그나마 죄

---

266) 구일리엘모 백작은 토스카나의 광대한 영지를 다스렸고, 그 세력이 대단히 강력했다.
267) 시에나와 전쟁하는 중에 죽었다.
268) 14세기 초에 활동한 세밀화가.

를 지을 때 하느님께 향했으니 여기라도 있게 된 거요. 오, 인간 능력의 헛된 영광이여, 꼭대기에 다다른들 그 영광이 얼마나 짧던가! 화가로서 한 획을 그었던 치마부에[269]도 제자 조토[270]에게 그 명성을 넘겨주었지요. 또 한 구이도[271]가 다른 구이도[272]한테 명성을 넘겨주었듯이 이 두 사람을 쫓아낼 자가 이미 태어났을 거요. 세상의 명성이란 한낱 한 줄기 바람에 지나지 않으니 바람의 방향이 바뀌면 이름도 바뀌게 되지요. 그대가 명성을 얻는다 해도 그것이 천 년을 갈까요? 천 년도 하늘에서는 가장 천천히 도는 원의 눈 깜짝할 시간이오. 저기 내 앞에서 바삐 걸어가는 자[273]는 한때 토스카나를 떠들썩하게 했으나 지금은 어느 누구도 그의 말을 하고 있지 않소. 시에나의 주인이었던 그는 이제 고개를 숙이고 있지요. 명성은 풀잎처럼 자라게 하는 자가 곧 거두는 법이라오."

나는 오데리시에게 물었다.

"그대의 진실한 말을 들으니 교만한 마음이 사라지고 겸손한 마음이 생깁니다. 그런데 방금 말한 사람은 누구입니까?"

---

269) 르네상스 예술의 선구자로 피렌체 출신의 화가.
270) 르네상스 예술의 꽃을 피운 화가.
271) 구이도 카발칸티.
272) 구이도 구이니첼리.
273) 뒤에 나오는 프로벤차노 살바니를 가리킨다.

"오만하게도 시에나를 지배하려 했던 프로벤차노 살바니[274]입니다. 살아생전 지나치게 교만해서 죽은 다음에는 저렇게 쉴 새 없이 참회를 해야 하지요."

나는 오데리시에게 그가 어떻게 저 아래에 있지 않고 여기에 있는지 그 까닭을 물었다.

"가장 영광스러운 자리에 올랐을 때 온갖 부끄러움을 무릅쓰고 시에나의 캄포에 앉았지요.[275] 카를로의 감옥에 갇힌 친구를 구하기 위해 피가 떨리는 수치스러운 일을 한 것입니다. 말이 너무 모호해서 더는 말하지 않겠지만, 아마 그대의 이웃들이 내가 지금 말한 것을 알게 해줄 거요. 그 일이 그런 제한[276]을 없애 주었지요."

---

274) 시에나의 귀족으로 토스카나 기벨린당의 당수였던 그는 몬타페르티 전투에서 공을 세우고 피렌체를 파멸시키자고 주장하다가 반대 당원에게 살해되었다.

275) 탈리아코초 전투에서 포로가 되어 감옥에 갇힌 친구가 있었는데, 빠른 시간 안에 금화 1만 피오리노를 내면 풀어준다는 말을 듣고는 시에나 최대의 광장에 앉아 구걸하여 결국 친구를 살려냈다.

276) 연옥의 입구에서 대기해야 하는 것.

제12곡

첫째 둘레의 조각상

나는 오데리시에게 교만한 영혼들의 얘기를 듣고 생전에 교만했던 죄를 참회하는 그들을 따라가는 자신의 모습이 마치 멍에를 지고 걸어가는 암소 같다는 생각을 했다.

그때 베르길리우스가 모처럼 입을 열어 오데리시와 작별하고 앞으로 발걸음을 옮길 때라고 말했다. 나는 오데리시와 아쉬운 작별을 고하고 스승의 뒤를 따라 자세를 꼿꼿하게 곧추세워 힘차게 걸음을 옮기기 시작했다. 얼마 후 스승님이 말했다.

"아래를 보아라. 네 발바닥을 보면 가는 길이 수월할 것이다."

무덤을 만든 뒤 묘비에 그의 행적을 적어 기억하게 하고 때로 착한 사람들은 그것을 보고 눈물을 흘리기도 한다. 산이 깎여

길이 된 그곳에도 실물처럼 조각되어 있었는데, 얼마나 정교하고 아름다운지 가히 견줄 만한 게 없어 보였다. 한쪽에는 다른 창조물보다 더 고귀하게 창조된 자[277]가 하늘에서 빛처럼 떨어지는 모습이 있었고, 다른 쪽에는 하늘의 창에 찔린 채로 싸늘하게 죽은 브리아레오스[278]의 모습이 있었다. 그 옆에는 팀브리오스와 팔라스,[279] 그리고 마르스가 그 아비[280]의 곁에 서서 거인들의 갈가리 찢긴 사지를 보고 있는 조각이 있었다. 또 그곳에는 자기가 세운 바벨탑의 발치에서 자기와 함께 오만했던 동료들을 당황한 얼굴로 바라보는 니므롯[281]도 있었다.

오, 니오베[282]여! 죽은 일곱 아들과 일곱 딸 사이에서 슬피 우는 네 모습을 나는 얼마나 비통한 얼굴로 바라보았던가.

오, 사울[283]이여! 길보아에서 자신의 칼로 자결한 뒤 비도 이슬도 느끼지 못하던 그대가 어찌 여기 있는가!

---

277) 원래 지옥의 마왕 루시퍼는 날개가 여섯 개나 달린 천사였다.

278) 제우스와 싸우다가 제우스가 던진 번개에 맞아 죽은 폭풍의 신.

279) 아테나.

280) 제우스.

281) 바벨탑을 건축할 때 주도적인 역할을 한 인물. 하느님의 진노로 언어를 혼란스럽게 해 당황하고 있는 모습으로 그리고 있다.

282) 테베왕 암피온의 아내로, 자식이 둘뿐이던 여신 레토를 업신여기다가 결국 7남7녀가 모두 화살을 맞아 죽고 말았다.

283) 사울은 이스라엘의 초대 왕으로 점차 타락하더니 길보아 산에서 블레셋 사람에 의해 패배하자 자신의 칼 위에 엎드려 자살했다.

오, 아라크네[284]여! 그대를 불행으로 이끈 작품 위에서 반쯤 거미로 변한 네 모습이 보이는구나.

오, 르호보암[285]이여! 쫓는 사람도 없는데 겁에 질려 수레를 타고 도망가고 있구나. 그 옆에는 알크마이온[286]이 자신의 어머니 에리필레[287]에게 불행의 장신구가 얼마나 비싼지 보여주고 있었다.

또 산헤립[288]의 두 아들이 사원에서 기도하는 아버지를 죽인 뒤 도망치는 모습이 있었고, 토미리스[289]가 자기 아들을 죽인 키루스[290]를 죽이는 모습이 있었다.

그리고 홀로페르네스[291]의 죽음에 아시리아 사람들이 도망치는 모습과 훼손된 시신의 모습이 새겨져 있었고, 폐허로 변한 트로이의 처참한 광경도 조각되어 있었다.

---

284) 아테나와 길쌈 내기를 했다가 이기는 바람에, 아테나가 아라크네를 흉측한 거미로 만들었다.

285) 르호보암은 부왕 솔로몬 왕의 늙은 신하들의 말을 듣지 않고 백성들을 억압했다.

286) 암피아라오스의 아들.

287) 에리필레는 목걸이를 선물로 받고 남편 암피아라오스 왕의 위치를 적들에게 알려주어 죽게 만들었다. 이에 격분한 암피아라오스는 출정하기 전에 아들 알크마이온에게 복수를 부탁했고, 결국 에리필레는 아들에게 죽임을 당했다.

288) 아시리아의 왕으로 성격이 포악하고 오만하여 하느님을 모독하고 유대를 멸시하다가 히스기야에게 패했다. 그 뒤 두 아들의 칼에 찔려 죽었다.

289) 스키타이족의 여왕으로 키루스를 죽인 뒤 키루스의 머리를 자루 속에 집어넣었다고 한다.

290) 페르시아를 건국한 왕.

291) 아시리아의 대장으로 하느님과 유대를 멸시하다 과부 유딧한테 죽임을 당했다.

그 어떤 붓과 솜씨 좋은 장인이 이토록 뛰어난 재주로 작품을 남겨놓았을까? 죽은 자는 죽고 산 자는 산 것처럼 조각되어 있었으니, 그려진 사실을 본 자라 해도 고개를 숙여 본 나보다 더 자세히 보지는 못했으리라.

하와의 자식들이여, 잘난 척하며 고개를 쳐들고 가라. 그리하면 너희들의 사악한 길이 보이리니.

내가 그것들을 정신없이 바라보고 있는 동안 생각했던 것보다 우리는 훨씬 더 많이 산을 돌았고 태양은 훨씬 더 빨리 제 길을 가고 있었다. 그때 베르길리우스가 말했다.

"자, 이제 고개를 들어 앞을 보게나. 때를 놓쳐서는 안 되네. 저기 우리를 향해 오는 천사의 모습을 보게나. 저 천사 또한 우리를 인도해 위로 데려다줄 것이네. 깍듯이 예를 갖추도록 하게나."

베르길리우스의 말이 떨어지기기 무섭게 눈부신 흰 옷을 걸친 천사가 우리 앞에 당도해 있었다. 천사는 두 팔로 포옹하듯 날개를 펴며 자애로운 눈길로 우리를 보고 말했다.

"그대들은 나를 따르라. 내 그대들을 위로 오르는 계단으로 안내하리라. 이제는 손쉽게 올라갈 수 있을 것이다."

오, 위로 날기 위해 태어난 인간들이여, 어찌 실바람의 유혹에도 그리 잘 넘어지고 마는가. 천사는 우리를 바위틈으로 안내했다. 그곳에서 날개로 내 이마를 치며 나에게 안전한 길을 약속했다.

우리가 한 번도 쉬지 않고 걸음을 재촉해 두 번째 둘레에 들어섰을 때 '마음이 가난한 자는 복이 있나니'라는 참으로 황홀한 노랫소리가 들려왔다. 지옥의 입구와 얼마나 다른지. 그곳은 통곡이 들려왔지만 이곳은 즐거운 노래를 들으며 들어갔다. 우리는 이미 계단을 올라갔는데 맨땅을 걸을 때보다 몸이 가벼웠다.

　　"스승님, 제 몸이 어찌 이리 가볍고 피로도 느낄 수가 없나요?"

　　"아까 천사가 돌아가면서 날개를 펼쳐 자네 이마를 한번 툭 친 것을 기억하는가? 그때 자네 이마에 새겨져 있던 P(죄)자 하나가 씻겨나갔다네. 그러니 몸이 가벼울 수밖에. 위로 오를 때마다 나머지 것이 모두 씻겨나가면 새털처럼 가벼워질 걸세."

　　나는 그 말을 듣자마자 손으로 이마를 더듬어 보았더니 과연 여섯 개의 P자가 남아 있었다.

시기와 질투의 화신들 (1)

우리는 올라가는 사람의 죄를 씻겨 주는 산이 두 번째로 잘린 곳에 이르렀다. 그곳은 첫 번째보다 더 굽어 있었는데, 조각이 새겨져 있지도 않았고 절벽과 창백한 빛의 바위뿐으로 조금 황량했다.

앞서 걸어가던 베르길리우스가 말했다.

"여기서 길을 묻기 위해 누군가를 기다리다가는 심히 지체될 것 같구나."

그렇게 말하고는 태양을 향해 기도했다.

"오, 길을 비춰주는 소중한 빛이여! 이 낯선 길에서 부디 우리를 인도해 다오! 그대는 세상을 비추고 따스하게 하니, 우리의 길을 막을 다른 이유가 없다면 언제나 우리 앞에서 길잡이가 되어 주십시오."

우리는 확신에 찬 걸음으로 단숨에 1마일이나 되는 거리를 나아갔다. 그때 눈에 보이지는 않았지만 영혼들이 우리를 사랑의 향연에 초대한다는 말을 했다. 이어 계속 짧은 목소리가 허공을 날아들었다.

"포도주가 떨어졌다."

그 소리가 채 사라지기도 전에 다른 목소리가 들려왔다.

"나는 오레스테스[292]다."

그 소리도 휙 지나가고 이어 다른 목소리가 날아왔다.

"너희에게 잘못한 자를 사랑하라."

베르길리우스는 가만히 형체 없는 목소리에 귀를 기울이다가 내게 그 의미를 설명해 주었다.

"이곳에서는 질투의 죄를 씻고 있으며, 채찍은 사랑에서 나오는 것이다. 내 생각에 네가 용서의 길에 들어서기 전에 그 소리를 들을 것이다. 이제 앞을 잘 보아라."

내가 눈을 크게 뜨고 앞을 보자 바위와 똑같은 색깔의 옷을 입은 영혼들이 보였다. 더 앞으로 가자 영혼들이 외쳤다.

---

292) 아가멤논의 아들. 정부와 짜고 남편인 아가멤논을 죽인 어머니 클리타임네스트라와 정부인 아이기스토스를 죽였다.

"성모 마리아여, 우리를 위해 기도해 주소서!"

"미카엘이여, 우리를 위해 기도해 주소서!"

"베드로여, 우리를 위해 기도해 주소서!"

"모든 성인들이여, 우리를 위해 기도해 주소서!"

아무리 강심장을 가진 사람이라 해도 그 모습을 보면 동정하지 않을 수 없을 것이다. 그들의 모습을 본 순간, 내 눈에서 고통의 눈물이 흘러내렸다. 그들은 초라한 누더기를 걸치고 서로가 서로의 어깨를 떠받친 채 절벽에 기대어 서 있었다. 먹을 것이 떨어진 장님들이 동냥을 하러 교회 앞에 모여든 것처럼 보였다.

또한 장님들에게 태양이 소용없듯이 그들의 눈꺼풀은 철사로 꿰매어 있었고, 잠자코 있지 못하는 야생매들을 길들이는 것과 같았다. 나를 보지 못하는 그들에게 가까이 다가가는 것이 모욕처럼 여겨져 몸을 돌려 스승님을 보았다. 그러자 내 마음을 알아차린 스승님이 간단하고 요령 있게 물어보라고 조언했다. 가까이 다가가 보니 철사로 꿰맨 눈에서 눈물이 하염없이 흘러나와 볼을 적셨다. 나는 그들을 진정으로 위로하며 물었다.

"오, 언젠가는 하늘의 빛을 볼 영혼들이여, 하느님의 은총이 그대들의 양심의 찌꺼기를 하루빨리 걷어내고 빛을 볼 수 있기를! 그대들 중에 혹시 라틴의 영혼이 있으면 말해 주시오. 있다면 나한테 기쁨이 될 것이며, 그에게도 좋을 것입니다."

"형제여, 여기 있는 우리는 진정한 도시[293]의 시민들이오. 당신은 지금 이탈리아에서 순례자의 삶을 산 영혼을 찾고 있는 거요?"

나는 이렇게 말한 영혼에게 다가가 이름과 태어난 장소를 말해 달라고 말했다. 그러자 그 영혼이 말했다.

"나는 시에나 출신의 사피아라고 합니다. 현명하지 않아 나의 행복보다 남의 불행을 즐기며 살았지요. 지금은 다른 영혼들과 함께 이렇게 장님의 모습으로 눈물을 흘리며 생전에 지은 질투의 죗값을 치르고 있고요. 나의 어리석음을 한번 들어보시겠소? 내가 인생의 중반을 넘었을 때쯤 내 고향 시에나와 피렌체가 전쟁을 했습니다. 나는 하느님 뜻대로 해 달라고 기도했지요. 그 전쟁에서 시에나가 패배했고, 시에나 사람들은 도망쳤어요. 그 모습을 보며 나는 무척 기뻐했습니다. 그리고 하느님한테 이제 당신은 두렵지 않다고 외쳤지요. 다행히도 삶을 마감할 무렵에 하느님께 참회하며 용서를 구했어요. 그리고 피에르 페티나이오[294]가 자비를 베풀어 나를 위해 기도를 해주었습니다. 덕분에 이곳까지 올 수가 있었지요. 그런데 그대는 어떻게 숨도 쉬고 눈도 풀려 있으며 말도 하고 있나요?"

---

293) 천국을 가리킨다.
294) 시에나의 빗장수로 나중에 프란체스코 수도원에 들어갔다.

나는 어쩔 수 없이 살아 있는 사람이며 이 순례가 끝나면 현세로 돌아갈 사람이라고 말해 주었다.

그러자 사피아는 다른 영혼들과 마찬가지로 깜짝 놀라면서 부디 자기 고향에 들러 가족이나 친지를 만나면 이곳 사정을 전해 주고, 기도를 부탁한다는 말을 잊지 않았다. 아울러 지금 시에나 사람들이 벌이고 있는 항구 개발이 실패로 끝나고 수많은 사람들이 전염병으로 죽을 것이라는 불행한 예언을 덧붙였다.

시기와 질투의 화신들 (2)

"저자는 대체 누구란 말인가. 죽어 영혼이 육체를 떠나기도 전에 제멋대로 돌아다니고, 더군다나 눈을 깜박깜박하다니. 전에도 이 산에서 이런 일이 있었던가?"

"물론 없었지. 누군지는 몰라도 그는 혼자가 아닌 것 같아. 그대가 가까이 있으니 한번 물어보게나. 정중하게 예의를 차려서 대답을 들어보는 게 어떻겠나?"

그렇게 주고받더니 한 영혼이 나를 향해 얼굴을 들고 물었다.

"그대 살아 있는 몸뚱이를 끌고 하늘로 가는 축복받은 자여, 부디 자비를 베풀어 우리에게 알려주시오. 그대는 누구이며 어디 출신인가? 일찍이 이런 일이 없었는데 그대가 받은 은총은 정말 놀랍구려."

내가 대답했다.

"팔테로나[295]에서 발원한 물이 토스카나 절반을 가로질러 100 마일을 흘러도 충분하지 않은데, 그 주위에서 이 몸은 태어났소. 하지만 내 이름은 잘 알려지지 않아 말을 해도 모를 겁니다."

내 말을 들은 두 영혼은 고개를 돌려 수군거리기 시작했다. 그들은 내가 말한 시냇물이 아르노 강일 것이라고 유추하면서 내가 이름을 밝히지 않은 것에 의구심을 나타냈다. 그러고는 한 영혼이 내 고향 피렌체에 대해 무슨 원한이라도 있는 것처럼 저 주받은 땅이라느니, 카센티노 계곡의 사람들은 모두 뱀이나 전 갈처럼 잔뜩 독을 품고 사는 사람이라느니 하면서 악담을 퍼부 었다.

나는 그 얘기를 들으면서 부끄럽고 창피해서 얼굴이 화끈 달 아올랐다. 아아, 대체 이게 무슨 일이란 말인가! 피렌체가 얼마 나 타락했으면 이곳에 있는 영혼들에게까지 저렇게 조롱과 업신 여김을 받아야 한단 말인가! 그러나 그들은 내 심정은 아랑곳하 지 않고 계속해서 토스카나 사람들을 더러운 돼지 같은 자라고 욕했고, 아레초 사람들을 멍청하게 짖어대는 강아지로, 피렌체 사람들을 사악한 이리떼로, 피사 사람들을 여우로 비유하며 마

---

295) 피렌체 동쪽 아펜니노 산맥의 한 봉우리.

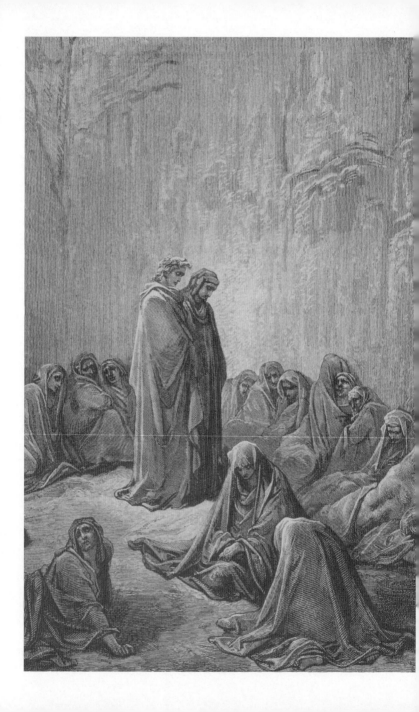

음껏 조롱하고 비난했다.

그들은 이탈리아의 지리와 내 고향 피렌체에 대해 속속들이 알고 있었다. 게다가 우리가 듣고 있는데도 거침없이 얘기를 주고받았다. 그러고는 자신들의 말을 들으면 지상에 돌아갔을 때 유익할 것이라고 예언했다. 그 후에도 두 영혼의 얘기는 이어졌는데, 이번에는 내게 예언을 했던 영혼이 다른 한 영혼을 두고 하는 얘기였다.

"이런 얘기를 해도 될까 망설여지긴 하네만, 어쩌겠는가. 내가 진리의 성령으로부터 받은 계시에 따르면, 자네의 손자는 아르노 강의 사냥꾼, 즉 피렌체의 독재자가 될 걸세. 그래서 지금 피렌체의 이리들은 자네의 손자만 보면 꼬리를 감추고 도망치기 바쁜 것이라네."

그러자 자신의 손자에 대한 불행한 예언을 들은 영혼은 긴 한숨을 내쉬며 탄식했다. 예언은 계속되었다.

"자네 손자는 피렌체의 장관이 될 걸세. 그 후에 겔프 흑당이 주는 뇌물을 먹고 백당과 기벨린당 쪽 사람들을 흑당에 팔아넘기거나 죽이거나 추방을 할 걸세. 자네의 후손에 의해 피로 더럽혀진 애달픈 숲 피렌체는 천 년의 세월이 지나서야 그 모습을 되찾게 될 것이네."

그 말을 듣고 있던 영혼은 비통한 심정으로 얼굴을 일그러뜨리며 눈물을 흘리고 몸부림을 쳤다.

나는 예언을 한 영혼의 정체가 궁금해졌다. 도대체 그가 누구기에 내 고향 피렌체의 앞날에 대해 감히 저리 불행한 예언할 수 있단 말인가.

"그대 미래를 훤히 꿰뚫는 천리안을 가진 영혼이여, 그대는 누구십니까?"

내 물음에 자신도 유명하지 않아 잘 모를 거라면서 이름도 밝히지 않고 에둘러 대답했던 내 태도를 상기시켰다. 그러더니 곧 진지하게 태도를 바꾸어 얘기를 시작했다.

"내 이름은 구이도 델 두카요. 내 피는 언제나 질투로 들끓었소. 기뻐하는 사람을 보면 내 얼굴은 금세 증오로 물들었지요. 아, 불쌍한 인간들이여, 그대들은 어찌하여 다른 사람과 공유할 수 없는 것에 마음을 두는가. 지금은 젊어서 모르겠지만 황혼에 이르면 그대들의 목숨을 빼앗아갈 것이다. 저 혼자만 잘났다고 기고만장한 자들은 결국 자신의 손으로 스스로 목을 조르게 될 것임을 왜 모른단 말인가."

한바탕 탄식을 쏟아낸 구이도는 자신과 얘기를 나누었던 영혼에 대해서도 알려주었다. 그의 이름은 리니에리 다 칼볼리였다. 리니에리는 저명한 겔프당원이었으며 여러 도시의 행정관을 지내다 추방된 경력이 있는 자였다. 그러나 그의 가문에는 그의 뒤를 이을 후계자가 없었다. 고향 로마냐는 지금 패륜이 난무하는 독초들이 가득 차 있어서 아무리 뽑아내도 돌이키기에는 이미 늦었다고 탄식했다.

구이도는 로마냐 사람들이 타락하게 된 것을 마음 아파하면서 울고 싶다고 말했다. 그런 다음 우리에게 어서 길을 재촉하라고 말했다. 나는 구이도를 뒤에 남겨두고 스승님을 따라 천천히 발걸음을 옮겼다. 그리고 불과 얼마 지나지 않아 맞은편 하늘에서 번개가 대기를 찢는 듯한 소리가 들려왔다.

"무릇 만나는 자마다 나를 죽이겠나이다."

무서운 잠언이었다. 애초 이 말은 카인이 질투 때문에 그 아우 아벨을 돌로 쳐서 죽이고 하느님의 낯을 뵙기 어렵다고 하소연하며 하는 말이었다.

그다음에 또 벼락처럼 소리가 들려왔다.

"나는 돌이 된 아글라우로스[296]다."

이 말을 듣고 오른쪽으로 걸음을 옮기자 베르길리우스는 질투 때문에 벌을 받은 사례라고 말해 주었다. 이 말들은 죄에 대한 벌을 예시함으로써 우리로 하여금 더 이상 죄를 짓지 않게 하려는 하느님의 배려라는 것이었다. 스승님은 마지막으로 이렇게 덧붙였다.

"저 목소리는 인간들에게 자신의 한계를 깨닫게 하는 재갈이

---

296) 아테네 왕 케크롭스의 딸. 언니 헤르세가 헤르메스 신에게 사랑을 받자 질투를 했고, 그 벌로 바위가 되었다.

며, 우리로 하여금 분수를 벗어나지 않도록 일종의 울타리를 쳐
놓은 것이라네. 하늘은 인간을 올바른 길로 인도하고 그 아름다
움을 보여주어도 인간들은 사탄의 미끼만을 탐내니, 전능하신
하느님의 벌을 피할 수 없다는 교훈인 셈이지."

　나는 스승님의 말씀을 들으면서 인간의 한계를 모르는 욕망
에 안타까움을 금할 수 없었다.

제15곡

관용의 덕에 대하여

얼마쯤 걸어 나갔을 때 나는 눈부시게 빛나는 강렬한 빛을 받고 주춤거렸다. 손을 들어 빛을 가려 보았지만 소용이 없었다. 저절로 고개를 숙일 수밖에 없었다. 베르길리우스는 침착하게 말했다.

"놀라지 말게. 저 빛은 우리를 향해 다가오는 하늘의 천사로부터 나오는 빛이라네. 천사가 가까이 다가올수록 점점 빛은 강해지고 눈부실 것이네. 저런 것을 보는 게 자네에겐 기쁨이 될 걸세."

잠시 후 우리 앞에 모습을 드러낸 천사들은 눈부신 위용을 과시하며 그중 한 천사가 자애로운 목소리로 말했다.

"이리 들어가라. 덜 가파른 계단으로."

나는 베르길리우스의 뒤를 따라 층계를 올라갔는데, '자비를 베푸는 자는 행복하도다!', '승리한 자는 기뻐하라.'[297]는 성가가 들려왔다. 나는 경외감을 느끼며 속으로 노래를 따라 불렀다. 베르길리우스는 성가의 의미를 질투와 시기 때문에 벌을 받고 있는 자들 사이를 지나 비로소 자비로움을 깨닫게 되었다는 뜻이라고 일러주었다.

"함께 공유하면 자기 몫이 줄어드는 것을 욕망하니 가슴이 답답할 수밖에 없지. 만일 하늘의 사랑을 욕망한다면 가슴이 답답하지는 않을 거야. '우리의 것'이라고 말하는 사람이 많을수록 더욱 자비로워지고 각자 선도 풍요로워질 테지."

"스승님, 어떻게 많은 영혼이 소유하는 선이 소수의 사람들이 소유할 때보다 풍요로워지는지 이해가 안 됩니다."

"자네는 오직 속세의 것들에만 신경을 써서 이해를 하지 못하는 거네. 저 위에 있는 선은 무한하고 열정과 만날수록 많아지며 사랑이 펼쳐질수록 더욱 커진다네. 내 말이 너의 배고픔[298]을 다 덜어내 주지 못해도 베아트리체를 만나면 궁금증이 해결되겠지. 우선 두 개의 상처가 사라졌듯이 나머지 다섯 개도 가능하면 빨

---

297) 질투심을 이겨냈다는 뜻.
298) 궁금증.

리 사라지도록 노력하거라."

대화를 나누며 걷는 동안, 우리는 어느새 세 번째 둘레 위에 이르렀다. 거기에서 나는 불현듯 환상에 빠졌다. 그곳은 사람들로 가득한 어느 성전이었다. 그곳에서 한 여인이 부드럽게 말했다.

"아들아, 어찌하여 우리의 애를 태웠느냐. 너를 찾느라고 네 아버지와 내가 얼마나 속을 태웠는지 아느냐."[299]

어느새 그 여인은 사라지고 다른 여인이 고통에 찬 눈물을 흘리며 말하는 것이 들려왔다.

"학문의 도시 아테네의 현명한 페이시스트라토스[300] 왕이시여, 감히 무엄하게도 우리 딸을 껴안았던 젊은이의 두 팔을 잘라 국왕의 법이 지엄함을 보여주시오!"

그러나 왕은 너그럽고 점잖은 목소리로 말했다.

"우리를 사랑하는 자를 벌한다면 우리를 증오하는 자들은 어떻게 해야 할까?"

그다음 환상은 성난 군중들이 한 젊은이를 돌로 쳐 죽이는 광경이었다.[301] 젊은이는 성난 군중들의 돌에 맞아 죽어가면서도

---

299) 이 말은 마리아가 아들인 예수에게 한 말이었다. 예수는 열두 살 때 부모님과 함께 예루살렘에 갔다. 마리아는 돌아가는 길에 예수가 일행들 사이 어딘가에 있으리라고 생각하고 하룻길을 걸었다. 그러다가 문득 마리아는 예수가 없음을 알고는 애를 태웠다. 사흘을 걸어 다시 되돌아가 예루살렘 성전에 있는 아들을 보고는 마리아가 온유하게 타이르는 말이었다.

300) 아테네의 왕.

301) 젊은이는 최초의 순교자 스테반으로, 자신을 죽이는 사람들을 위해 기도했다.

무릎을 꿇고 연민을 불러일으키는 표정으로 군중들을 위해 기도를 올렸다.

내가 환상에서 깨어났을 때 그 환상이 거짓이 아니라는 걸 깨달았다. 스승님은 꿈에서 막 깨어난 사람처럼 내가 몸을 가누지 못하자 무슨 일이냐고 물었다. 그래서 나는 보았던 것을 말했고, 이에 그분이 환상의 의미를 설명해 주었다.

"자네가 본 것은 영원한 샘에서 흘러나와 영혼을 정화시키는 관용의 덕에 대한 교훈이라네. 내가 무슨 일이냐고 물은 것은 자네 다리에 힘을 주기 위해서야. 제정신이 돌아와도 게으름뱅이는 느리게 움직이거든. 그래서 재촉해야 하지."

우리는 황혼을 보며 걸어갔다. 그리고 곧 캄캄한 연기가 우리를 덮쳤다. 별 하나 보이지 않던 지옥의 어둠보다 더 캄캄한 칠흑 같은 연기였다. 나는 장님이 되어 베르길리우스의 소매를 붙잡고 걸어갈 수밖에 없었다.

제16곡

교권과 황권의 불화에 대한 분노

지옥의 어둠도 별이 빛을 잃은 밤의 어둠도 우리를 뒤덮은 연기보다는 나를 더 힘들게 하지는 못했으리라. 나는 눈을 뜨지 못한 채 베르길리우스의 어깨에 기대어 걸었다.

그때 수없이 많은 영혼들이 하느님의 양에게 죄를 씻어 달라고 기도하는 소리가 들려왔다. 그 영혼들은 '하느님의 어린 양'이라는 가사로 시작되는 노래를 했는데, 훌륭한 화음을 이루고 있어 경건하고 아름다웠다. 그때 한 영혼이 나서며 우리에게 물었다.

"그대들은 누구기에 캄캄한 연기 속을 뚫고 지나가는가? 마치 살아 있는 자처럼 얘기를 하다니, 그대들은 지상의 인간들인가?"

베르길리우스는 나를 보고 대답을 해주라는 눈짓을 보냈다. 내가 대답했다.

"그렇다오. 그대가 본 대로 나는 살아 있는 몸으로 지옥을 거쳐 이곳까지 이르렀소. 하느님의 은총을 입어 지옥에서 연옥을 거쳐 천국까지 순례를 하고 있는 중이오. 당신은 누구시오? 혹 우리에게 길을 일러줄 수 있겠소?"

"나는 롬바르디아 사람 마르코라고 하오. 살아생전에 덕을 사랑했지요. 위로 올라가기 위해서는 똑바로 가시오. 그리고 부탁하노니, 부디 위에 올라가거든 나를 위해 기도를 해주시오."

나는 마르코의 부탁을 들어주겠다고 약속하고, 당신이 사랑했던 덕이 사라지고 지금 세상에는 악이 창궐하니 그 이유가 하늘에 있는 것인지 지상에 있는 것인지 알려 달라고 말했다.

마르코는 내 말에 한숨부터 쉬고는 말문을 열었다.

"형제여, 세상은 온통 장님뿐인데 그대도 거기서 왔군요. 세상의 장님들은 무슨 일만 생기면 하늘을 탓하지요. 인간의 자유의지를 무시하고 말이오. 자유의지가 없다면 선과 악의 인과율이 무슨 소용이며, 정의가 무슨 소용이 있겠소. 세상이 악의 구렁텅이에 빠진 것은 하늘의 탓이 아니라 인간들의 잘못이오. 이제 내가 바로 설명해 주겠소. 사람들은 울다가 웃다가 재롱떠는 어린애처럼 하느님의 손에서 창조되었소. 아마 그 단순한 영혼은 하느님이 기쁨으로 창조하셨으므로 돌아갈 때도 그와 같은 모습으로 돌아갈 거요. 그런데 사람들은 하찮은 것에 관심을 갖다가 그것에 속아서 그 뒤를 좇게 되지요. 그래서 법도 마련하고 정의로운 왕도 세워야 했어요. 하지만 왕들이 지상의 행복에만 탐내고 사람들도 그걸 따르지요. 그러니까 세상이 사악하게 된 것은 잘못된 통치 때문이에요. 로마는 좋은 세상을 만들었지만 두 개의 태양[302]이 있어서 세상의 길과 하느님의 길을 보여주었는데, 항상 하나의 태양이 다른 하나의 태양을 끄려 했고, 목자의 지팡이에 칼이 더해져서[303] 악으로 가고 말았죠. 사실 모든 풀은 씨앗으로 알 수 있죠. 페데리코[304]가 싸움을 일으키기 전에는 아디제와 포 강이 흐르는 지역에는 항상 예절과 명예가 있었죠. 하지만 지금은 감히 착한 사람들에게 말조차 건넬 수 없는 사람이 버젓이 활보하고 있죠. 그나마 세 노인이 있어 새 시대를 꾸짖고 있는데, 바로 쿠라도 다 팔라초[305]와 게라르도,[306] 그리고 구이도 다 카스텔로[307]지요. 세상이 지금처럼 타락하고 부패한 것은 교권이 황권을 삼키고 전횡을 일삼은 데 있소."

---

302) 황제와 교황.
303) 목자의 지팡이는 정신세계의 권력을 말하고, 칼은 세속의 권력을 말한다.
304) 로마 황제 페데리코 2세.
305) 브레쉬아 가문 출신의 유명 정치가로, 피렌체의 시장을 지낸 바 있다.
306) 게라르도 다 카미노, 트레비소 출신이다.
307) 레조넬에밀리아 귀족 출신으로 명망이 높음.

나는 마르코의 말에 동의하면서 안타깝고 답답한 마음을 금할 수 없었다. 마르코는 내가 모처럼 만난 아주 좋은 대화 상대자였다. 더 많은 대화를 나누고 싶었지만, 저 멀리 네 번째 문 입구에서 연기를 뚫고 빛과 함께 천사가 나타나자 그는 서둘러 작별 인사를 하고는 사라졌다.

제17곡

분노의 죄를 씻는 영혼들

우리는 멀리 보이는 빛을 향해 나아갔다. 석양과 밤이 교차하는 시간이었다. 온통 어둠뿐인 연기구름에 휩싸여 있다가 차츰 빛이 있는 곳으로 나오자 비로소 살 것 같았다. 마치 두더지가 굴속에서 나온 것 같은 느낌이 이와 같지 않았을까. 나는 크게 심호흡을 하며 맑고 상쾌한 공기를 마음껏 들이켰다. 환한 햇살이 연옥의 산기슭을 비추고 있는 가운데 뭔가 모를 경건한 기운이 하느님의 은총처럼 느껴졌다.

나는 그러한 분위기 속에서 또다시 환영을 보았다. 환영 속에서 분노의 죄를 씻고 있는 영혼들이 나타났는데, 먼저 노래하는 것을 가장 즐기는 새로 변신한 프로크네[308]의 환영이 보였다.

그리고 십자가에 못 박힌 자[309]가 광포하고 오만한 표정을 지으며 죽은 모습이었다. 그의 옆에는 아하수에로스와 왕비 에스더, 그리고 말과 행동이 깨끗했던 모르드개가 있었다.

마지막 세 번째 환영은 딸이 적장의 아내가 되는 꼴을 보지 못하겠다고 자살해 버린 아마타[310]의 모습이었다. 아마타의 죽음에 딸인 라비니아[311]는 슬피 울며 애통해했다.

내가 본 세 가지 분노의 환영들은 연이어 나타났다가 물거품이 꺼지듯이 사라졌다. 환상에서 깨어난 나는 어리둥절했다. 갑자기 방향감각에 혼란이 생겨 내가 있는 곳이 어디인지 알 수가 없었다. 그때 내 귀에 들려오는 목소리가 있었다.

"나를 따라 이리로 오르라."

처음 듣는 목소리였다. 목소리의 실체를 보고 싶어서 나는 목소리가 들려오는 쪽을 향하여 시선을 돌렸으나 태양을 마주보는 것처럼 눈이 부셔 아무것도 보이지 않았다. 그때 베르길리우

---

308) 그녀는 여동생 필로멜라가 자신의 남편이자 왕이었던 테레우스에게 능욕을 당하자 이를 복수하기 위해 아들을 죽여 그 고기를 남편에게 먹였다. 이 사실을 알고 대노한 테레우스는 두 여인을 칼로 찌르려 달려갔는데, 프로크네는 나이팅게일이 되었고, 필로펠레는 제비가 되었으며, 테레우스는 후투티가 되었다는 얘기가 전해지고 있다.

309) 페르시아의 아하수에로스 왕의 신하 하만.

310) 라티누스의 왕비였던 아마타는 침략자 아이네이아스의 군대가 다가오자 딸 라비니아의 약혼자 투르누스가 이미 죽었다는 거짓 소식을 듣고 분노하여 딸이 승리자의 처가 되는 것을 보느니, 차라리 죽는 게 낫다고 판단해서 자살을 했다.

311) 후에 아이네이아스의 아내가 된다.

스가 설명해 주었다.

"천사는 때로 눈에 보이지 않게 나타난다네. 자네가 들은 목소리는 천사의 영혼이 보내는 목소리야. 모습은 빛 속에 감추고 있으면서 우리가 가야 할 길을 인도해 주지. 자, 더 어두워지기 전에 계단을 올라가세."

우리는 계단으로 올라갔는데 첫 번째 계단에 이르자 천사가 날갯짓으로 내 얼굴을 부채질하더니 이렇게 말했다.

"악한 분노가 없이 평화로운 자는 복되도다."

석양의 햇살이 하늘 높이 걸렸고, 곧이어 어둠이 떠올라 여기저기 별들이 반짝이고 있었다. 나는 더는 오를 수 없는 사닥다리 끝까지 올라갔다. 갑자기 두 다리에 힘이 쭉 빠지는 것 같았다. 우리는 항구에 닻을 내린 배처럼 안도하며 우두커니 서 있었다.

잠시 후 내가 입을 열어 스승님께 여쭈었다.

"스승님, 우리가 당도한 이 둘레에는 어떤 죄를 지은 영혼들이 있나요?"

"여기선 사랑을 베푸는 데 게을렀던 영혼들이 의무를 다 하도록 격려를 하고 있다네. 즉 게으름의 죄를 회개하고 열의를 내어 하느님의 뜻을 구하는 거지. 신앙을 실생활의 수단으로 생각하는 것이 나태야. 신앙은 이익을 위한 것이 아니기 때문이네. 자연의 사랑은 본능적인 애욕이고, 마음의 사랑은 인간 특유의 이성적인 사랑이지. 토마스 아퀴나스는 사랑을 그렇게 나누었어. 조

물주는 마음의 사랑, 즉 이성적인 사랑만 갖고 있어. 자연의 사랑은 동물에게만 있고, 마음의 사랑은 없지. 인간은 생물적 본능의 사랑과 이성에 기초한 마음의 사랑도 함께 갖고 있다네. 자연의 사랑은 본능적 사랑이기에 의지의 선택이 없으므로 잘못될 것이 없다네. 지상의 사랑도 적절하게 자제하고 통제를 잘 하면 쾌락마저도 잘못될 수 없지. 결론적으로 사랑은 덕과 부덕의 씨앗이라고 할 수 있네."

나는 마치 사랑에 대한 강론을 듣는 기분이었다. 베르길리우스는 계속해서 경도된 사랑의 세 가지 사례를 들고 그것들이 어디서 정화되는가를 설명했다. 스승님은 모든 것은 자신을 사랑하므로 자신을 해치지 않는다고 말하면서 피조물은 전적으로 하느님께 의존하므로 자기 존재의 근원을 미워할 수 없다고 했다. 그러므로 경도된 사랑은 이웃을 해칠 때만 나타난다는 것이었다. 우리가 연옥의 둘레를 올라오면서 보았듯이 그것은 남을 거꾸러뜨리려는 교만과 남이 잘 되는 꼴을 보지 못하는 질투, 그리고 분노였다.

나는 연옥의 첫 번째 둘레에서는 교만, 두 번째 둘레에서는 질투, 세 번째 둘레에서는 질투의 죄를 정화하고 있음은 익히 보았던 터였다. 베르길리우스는 이번에는 지상의 행복만을 추구하다 선을 행하는 데 게을렀던 세 영혼들에 대해 얘기를 시작했다.

"우리가 살아서 선을 행해야 하는 이유는 여러 가지가 있지만 무엇보다 그것이 신과 연결되어 있기 때문이네. 신의 존재를 알고 있는 인간은 선을 행하게 마련이고, 그렇지 않은 인간은 자신의 행복만을 추구하게 마련이네. 그래서 수단과 방법을 가리지 않고 그런 짓을 하지. 그런 자들은 여기 연옥에서 죄를 씻는 벌을 받아야 해. 물질적인 것이 인간들에게 행복을 가져다주긴 하지만 그건 일시적인 것이고, 영원한 것이 되지는 못하거든. 선의 열매와 뿌리가 되는 영원한 행복은 사랑을 실천함으로써만 가능해. 그럼에도 지상에서 물질적인 행복을 추구하느라 우리는 죄를 짓게 되는 경우가 흔하다네. 그 죄는 탐욕과 탐식과 색욕이야. 이러한 죄를 지은 자들은 우리가 앞으로 오르게 될 세 개의 둘레에서 죄를 씻고 있겠지."

베르길리우스는 긴 강론을 마치고는 내가 그 의미를 제대로 이해하고 있는지 궁금해했다.

제18곡

사랑의 정의와 나태의 죄

나는 아무 말도 하지 않고 입을 다물었다. 언제나 내 마음을 꿰뚫어보고 있는 스승님은 궁금한 것이 있으면 물어보라고 했다. 그 말에 기운을 얻은 나는 용기를 내서 여쭈었다.

"사랑이 선과 악의 근원이라고 말씀하셨는데, 그 말의 진정한 의미를 일러주십시오. 미욱한 저는 아직 사랑의 본질이 무엇인지 알지 못하니, 궁금할 따름입니다."

베르길리우스가 진지한 표정으로 말했다.

"자네의 날카로운 지성은 어디 있단 말인가. 깊이 성찰을 하면 장님이 길잡이를 할 때 빠지는 오류를 깨달을 것이다. 사랑하는 마음은 좋아하는 것을 향해 움직이게 되지. 만일 마음이 어떤 것에 이끌리면 그것이 바로 사랑이야. 마치 불길이 위로 치솟아 올라가는 것처럼 사로잡힌 마음도 열망을 부채질해 사랑의 대상이 기뻐할 때까지 움직이게 되거든."

"스승님 말씀 덕분에 사랑이 무엇인지 알 수 있을 것 같습니다. 하지만 사랑이 밖에서 온다면 선택의 여지가 없는 영혼은 그것이 좋은 사랑인지 나쁜 사랑인지 어떻게 알 수 있나요?"

"그 문제는 내 이성으로 설명할 수 있는 게 아니라 신앙의 영역이지. 그건 나중에 베아트리체를 만나면 물어보도록 하게나. 내가 배운 바에 따르면, 실체적 형상[312]은 나무의 푸른 잎을 보고서야 나무가 살아 있음을 알게 되는 것처럼 그것의 살아 있음을 결과로 알 수 있지. 사람들은 원초적인 욕망이 어디서 오는지 모르며, 꿀벌이 꿀을 만드는 본능을 갖고 있는 것처럼 인간도 그 안에 규칙과 욕망을 갖고 있어서 비난할 수는 없는 거야."

나는 베르길리우스의 말을 들으면서 안개가 걷히고 머리가 맑아지는 듯한 느낌을 받았다. 나의 무지가 무너져 내리고 점차 그 자리에 진리의 빛이 비치는 모양새였다.

인간의 본능은 그 자체로 선하거나 악한 것이 아니다. 다만 삶에서 다른 욕구와 조화를 이루는 게 중요할 뿐이다. 이성의 능력이 바로 이 지점에서 작용을 하는데, 선과 악을 선택할 수 있는

---

312) 육체와 구별되면서도 육체와 연결되어 있는 영혼을 말한다.

자유의지가 그것이었다.

베르길리우스는 덧붙였다.

"인간과 객관 세계의 이치를 탐구했던 고대의 철학자들도 자유의지와 이에 대한 도덕적 책임을 인정했네. 우리가 지금 갖고 있는 윤리와 도덕은 그 유산이랄 수 있지. 사랑이 생득적이라 해도 그것을 억제할 수 있는 힘 역시 우리의 마음속에 잠재되어 있지. 그러므로 자유의지는 우리가 가진 고귀한 힘이야. 자네가 나중에 베아트리체를 만날 때에도 이 점을 유념해야 해."

내 의문에 대한 베르길리우스의 대답을 듣느라 골몰한 나머지 나는 방향을 잃은 사람처럼 조는 듯 서 있었다. 어느덧 자정이었다. 달이 환하게 떠오르자 별들은 그 빛을 잃고 사그라졌다. 그때 우리 뒤쪽에서 한 무리의 영혼들이 다가오는 소리가 들렸다. 나는 그 바람에 후딱 정신을 수습했다. 그들은 나태의 죄를 씻는 영혼들이었다.

우리 앞에 이른 무리들 중 두 영혼들 앞에 나서더니 번갈아가며 소리 높여 외쳤다.

"마리아는 서둘러 산으로 가셨고,[313] 카이사르는 일레드라를 정복하기 위해 마르세유를 거쳐 스페인으로 출정했도다."

그러자 그들 뒤에 있던 영혼들이 목소리를 합쳐 외쳤다.

---

313) 마리아는 유다 산골에 있는 한 동네를 찾아 엘리사벳에게 인사를 드렸다.

"자, 어서 서두르자. 부족한 사랑 때문에 때를 놓치지 말자. 서둘러 가자. 하느님의 은총을 다시 받기 위해 부지런해지자."

그때 가만히 지켜보던 베르길리우스가 말했다.

"나태의 죄를 씻느라 부지런을 떠는 영혼들이여, 지금 내 옆에 있는 이 사람은 살아 있는 현세의 사람이라오. 해가 뜨면 위로 오르려 하니 부디 계단이 있는 곳을 말해 주시오."

그러자 한 영혼이 말했다.

"우리를 따라오면 길을 찾을 것이오. 우리는 빨리 가고 싶은 마음이 가득하여 잠시라도 멈출 수가 없으니 용서하시오. 나는 베로나에 있는 산제노의 수도원장[314]이었소. 그런데 베로나의 영주였던 알베르토가 나를 몰아내고 불륜으로 낳은 자신의 의붓아들이자 절름발이였던 주세페를 수도원장으로 앉혀버렸지요.[315] 아마 그는 곧 후회와 통곡을 하며 지옥에 떨어지게 될 겁니다."

게라르도는 말을 마치자마자 자신이 일행들보다 뒤처진 것을 알고는 부리나케 그들을 쫓아갔다. 스승의 목소리가 들려오기 전까지 나는 그 모습을 황망하게 바라보았다. 베르길리우스가 손가락으로 두 영혼을 가리키며 말했다.

---

314) 게라르도.

315) 모세의 율법에 따르면, 불구자는 사제가 될 수 없다.

"저길 잘 보게. 저기 게으름의 죄를 씻느라 이를 갈며 오고 있는 두 영혼의 모습이 보이는가? 그들은 나태에 대해 훈계와 질책을 하고 있네."

그들은 맨 뒤에 오는 자들로 게름뱅이의 실례를 들어 그들이 명예롭지 못한 삶을 살았다고 질책했다. 하나는 모세의 가르침에 순종하지 않고 그의 인도를 따르지 않다가 요단강을 건너지 못한 채 광야를 헤매다 죽은 이스라엘인들이었고, 다른 하나는 아이네이아스와 함께 로마까지 항해를 거부한 시칠리아의 트로이 사람들이었다.

영혼들은 우리를 지나 계속 걸어갔다. 나는 그들의 뒷모습을 보려고 했지만, 그들이 매우 빨리 멀어져 갔으므로 나는 그만 눈을 감고 말았다. 그리고 이내 꿈속으로 빠져들었다.

제19곡

땅에 엎드린 탐욕의 영혼들

차가운 달의 음기만이 대기를 감싸고 있는 새벽, 여명이 밝아 오는 동쪽 하늘에는 새벽별이 하나 둘씩 반짝였다.

나는 날이 새기 전에 꿈속에서 소름끼치는 계집을 보았다. 그 계집은 말더듬이인 데다 눈은 사팔뜨기였다. 아울러 다리는 뒤틀려 굽어 있었고, 두 팔은 잘려 있었으며, 안색은 몹시 창백했다.

그러나 내가 그 계집을 다시 보자 태양이 밤에 차가워졌던 대지를 녹여주듯이 어느새 추한 모습은 사라지고 절세의 미녀로 둔갑해 있었다. 자유롭게 된 그녀는 아름다운 노래를 부르기 시작했는데, 나는 그녀에게서 시선을 돌릴 수가 없었다.

"나는 달콤한 세이렌,[316) 즐거움으로 넘치니 바다 가운데서 뱃사람들을 홀리노라. 나와 함께 지내는 자는 흠뻑 취해 떠나지 못하리."

그때 한 거룩한 귀부인[317)이 나타나 그녀를 어지럽게 만들었다.

"오, 이게 누구인가? 베르길리우스 아닌가?"

그 여인은 이렇게 말하고는 세이렌의 옷자락을 찢어 배를 보여주었다. 그곳에서 악취가 나는 바람에 나는 잠에서 깨고 말았다.

베르길리우스는 내 이름을 세 번이나 불렀다고 했다. 나는 벌떡 일어나 새로운 태양을 등지고 걸어갔다. 그때 한 소리가 들려왔다.

"이곳이 길이다. 오르라."

우리가 산을 오르기 시작하자 세이렌과는 대조되는 아리따운 천사가 나타나 길을 인도했다. 천사는 눈부신 날개를 펼치고 높게 치솟은 바위 사이의 좁은 계단으로 우리를 손짓해 불렀다. 우리는 천사의 부름에 응답해 가까이 접근했다. 그러자 천사는 눈부시게 빛나는 흰 날개로 바람을 일으켜 순식간에 내 이마를 씻겨주었다.[318) 그리고 '애통하는 자는 복이 있도다!'라는 말을

---

316) 시칠리아 섬 가까이에 있는 외로운 섬에서 상반신은 인간의 모습으로, 하반신은 인어의 모습을 하고 노래를 불러 지나가는 뱃사공들을 헤매게 했다는 전설의 주인공이다.

317) 성녀 루치아라고 하기도 하고, 양심 혹은 철학이나 진리를 상징한다고 하기도 한다.

318) 단테의 이마에 있는 네 번째 P자를 지운 것이다.

했다.

우리는 천사가 일러준 대로 바위 사이를 비집고 계단을 올라갔다. 한참을 걸어갔을 때 스승님이 물었다.

"자네는 무슨 일로 땅만 보며 걷느냐?"

"자꾸만 환영이 저를 잡아끌어서 떨칠 수가 없습니다."

그러자 베르길리우스가 인자하게 내 등을 토닥이며 격려하듯이 말했다.

"자네는 늙은 요부가 어떻게 사람들을 홀리고 또 사람들은 요부에게서 어떻게 빠져나오는지 보았을 것이다. 그러니 이제는 그만 땅을 박차고 영원한 왕께서 바퀴를 돌리는 말씀으로 눈을 돌리도록 하라."

나는 베르길리우스의 말을 듣고 악몽에서 벗어나 바위 사이로 난 비좁은 마지막 계단을 올라갔다. 이윽고 우리 앞에는 탁 트인 전망과 함께 다섯 번째 둘레가 그 모습을 나타냈다.

우리가 다섯 번째 둘레로 들어서자 모든 영혼들은 모두 땅에 엎드린 채 울고 있었다.

"내 영혼이 땅바닥에 붙었도다."

그들이 크게 한숨을 쉬며 말했기에 잘 알아들을 수가 없었다. 베르길리우스가 영혼들을 향해 입을 열었다.

"선택된 영혼들이여, 우리에게 오를 길을 알려주시오."

"그대들이 엎드리는 형벌을 받지 않아도 된다면 빠른 길은 오

른쪽을 밖으로 해서 가는 것이오."

나는 엎드린 채 말을 하는 그 영혼에게 관심이 갔다. 그래서 스승님의 허락을 얻어 영혼에게 다가가 물었다.

"그대는 누구이며, 무슨 까닭에 엎드려 울고 있는지 말해 주시면 고맙겠소. 그리고 나는 살아 있는 몸이니, 혹 내가 현세에 돌아가면 전할 말이라도 있으면 해주셔도 좋소."

"나는 베드로의 후계자[319]였소. 흙탕물을 조심하는 자에게 커다란 망토[320]가 얼마나 무거운지 한 달이 조금 지나서야 알게 되었소. 다른 짐은 모두 깃털과 같았지요. 아, 나는 너무 늦게 깨달았소. 목자의 자리에 오르고 난 뒤에야 인생이 헛되다는 걸 알았지요. 거기서도 편안해지지가 않았고, 더는 오를 수 없었기에 세상에 대한 사랑에 빠지고 말았소. 그래서 여기서 이런 벌을 받고 있지요. 탐욕의 형벌이 어떤지 이 산에서 쓰라린 형벌을 받으며 깨닫고 있는 셈이오. 우리의 눈은 하늘을 바라볼 생각을 하지 않은 채 늘 땅의 재화에만 관심을 갖고 선행을 하지 않았으니 이렇게 눈은 바닥으로 손과 발은 묶인 채 하느님의 마음에 들 때까지 기도를 해야지요."

그 말을 들으며 나는 저절로 무릎을 꿇으려 했다. 그러자 그

---

319) 교황 하드리아누스 5세로 재위 38일 만에 사망했다.
320) 교황의 법의.

는 나를 책망하며 일어서라고 말했다. 지상에서의 신분은 여기에서는 아무 쓸모가 없다는 것이었다. 비록 지상에서 교황의 신분이었다 해도 이 연옥에서는 존경을 받을 수가 없었던 것이다.

나는 어떻게 해서든지 그를 돕고 싶었다. 그래서 혹 내게 부탁할 것이 있으면 말해 달라고 했다.

"내 혈족으로 지상에 유일하게 남아 있는 사람이라고는 조카딸 알라지아[321])뿐이오. 내 나쁜 피가 그 애에게 전해졌을 수도 있겠지만, 본바탕은 착한 아이라오. 그러니 그대가 지상에 돌아가거든 그 애한테 나를 위해 기도를 해달라고 전해 주시지요."

그는 매우 지치고 힘들어 보였다. 말을 마치고 그는 내게 떠나주기를 간청했다.

---

321) 모로엘로 말라스피나의 아내.

제20곡

위그 카페와 탐욕의 화신들

의지는 더 큰 의지와 싸워도 소용이 없으니[322] 나는 그의 의사를 존중해 대화를 중단하고 스승님과 함께 다시 길을 재촉했다. 우리는 땅바닥에 엎드려 죄를 씻고 있는 영혼들을 밟지 않도록 조심하면서 바위에 바싹 붙어 앞으로 걸어갔다. 살아생전 세상을 탐욕의 죄로 채웠던 인간들이 눈물을 흘리며 엎드려 회개를 하고 있는 모습은 처참해 보였다. 나는 인간에게 이처럼 고통을 안겨주는 만족을 모르는 탐욕에 대해 분노하지 않을 수

---

322) 하드리아누스 5세와 더 얘기를 나누고 싶었지만, 그는 자신의 죄를 씻는 데 열중하고 싶어해서 거스를 수 없다는 뜻이다.

없었다.

그때 한 영혼이 앞에 나오더니 탐욕에 반대되는 청빈의 예를 들어 부르짖는 소리를 들었다.

"성모 마리아여, 당신께서는 구유에서 구세주를 낳으셨으니 얼마나 가난하셨던 것입니까?"

그것은 성모 마리아의 청빈을 찬미하는 말이었다.

잠시 후 두 번째 소리가 들려왔다.

"오, 착한 파브리키우스[323]여, 그대는 큰 재물을 소유하려는 유혹을 물리치고 소박한 삶으로 명예를 드높였구나."

나는 그런 말을 하는 영혼을 알고 싶어 소리가 들리는 쪽으로 몸을 갖다 댔다. 그는 계속해서 니콜라우스[324]가 돈이 없어 결혼을 못하는 처녀들에게 해준 이야기를 했다. 나는 궁금해서 그에게 말했다.

"청빈을 말하는 영혼이여, 그대는 누구이기에 이처럼 좋은 얘길 해주는 것입니까? 나에게 그 이유를 말해 주시오. 그럼 내가 다시 세상으로 돌아가 그대의 친지나 지인들에게 그대를 위해

---

323) 그는 청백리의 대표적인 인물로, 죽었을 때 장례비가 없을 정도로 가난했고, 딸들의 결혼 지참금이 없어 지인이었던 로마 시인이 부담했을 정도였다.

324) 주교로 재직하며 니케아 회의에도 참석했고, 사후 성자로 추앙됐으며, 오늘날 우리에게 산타클로스로 잘 알려져 있다. 그가 주교로 있던 어느 날, 가난한 사람이 찾아와 과년한 딸들을 돈이 없어 출가시키지 못하고 판다고 얘기했다. 그러자 그는 창문으로 돈 자루를 던져 넣어서 그들을 악의 구렁텅이에서 구출했다고 한다.

기도를 하도록 부탁을 해주겠소."

그러나 자신은 자손이 없으며 세상의 기도 같은 것은 바라지 않는다고 냉정하게 말했다. 그렇게 말을 한 영혼은 뜻밖에도 거침없이 자신의 얘기를 시작했다.

"내 이름은 위그 카페[325]요. 요즘 프랑스를 다스리는 필리프와 루이들은 모두 나에게서 태어났지요. 나는 파리에서 백정의 아들[326]로 태어났소. 옛 왕가의 왕[327]들이 다 죽고 잿빛 옷을 입은 자만 남았을 때 나는 왕국을 다스릴 고삐가 내 손에 있다는 걸 알게 되었지. 그대는 궁금하지 않소? 어떻게 미천한 출신인 내가 카페 왕가를 세웠는지 말이오."

과연 그의 말대로 나는 몹시 궁금했다. 일찍이 나는 이런 전설 같은 얘기를 들어본 적이 없었다. 백정의 아들이 왕이 되다니, 신분이 엄정하게 나뉘었던 세상에서 어떻게 그런 일이 가능했단 말인가. 그러나 인간 세상에서는 가끔 그런 일이 일어나는 법이다. 카페 역시 자신에게 찾아온 단 한 번의 기회를 낚아채 카롤링거 왕가 이후 무주공산이 되었던 왕국을 손에 넣을 수 있었고, 새로 손에 넣은 권력과 추종자들을 규합하여 자손만대에

---

325) 카롤링거 왕가의 루이 5세가 986년에 후손 없이 사망하자 대의회 선거를 통해 위그 카페가 987년에 왕위에 올랐다. 그로부터 카페 왕조가 시작되었다.

326) 속설에 의하면 위그 카페의 아버지가 백정이었다고 하지만 분명치가 않다.

327) 카롤링거 왕조.

이르는 왕가의 기틀을 마련했다고 했다. 물론 그 과정에서 그는 손에 피를 묻혔고, 수많은 정적들이 죽어나갈 수밖에 없었다.

나는 그의 담담한 말에 소름이 돋았다. 카페 왕가는 자신의 아들에 의해 계승되었고, 이후 루이 9세까지 순탄하게 이어졌다. 그러나 영원한 권력은 없는 법이어서 쇠락의 길을 걷게 되었다. 급기야는 교황 보니파시오를 유폐시키는 대역죄를 저지르고 수도원을 파괴 약탈하는 등의 만행을 저질렀다. 위그 카페는 여기서 후계자들의 탐욕을 비난하며 참담한 심경으로 하느님의 정의와 형벌이 이루어지기를 간구하며 울음을 터뜨렸다.

나는 카페가 성모 마리아의 청빈을 부르짖던 일을 떠올리고는 그 이유를 물었다.

"그건 우리가 늘 하는 기도라오. 이곳에 있는 영혼들은 낮 동안에는 덕성 지닌 이들을 말하고, 밤 동안에는 정반대로 탐욕으로 죄를 씻고 있는 영혼에 대한 얘기를 한다오. 우리가 밤에 얘기하는 자로는 탐욕으로 인해 아비를 죽인 피그말리온과 프리기아의 왕 미다스가 바쿠스[328] 신에게 자신의 손으로 만지는 모든 것이 황금이 되도록 간청했다가 결국 먹는 음식까지 황금으로 변하자 다시 바쿠스 신에게 도움을 요청하는 대목도 얘기를 하지요."

---

328) 로마 신화에 나오는 주신(酒神)으로, 그리스 신화의 디오니소스에 해당한다.

카페는 그 밖에도 여리고의 부정한 재물을 은닉했다가 발각되어 가족과 함께 돌에 맞아 죽은 아간의 이야기, 하느님을 속인 삽피라와 그의 남편의 비참한 최후의 이야기, 예루살렘 성전에 들어가 재물을 약탈하다 쫓겨났던 헬리오도로스와 프리아모스의 아들을 죽이고 돈을 빼앗았던 폴리메스토르[329]의 이야기 등을 탐욕의 사례로 들려주면서, 마지막으로 하는 이야기는 언제나 마르쿠스 루키니우스 크라수스[330]라고 했다. 그는 "크라수스야, 황금이 무슨 맛인지 말해 보라."는 말을 한다면서 이야기를 맺었다.

이때 산이 무너지고 땅이 흔들리는 듯한 소리가 들려왔다. 그 소리에 수많은 영혼들이 애달프게 통곡하며 땅에 엎드려 울부짖었다. 나는 그 무시무시한 소리에 사지가 얼어붙어 꼿꼿이 서 있었다. 그러자 스승 베르길리우스가 다가와 위로의 말을 건넸다.

"자네는 두려워할 게 없네. 이 여정이 끝날 때까지 내가 자네 옆에 있으니, 아무것도 두려워할 필요가 없지."

나는 비로소 안도했다. 산이 무너질 듯 요란했던 굉음도 어느

---

329) 트라케의 왕으로 프리아모스의 아들을 죽였다. 이를 알게 된 프리아모스의 왕비 헤카베는 그의 두 눈을 뽑아 복수했다.

330) 카이사르와 폼페이우스 등과 삼두정치를 이끌었던 인물로, 대단히 부유하고 탐욕적이었다. 그의 탐욕을 일찍부터 알고 있던 파르티아의 왕은 전투에 패해 목이 잘린 그의 두개골에 황금을 녹인 물을 집어넣고는 '아직도 황금에 목이 마르면 어디 마셔 보거라.'라고 말했다는 일화가 전해진다.

덧 사라지고 내 귀에 '지극히 높은 곳에서는 하느님께 영광이요'라는 경건한 성가가 들려왔다.

그 노랫소리는 마치 천사들이 주님의 탄생을 축하하며 부르는 합창소리 같았다. 우리는 일말의 의구심에 사로잡힌 채 걸음을 멈춘 채 노래가 끝나기를 기다렸다.

우리는 다시 길을 걸으며 땅에 엎드려 회개하고 있는 영혼들을 바라보았다. 그러나 내 머릿속에서는 좀 전에 산이 무너지고 지진이 일어나는 듯한 무시무시한 소리와 한없이 경건했던 성가의 여운이 남아 있어 아무것도 눈에 들어오지 않았다. 나는 무거운 침묵에 휩싸인 채 스승의 뒤를 따라 앞으로 걸어갔다.

스타티우스와 베르길리우스

나는 예수님께 물을 달라고 간청하던 사마리아의 아낙과 같
은 심정이었다.[331] 아까부터 마음 한 구석에 남아 있는 의구심
때문에 영적인 갈증을 간절하게 느끼고 있었던 것이다. 이런 상
황에서 스승님과 내가 다섯 번째 둘레를 지나갈 때 한 영혼이
나타나서 말을 걸어왔다.

---

331) 예수께서 사마리아의 한 마을에 들러 야곱의 우물가에서 쉬고 계실 때였다. 마침 목이
마르던 예수는 물을 길러 나왔던 한 아낙에게 물 한 바가지를 요청했다. 그 아낙은 그
사내가 예수인지를 모르고 어떻게 유대인이 사마리아인에게 물을 달라고 하는 것이냐
며 거절했다. 그러나 얼마 후 그가 예수 줄 알고는 오히려 예수께 물을 달라고 간청했
다. 예수께서 주시는 영원한 샘물을 마시면 다시는 목이 마르지 않게 될 것이고, 다시는
물을 길러 나올 필요도 없을 것이기 때문이었다.

"그대 형제들이여, 하느님의 평화가 그대들과 함께 하시기를 바랍니다."

이에 베르길리우스는 공손하게 두 손을 모아 정중하게 허리를 굽히고 인사를 하며 자신을 소개했다.

"나는 림보에 있는 영혼이랍니다. 하느님의 나라에 들어가지 못하고 유랑을 해야 하는 영겁의 형벌을 받고 있는 죄인입니다. 그래서 하느님의 은총을 받을 수 없는 몸이라 그대의 축복의 인사는 감사하지만 사양할 수밖에 없는 운명이라오."

그러자 영혼은 당연한 의구심을 나타냈다. 어떻게 하느님의 은총도 없이 연옥에까지 오게 되었는지 궁금해하며 안내자가 있는지 물었다.

베르길리우스는 나를 가리키며 내가 아직도 살아 있는 육체를 벗지 못한 지상의 사람임을 설명했다. 그러고는 우리의 여정의 목적을 일러주었다.

그는 내가 살아 있는 영혼이라는 사실을 알고는 무척 신경이 쓰이는 모습이었다. 하나 스승님은 개의치 않고 계속 말을 이었다.

"나는 이 사람의 인도자로 지옥을 거쳐 이곳에까지 이른 것입니다. 이 사람의 영혼은 그대나 나처럼 주님의 품안에서 한 형제지만, 아직 이 사람은 세상 사람인지라 혼자서는 갈 수가 없지요. 그래서 내가 안내자가 되어 지옥의 림보에서부터 이곳까지 안내를 해왔다오. 이 사람의 이마에 있는 상처는 연옥의 문지기 천사가 새긴 거요. 이 사람은 여러 복 받은 자들과 함께 구원을 받을 몸이오. 물론 나는 앞으로도 천국 입구까지 동행하며 안내를 해야 하죠. 그나저나 조금 전에 어찌하여 산이 무너지고 땅이 흔들리는 것 같은 큰 굉음이 들렸는지 알려주시면 고맙겠소. 아울러 성가 소리는 또 무엇이었는지 알려주시기 바라오."

나는 스승님께서 내가 궁금해하는 점을 꼭 집어서 대신 질문을 해주어서 무척 고마웠다.

"이곳 거룩한 산에서는 질서가 없거나 관습에서 벗어나는 일은 절대 일어나지 않소. 어떤 변화도 일어날 수 없기 때문에 눈이나 비 등 자연의 기후 변화는 일절 없죠. 다만 그대들이 들은 요란한 굉음은 정죄를 마친 영혼들이 천국으로 올라갈 때 모두 감읍해서 부르짖는 소리요. 하지만 이곳 밖에서는 종종 지진 등 자연의 변화가 일어난다고 알고 있소."

그의 말인즉슨 정화의 시기가 끝나고 천국에 오를 준비가 되면 산이 무너지고 땅이 흔들리는 듯한 착각과 하느님을 찬미하는 성가가 들려온다는 것이었다. 실제로 자연의 재난이 일어나는 일은 없고, 다만 우리의 눈에 그렇게 들릴 뿐이라는 것이었다.

나는 그의 말을 듣고 의구심이 풀렸다.

그는 자신도 500년이 넘게 이 고통 속에 엎드려 있다가 이제 비로소 몸을 일으켜 천국의 문턱으로 가게 되었다고 말했다. 어떤 자부심과 자기만족과 함께 희열이 묻어나는 말이었다. 그러니까 우리가 아까 들었던 굉음은 사실은 자신 때문에 일어났다는 것이었다.

이번에는 베르길리우스가 축복받은 영혼에게 누구이며 무슨 이유로 이곳에 오게 되었는지를 물었다.

"나는 스타티우스[332]라고 하지요. 세상에 살 때는 시인으로 이름깨나 떨쳐서 많은 사람들이 내 시를 좋아했지요. 로마에서는 세 번씩이나 나를 불러 계관시인의 영예를 부여하기도 했소. 내가 시인으로서 명성을 얻은 것은 베르길리우스의 『아이네이아스』로부터 시적 영감을 받았기 때문이오. 만약 그렇지 못했다면 내 시는 서푼어치 가치도 없었을 거요. 아아, 내가 그가 살았던 시대에 태어났더라면 좋았을 것을. 그랬으면 이 연옥에서 몇 년 더 머무르며 귀양살이를 해도 여한이 없었을 텐데⋯⋯."

스타티우스라면 나도 평소부터 존경하고 흠모해 오던 터여서 나는 무척 반가웠다. 한편 스타티우스의 말을 들은 스승님은 잠자코 있으라는 눈짓을 보냈다. 바로 내 눈앞에서 두 대가의 만남을 앞두고 나는 흥분했고 억제할 수 없는 웃음을 삼켰다.

그러나 의지란 때로 감정 앞에서 쉽게 무너지기도 하는 것이다. 특히 터져 나오는 웃음은 이성이나 의지로는 통제하기가 어려울 때가 많다. 웃음은 울타리를 벗어나려는 본능을 가지고 있

---

332) 로마의 대표적인 시인. 작품 『테바이스』와 미완성 작품 『아킬레이스』 일부가 남아 있다.

어 천방지축으로 어디로 튈지 모르기 때문이다. 그렇게 웃음은 아무리 감추려고 해도 드러나게 마련이다. 스타티우스는 내 웃음을 눈치채고는 넌지시 물었다.

"혹 내가 그대의 그 터져 나올 것 같은 웃음의 의미를 알 수 있다면 좋겠소만."

나는 곤혹스런 상황에 처했다. 당신의 신분을 밝히기를 주저하고 있는 스승님과 스타티우스 사이에서 나는 그만 한숨을 쉬고 말았다. 그러자 내 곤혹스런 처지를 헤아린 스승님께서는 내 멋대로 하라는 눈짓을 보냈다.

나는 칭찬을 들어 신바람이 난 어린아이처럼 스타티우스에게 말했다.

"이제 곧 천국으로 올라가실 영혼이여, 당신이 궁금해하신 내 웃음의 의미는 별거 아닙니다. 바로 여기 서 있는 이분이 베르길리우스이십니다."

그러자 스타티우스는 베르길리우스 앞에 무릎을 꿇고 그의 발을 껴안으려 했다. 그러나 그들은 둘 다 실체 없는 영혼들이었기에 포옹은 실패할 수밖에 없었다. 스승님은 무릎을 꿇은 스타티우스를 일으켜 세웠다. 스타티우스는 다시 허리를 굽혀 최고의 예를 표했다.

제22곡

~~~~~~

시와 지성의 향연

우리는 천사의 인도를 받아 다섯 번째 둘레를 지나 스타티우스와 얘기를 나누며 여섯 번째 둘레를 향해 올라갔다.

거기서 천사는 내 이마에서 다섯 번째 죄 탐욕의 P자를 씻어주었다. 나는 두 시인의 뒤를 따라 힘들이지 않고 걸어갔다. 다섯 번째 상처가 씻겨나간 후 어느새 몸이 한결 가벼워짐을 느꼈다.

그 사이 천사는 '의에 목마른 자들이 복 되도다'라는 축복을 우리에게 남기고 사라졌다.

베르길리우스가 스타티우스를 보며 입을 열었다.

"나는 림보에서 로마의 저명한 풍자시인 유베날리스[333]를 통해 자네를 알게 되었다네. 그가 자신의 시에서 자네를 칭찬했더

군. 그는 자네가 나에 대해 깊은 애정과 호의를 갖고 있다고 말해 주었네. 그래서 나는 자네를 한 번도 본 적이 없었지만 강한 호감을 갖게 되었지. 나로서는 지금 이 시간이 아쉽게 느껴지는군. 우린 더 많은 얘기를 나눌 수 있을 텐데 말이지. 아무쪼록 이젠 우리가 친해졌으니 친구처럼 대해 주게나."

베르길리우스의 말에 스타티우스는 황송한 표정을 지으며 한껏 고개를 숙였다. 그 모습을 가만히 보고 있던 베르길리우스가 친밀한 어조로 물었다.

"자네는 명민하고 예지력이 있는 사람인데, 어찌하여 탐욕이 마음에 깃들었는가?"

그러자 스타티우스는 자기의 죄는 탐욕이 아니라 낭비의 죄라고 말했다. 그는 탐욕의 다섯 번째 둘레에서 500년, 그러니까 달이 6천 번이나 바뀌는 동안 낭비의 죄 때문에 고통을 치렀다는 것이다. 그에 따르면, 탐욕과 낭비라는 두 가지 죄는 상반되는 것 같지만 연옥에서는 같은 다섯 번째 둘레 위에서 함께 정화된다고 일러주었다. 아울러 자신이 낭비의 죄를 씻는 데 도움을 준 것은 베르길리우스의 시 한 구절 때문이었다고 말했다.

그러고는 베르길리우스가 쓴 '오 황금의 저주받은 갈증이여, 너 어찌 사람의 욕심을 다스리지 못하느뇨?'라는 시구를 암송했

---

333) 로마의 풍자 시인으로, 16편의 풍자시를 남겼다.

다. 이어서 덧붙였다.

"그때 제가 마음을 바로잡지 않았다면 나도 지옥에 떨어져 고통을 받았을 것입니다. 참으로 천만다행이 아니고 무엇이겠습니까? 한 줄의 시구로 제 마음을 돌려세웠으니 말입니다. 저는 그때 낭비벽이 있음을 깨달아 회개를 했고, 아울러 다른 죄도 뉘우치게 되었습니다. 저야 그 죄에서 벗어나게 되었지만, 낭비가 죄인 줄 모르고 최후의 심판의 날에 머리칼 잃고 무덤에서 나오는 영혼이 얼마나 많겠습니까? 이곳 연옥에서는 태양이 나무와 풀을 동시에 말려버리듯이 탐욕과 낭비의 죄를 함께 정죄하고 있답니다. 그것은 두 죄가 상반된 죄이나 같은 뿌리에서 나온 것이므로, 이 두 영혼들을 서로 마주 보게 하여 자신들의 죄를 씻게 하려는 하느님의 의지가 작용한 것이지요."

베르길리우스는 스타티우스의 말을 다 듣고 나서 그가 썼던 시를 언급하며 자네의 시에서는 이교도적인 성향이 강하던데 어떻게 어떤 경로를 통해 그리스도인이 되었는지를 진지하게 물었다.

이에 스타티우스는 자신이 그리스도인이 된 것은 다름 아닌 스승님의 메시아적 예언시 때문이라고 말했다. 그는 이 대목에서 스승님의 예언시 한 구절을 암송했는데, '새로운 시대가 오리라. 그때 하늘로부터 새로운 자손이 이 땅에 내려오리라.'라는 시구였다. 이어서 그는 결과적으로 시적 영감을 준 것도 스승님이며, 자신을 하느님에게 인도하는 등불을 비춰주신 것도 역시 스승님이었으니 크나큰 은혜를 입었다고 감사의 인사를 했다.

스승님은 그의 말에 다소 어색한 표정을 지으며 그건 과찬이라고 말했다. 나는 스타티우스의 말이 잘 이해가 되지 않아 설명을 부탁했다.

"그렇다면 내 기꺼이 설명을 해주겠소. 하느님께서 예수를 이 땅에 보낸 후 베드로를 비롯한 그 제자들에 의해 참다운 신앙의 씨앗이 온 세상에 가득 퍼져나갔지요. 그때 나는 스승님께서 쓰신 예언시가 사도들의 말과 부합하는 것을 알았소. 그래서 자연히 나는 그들과 자주 만나면서 굳건한 믿음을 가지게 되었고 베드로를 좇아 예수님을 영접하게 되었다오."

그는 말을 마치고 잠시 심호흡을 했다가 세례를 받은 일과 그 이후의 행적에 대해 간단하게 언급했다. 그는 사도들의 언행일치의 가르침에 감복하여 생전에 그들을 음양으로 도와주었고, 그 과정에서 세례를 받았다. 하지만 박해의 두려움 때문에 자신의 신앙을 숨기고 이교도처럼 행세를 하며 살 수밖에 없었다고 한탄했다.

그는 결국 그 미지근한 믿음 때문에 이곳 연옥의 네 번째 둘레에서 400년을 보냈다고 덧붙였다.

자신의 얘기를 마친 스타티우스는 스승께 로마의 시인들이었던 테렌티우스[334]와 카에킬리우스[335]와 플라우투스,[336] 바리우스[337] 등이 지금 어디에 있는지를 물었다. 그들은 모두 당대의 저명한 시인들이었다. 베르길리우스가 자세하게 대답해 주었다.

"자네가 언급한 시인들 말고도 여러 시인들이 시인 중의 시인인 호메로스와 함께 림보에 있다네. 빛이 없는 그곳에는 에우리피데스,[338] 아가톤,[339] 안티폰[340] 등의 그리스 시인들도 있지. 그리고 자네 작품 『테바이스』와 『아킬레스』 속의 등장인물들인 안티고네,[341] 데이필레[342]와 그 자매인 아르게이아 등도 있다네."

그들 모두 다 내게는 전설적인 시인들이었다.

우리가 그렇게 얘기에 빠져 걷고 있는 동안에 우리는 여섯 번째 둘레로 올라갔다. 태양은 높이 떠올라 정오를 향해 가고 있었다.

아직까지 우리는 스타티우스와 동행하고 있었다. 베르길리우스는 오랜 시의 벗을 만난 듯 스타티우스와 계속 얘기꽃을 피우며 걸어갔고, 나 역시 즐거운 마음으로 귀동냥을 하며 두 대가

---

334) 로마의 대표적인 희극 시인.

335) 로마의 희극 시인.

336) 로마의 탁월한 희극 시인.

337) 아우구스투스 시대의 대표적인 시인으로, 베르길리우스의 친구.

338) 아이스킬로스, 소포클레스와 더불어 그리스의 3대 비극 시인으로 일컬어진다.

339) 그리스의 비극 시인.

340) 그리스의 철학자이자 웅변가.

341) 오이디푸스와 이오카스테 사이에서 태어난 딸.

342) 티데우스의 아내이며, 디오메데스의 어머니.

의 뒤를 따라 걸어갔다. 시와 지성의 향연이 이어지는 듯싶었으나 어느 순간 대화가 끊기며 조용해졌다.

우리는 한 그루 나무를 보았다. 그런데 그 모양이 자못 기이해서 주목을 끌었다. 나무에는 향기롭고 탐스러운 열매가 주렁주렁 매달려 있었는데, 원추형의 모양을 뒤집어놓은 모습이었다. 따라서 아래가 가늘고 위로 갈수록 굵어지는 형상을 하고 있었다. 아무도 올라갈 수 없다는 무언의 경고를 보내고 있는 것처럼 보였다.

나무는 에덴동산의 생명의 나무의 분신으로 폭식의 죄를 정화하는 상징적인 나무였다. 우리가 경외감으로 나무를 바라보며 가까이 다가가자 거기서 들려오는 소리가 있었다.

"누구든 이 나무의 열매를 따먹어서는 안 되느니라!"

식탐에 대한 경고와 훈계였다. 나무에서 나는 소리는 계속 이어졌다.

"마리아가 잔칫집에 갔을 때 맛난 음식보다 포도주가 떨어진 것을 걱정하신 것을 알고 있지 않은가. 고대 로마 여인들은 술을 마시지 않았으며, 다니엘은 육식을 금하고 채식을 하여 왕의 꿈을 해몽하는 지혜를 구했던 것을 기억하라. 또한 광야의 세례 요한은 석청과 메뚜기로 연명했음을 잊어서는 아니 될 것이다. 그들의 삶은 가난하고 소박했지만 얼마나 위대한 영혼들이었던가."

제23곡

친구 포레세와 식탐자들

    내가 목소리가 들려오는 나무의 푸른 잎사귀를 들여다보며 그 목소리의 주인공을 찾아내려고 골몰할 때였다. 이제 스승보다는 아버지처럼 느껴지는 베르길리우스의 목소리가 자애롭게 들려왔다.

    "이제 그만 가세나. 우린 갈 길이 머니 우리에게 허락된 시간을 낭비하지 말고 유효적절하게 배분해서 써야 하지 않겠나."

    그 목소리를 들은 내가 시선을 돌려보니 스승님과 스타티우스는 벌써 저만치 한 걸음 앞으로 걸어가고 있었다. 나는 얼른 생명의 나무에서 떨어져 두 분을 향해 걸음을 재촉했다. 그때 울며 노래하는 소리가 들려왔다.

"주여, 제 입술을 열어 주소서. 그러면 제 입술이 주를 찬송하여 전파하겠나이다."

시편을 암송하는 소리였다. 그 소리가 내 귀에는 마치 해산의 고통과 환희를 함께 표현하는 것처럼 들렸다. 나는 그 소리가 무슨 뜻인지를 몰라 스승께 여쭈었다.

"스승님, 이게 무슨 뜻인가요?"

"식탐으로 죄를 지은 영혼들이 자신들이 짊어진 죄를 회개하는 소리라네."

입은 먹고 마시는 기관일 뿐 아니라 하느님을 찬양하고 회개하는 수단이기도 하다. 식탐자들의 입이 쾌락에 쫓기어 타락했던 속세의 죄를 씻기 위해 하느님을 찬양하는 수단으로 바뀐 것이었다.

스승의 말이 끝나자마자 뒤쪽에서 한 무리의 영혼들이 달려와 우리를 힐끗힐끗 쳐다보며 지나쳐 갔다. 내가 그들의 말라비틀어진 몰골을 보니 하나같이 눈은 움푹 꺼져 10리나 쑥 들어가 있었고, 얼굴은 해골같이 뼈만 남아 있었다. 옛날에 배고픔을 견디지 못해 제 살을 뜯어먹었다는 에리시크톤[343]의 몰골도 이들 영혼처럼 피골이 상접한 모습은 아니었을 것이다. 이들의 모습

---

343) 테살리아의 왕 트리오파스의 아들로, 어느 날 풍년과 농업의 여신 데메테르의 숲에 있는 오래된 참나무를 도끼로 찍는 바람에 여신의 노여움을 샀다. 그리고 그 벌로 굶주림의 고통을 당하게 되자 결국 제 살을 뜯어먹다 죽었다고 전해진다.

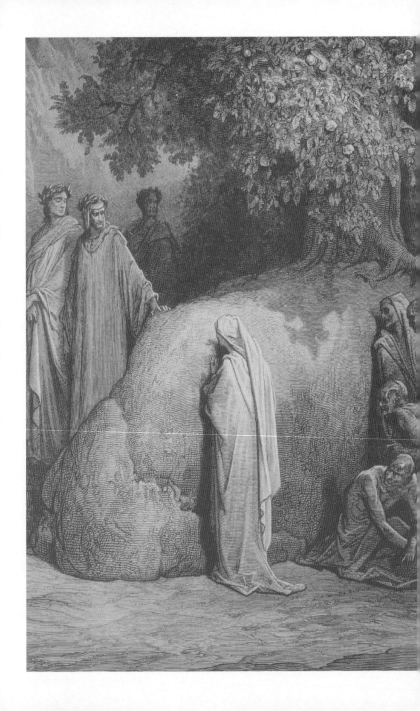

은 그만큼 처참하게 보였는데, 나는 이들의 모습에서 유대 아낙 마리아가 예루살렘이 적에게 포위되자 배가 고파 자기 자식을 먹었다는 일화가 떠올라 전율이 일었다.

그들의 눈구멍은 보석이 빠진 가락지 같아서 라틴어 O자와 같았고, 눈썹과 코는 M자와 비슷했다. 따라서 그들의 얼굴에서 OMO의 형상을 읽은 자라면, 그들이 정말 얼마나 말랐는지 금방 M자를 쉽게 알아보았을 것이다.

나는 무엇이 그들을 이렇게 말라비틀어지게 했는지 궁금했다. 그들 식탐자의 무리 중에 나를 알아보고 말을 하는 자가 있었다.

"이게 웬 은혜란 말인가?"

그는 이렇게 말하며 나를 반갑게 맞이했다. 나는 몰골만으로는 그가 누군지 알 수 없었으나 목소리를 듣고는 그가 집사람 젬마의 먼 친척인 포레세 도나티임을 알 수 있었다. 그는 일찍이 청년시절에 나와 시를 주고받은 적도 있어 비교적 나와 친숙한 사이였다.

나는 그가 나병환자처럼 흉한 모습으로 죽었을 때 눈물을 흘렸던 기억이 났다. 그 이후 더 울 날이 없을 줄 알았는데, 어떻게 이 모양으로 변했는지 안타까웠다. 그러나 그를 다시 보니 고통스러워 또다시 눈물이 날 것 같았다. 대체 무엇이 그대를 이렇게 만들었단 말인가. 포레세는 간단하게 대답했다.

"그건 다 하느님의 뜻이라네."

포레세는 여기 있는 영혼들은 모두 다 식탐과 폭식을 일삼은 탓으로 여기서 굶주림과 목마름으로 그 죄를 정화하고 있다고 말했다. 그러나 아직 그 죄를 다 씻지 못한 관계로 생명나무의 열매와 잎사귀에서 퍼지는 향기로운 냄새에서 자유롭지 못하다고 말했다. 그래서 때때로 먹고 마시고 싶은 욕망에 사로잡혀 나무 근처를 맴돌고 있다고 했다. 그는 이 과정을 위로라고 말해야 옳지만, 차라리 고통이라고 말하고 싶다면서 자기 절제의 괴로움을 드러냈다.

아울러 그는 덧붙이기를 예수님이 십자가에 매달려 우리의 죄를 대속하고 돌아가실 때 '엘리 엘리 라마 사막다니(하느님, 나의 하느님, 어찌하여 나를 버리셨나이까)?'라고 외친 것처럼 우리 영혼들도 하느님의 뜻을 받들어 이 고행을 기쁘게 수행하고 있다고 말했다.

포레세의 말을 듣고 의구심이 들어 내가 물었다.

"그런데 그대 죽은 지가 5년이 넘지 않은 것 같은데, 어떻게 여기까지 왔는가? 그 정도 기간이면 아직 저 아래에 머물러야 하는 게 아닌가?"

그러자 포레세는 자신의 아내 넬라의 헌신적인 기도로 흘린 눈물의 강이 기다림의 언덕에서 자신을 끌어당겼다고 말했다.

"내가 이곳까지 올 수 있었던 것은 아내 넬라의 기도 덕분이었다네. 정숙한 여자지. 작금의 피렌체 여자들에 비하면 넬라는 비할 데 없이 고결한 여자야. 무절제한 피렌체의 여자들의 꼴을 보게나. 매음녀나 다를 바가 없지. 이제 곧 가슴과 젖꼭지를 내 놓고 다니는 것을 교단에서 금지하게 될 것이네. 내가 알고 있는 한 피렌체의 역사에서 풍기문란으로 몸을 가리도록 한 엄격한 규율이 필요한 때는 여태껏 없었다네. 이 얼마나 수치스런 일이 란 말인가. 하늘의 재앙을 알았다면 저 수치심 없는 여인들은 벌 써 통곡하며 울부짖었을 거네."

그러면서 한바탕 아내 자랑을 늘어놓았다. 나는 그 말에 동의 하면서 넬라는 아름답고 정숙한 여자로 피렌체에서 따라갈 여 인이 없을 거라고 화답했다.

나는 얘기를 하는 동안 포레세에게 살아 있는 나를 거두어 이 곳까지 인도하고 계신 스승 베르길리우스와 죄를 씻고 천국을 눈앞에 둔 스타티우스를 소개하고 인사를 시켰다. 내가 살아 있 다는 말에 그 역시 다른 영혼들과 마찬가지로 깜짝 놀라면서 옆 에 있는 두 스승에게 예의를 갖추고 인사를 올렸다. 나는 포레세 에게 지상에서 방황하다 베르길리우스를 만나 지옥을 거쳐 이 곳까지 오게 된 경위를 자세하게 말해 주었다.

제24곡

식탐의 죄를 씻는 영혼들

나는 여섯 번째 둘레에서 포레세와 그동안 쌓인 얘기를 나누며 앞으로 올라갔다. 우리의 대화는 순풍에 돛을 단 듯이 순조로웠다. 우리보다 한 걸음 앞서 두 스승이 걷고 있었고, 우리는 뒤따르는 형국이었다. 너무나 피골이 상접해서 처참하기 짝이 없는 영혼들은 내가 살아 있는 세상 사람이라는 것을 알고는 의심의 눈초리를 보냈다. 나는 포레세에게 다시 궁금한 사연 하나를 물었다.

"자네 누나 피카르타는 수녀였지 않은가. 내 기억으로는 아마 산타클라라 수도회 소속이었던 같은데, 그녀는 지금 어디 있으며, 이곳에 있는 영혼들 중에 내가 알 만한 사람이 있으면 알려주게나."

그러자 포레세는 고개를 끄덕이며 말했다.

"자네도 알다시피 누가 봐도 누나는 재색을 겸비한 여인이었지. 거기다 수녀가 되어 하늘에 덕을 쌓았으니 갈 데가 천국밖에 더 있었겠는가. 지금 누나는 천국에서 잘 지내고 있다네."

그렇게 누나 얘기를 끝낸 포레세는 이곳에 있는 영혼들에 대해 말하기 시작했다. 그에 따르면, 이곳의 영혼들은 너무 굶주렸기 때문에 본래의 모습을 알아보기가 어렵지만, 이름을 말해 주는 건 어렵지 않다고 하면서 몇몇 영혼들을 손가락으로 가리키며 차례로 일러주었다.

"먼저 저 영혼은 루카의 시인 보나준타[344]네. 그리고 그 옆에 다른 영혼보다 심하게 여윈 영혼은 교황 마르티누스 4세[345]이고. 그는 볼세나 호수의 뱀장어와 베르나차 포도주를 정화하고 있지."

포레세는 그 밖에도 여러 영혼들을 거명했는데, 누구 하나 얼굴을 찌푸리는 자는 없었다. 나는 그중에서 지옥에선 거명되는 것을 싫어했으나 연옥에선 모두 좋아한다는 피사의 대주교 루지에리의 아버지로 지옥에서 불에 그슬린 관속에 묻혀 있던 우

---

344) 루카 태생의 법관이자 시인으로, 시칠리아 학파의 시를 토스카나 지방에 도입했다.
345) 볼세나 호수에서 잡은 뱀장어를 베르나차 백포도주에 넣어 취하게 한 다음 구워서 먹었다고 전해진다.

발디노 달라 필라와 추기경 보니파시오의 굶주리는 모습을 보았다. 그들은 너무나 굶주린 나머지 허공으로 입을 내밀어 씹고 있는 시늉을 보이고 있었다. 그다음에는 포를리의 명문가 출신으로 술을 많이 마시기로 유명했던 대음주가 메세르 마르케세도 보았다.

이들은 모두 교황, 추기경, 대주교 등으로 굶주린 양들을 먹이는 일보다 자신의 배를 채우기에 급급했던 식탐가들이거나 대식가나 대음주가들로 여기서 그 죄를 씻고 있었다.

나는 그들 중에 루카의 보나준타와 대화를 나누었다. 그는 나와 대화를 무척 나누고 싶어 했다. 그는 고통스런 몸을 뒤척이며 몹시 불편한 듯 입술을 연신 씰룩였다. 나는 그가 입을 떼자마자 그만 '젠투카!'라는 익숙한 이름을 듣고 말았다. 내가 가만히 있자 그가 물었다.

"그대가 '사랑을 잘 아는 여인들이여'라는 새로운 시를 쓴 사람이오?"

나는 순간 우쭐했으나 곧 평정심을 되찾고 대답했다.

"그렇소. 그 시구는 내가 베아트리체에게 바친 연애시 〈신생〉의 서두에 나오는 시구요. 거기서 나는 에로스가 아닌 순수한 사랑의 시형을 창조했지요. 사랑은 나눌수록 커진다는 말이 있지요. 지금까지 나는 사랑이 영감을 줄 때마다 그 영감이 속삭이는 대로 시를 써왔소. 그렇게 하다 보니 새로운 시의 세계를 창조하게 된 것이지요."

그는 나를 동료 시인으로 인정하고 나에게 피렌체 서정학파
의 감미로운 시풍에 대해 이것저것 물었으나 나는 간단하게 내
가 속했던 피렌체 신파의 시인들을 언급하는 것으로 갈음했다.
보나준타는 내 말에 만족을 했는지 일행들과 함께 사라졌다.

나는 다시 포레세와 뒤에 남아 얘기를 나누었다.

"우리가 이제 헤어지면 언제 다시 만날 수 있겠소?"

"글쎄 내가 언제 죽을지 모르지만 피렌체의 불행을 더 이상
보고 싶지가 않소. 그러니 어쩌면 생각보다 빨리 이 연옥의 해변
으로 올지도 모르지요."

나는 잠시 한숨을 내쉬며 고향 피렌체의 현실을 한탄했다. 작
금의 피렌체는 덕과 선이 사라지고 정쟁은 격화되어 백성들은
도탄의 구렁텅이에서 신음하고 있었다. 나는 이 순례를 끝내고
돌아가 살아야 할 피렌체의 미래가 걱정되어 넋두리를 했다.

내 말을 들은 포레세가 예언을 하듯 말했다.

"너무 걱정하지 마시오. 가장 많은 죄를 지은 자[346]는 결국 반
역죄를 짓고 도망가다 말에서 떨어져 붙잡히는 바람에 창에 찔
려 지옥으로 떨어질 것이오. 여기서 그만 작별을 해야겠소. 그대
와 얘기를 하다 보니 시간을 꽤 낭비했소. 이곳 연옥에선 시간

---

346) 포레세의 형제로, 겔프당 우두머리 코르소 도나티를 가리킨다.

을 잘 관리해야 단축해 정죄를 할 수 있다오."

포레세가 까마득히 멀어질 무렵, 내 귀에는 그의 예언의 말도 긴가민가해졌다.

우리가 좀 더 걸어 왼쪽 모퉁이를 돌아섰을 때 열매가 주렁주렁 매달린 두 번째 나무가 모습을 드러냈다. 나는 두 스승을 모시고 나무 밑으로 접근했다. 나무 밑에는 이미 수많은 영혼들이 모여 두 손을 벌린 채 굶주림을 호소하며 소리를 질러댔으나 나무는 매정하게 거절했다. 그러고는 첫 번째 생명의 나무에서처럼 실체가 없는 목소리가 흘러나왔다. 식탐을 경고하고 꾸짖는 소리였다.

"가까이 오지 말고 그냥 지나가라!"

우리가 그 목소리를 듣고 나무를 지나쳐 바위 사이 벼랑을 올라가고 있는데 다시 목소리가 들려왔다.

"이시온과 구름 사이에 태어난 저주받은 반인반마의 켄타우로스들이 결혼식장에서 술을 퍼마시고 신부와 다른 여인들을 납치하려 했다가 테세우스에게 죽임을 당했도다!"

이어서 세 번째의 목소리가 들려왔다.

"기드온이 미디안과 싸우기 위해 군사를 뽑을 때 얼굴을 냇가에 박고 물을 마시던 사람을 뽑지 않았던 것을 기억하라."[347]

---

347) 기드온은 손으로 물을 떠 마신 사람 300명을 뽑아 전쟁에서 승리했다.

나는 세 가지 목소리를 듣고 식탐의 형벌이 얼마나 큰 결과를 초래하는지를 깊이 깨달았다. 그렇게 깊은 생각에 몰두하던 우리는 일곱 번째 둘레의 언덕에서 천사의 책망을 듣고는 화들짝 놀랐다.

"도대체 그대들은 무슨 생각을 하고 있는가?"

나는 그렇다 쳐도 두 스승님께서도 모처럼 시를 논하느라 꽤나 정신이 없으셨던 것 같았다.

"여기 왼쪽으로 오르라. 길은 거기 있으리니, 평화를 구하는 자는 누구나 이 길을 거쳐야 하리라."

일곱 번째 둘레를 지키는 천사는 그렇게 길을 안내해 주고 날개로 바람을 일으켜 내 이마의 여섯 번째 P자를 씻어주었다. 이제 내 마음과 몸은 날아갈 듯 가벼워졌다.

그리고 천사는 우리에게 '의에 주린 자는 복이 있도다!'라는 축복을 남기고 사라졌다.

제25곡

영혼과 육체, 그리고 색욕의 죄

태양은 머리 위에 떠 막 정오를 지나가고 있었다.

나는 두 스승을 모시고 마지막 일곱 번째 둘레로 오르는 계단을 향해 걸음을 재촉했다. 길은 좁고 가팔라서 우리는 일렬로 계단을 올라갈 수밖에 없었다.

나는 여섯 번째 둘레에서 보았던 식탐의 죄를 씻고 있는 영혼들에 대하여 여전히 의구심이 남아 있어 스승님께 질문을 하고 싶었으나 공연히 귀찮게 해드리고 싶지 않아 입을 다물고 묵묵히 걸었다. 베르길리우스는 이런 내 마음을 읽었는지 말했다.

"자네의 태도는 황새 새끼가 보금자리를 떠나려고 날개를 펼쳤다가 도로 접는 것과 같구나."

나는 스승님의 말에 용기를 얻어 물었다.

"스승님, 육체도 없이 그림자뿐인 영혼들은 먹지도 않을 텐데 왜 그렇게 말라비틀어졌습니까?"

베르길리우스는 목숨을 좌우하는 힘은 음식 이외에도 있다는 이야기를 알고 있다면 자네의 의문은 쉽게 풀릴 것이라고 말하면서 멜레아그로스[348]를 예로 들었다.

"멜레아그로스가 어떻게 죽었는지 기억하면 알 수 있지 않느냐? 네가 움직일 때마다 거울 속의 네 모습도 움직이는 걸 보면 알 것이다."

내가 여전히 의구심으로 고개를 갸웃거리자 스승님은 스타티우스에게 더 상세한 설명을 해주도록 부탁했다. 왜냐하면 이 문제는 자신보다는 기독교 신자인 스타티우스가 더 잘 알고 있다고 생각한 것 같았다.

스타티우스가 본격적인 설명을 하기 전에 그는 다소 상기된 모습으로 입을 열었다. 그로서는 사후 영혼의 세계에 대해 설명을 하는 처지가 좀 우습다고 생각했던 모양이다. 어쨌거나 그는

---

348) 칼리돈의 왕 오이네우스와 알테아 왕비의 아들이다. 그가 태어났을 때 수명을 정하는 여신 클로토는 그에게 용기를 주었고, 생명의 실을 감는 여신 라케시스는 강건함을 주었다. 그리고 생명의 실을 끊는 여신 아트로피스는 나무토막 하나를 불 속에 던지며 나무토막이 다 타면 생명이 다할 것이라고 예언했다. 그 예언을 듣고 깜짝 놀란 왕비 알테아는 얼른 불을 끄고 나무토막을 꺼내 비밀스런 곳에 감춰두었다. 그런데 성장해서 두 외삼촌을 죽이게 되자 알테아는 감춰두었던 나무토막을 꺼내 불 속에 던져 넣었고, 예언대로 멜레아그로스는 나무토막이 다 타자 죽고 말았다.

아리스토텔레스의 인간생성 이론과 토마스 아퀴나스의 교리를 바탕으로 몸과 영혼의 관계를 설명을 시작했다.

"내 말을 잘 들어보게. 혈액의 흐름은 위, 간, 심장, 사지의 네 단계를 거치며 더럽고 탁한 것에서 점차 맑고 순수해진다네. 가장 맑고 순수한 피가 심장과 뇌에 영양을 공급하고, 남자의 피가 아래로 내려가 자연의 그릇인 자궁 안으로 들어가서 정자가 되지. 정결한 자궁 속에서 능동적인 힘을 가진 남자의 피와 여자의 수동적인 피가 섞여 하나로 작용을 하게 돼. 그 과정에서 인간의 육체가 만들어지고 그다음에 영혼이 스며들게 되지."

나는 호기심 어린 눈으로 비밀스런 얘기를 듣는 어린 학생처럼 스타티우스의 말에 빠져들었다. 스타티우스는 이번에는 사후 영혼이 육체로부터 이탈한 후 육체 없는 영혼이 어떻게 희로애락의 감정을 갖게 되는가를 설명했다.

"생명의 실을 물레에 감는 여신 라케시스가 물레를 돌려 실을 다 감으면 우리의 영혼은 육체의 옷을 벗게 된다네. 사후 육체에서 이탈한 영혼은 감정과 감각 같은 인간적 기능과 기억이나 이해 같은 신적인 기능인 본질만 남게 되지. 시간이 흐를수록 전자는 감퇴하나 후자는 전보다 더 왕성해지는 거야. 그런 다음에 지옥의 영혼은 아케론 강 언덕으로 가게 되고, 연옥행 영혼들은 테베레 언덕으로 가게 되는 거지. 그리고 거기서 영혼의 기체와 어울려 지상의 육체와 같은 형성 작용을 하게 된다네. 마치 비를

머금은 공기가 다른 광선들로 인하여 무지개 빛깔을 내는 것과 같은 거야. 영혼을 둘러싼 기체도 역시 그 안의 영혼의 힘이 작용하는 대로 그 모양을 드러내게 되네. 그리하여 영혼이 움직이는 대로 불꽃도 따라다니게 되지. 그래서 육체 없는 영혼들이 지상에서처럼 희로애락의 감정을 느끼게 되는 거라네. 그리고 최후의 심판 때 다시 영혼과 육체가 결합하게 되지."

스타티우스의 긴 설명이 끝나자 나는 경이로움을 느꼈다. 그의 말은 그 누구한테도 들을 수 없는 통찰력이 있었고, 전문적인 식견과 논리를 갖추고 있었다. 내가 놀라워하자 스타티우스가 덧붙였다.

"그렇게 놀랄 일은 아니라네. 햇빛과 포도즙이 어우러져 술이 되는 원리를 생각해 보게나. 비유를 하자면 햇빛은 하느님의 의지로, 포도즙은 동물성의 힘으로, 그리고 술을 인간성으로 본다면 이해하기가 쉬울 것이네."

우리가 얘기를 하며 걷는 동안 어느새 일곱 번째 둘레에 이르렀다.

여기서는 색욕의 죄를 씻는 영혼들이 있는 곳이었다. 우리는 그곳에서 수직으로 치솟은 절벽의 안쪽에서 밖으로 내쏘는 불꽃의 화염을 보았다. 그때 길의 가장자리에 있던 천사가 바람을 일으켜 불꽃을 되돌려 아주 비좁은 길을 열어주었다. 우리는 불길과 벼랑 사이에 갇힌 꼴이 되어 아슬아슬하게 맨 가장자리를 따라 걸을 수밖에 없었다. 베르길리우스는 내가 걱정이 되었는지 연신 조심하라며 주의를 주었다.

그리고 나는 맹렬한 화염 속에서 '지극한 자비의 주여'라는 찬양 소리를 들었다. 화염 속에서 색욕의 죄를 씻은 영혼들이 부르는 노래였다. 노래가 끝나자 들리는 소리가 있었다.

"나는 사내를 알지 못합니다."

이 말은 동정녀 마리아가 가브리엘 천사의 예언을 듣고 한 말이었다. 가브리엘 천사가 '이제 잉태하여 아들을 낳을 것이니 그 이름을 예수라 하라'고 한 예언에 대한 반응이었다. 어떻게 처녀의 몸으로 아들을 낳을 수 있느냐는 반박이었다. 그 말을 듣고 화염 불길 속의 영혼들은 목소리 합쳐 성 처녀 마리아의 순결을 찬미했다. 노래가 끝나자 다시 두 번째 들려오는 소리가 있었다.

"디아나[349]가 비너스의 색욕에 감염된 헬리케[350]를 쫓아냈도다."

나는 다시 화염 불길 속에서 디아나의 순결을 찬미하는 노래를 들을 수 있었다. 그다음에는 순결을 소중히 여겨 정절을 지킨 여인들과 덕을 소중하게 지키며 결혼생활을 한 남편들을 칭송하고 있었다. 그들은 그렇게 자신들이 지은 일곱 번째 색욕의 죄를 씻고 있었다.

---

349) 그리스 신화의 아르테미스. 달의 여신이자 사냥의 여신으로 순결의 상징.

350) 아르카디아의 왕 리카온의 딸로, 제우스에게 욕을 당하고 아들을 낳았지만, 디아나에게 쫓겨나서 곰이 되었다.

제26곡

동성연애자들의 영혼

어느덧 태양은 기울어 일몰까지는 한두 시간이 남아 있었다.

나는 그때까지 두 스승을 모시고 일곱 번째 둘레를 걸어가며 불꽃 속에서 색욕의 죄를 정화하고 있는 영혼들의 모습을 보고 있었다. 가는 도중 베르길리우스가 거듭 내게 주의를 주었다.

"눈을 똑바로 뜨고 내가 깨우쳐 준 바를 잊지 말게나."

스승님은 내가 벼랑으로 떨어질까 염려해서라기보다 혹여 눈으로라도 색욕의 죄를 범할까 봐 걱정되었던 것이다. 스승님이 보기에 나는 아직도 불안정한 영혼이었던 모양이다. 아무튼 한참을 그렇게 걸어가고 있을 때 한 영혼이 다가와 나에게 걸음을 멈추고 대화를 요청했다.

"남들보다 느린 탓이 아니라 정녕 그들을 공경하여 뒤에서 따라가는 그대여, 잠시 걸음을 멈추고 목마름과 불길 속에서 죄를 씻고 있는 내게 대답해 주시오. 그대는 누구기에 태양을 막아설 수 있단 말이오."

아마 지금까지 그랬던 것처럼 내가 이 세상의 육체 그대로 연옥에 와 있으니 그들의 주목을 끌었던 모양이다. 그들은 영혼의 목마름을 느끼고 있었다. 그 옛날 예수를 만난 사마리아 여인처럼 영혼의 갈증을 느끼자마자 내게 질문을 했던 것이다. 지옥의 영혼들과 연옥의 영혼들이 느끼는 갈증은 다르다. 전자는 육적 갈증이고 후자는 진리를 향한 영적 갈증이기 때문이다.

내가 한 영혼의 질문을 받고 얘기를 시작하려는데, 반대쪽에서 한 무리의 영혼들이 다가왔다. 나는 그들을 보느라 우두커니 서 있었다. 내가 뭐라 입을 떼기도 전에, 불길이 타오르는 길 양쪽에서 두 영혼의 무리가 마주오더니 간단히 인사를 나누고 헤어지면서 소리 높여 외쳤다.

"소돔과 고모라여!"

그러자 다른 한 무리들의 영혼들이 외쳤다.

"파시파에[351)가 암소 속으로 들어가서는 그것을 꾀어 제 욕망을 채워버렸다네!"

그렇게 소리를 외치고 두 무리는 각기 서로의 길을 갔다.

나는 주위가 조용해질 때를 기다려 내게 대화를 요청했던 영혼에게 내 순례의 여정을 말하고 두 무리의 영혼들이 누군지를 물었다.

그는 동성애자들이 "소돔과 고모라!"[352]를 외치고 갔고, 자신이 속한 무리가 이성간의 사음의 죄를 지은 짐승 같은 자들에게 "파시파에……!"를 외쳤다고 설명했다.

우리는 이성애자들이 있는 곳에 있었다. 내가 지옥에서 보았던 색욕의 죄를 지은 자들은 사막에서 불비를 맞는 고통뿐이었으나 연옥의 그들은 같은 죄를 지었지만 눈물로써 참회하고 계속 찬미의 노래를 부르고 있었다.

나는 비로소 말문을 열었다.

"여러분들이 짐작하고 계시듯이 나는 그림자가 아니라 저 세상의 육체를 그대로 갖고 이곳에 왔다오. 내가 죽고 사는 것은 하느님의 뜻일 테지만 영적인 무지몽매에서 벗어나 저 위의 성모 마리아의 은혜로 이 순례의 길을 가고 있지요."

나는 연옥 순례의 목적을 말하고 기록으로 남기기 위하여 그

---

351) 파시파에는 크레타 섬의 왕 미노스의 왕비로, 포세이돈이 제물로 받칠 황소를 미노스에게 보냈는데 미노스는 그 황소가 너무 잘생겨 제물로 바치지 않았다. 이에 분노한 포세이돈이 왕비 파시파에가 황소에게 색정을 품도록 만들었다. 색정을 못 이긴 왕비는 목수 다이달로스에게 부탁하여 나무로 암소를 만들게 했다. 파시파에가 그 속에 들어가 황소와 관계를 맺고 반인반수의 괴물 미노타우로스를 낳았다. 이후 파시파에는 색정에 눈이 먼 여성의 상징으로 회자되고 있다.

352) 소돔과 고모라는 극도로 성이 문란했던 도시로, 특히 남자 동성애자들이 들끓었는데 하느님께서 불과 유황의 비를 내려 두 도시를 멸망시켰다.

들 자신의 얘기를 해줄 것과 지금 그들의 등 뒤로 지나간 한 무리의 영혼이 누구인지를 물었다.

내 말을 들은 이성애자의 무리들은 마치 두메산골에 살던 사람이 화려한 도시에 나와 어리둥절해하는 모습처럼 보였다. 내게 말을 걸었던 영혼이 나서며 말했다.

"그대는 참으로 복 받은 자로다. 산 자의 육신으로 영혼의 세계를 순례하는 은총을 입었으니 말이오. 우리 연옥에 있는 영혼들은 훌륭한 죽음을 죽고자 하는 자들이라오. 누구나 죽지만 죽음이 내포하는 의미는 천차만별이지요. 개죽음이 있는가 하면 예수의 죽음과 같은 성스럽고 고귀한 죽음도 있는 법이라오. 그리고 우리 뒤로 엇갈려 지나간 자들은 동성애자들이지요. 그 옛날 카이사르가 갈리아 전쟁에서 승리한 후 돌아올 때 병사들로부터 '왕비 레기나'라고 불리며 조롱당했던[353] 것과 같은 죄를 범했던 자들이라오. 그래서 그들은 자책하는 뜻에서 "소돔과 고모라!"를 외쳤던 것이라오. 그렇게 함으로써 그들은 타오르는 불길 속에서 동성애의 죄를 씻고 있는 것이지요."

그리고 나에게 자기 무리의 죄를 말할 수는 있어도 이름을 말할 수는 없으나 자기는 한때 이탈리아 최고 시인으로 이름을 날

---

353) 카이사르는 비티니아의 왕 니코메데스와 관계를 가졌다는 소문이 돌아 병사들이 놀렸다고 한다.

렸던 구이도 구이니첼리이며, 죽기 전에 회개한 덕분에 이곳에서 정죄하고 있다고 말했다.

나는 그가 위대했던 구이도임을 알고는 너무나 반가운 나머지 나도 모르게 불길 속으로 다가갔다가 화들짝 놀라 멈춰 섰다. 불길의 열기가 너무 뜨거웠던 것이다. 나는 불길 때문에 더 가까이 가지 못하고 생각에 잠긴 채 걸어갔다. 그때 구이도가 다시 말했다.

"그대가 지금까지 내게 보여준 모습은 충분히 인상적이었소. 아마 죄의 기억을 지워주는 레테 강도 지우지 못할 것이오. 그런데 무슨 연유로 내게 그렇게 애정을 보여주는지 궁금하군요."

내가 즉각 대답했다.

"다른 연유가 뭐 있겠소. 다 그대의 달콤한 시 때문이지요. 그대는 시에 방언을 구사함으로써 새로운 영역을 개척했소. 그 공로 하나만으로도 그대는 시사에 영원히 기억될 거요."

구이도는 내 말이 끝나자 손가락으로 앞서 가던 영혼들 중에 하나를 가리키며 말했다.

"내 손가락으로 그대에게 가리켜 보이는 저 영혼은 진정한 모국어의 장인이었소. 그는 나보다 먼저 프로방스 방언을 시 속에 끌어들인 위대한 시인 아르날도[354]라오. 시든 산문이든 그의 재

---

354) 아르날로 다니엘로. 1180~1210년대에 활동한 음유시인이다.

능은 최고였지만 세상의 평판 따위에는 귀를 기울이지 않았다오. 그래서 지금도 세상의 평판에만 귀를 기울이는 허접한 자들은 그를 폄훼하고 있지요. 참으로 어리석은 자들이지요."

구이도는 시론을 마치고 내게 천국에 가거든 부디 나와 연옥에 있는 영혼들을 위해 '우리를 시험에 들게 마옵시고'를 뺀 나머지 주기도문을 외워 달라고 주문했다. 그렇게 해준다면 큰 힘이 될 것이라고 말해 나는 그러마고 약속하고 아르날도에게로 몸을 돌려 가까이 다가가 말했다.

"그대 위대했던 시인이여, 내 그대의 잃어버린 명예를 회복하기 위해 온 힘을 다할 테니 기다려주시오."

아르날도는 내 말에 고마움을 표시하며 자신은 지금 과거의 어리석음을 회개하고 미래를 생각하며 기뻐하고 있다고 말했다. 그리고 하느님의 권능에 의지해 기도를 부탁했다. 나는 특별히 아르날도의 만남을 프로방스 방언으로 기록하겠다고 약속했다. 그리고 나는 아르날도를 보면서 나의 오늘은 다른 사람의 기도 덕분임을 절감했다. 아울러 남에게 기도를 부탁하는 사람은 약한 사람이 아니라 진정으로 기도의 능력을 아는 사람이라는 사실을 깨달았다.

제27곡

베르길리우스의 충고

어느덧 해가 질 저녁 무렵이었다.

일곱 번째 둘레의 타오르는 불길 바깥 비탈 위에서 우리를 인도해 줄 순결의 천사가 노래를 하고 있었다.

"마음이 청결한 자는 복이 있도다!"

우리 일행이 목소리를 따라 가까이 다가서자 천사가 말했다.

"성스럽고 고귀한 영혼들이여, 그대들은 이제 천국으로 가는 마지막 관문인 화염의 불꽃 속을 통과해야 합니다."

나는 그 말을 듣는 순간, 공포에 질려 무덤 구멍에 거꾸로 처박힌 심정이 되었다. 불길 속을 들여다본 나는 언젠가 피렌체에서 보았던 화형식 장면이 떠올랐다. 장작더미 위에서 몸뚱어리가 불길에 타오르던 끔찍한 장면이었다.

베르길리우스는 공포에 빠진 나를 안심시키며 설득했다.

"자네는 두려워할 필요가 없네. 그리스도인은 사후 그리스도의 심판대 앞에 서서 몸으로 행한 것은 그대로 따라 받으나 영원한 형벌인 죽음은 받지 않는다네. 생각해 보게나. 자네가 지옥으로 내려갈 때 게리온을 타고도 무사했거늘, 하물며 하느님께 가까워진 지금 무서워할 것이 뭐 있겠는가. 내 장담하건대 저 화염 불꽃 속에 천 년을 있을지라도 머리털 하나도 타지 않을 것이네."

나는 스승님의 말에 순종해야 했으나 그대로 서 있었다.

그러자 베르길리우스는 베아트리체의 이름을 언급하며 어서 불길 속으로 뛰어들라고 재촉했다.

나는 그 말을 듣고 바빌론 청년 피라모스와 티스베의 전설[355]을 생각했다. 다 죽어가던 피라모스가 티스베의 이름을 듣고 마지막까지 그녀를 바라보았던 것처럼, 나는 베아트리체의 이름을 듣는 순간 갑자기 용기가 나서 불길 속으로 뛰어들 결심이 섰다. 먼저 불길 속으로 뛰어든 스승님은 스타티우스에게 들어오라고

---

355) 오비디우스의 『변신』에 나오는 사랑 이야기로, 양쪽 부모의 반대로 몰래 만나던 이들은 밀회 장소인 동굴에서 티스베의 베일이 암사자한테 갈기갈기 찢어진 것을 보고 피라모스가 자결을 한다. 이 광경을 목격한 티스베가 죽어가는 피라모스에게 자기 이름을 말하자, 피라모스가 눈을 떠서 보고 난 뒤 죽는다. 티스베도 따라서 자결하는데, 그 핏물이 뽕나무에 튀어 오디가 빨갛게 되었다고 한다.

말하자 스타티우스가 뛰어들었다. 나 역시 맨 마지막으로 뛰어들었는데, 얼마나 뜨거운지 몸을 식히기 위해서라면 끓는 유리 속이라도 뛰어들고 싶은 심정이었다.

내가 불길을 통과하는 도중에 저쪽에서 노랫소리가 들렸다. 불길에서 빠져나오자 우리를 환영하는 말이 들렸다.

"내 아버지께 복 받은 자들이여, 처음부터 그대를 위해 준비된 나라를 받으라."

나는 그 말을 듣고 고개를 들었으나 눈이 부셔서 아무것도 볼 수 없었다. 다만 내 이마 위에서 마지막 일곱 번째 색욕의 죄 P자가 씻겨나가는 것을 느꼈다.

천사는 우리에게 어두워지기 전에 계단을 오르라고 말했다. 내 그림자가 사라진 것을 알고는 비로소 해가 진 것을 알았다. 곧이어 어두워지고 우리는 더 이상 오르지 못하고 발걸음을 멈출 수밖에 없었다. 밤이 되어 지평선과 어둠의 경계가 사라져 세상이 하나로 되기 전에 우리는 각자 자기가 서 있는 계단을 침대 삼아 잠이 들었다. 두 스승은 목자 같았고, 나는 그 목자의 보살핌을 받는 어린 양 같았다.

나는 별을 보며 묵상에 잠겼다 잠이 들었고, 새벽에 예언적 꿈을 꾸었다. 꿈에 창세기에 나오는 젊고 아름다운 자매 레아[356]와

---

356) 라반의 큰딸로 동생 라헬과 함께 야곱의 아내가 되었다.

라헬이 보였다. 두 자매는 하느님을 대하는 태도가 상반되었는데, 레아는 외향적이었고 라헬은 내성적이었다. 레아는 직접 꽃을 꺾어 목걸이를 만들어 예쁘게 치장하고 하느님 앞으로 나아갔고, 라헬은 종일 방 안에서 영혼의 거울이신 하느님께 자신을 비춰보고 하느님의 무한한 사랑과 자비심을 묵상하며 기뻐했다.

새벽에 동이 트자 일어나 보니 두 스승이 먼저 일어나 있었다. 베르길리우스가 말했다.

"세상 사람들이 애써 그토록 많은 가지를 더듬어 찾던 그 달콤한 열매가 오늘 자네의 갈증을 가시게 해줄 것이네."

스승님의 말씀인즉 많은 가지들은 우여곡절을 걷는 인생 역정이고 달콤한 열매란 참된 행복일 것이었다. 나는 그 말씀을 듣고 너무 좋아 걸음마다 날개가 돋아나서 마치 날아가는 것만 같았다. 마지막 계단을 올라갔을 때 베르길리우스가 나에게 말했다.

"자네는 연옥과 지옥의 불을 다 보았네. 내가 자네를 인도할 수 있는 것은 여기까지야. 내 이성적 능력이 자네를 인도하는 것은 여기까지이고, 그 이상은 다른 분이 이끌어줄 것이네. 험하고 좁은 길을 벗어났으니 이제부터 자네 의지를 길잡이 삼아 가면 될 것이라네. 자네가 길을 잃고 방황할 때 자네 곁에 나를 오게 하느라 눈물 흘리던 베아트리체가 오기까지 자네는 여기서 머물면 될 거야. 이제 다시는 내 눈치나 말을 기다리지 말고 자네 의지대로 행동하게나. 완전한 정죄가 이루어진 지금 자네의 판단은 바르고 온전하다네. 그러므로 나는 이제 자네 머리 위에 지상의 왕권과 천상의 성스러운 관을 씌워 주겠네. 이제 자유자재의 경지에 올랐으니 내 도움은 필요 없이도 능히 갈 수 있다네."

제28곡

(장식)

낙원의 여인 마텔다

　새로 밝은 날의 햇살은 눈부셨다. 낙원의 아침, 나는 하느님의 숲을 알고 싶어 들판으로 나갔다. 흙은 향기로웠고 바람은 훈훈했다. 어린 새들은 나뭇가지 위에서 재롱을 부리며 노래를 불렀다. 나뭇잎 사이에서 바람을 쐬고 있노라니 푸른 잎사귀들도 새들의 노래에 장단을 맞추는 살랑살랑 움직이는 듯했다. 마치 바람의 신 아이올로스가 시로코를 놓아 보낼 때 키아시[357] 해변의 소나무 숲에서 가지와 가지가 서로 어울려 노래하는 것과 같았다.

---

357) 라벤나 근처 해변의 항구로, 소나무가 무성하다.

나는 지금까지와는 다르게 산책하듯 느린 걸음으로 걸어 오래 묵은 수풀 속으로 들어갔다. 무서운 지옥을 지나 연옥에서 정죄를 마치고 마침내 낙원의 숲을 즐겁게 거닐게 되었던 것이다. 그때 길을 막는 작은 시냇물을 보았다. 내 발걸음으로 세 걸음 정도의 폭을 가진 시냇물이었다. 그리고 시냇물 건너편에 내가 꿈에서 보았던 레아의 현신인 마텔다가 꽃을 꺾으며 노래를 부르고 있었다.

"아, 사랑의 햇볕을 쬐는 아름다운 여인이여, 얼굴은 마음의 거울이니 내 믿음이 그대 마음에 가 닿을 수 있기를! 바라노니 시냇물 이쪽으로 다가와 내 그대의 노랫소리를 들을 수 있게 해 주시기를 간청합니다. 그대를 보니 그 옛날 어미와 꽃을 꺾던 페르세포네[358]가 생각이 나는군요."

나는 눈앞에 나타난 여인이 마치 아름답기로 손꼽히는 페르세포네처럼 느껴졌다.

그녀는 두 발을 모아 뱅그르르 돌면서 춤추듯이 다가왔다. 그러나 시냇물은 여전히 우리를 세 걸음 정도 떼어놓고 있었다. 일찍이 홍해는 모세를 위해 갈라져 길을 내주었건만 이 시냇물

---

358) 제우스와 데메테르 사이에 태어난 딸. 페르세포네는 들에서 꽃을 꺾다가 지하의 마왕 플루토에게 납치되었는데, 비탄에 빠진 데메테르가 초목을 말라죽게 만들자, 제우스가 플루토에게 거울 동안만 데리고 있도록 했다. 페르세포네가 어머니에게로 돌아오는 시기가 바로 따뜻한 봄의 시작이다.

은 그렇질 못하니 원망스러울 수밖에 없었다. 그러자 그녀가 말했다.

"이곳에 처음 오신 그대들은 아마도 내가 이곳에서 웃는 것을 보고 의아해할 것입니다. 하지만 '당신이 나를 기쁘게 하셨나이다'라는 다윗왕의 성스러운 시가 빛을 밝혀 그대 지성의 안개를 걷히게 할 것이니 궁금한 것이 있거든 무엇이든지 물어보십시오."

나는 이곳에서도 자연의 변화가 일어나는지에 대해 물었다. 스타티우스는 나에게 연옥에서는 자연의 변화가 전혀 영향을 끼치지 않는다고 일러준 바 있었다. 그런데 나는 이곳에서 물과 바람과 수풀의 움직임 같은 기상의 변화를 보았던 것이다.

낙원의 여인은 여전히 웃음을 머금은 채 말했다.

"그대의 의문을 풀어 드리죠. 하느님께서 흙으로 아담을 만드실 때 선한 마음을 불어넣었고, 평화와 행복을 지키며 살도록 이곳에 지상 낙원을 마련해 주었답니다. 그러나 아담과 하와는 선악과를 따먹고 낙원에서 추방되었지요. 추방된 인간들은 소란을 일으키고 그 바람이 이곳까지 요동치게 만들자 하느님은 연옥의 산을 높이 쌓아올려 그 바람이 범접하지 못하게 했지요. 그렇기 때문에 연옥의 문 안에서는 지상의 자연의 변화 같은 현상은 일어나지 않습니다. 하지만 대기는 원동천의 회전에 따라 동쪽에서 서쪽으로 이동하기 때문에 바람이 만들어지는 것이지요. 그리고 그 바람은 수풀에 부딪혀 자연의 노래를 들려주게 된답니다."

나는 그녀의 말을 듣고 바람이 일어나는 현상은 이해했으나 또 다른 의문이 생겼다.

"그렇다면 수풀은 어떻게 자랄 수 있나요?"

"그대도 알다시피 지상에서는 기름진 땅과 알맞은 날씨에 의해 식물들이 자라게 되지요. 하지만 여기서는 씨를 뿌리지 않아도 수풀이 자란답니다. 이상하게 생각할 것 없습니다. 이곳의 대지는 온갖 씨앗을 품고 있다가 필요하면 싹을 틔워 자라게 하는 것이 자연스런 일이랍니다."

낙원의 여인인 마텔다는 계속해서 시냇물에 대해서도 설명을 했다. 지상에서처럼 비가 내려 시냇물이 생겨나는 것이 아니라 영원한 샘에서 발원해 두 갈래의 물줄기를 이루는데, 하나는 죄의 기억을 지우는 레테 시냇물이 되고, 다른 하나는 모든 선행의 기억을 새롭게 해주는 에우노에[359] 시냇물이라고 일러주었다. 그러고는 먼저 레테 시냇물을 마시고, 그다음에 에우노에 시냇물을 마셔야 효과를 볼 수 있으며, 그 맛은 모든 맛보다 뛰어나다고 말했다.

그런 다음 마지막으로 한 가지 얘기를 덧붙였다.

---

359) 단테가 기억을 뜻하는 그리스어 에우노스를 활용해서 지어낸 이름이다.

"파르나소스는 아테네 북쪽에 있는 산으로 여기서 아폴로와 뮤즈들이 시와 노래를 읊었지요. 그 옛날 황금시대의 행복한 시절을 노래하던 사람들이 꿈꾸었던 산이 여기 지상 낙원이었을 겁니다. 아담과 하와가 아직 아무런 죄도 짓지 않았던 시절 동산에는 온갖 과일이 주렁주렁 열려 향기를 풍기며 익어가고 있었지요. 사철 봄날인 그곳에서 신들은 넥타르[360]라는 음료를 마시며 즐겼는데, 그게 동산의 과일로 만든 것이었답니다."

나는 그녀의 말을 듣고 뒤를 돌아다보니 두 스승이 웃으며 마텔다의 얘기를 듣고 있는 것이 보였다.

---

360) 신들의 음료.

제29곡

황금 촛대의 위용

"그 죄의 허물을 벗은 자는 복이 있도다."

마텔다는 말을 마치고 노래를 부르며 레테 시냇물을 거슬러 올라갔다. 나 역시 시냇물을 사이에 두고 맞은편에서 그녀를 따라 보조를 맞추며 걸었다. 얼마 못 가서 시냇물이 굽이쳐 흐르는 곳에 이르자 마텔다가 나를 보고 말했다.

"형제여, 자세히 보고 들으라."

그 순간 허공에서 한 줄기 빛이 번쩍였다. 그리고는 그 빛이 사방으로 퍼지며 광휘를 내뿜었다. 나는 어리둥절해서 '이게 뭐지?' 하는 생각이 들었다. 이어 나는 혼잣말로 중얼거리며 수풀을 바라보다가 어디선가 들려오는 간드러진 노랫소리를 들었다.

나는 그 노랫소리를 듣고 순간 하와의 불순종에 대한 분노가 이는 것을 느꼈다. 나는 왠지 모르지만 하느님의 계율을 어기고 금단의 선악과를 따먹는 바람에 추방된 아담과 하와를 떠올렸던 것이다.

나는 마텔다의 뒤를 따라 걸어갔다. 얼마 지나지 않아 숲 아래 부분이 환하게 빛을 발하는 가운데 아름다운 노랫소리가 들려왔다. 시의 여신들이었다. 나는 지상 낙원의 아름다운 정경을 보고 시의 여신 뮤즈들에게 영감을 내려주기를 부탁했다.

그때 걸음을 옮기던 내 눈에 황금으로 된 일곱 그루의 나무가 보였다. 하지만 마텔다를 따라 가까이 다가가서 보니 그것은 일곱 개의 황금 촛대에서 나오는 빛이었다. 그리고 조금 전에 들었던 노랫소리는 다름 아니라 이들을 찬양하는 '호산나!'라는 찬양이었다. 나는 그 눈부신 황금 촛대의 아름다움에 놀라 입을 다물지 못했다.

마텔다는 그 의미를 설명했다. 그녀에 따르면, 황금 촛대는 성령의 일곱 은사를 상징하고, 그것들은 각각 지혜, 이해, 변호, 강건, 지식, 경건, 경외를 가리켰다. 황금 촛대의 빛은 청명한 밤중의 달보다도 더 휘영청 밝았다. 나는 너무나 감탄한 나머지 뒤를 돌아 베르길리우스를 바라보았으나 스승님 역시 놀란 모양이었다.

그 뒤를 이어, 황금 촛대의 인도를 받아 스물네 명의 장로가

둘씩 짝을 지어 흰옷을 입고 머리에 백합 화관을 쓴 채 성모 마리아를 찬양하는 노래를 부르며 따라오고 있었다. 그들이 입은 옷은 티 한 점 없이 하얘서 눈이 부셨다.

나는 시냇물을 사이에 두고 황금 촛대의 행렬과 마주하게 되었을 때 비로소 눈을 크게 뜨고 바라보았다. 촛대에서 나오는 빛이 그들이 움직일 때마다 긴 빛의 띠를 이루며 일렁였다. 그리고 한참을 지나서 그 뒤로 흰옷을 입고 신앙을 상징하는 백합 화관을 쓴 장로들이 짝을 지어 걸으며 노래를 부르고 있었다.

"여인 중에 복되신 마리아여, 기뻐하소서. 주님께서 함께 하시니 태중의 아드님 또한 은총을 받을 것입니다."[361]

그렇게 마리아를 찬미하며 지나가자 그 뒤에는 여섯 개의 날개가 달린 네 마리의 짐승, 즉 사자, 황소, 사람, 독수리가 초록색 이파리로 만든 관을 쓰고 따라오고 있었다.[362]

그리고 가만히 살펴보니 네 마리 짐승 사이로 바퀴 달린 수레가 자리를 잡고 있었다. 그 수레는 상반신은 독수리요, 하반신은 사자인 그리프스가 끌고 있었다.[363]

---

361) 이 말은 원래 수태고지를 알려준 가브리엘 대천사가 마리아에게 했던 인사말로, 구약의 예언자인 장로들이 마리아를 축복하며 그 아름다움을 찬양하고 있다.

362) 이는 마태, 마가, 누가, 요한의 네 복음서를 상징한다.

363) 수레는 교회를 상징하고, 두 바퀴는 구약과 신약을 상징하며, 수레를 끄는 그리프스는 신성과 인성을 동시에 갖추고 계신 그리스도를 상징한다.

그런데 그 수레가 얼마나 화려하고 장엄한지 역사상 어느 장군이나 군왕도 이 같은 수레는 타보지 못했을 것이라는 생각이 들었다. 제우스가 불태워버린 태양의 수레도 이에 미치지는 못했을 것이다.

수레의 오른쪽에는 세 숙녀[364]가 춤을 추며 걸어가고 있었고, 왼쪽에는 네 귀부인[365]이 역시 춤을 추며 오고 있었는데, 그들 중 눈이 셋 달린 여인[366]이 노래를 선창하면 나머지 여인들이 그 노랫소리에 맞춰 춤을 추었다.

그렇게 수레 양편으로 일곱 여인이 지나가고 그 뒤를 이어 두 노인[367]이 따라가고 있었다. 그중 한 노인은 그 위대한 히포크라테스의 가족처럼 보였고, 다른 노인은 투구를 쓰고 손에 무서우리만치 날카롭고 눈부신 칼을 들고 있었다. 다음에는 허름한 옷차림의 네 노인[368]이 뒤따르고 마지막으로 한 노인[369]이 조는 듯 묵상을 하며 따라갔다. 이들 일곱 노인들은 앞서 지나갔던 스물네 명의 장로들처럼 흰옷을 입고 있었지만, 머리에는 백합 화관

---

364) 믿음, 소망, 사랑을 상징한다.

365) 이들 여인들은 각기 지혜, 정의, 절제, 용기를 상징한다.

366) 지혜의 여신으로, 세 개의 눈으로 과거와 현재와 미래를 내다보며, 이 능력을 모든 덕행의 근본으로 보았다.

367) 히포크라테스의 가족처럼 보이는 노인은 의사이자 사도행전의 저자였던 누가를 상징하고, 투구를 쓰고 손에 날카로운 칼을 든 노인은 바울을 상징한다.

368) 그들은 각기 베드로서, 야고보서, 요한서, 유다서를 쓴 사도들을 상징한다.

369) 요한계시록을 쓴 요한을 상징한다.

대신 붉은 장미 화관을 쓰고 있어 멀리서 보았다면 아마 머리가 불타고 있는 것처럼 보였을 것이다.

황금 촛대에 의해 인도되던 수레가 내가 있는 맞은편 어느 지점에 이르자 뇌성벽력이 들리고 행진은 멈추었다.

제30곡

베아트리체의 준엄한 질책

아름답고 장엄한 행렬이 멈추자 스물네 명의 장로들이 일제히 수레 쪽으로 몸을 돌렸다. 아랫녘 하늘의 북두칠성이 언제나 사공으로 하여금 포구로 인도하듯이 하늘의 일곱 성좌[370] 역시 누구에게나 제 할 일을 하게 해주는 지침이었다.

그때 그들 중에 한 장로가 나서더니 하늘에서 무슨 계시를 받은 것처럼 외쳤다.

"나의 신부야, 어서 레바논에서 이리로 오라."

---

[370] 일곱 성좌는 행렬을 인도한 일곱 개의 황금 촛대를 가리키며, 동시에 성령의 일곱 은사를 가리킨다.

이렇게 세 번을 반복해서 외치자 나머지 장로들도 응답해 그 소리를 따라 외쳤다.

그러자 마치 최후의 심판의 날에 나팔소리가 울릴 때 다시 얻은 육체의 목소리로 할렐루야를 노래하며 모두들 무덤에서 일어나듯이 100명이 넘는 천사들이 '오시는 이여, 복되도다!'라고 소리쳤다. 이는 마치 예수님이 나귀를 타고 예루살렘에 입성하실 때 백성들이 에워싸고 '호산나, 다윗의 자손이여. 찬송하리로다!'를 외치며 환영하는 모습과 같았다. 이어 천사들이 꽃으로 된 비를 뿌려 하느님의 수레와 행렬을 장식했다.

그 꽃비를 뚫고 새하얀 베일로 얼굴을 가리고 초록색 저고리에 타오르는 빨간 치마를 입은 여인[371]이 나타났다. 아, 그녀는 내가 꿈에서조차 잊지 못하던 베아트리체였다.

나는 그녀의 모습을 보고 전율하며 스승님께 하소연하듯 말했다.

"스승님, 제게 지금 떨리지 않는 피는 한 방울도 없습니다. 그 옛날 사랑의 불꽃이 되살아난 듯싶습니다."

나는 말을 마치며 베르길리우스를 향해 돌아섰는데, 이미 그는 보이지 않았다. 나는 그때서야 작별의 인사조차 없이 스승님이 떠나신 것을 알고는 몸서리치는 슬픔에 젖어 하염없이 눈물

---

371) 그녀의 옷차림은 믿음, 소망, 사랑을 의미한다.

을 흘렸다. 베르길리우스는 내게 스승을 넘어선 스승이었으며, 아버지였고 절망의 구렁텅이에서 나를 구해 여기까지 우여곡절을 함께 겪으며 인도한 목자였다. 나는 그 슬픔에 몸이 무너지고 넋이 빠져 망연자실 눈물만 떨어뜨리고 있을 뿐이었다. 그때 한 소리가 들려왔다.

"단테여, 베르길리우스가 갔다 하여 울지 마요. 아직 울 때가 아닙니다. 다른 칼 때문에 울어야 한답니다."

베아트리체는 내게 정말로 울어야 할 일은 따로 있다고 뱃전에서 병사들을 지휘하는 장수처럼 말했다. 그 말은 마치 내 자신의 죄에 대한 준엄한 심판의 눈물을 먼저 보이라는 것처럼 들렸다.

그녀는 시냇물 건너편 눈부시게 빛나는 수레의 왼쪽 끝에서 하얀 베일로 얼굴을 반쯤 가린 채 머리에는 올리브 잎사귀로 만든 관을 쓰고 있었다. 그 바람에 얼굴을 자세히 볼 수 없었다. 다시 그녀의 준엄한 질책이 이어졌다.

"나를 잘 보아요. 진정 나는 베아트리체입니다. 그대 어찌 감히 이곳에 왔습니까? 행복한 사람만이 이 산에 사는 줄 몰랐던 건가요?"

나는 그 말을 듣고 부끄러워 고개를 들지 못한 채 수풀 속으로 눈길을 돌려 외면했다. 그녀의 책망은 자애로운 어머니의 음성이었으나 내게는 왠지 심한 열패감이 느껴져 쓸쓸해졌다. 그녀의 말이 끝나자 천사들의 노랫소리가 들려왔다.

"여호와여, 내가 주께 피하오니 나를 영원히 부끄럽게 하지 마시고 주의 공의로 나를 건지소서. 내게 귀를 기울여 속히 건지시고 내게 견고한 바위와 구원하는 산성이 되어 주소서. 주는 나의 반석과 산성이시니 나를 인도하시고 지도하소서……. 내가 주의 인자하심을 기뻐하며 즐거워 할 것은 주께서 나의 고난을 보시고 환난 중에 있는 내 영혼을 아셨으며, 나를 원수의 수중에 가두지 아니하셨고……."

천사들은 여기까지 노래를 부르고는 멈추었다. 천사들의 노랫소리는 나를 위로하는 것 같았다. 나는 쏟아지는 탄식과 눈물을 주체할 수 없었다. 그리고는 칼에 찔린 듯 참회의 눈물을 흘렸다.

그때까지 수레의 가장자리에 있던 베아트리체는 천사들에게 나의 죄를 말하고, 나를 회유하기 위한 노력과 급기야는 나를 구원하기 위해 지옥 순례를 시킬 수밖에 없었던 이유를 설명했다. 그리고 천사들에게 덧붙였다.

"알다시피 인간의 운명은 별들과 하느님의 은총에 의해 결정이 됩니다. 여러분들이 동정하는 저분도 하느님으로부터 은총을 받았으나 이를 남용하는 죄를 지었습니다. 또 내가 하늘나라로 온 이후 천상의 일을 버리고 지상의 일에 몰두했으며 다른 여인들에게 관심을 갖기도 했지요. 겉치레뿐인 지상의 행복에 마음을 빼앗겨버린 것이지요. 나는 여러 방법으로 저분을 구하려고 시도했답니다. 그러나 아무 소용이 없었고, 마침내 나는 최후의 결단을 내려 지옥을 순례하게 했고, 그 안내자로 베르길리우스를 부탁했던 것입니다."

베아트리체의 말을 듣는 내내 나는 심장이 터져나가는 듯한 고통과 자책을 느꼈다. 그리고 지상에서의 삶이 원망스럽고 부끄러웠다. 베아트리체의 마음 씀씀이에 고개를 들 수 없었다. 그녀의 말은 내 심장에 비수처럼 박혀 그 고통에 몸서리를 쳐야만 했다. 마지막으로 베아트리체는 천사들에게 말하는 형식을 빌려 내게 다시 한 번 준엄하게 질책했다.

"진정으로 죄를 뉘우쳐야 하는 자가 참회의 눈물을 흘리며 대가를 치르지 않은 채 레테 시냇물을 건너는 것은 하느님의 신성한 섭리를 깨뜨리는 것입니다."

제31곡

참회와 은총

천사들에게 말을 마친 베아트리체는 이번에는 시냇물 건너편에 있는 나를 보고 직접 말하기 시작했다.

"레테 시냇물 저편에 있는 그대여, 이제 그대의 진정한 참회를 듣고 싶습니다."

나는 즉각 잘못했다고 말을 하고 싶었지만 목구멍과 입속에서만 맴돌 뿐 밖으로 나오지는 않았다.

베아트리체의 질책은 계속되었다.

"무엇을 망설이고 계신가요. 그대가 지상에서 쌓은 죄는 아직 씻기지 않았어요. 그러니 어서 참회하세요."

"그렇소."

내 입에서 그렇게 한마디가 나왔으나 아무도 알아듣지 못할 정도로 작았다. 워낙 주눅이 들었던 되다가 자책에 사무쳐 심신이 미약한 상태였다. 마치 과녁을 향해 날아가야 할 화살이 발밑에 떨어진 형국이었다.

베아트리체는 나에게 천상의 행복을 사랑하게 하려고 무던히 애를 썼다고 말했다. 그런데 나는 그것도 모르고 마치 성 밖에 적의 공격을 막기 위해 해자를 파놓은 것처럼 다른 여인에게 눈길을 보냈던 것이다. 그것은 베아트리체가 죽은 후에 세상의 쾌락을 좇았던 내 잘못이었다.

준엄한 심판관의 모습으로 베아트리체는 천상의 법정에서는 거짓 고백이 곧 들통날 것이며 진실한 참회는 하느님의 분노를 진정시킨다고 말하면서 덧붙였다.

"그러니 지금이라도 참회하세요. 세상의 쾌락을 상징하는 세이렌의 유혹에도 흔들리지 말고, 마음을 굳건하게 하고 참회함으로써 이제 새로운 삶을 시작하기 위한 준비를 서두르세요."

베아트리체의 말에는 나를 위한 애정이 절절이 묻어났다. 한편으로는 꾸짖고 질책하면서도 다른 한편으로는 지극한 애정으로 나를 끌어안는 배려가 숨어 있었다. 나는 눈물을 흘리며 그녀의 애정에 감복하고 참회했다.

"자, 이제 눈물을 거두세요. 그리고 제 말을 들어보세요. 그대는 제가 죽어 땅에 묻히자 세상의 쾌락에 빠져든 것 아닌가요?

생전에 아름다웠던 제 육체만큼 그대를 기쁘게 해줄 것을 찾았던 것이지요. 제 죽음으로 인해 세상의 덧없음과 상처를 받은 마음을 현실적 욕망으로 채우려 했던 것인가요?"

나는 그녀의 말에 수긍할 수밖에 없었다. 세상에 베아트리체를 대신할 수 있는 게 무엇이 있었겠는가. 그랬다. 그녀가 죽은 후 내 마음은 텅 비어 그 공간을 무엇으로도 채울 수가 없었다. 고귀하고 순결한 그녀의 사후 나는 그녀를 따라 세상의 유혹을 물리치고 천상의 행복을 추구했어야 했지만 그렇지 못했다. 그녀의 무언의 인도를 모른 채 하며 세상의 헛된 욕망에 휩싸여 어여쁜 여인들과 함께 향락과 쾌락에 몸을 맡겨버렸던 것이다.

"그대도 알 것입니다. 어린 새는 유혹의 화살을 피할 수 없지만 날개가 달려 성인이 된 새는 능히 유혹의 화살을 피할 수 있는 것입니다. 그런데도 그대는 내가 죽은 후 하느님의 나라를 추구하지 않고 세상의 욕망을 추구했지요."

나는 할 말이 없었다. 마치 잘못을 저지르고 부모님의 꾸중을 들으며 땅만 쳐다보는 어린애의 심정이었다. 결국 모든 것은 나의 자유의지에 달려 있었던 것이다.

베아트리체는 내 모습을 보고 왜 어린애같이 그렇게 유치한 짓을 했느냐고 책망했다. 천국의 아름다움을 보며 지금까지 세상의 쾌락을 좇은 사실에 대해 부끄러움을 느끼고 더 큰 고통과 쓰라림을 맛보는 것이 당연한 이치일 것이다. 그 사실을 깨닫고

겨우 나는 고개를 치켜들었다.

꽃을 뿌리던 천사들은 어느새 움직임을 멈추고 가만히 서서 베아트리체와 나를 바라보고 있었다. 눈물로 흐려진 내 눈에 베아트리체의 얼굴이 들어왔다. 그녀는 지상에 있을 때보다 훨씬 성숙하고 아름다웠다. 베아트리체는 진리의 계시 그 자체의 신성한 아름다움을 보여주었다. 그 앞에서는 지상의 모든 것은 진리를 가로막는 원수처럼 보였다. 내가 추구했던 세상의 정치도 권력도 명예도 돈도 다 물거품에 불과한 것임을 아프게 깨달았다. 그 깨달음은 깊은 내상을 동반하는 것이어서 나는 몸부림을 치다가 정신이 아뜩해지는 순간 그만 쓰러지고 말았다.

얼마 후 정신을 차렸을 때 나는 무슨 일이 있었는지 모르지만 시냇물에 잠겨 목만 내민 채 거친 숨을 쉬고 있었다. 그때 한 여인의 소리가 들려왔다.

"자, 이제 내 팔을 잡으세요."

그녀는 마텔다였다. 내 꿈속에 나타났던 레아의 현신으로 꽃을 꺾던 여인이 다시 나타났던 것이다. 나는 그녀의 손을 잡고 물가에서 나왔다. 이상하게도 몸이 가벼웠다.

마텔다가 나를 인도해 축복받은 기슭에 다가갔을 때 '나를 정결케 하소서'라는 베아트리체의 노랫소리를 들었다. 그때 마텔다가 내 머리를 껴안아 레테의 물속에 잠기게 했고, 나는 그 물을 마셨다. 마침내 세례, 즉 침례를 받은 것이다. 마텔다는 물에 젖은 나를 네 여인[372]한테 데리고 갔다. 베아트리체가 세상에 내려오기 전에 그들은 그녀의 시녀였다. 다시 네 여인이 세 여인[373]에게 인도하자 그들은 내 눈을 날카롭게 해 환희의 빛을 보게 해 주었다. 그중 한 여인이 나를 베아트리체 앞으로 인도하고 나서 말했다.

"그대, 눈을 아끼지 말라. 한 쌍의 에메랄드 앞에 그대를 두었으니 일찍이 사랑의 화살을 그대에게 쏜 분이니라."

나는 비로소 에메랄드처럼 빛나는 베아트리체의 눈동자를 보았다. 그리고 그 속에서 그리스도의 신성과 인성을 보았다. 그리스도의 신비는 우리 육안으로는 볼 수가 없으므로 베아트리체의 눈을 빌려 볼 수 있을 뿐이었다. 신성과 인성은 사자와 독수리의 모습으로 서로 교차하며 모습을 바꾸어 거울 속의 태양처럼 번쩍이며 나타났다. 내게는 이 모든 것이 신비롭고 어리둥절한 일이었다. 그때 세 여인이 베아트리체를 향해 노래했다.

"베아트리체여, 거룩한 눈을 당신의 종에게 돌리소서. 당신을 만나기 위해 지옥과 연옥을 지나 천신만고 끝에 찾아온 분이 아닙니까? 부디 당신의 두 번째 아름다움을 보게 하소서."

그 말을 듣고 나는 베아트리체를 보며 찬양의 노래를 부르고

---

372) 네 여인은 네 가지 덕목, 즉 용기, 정의, 절제, 사려를 상징한다.
373) 세 여인은 믿음, 소망, 사랑을 상징한다.

싶었지만 내 재주로는 역부족이었다. 끝없이 살아 있는 빛처럼 찬란한 베아트리체의 아름다움은 시의 여신들이 살고 있는 파르나소스 산에서 영감을 받은 시인이라 할지라도 묘사하기 어려웠을 것이다. 누가 있어 베일을 풀어헤친 그녀의 아름답고 황홀한 모습을 시로 노래할 수 있을까.

제32곡

환상 속에서 본 교회의 역사

나는 베아트리체가 죽은 후 10년 만에 처음으로 그녀의 얼굴을 마주보고 있었다. 얼마나 사무치게 그리워했던가. 나는 그동안의 그리움과 아쉬움을 씻어내기라도 하듯이 바라보았다. 내 눈동자 속에는 오로지 그녀의 얼굴과 미소뿐이었다. 그 밖의 내 감각기관은 다 정지된 듯했다. 그녀의 거룩한 미소와 되살아난 옛 사랑에 대한 열정이 나를 눈멀게 했던 것이다.

그때 세 여인이 내 눈을 왼쪽으로 돌리게 했다. 그러나 내 눈은 태양을 마주하다가 다른 곳으로 눈길을 돌리면 갑자기 눈앞이 캄캄해지는 것처럼 아무것도 보이지 않았다.

내가 다시 시력을 회복했을 때 내 눈에 수레 행렬이 보였다. 베아트리체의 몸에서 발산되는 광휘로운 빛이 행렬 위를 비추고 있었다. 일곱 개의 황금 촛대에 의해 인도되는 영광스러운 행렬[374]은 레테 시냇물을 따라 서쪽으로 움직이다가 지금 막 솟아오른 태양을 마주 보고 동쪽으로 방향을 틀고 있었다. 그 모습이 마치 전투 중에 적의 습격을 피해 방패와 깃발 뒤에 장수를 숨기는 모습과 비슷했다.

영광스러운 행렬이 우리를 앞서 나갔다. 그리고 지상의 네 가지 덕과 천상의 세 가지 덕을 상징하는 일곱 여인들이 수레바퀴 한쪽에서 따라갔고, 나는 스타티우스와 마텔다와 함께 역시 수레를 따라갔다. 이렇게 해서 뱀의 유혹에 넘어갔던 여인 하와가 죄악에 빠져 황폐해진 지상낙원을 빠져나와 천사들의 보호 속에 앞으로 나아갔다.

시위를 떠난 화살이 세 번 날아갈 거리쯤 걸어갔을 때 수레에 타고 있던 베아트리체가 아래로 뛰어내렸다. 그러자 주위에 있던 일곱 여인들이 일제히 '아담!'이라고 중얼거렸다. 그것은 하와에게 이끌려 금단의 선악과를 따먹은 아담의 죄를 책망하는 듯한 외침이었다.

잠시 후 일행들은 선악과를 가리키는 나무 아래 도착했다. 나무는 꽃도 잎도 다 떨어져 볼품없이 앙상해 타락한 모습이었다.

---

374) 스물네 명의 장로들.

나뭇가지는 위로 올라갈수록 많은 가지를 쳐서 높이 뻗어 있었다. 얼마나 높던지 화살을 쏘아도 미치지 못할 정도였다. 그때 장로들 중 한 사람이 말했다.

"이 나무를 부리로 쪼지 아니한 그리프스여, 그대는 복되도다!"

이 말은 아담처럼 선악과를 따먹지 않고 하느님의 명령에 순종을 했던 그리스도를 칭송하는 것이었다. 그러자 화답이라도 하듯이 다른 장로가 말했다.

"이처럼 하느님의 정의의 씨가 간직되지요!"

하늘에서는 태양이 찬란한 빛을 내뿜고 있었다. 그 아래서 온갖 푸른 초목이 되살아나는 생명력 넘치는 계절이었지만 헐벗은 나뭇가지들은 장미꽃보다는 못하고 오랑캐꽃보다는 진한 꽃을 피우고 있었다. 나는 그 나무의 꽃들을 바라보면서 천사들의 찬미가에 귀를 기울였다. 일찍이 들어보지 못한 노랫소리였다. 나는 그 노랫소리를 자장가 삼아 잠이 들었다.

한참 잠이 들어 꿈속을 헤매던 나는 천국으로 올라가는 행렬의 눈부신 한 줄기 빛 때문에 깨어났다.

"어서 일어나세요. 지금 무얼 하고 계시는 거예요?"

언제나처럼 자애로운 마텔다의 목소리였다. 나는 주변을 두리번거리다 베아트리체의 행방을 물었다. 그러자 마텔다는 손가락으로 한 그루 나무를 가리켰다. 거기에는 베아트리체가 일곱 여

인들과 함께 앉아 있었다. 나뭇가지에 매어놓은 수레 옆에서 일곱 여인이 황금 촛대를 들고 호위하듯 베아트리체를 둘러싸고 있었다.

베아트리체가 말했다.

"잘 보세요. 저 수레가 어떻게 변하는가를 두 눈으로 똑똑히 잘 보세요. 그리고 지상으로 돌아가거든 여기서 본 것을 그대로 시로 써서 세상 사람들을 구원하세요."

그 말을 듣고 보니 독수리 한 마리가 나무에서 내려오더니 새 잎사귀를 찢어버리고 있는 힘을 다해 수레를 치고 있었다. 그러자 수레는 중심을 잃고 난파선처럼 흔들렸다. 그다음엔 여우가 뛰어들었으나 베아트리체가 쫓아냈다.

이어 독수리가 수레의 궤 안으로 날아가 앉더니 깃털을 뽑아놓고 날아갔다. 그다음 바퀴와 바퀴 사이로 용 한 마리가 올라와 꼬리로 수레를 쿡 찔렀다가 수레 밑 한쪽을 뚝 떼어서 가버렸다. 그러자 뒤에 남은 것은 깃털로 수북하게 덮어버렸다. 그 때문에 수레의 모습은 간데없고 깃털만 동산을 이루고 있었다. 그런데 어느 한 순간 깃털로 덮인 수레 여기저기서 짐승의 머리 모양을 한 일곱 개의 머리가 나타났다.

베아트리체의 말에 따르면, 저 짐승들은 각기 교만, 질투, 분노의 죄를 상징하며 그로 인해 남들에게 고통을 주었으므로 이마에 두 개의 뿔을 달고 있고, 인색, 음란, 탐욕, 나태의 죄를 상징하는 짐승들은 자기 자신의 죄이기 때문에 하나의 뿔을 달고 있다는 것이었다.

마지막으로 흉포한 창녀[375]가 수레 위 뿔난 일곱 짐승의 꼭대기에 거만하게 앉아 끊임없이 추파를 던지고 있었다. 그 옆에는 거인[376]이 수차례 입을 맞추고 있었다. 그들은 미친 듯이 날뛰며 수레를 나뭇가지에서 풀어 숲 속으로 끌고 들어갔다.[377]

이상으로 내가 본 것은 그리스도 승천 이후 교회의 지상에서의 사명을 말하고 있었고, 역사적으로 있었던 일곱 가지 교회의 재난을 환상적으로 보여주고 있었다.

---

375) 타락한 교회를 장악하고 있는 교황 보니파시오 8세를 가리킨다.
376) 프랑스 국왕 필리프 4세를 가리킨다.
377) 필리프 4세에 의해 교황으로 선출된 클레멘스 5세가 교황청을 아비뇽으로 이전한 것을 가리킨다.

제33곡

에우노에 시냇물을 마시다

"하느님, 이방인들이 왔습니다. 그들이 거룩한 성전을 더럽히고 예루살렘이 돌무더기가 되게 하였습니다."

하늘의 세 가지 덕을 상징하는 세 여인들과 지상의 네 가지 덕을 상징하는 네 여인들이 서로 번갈아가며 노래를 하고 있었다. 이들은 역사적인 교회의 재난과 타락을 한탄하고 있었다.

그 노래를 듣고 있는 베아트리체는 마치 성모 마리아가 십자가를 지고 골고다 언덕으로 향하는 예수 그리스도를 쳐다보는 것과 같은 모습이었다. 안색은 창백해졌고 한숨을 쉬며 슬퍼했다. 내가 보기에도 안타까울 정도로 참담한 심정이었다. 그때 일곱 여인들이 노래를 마친 후 베아트리체에게도 노래를 불러줄 것을 간청했다.

베아트리체는 일어서서 벌겋게 상기된 얼굴로 노래했다.

"사랑하는 자매들이여, 조금 있으면 그대들은 잠시 동안 나를 보지 못할 것이나 결국 다시 보게 될 것입니다."

그녀의 말은 예수가 세상을 떠나기 전에 비장한 모습으로 제자들에게 작별을 고하는 말과 같았다. 베아트리체의 노래는 일곱 여인들의 노래에 대한 화답이면서, 동시에 교회의 부패와 타락으로 인해 현재는 구원을 받지 못하고 있지만 하느님께서 다시 반듯하게 교회를 세워 그 영광을 드러낼 것이라는 확신을 담고 있었다.

베아트리체는 노래를 마치고 걸어가면서 일곱 여인들을 앞세우고, 나와 마텔다와 스타티우스를 뒤따르게 했다. 불과 서너 걸음 정도를 걸어갔을 때 나와 눈이 마주친 베아트리체가 책망하듯 말했다.

"그대는 어찌 나와 함께 걸어가면서도 아무것도 묻지 않지요? 궁금한 것이 있으면 주저하지 말고 물으세요."

그러나 나는 막상 베아트리체를 가까이에서 대면하고 보니 온 몸이 떨리고 혀가 굳어져 말이 나오지 않았다. 마치 잘못을 저지른 어린이가 부모님 앞에서 꾸중을 들으며 땅을 바라보는 심정이었다. 나는 겨우 정신을 수습하고 한마디를 했다.

"여인이여, 그대는 이미 내가 무엇을 원하는지 알고 계시지 않습니까?"

내 말을 들은 베아트리체가 말했다.

"그대는 이제부터 두려워하거나 부끄러워하지 마세요. 아울러 우물쭈물하며 꿈꾸는 사람처럼 말하지도 마세요."

나는 그 말에 용기를 내어 궁금하던 질문을 했다.

"거룩한 여인이여, 앞서 수레를 끌고 숲 속으로 들어간 보니파시오와 필리프는 어떻게 되는 것입니까?"

베아트리체는 한 번 뱀이 깨뜨린 그릇[378]을 없던 것으로 할 수는 없으며 하느님의 복수가 있을 것임을 예고했다. 이어 수레에다 제 깃털을 남기고 간 독수리[379]가 괴물로 변했다가 나중에 미끼가 되었지만 그 후예가 반드시 나타날 것이라고 일러주었다. 그리고 때가 되면 하느님이 보내신 사자가 징벌을 내릴 것이라고 말했다.

그러나 내가 베아트리체의 말을 알아듣기에는 한계가 있었다. 이런 내 마음을 알고 베아트리체가 말했다.

"지금 내 말이 스핑크스의 수수께끼처럼 들릴지 모르지만 곧 풀리게 될 테니 걱정하지 마세요."

그리고 지상으로 돌아가거든 이곳에서 두 번이나 수난[380]을

---

378) 교황청의 아비뇽 이전을 가리킨다.
379) 언젠가 교회를 바로 잡을 로마제국과 그 황제를 가리킨다.
380) 하나는 아담으로 인해, 또 하나는 독수리로 상징되는 로마제국에 의한 것임을 밝힌다.

받은 나무가 있었다는 사실을 정확하게 기록하여 세상 사람들이 구원을 받게 해줄 것을 부탁했다. 이는 선악과에 대한 그녀의 교훈이었다.

선악과는 하느님의 정의를 상징했다. 아담은 하느님의 계명을 어기고 금단의 열매인 선악과를 따먹었다. 그 죄로 아담은 낙원 추방 후 5천 년 이상을 벌을 받은 끝에서야 구원을 받을 수 있었다. 내가 재차 물었다.

"선악과의 나무는 끝없이 높으면서도 위로 올라갈수록 꼭대기가 구부러진 연유가 무엇인가요?"

그러자 베아트리체는 그것은 제국의 불가침성에 대한 하느님의 소원을 나타내는 것이라고 일러주었다. 이어 내가 그것을 깨닫지 못하고 있었던 것은 내 정신이 굳어져 흐려져 있기 때문이라고 준엄하게 꾸짖었다. 그러면서 엘사[381]의 강물과 피라모스의 피가 오디를 붉게 물들였던 예를 들어 내가 죄에 물들어 있지 않다면 도처에 하느님의 정의가 숨 쉬고 있음을 깨달았을 거라고 질책하며 말했다.

"그대가 지금 정신이 흐려지고 지성이 위축돼 이곳에서의 일을 기억했다가 기록하기가 어려울 것입니다. 따라서 그대는 순례자들이 기념으로 지팡이에 종려나무 가지를 감고 돌아가듯이

---

381) 아르노 강의 지류로, 광물 성분이 많아 물체의 겉부분을 석화시킨다.

순례의 여정을 몸에 체득해서 가지고 가세요. 하늘나라의 일은 지상의 일과 달리 그 이치가 깊고 넓고 기묘하기 때문에 머리만으로 기록한다는 것은 거의 불가능하답니다."

"그대의 말을 가슴 깊이 새겨두겠소. 그런데 어찌된 영문인지 그대의 말은 내 이해의 한계를 종종 넘어가니, 이 무슨 까닭이란 말입니까?"

내 의문에 대해 베아트리체는 세상의 학문으로는 천국의 교리를 알기 어렵다고 말했다. 그 둘의 관계는 하늘과 땅만큼 동떨어져 있다는 것이다. 베아트리체는 이는 하늘이 땅보다 높은 것과 같고, 내가 가리키는 길이 그대의 길보다 높으며, 내 생각이 그대 생각보다 높기 때문이라고 비유로 말했다.

아울러 내가 레테의 시냇물을 마셨던 사실을 상기시키며, 망각이야말로 내가 죄를 지었음을 역설적으로 증명하는 것이라고 질책했고 아직 교만을 버리지 못했으며 세상의 욕망에 집착하고 있다고 꾸짖었다. 나는 뭐라 변명할 말을 찾지 못했다.

때는 정오를 가리키고 있었다. 태양은 우리 머리 위에서 느리게 운행하고 있었다. 그때 일곱 여인들이 동산의 그늘진 곳에 있었는데, 그 앞에는 커다란 샘이 있었다. 샘에서 솟아난 물은 두 갈래로 나뉘어 흘러가고 있었다.

"성스러운 여인이여, 빛과 인류의 영광이신 분이시여, 한 곳에서 솟아나와 두 갈래로 흐르는 연유는 무엇입니까?"

내가 베아트리체를 칭송하며 묻자 이번에는 직접 대답하는 대신 어쩐 일인지 마텔다에게 물어보라고 말했다. 그러자 마텔다가 오랜만에 입을 열었다.

"제가 당신을 처음 만났을 때 다 말해 주지 않았던가요?"

그 말을 들은 베아트리체가 마텔다에게 말했다.

"마텔다, 이분은 다른 일에 정신을 파느라 기억을 하지 못하나 봅니다. 그러나 걱정하지 마세요. 저기 선행의 기억을 되살려주는 에우노에 시냇물이 흐르고 있으니, 그대가 이분을 모시고 가 기억을 되살려주도록 하세요."

나는 마텔다의 손에 이끌려 에우노에 강물을 마셨다. 베아트리체의 배려로 에우노에 강물을 마시고 돌아온 나는 활력을 얻어 천국으로 오를 준비를 마쳤다. 아름다운 별들이 반짝이는 천국으로 올라갈 생각만 해도 벌써부터 내 심장은 뛰기 시작했다.

천국편

제1곡

천국의 구조와 신비

　때는 부활주일 수요일, 태양이 머리 위에서 찬란한 빛을 내뿜는 정오였다. 계절은 만물이 생동하는 춘분이었다. 나는 지상낙원에서 베아트리체와 함께 천국의 첫 번째 하늘인 월광천을 향해 비상할 준비를 하고 있었다.

　이 세상 모든 것을 주관하는 하느님의 영광이 빛으로 넘쳐나는 천상의 아름다움과 신비를 무엇으로 표현할 수 있을까? 눈부신 빛의 한가운데서 나는 하느님의 여러 가지 역사를 보았다. 허나 내가 아무리 뛰어난 재주가 있다 한들 천국의 아름다움을 어떻게 표현할 수 있겠는가. 하느님의 은총이 충만한 천상의 질서를 인간의 재주와 언어로 어떻게 노래할 수 있겠는가. 내가 지옥과 연옥을 순례하며 그때마다 시의 여신 뮤즈의 영감을 받았듯이 천국의 아름다움을 노래하기 위해서는 또 다른 시의 신 아폴론의 영감을 받아야만 했다. 나는 아폴론에게 간청했다.

"오, 선하신 아폴론이여! 바닥이 없는 샘처럼 영감이 솟아나는 올림포스의 지혜로운 태양의 신이자 음악과 시의 신이여, 내가 천국의 영광과 아름다움을 노래할 수 있는 영감을 내려주시기를! 그리하여 보배로운 시의 월계관을 씌워 주시기를."

시의 여신들이 살고 있는 파르나소스 산에는 두 개의 봉우리가 있었다. 하나는 시의 여신 뮤즈들이 살고 있는 엘리코였고, 다른 하나는 아폴론이 살고 있는 키라였다. 나는 뮤즈뿐만 아니라 아폴론에게도 도움을 요청하지 않을 수 없었다. 그만큼 천국의 아름다움 앞에서 내 시적 재능은 초라하고 보잘것없이 느껴졌다. 내게는 아폴론의 도움이 절실했다.

"시의 아버지여, 언젠가 그대가 마르시아스[382]의 교만에 분노하여 산 채로 껍데기를 벗겨내던 때처럼 그대의 뜨거운 열정과 기운으로 내 시에 영감을 불어넣어 주시기를! 만약 내가 보는 대로 천국의 아름다운 신비와 질서를 제대로 노래할 수 있다면, 그리하여 후대에 남길 수 있다면, 그건 나의 영광이요, 그대의 영

---

382) 반은 사람이고 반은 염소인 사티로스 중 하나. 아폴론과 피리 불기 연주를 하다 져서 껍질이 벗겨지는 벌을 받았다.

광일 것입니다. 그렇게만 된다면 그대가 애지중지하는 월계수[383] 나뭇가지로 만든 월계관을 나한테 씌워주게 될 것입니다."

나는 간절하게 바랐다. 내 시적 재능이 작은 불씨가 되어 부디 후대의 시인들이 더 큰 불꽃을 일으켜 아폴론의 월계관을 쓰게 되기를. 그리하여 아폴론이 머무르는 파르나소스 산에 시가 울려 퍼지기를 간절하게 기도했다.

태양은 백양궁[384]에 머물며 찬란하게 빛을 발하고 있었다. 베아트리체는 똑바로 서서 태양을 바라보고 있었다. 나 역시 베아트리체의 모습을 따라 태양을 바라보았다. 지상에서 그랬다면 당장 눈이 멀었을지도 몰랐지만, 이곳은 지상낙원이었기에 아무 일도 일어나지 않았다. 이글거리며 빛나는 태양에서 불꽃이 튀어나와 흩어지고 있었다. 하느님이 하늘에 또 하나의 태양을 둔 것처럼 보였다. 나는 천국 순례를 눈앞에 두고 인간을 초월한 듯한 느낌을 받았다. 그리고 그때 어디선가 노랫소리가 들려왔다.

베아트리체는 미동도 없이 천체를 관조하듯이 여전히 바라보고 있었다. 그 순간 마치 글라우코스가 해초를 뜯어먹고 바다의

---

383) 월계수는 아폴론을 상징하는 나무. 아폴론은 다프네를 사랑해 따라갔지만, 다프네는 아폴론에게 잡히기 직전에 강의 신인 아버지에게 부탁해 월계수로 변했다. 그 후 월계수는 아폴론의 나무가 되었다.

384) 이날이 아주 상서로운 날이라는 뜻이다. 백양궁은 상서로운 별자리로 역사적으로 많은 일들이 일어났다. 천지창조의 날과 수태고지가 있었던 날도 태양이 백양궁에 머물러 있던 춘분날이었다.

다른 신들과 동료가 된 것처럼 나도 그렇게 된 것 같았다. 바다에 대한 그리움이 간절했던 글라우코스처럼 나 역시 베아트리체에 대한 그리움으로 사무쳤다.

그때 베아트리체가 고개를 돌려 나를 바라보며 미소를 지었다. 내 마음 속을 다 읽고 있는 것 같았다. 내가 뭐라 말을 꺼내기도 전에 베아트리체가 말했다.

"여기는 지상이 아닙니다. 그대는 자신의 상상력에 가두지 마세요. 그대는 그릇된 상상으로 감각이 둔감해져 있어서 볼 수 있는 것조차 보지 못하고 있습니다. 그건 스스로 눈을 가리는 어리석은 짓이지요. 이곳은 그대의 고향 피렌체가 아니라 천국입니다. 지금 보고 있는 노래와 강렬한 빛은 그대를 환영하는 하느님의 은총이랍니다."

나는 베아트리체의 말에 공감하면서 어떻게 살아 있는 몸으로 천상으로 올라갈 수 있는지 물었다. 내 물음에 베아트리체는 한숨을 내쉬면서 어머니처럼 자애로운 모습으로 아리스토텔레스의 학설을 빌려 말했다.

"이 세상 만물은 질서가 있으며, 모든 존재는 하느님의 형상을 닮아 있습니다. 가장 완전한 것이 하느님과 가장 가까이에 있고, 불완전할수록 하느님으로부터 멀리 떨어져 있지요. 각 존재들은 하느님으로부터 부여받은 질서 안에서 본능적으로 하느님의 존재를 향해 움직입니다. 그것은 동시에 선한 의지를 갖고 움직이고 있지요. 동식물을 막론하고 모든 존재는 하느님의 형상대로 창조되고, 그리스도로 인해 죄 사함을 받은 사람은 천국에 있게 됩니다. 그동안의 순례 과정에서 그대도 죄에 대한 정화를 받았으므로 하늘나라로 오르는 데는 아무런 장애가 없을 터이니, 아무런 걱정 마세요."

나는 베아트리체의 말을 듣고 앞으로 펼쳐질 천국[385] 순례에 대한 기대감으로 한껏 부풀었다. 그리고 전능하신 하느님이 주관하시는 우주 질서의 정밀함과 그 거대한 실체에 놀랐다. 이는 오직 하느님이 아니면 설명할 수 없는 실로 광대한 우주 만물의 질서와 조화였다.

각각의 하늘에는 이에 상응하는 천사들과 학문이 있어 각기 그 역할을 담당하고 있었다. 이제 나는 베아트리체와 함께 온통 기쁨과 환희뿐인 천국을 향하여 시위를 떠난 화살처럼 날아오를 희망에 가슴이 떨려오기 시작했다.

"그대는 아무 걱정 마세요. 두려움도 의혹도 갖지 말고 하느님께서 내린 운명의 결정을 받아들이세요. 그것은 마치 물이 높은

---

385) 천국은 지구를 둘러싼 일련의 하늘로 구성되었고, 각기 다른 역할을 하는 열 개의 하늘로 이루어져 있다. 지구와 가장 가까운 첫 번째 하늘이 월광천, 두 번째 하늘이 수성천, 세 번째 하늘이 금성천, 네 번째 하늘이 태양천, 다섯 번째 하늘이 화성천, 여섯 번째 하늘이 목성천, 일곱 번째 하늘이 토성천, 여덟 번째 하늘이 항성천, 아홉 번째 하늘이 원동천, 그리고 하느님이 계시는 마지막 열 번째 하늘이 청화천 혹은 지고천이다. 이러한 천국의 모형은 고대 그리스의 천문학자이자 점성가였던 프톨레마이어스의 이론에 따른 것이다.

데서 낮은 곳으로 흐르는 이치와 같답니다. 행여 저 세상의 지상 세계에 한 점의 미련이라도 남아 있다면, 그건 하느님의 은총과 섭리를 거스르는 일이 될 것입니다."

내게 마지막 당부의 말을 마친 베아트리체가 고개를 들어 하늘을 바라보았는데, 그 모습은 더없이 아름답고 거룩했다.

제2곡

베아트리체가 달의 흑점을 논하다

　나는 일찍이 아무도 가본 적이 없는 천국의 순례에 나서면서 노래를 시작했다.

　"세상 사람들이여, 자그마한 쪽배에 앉아 귀를 기울이는 자들이여! 기쁨이 넘쳐 노래를 부르며 노 저어가는 내 배를 따라오라. 삼가 그대들은 성급하게 깊은 바다로 나가지 말라. 그랬다가는 나를 잃고 헤매게 되리라. 내가 가는 물길은 일찍이 아무도 건너간 적이 없으나, 지금 내 배는 지혜의 여신 미네르바가 영감을 불어넣고 있으며 아폴론이 나를 이끌고 있도다. 아울러 아홉 뮤즈가 북두칠성을 가리키며 방향을 잡아주니 거칠 것이 없으리라."

잠시 후 내 노래는 계속 이어졌다.

"천국의 기쁨을 맛보기 위해서는 영적으로나 지적으로 준비가 되어 있어야만 하리라. 쪽배에 타고 있는 자들은 준비가 안된 자들이고, 천사들의 빵을 먹고 길게 목을 빼고 천국에 목말라 하는 자들은 준비가 된 자들이니, 준비가 된 자들은 나를 따라와도 좋으리라. 나는 이제부터 그 옛날 이아손의 용기를 보고 사람들이 놀랐던 것처럼 그대들에게 동경과 모험으로 가득 찬 경이로움을 선물하리라."

내가 노래에 빠져 있을 때 베아트리체는 위를 보고 있었고, 나는 베아트리체를 보고 있었다. 그리고 어느 한 순간 빛의 속도로 달을 향해 비상을 하기 시작했다. 월광천에 이르는 순간, 태양이 햇살을 비춰주는 금강석처럼 눈부시고 단단하고 번쩍거리는 구름이 우리를 감싸는 듯했다. 영원한 진주인 달이 우리를 받아들이는 모양은 마치 빛이 물에 스며들 듯이 하느님과 영육이 하나되는 신비 그 자체였다. 논리적으로 설명할 수는 없었지만, 이는 우리 마음속에 인성과 신성이 합일된 하느님을 보고 싶어 하는 욕망이 불타는 것과 마찬가지 현상처럼 보였다.

내가 달의 실체를 마주하고 경이로움에 빠져 있을 때, 베아트리체가 우리를 첫 번째 월광천으로 인도하신 하느님에게 감사를 드리라고 말했다.

"하느님께 감사 드리세요. 우린 하느님의 인도로 첫 번째 하늘인 월광천에 도착을 했답니다."

나는 그제야 정신을 차리고 주님께 감사 기도를 올렸다.

"하느님, 감사합니다. 미천한 이 몸을 구원하시어 지상으로부터 천국으로 이끄신 하느님의 은총에 감사합니다."

내가 월광천에 올라와서 본 것들은 어느 것 하나 신비롭고 놀랍지 않은 것이 없었다. 그중 달의 검은 반점에 대한 궁금증은 지울 수가 없었다. 나는 베아트리체에게 세상 사람들이 흔히 카인의 나뭇가지라고 말하는 검은 반점에 대해 물었다.

베아트리체는 모든 인식의 출발은 감각에 있는데, 천국은 감각의 열쇠가 채워지지 않은 영역이므로 지상의 감각과 이성을 가지고는 천국을 이해할 수 없다고 말했다. 따라서 감각에 기초해서 판단하는 이성의 날개는 한계를 가질 수밖에 없다는 것이다. 그러고는 오히려 내게 달의 검은 반점에 대한 견해를 물었다.

"그것은 달 표면의 밀도가 강한 부분이 있고 약한 부분이 있기 때문이 아닌가요?"

베아트리체가 즉각 고개를 내저으며 내가 알고 있는 것은 오류라고 말했다. 이어 여덟 번째 하늘인 항성천의 별들은 빛의 질과 양이 서로 다르며 각각의 별들은 서로 다른 힘의 작용을 부여받고 있기 때문에 질료의 원리로 검은 반점을 설명하는 것은 잘못이라고 덧붙였다. 그녀는 모든 물체에서 질료와 형상을 구분했다. 질료는 동일해도 형상은 다양하게 나타난다는 것이다.

그러므로 만물을 질료의 단일 원리로 수렴하는 것은 오류가 될 수밖에 없다고 했다.

나는 베아트리체의 말을 이해하는 데 애를 먹었다. 내가 의아한 표정을 짓자 그녀는 계속 설명을 했다. 그러니까 밀도의 강약에 따라 달의 검은 반점이 생겼다면, 달 표면 한쪽이 아주 엷어지거나 아니면 양피지 두루마리 앞뒤 면의 밀도의 강약에 따라 음영이 달라지는 것처럼 달도 그래야 하지만 사실은 그렇지가 않다는 것이다.

베아트리체는 일식의 예를 들어 설명을 이어나갔다. 일식이 일어나는 동안 달은 태양과 지구 사이에 놓인다. 때문에 빛의 얇은 밀도 사이로 달의 일부가 보여야 마땅하지만 우리는 그것을 본 적이 없으므로 질료와 밀도만으로는 진실을 알 수 없다. 이렇게 내 오류를 논파한 베아트리체는 달의 검은 반점, 즉 흑점에 대해 설명을 하기 시작했다. 나는 주의를 기울였다.

"햇볕에 눈이 녹아 물만 남고, 즉 원래 질료인 물만 남고 흰빛과 차가움은 사라지게 됩니다. 이쯤이면 어느 정도 짐작하겠지만 흑점의 원인을 알고 나면 좀 놀랄 것입니다. 하느님이 머물고 있는 청화천 안에 원동천이 있어 그 밖의 여러 하늘은 그 힘의 지배를 받게 됩니다. 원동천 아래 있는 하늘이 항성천인데, 항성천은 여타의 하늘에다 힘을 나눠 분배하지요. 그러니까 하나의 힘이 청화천에서 원동천으로, 다시 항성천으로 이동해 그 이

하의 여러 하늘에 힘을 행사하게 되는 거죠. 그리고 각각의 하늘은 특성을 발휘하는데, 천사들의 영향력을 받게 되고요. 특히 항성천의 케루빔 천사는 제 능력을 별들에게 나눠주어 하늘을 아름답게 장식하고 있답니다. 이처럼 천국의 모든 하늘은 위에서 받은 힘으로 저마다 특성을 발휘하게 되지요."

나는 좀 복잡하기는 했지만 머리에 낀 안개가 씻겨나가고 점차 하늘의 실체에 접근하고 있는 느낌을 받았다. 내 나름으로 베아트리체의 말을 정리하면, 최고 하늘인 청화천 안에 원동천이 회전하고 그 속에 모든 것들의 존재가 자리하고 있으며, 별들이 서로 영향을 미치듯이 천국의 하늘들은 각기 바로 위에 있는 하늘의 영향을 받아 아래에 있는 하늘로 전달하는 유기적인 시스템을 구축하고 있었다.

"천국의 하늘은 전능하신 하느님을 정점으로 여러 천사들에 의해 운행되고 있습니다. 천국의 하늘은 청화천에서 우리가 있는 이곳 월광천까지 층층이 존재하며 서로 밀접하게 연결되어 있지요. 월광천은 천국에서는 가장 낮은 하늘이기 때문에 청화천의 빛을 모두 투과시키지 못하고 일부는 반사시키고 있습니다. 그 역할을 맡고 있는 것이 바로 흑점이지요."

나는 비로소 의문이 풀리는 것 같았다.

베아트리체에 따르면, 달의 표면에 흑점이 존재하는 것은 달빛의 강약이나 밀도 때문이 아니며, 하느님의 본성에서 나오는 것이었다. 이것이 이른바 형상원리에 의한 진리의 모습이라고 베아트리체는 밝혔다. 그것은 물질을 만드는 질료의 원리가 아니라 물질의 특성을 만드는 원리이기도 한 것이라고 덧붙여 말했다. 따라서 달 표면의 밀도 차이로 흑점이 생긴 것이 아니라 하느님의 신성에 따른 것이라고 명쾌하게 결론을 내렸다.

제3곡

서원을 파기한 운명의 여인들

　내 젊은 시절 사랑의 불꽃으로 나를 사로잡았던 베아트리체
가 천국의 아름다운 여인이 되어 진리를 설파하자 그간 내 잘못
을 고백하고 싶은 마음이 간절해졌다. 그래서 몸을 일으켜 고개
를 들고 베아트리체를 보려고 하는데, 갑자기 흐릿하고 낯선 환
영이 눈앞에서 어른거렸다.

　나는 그 모습에 시선을 빼앗겨 베아트리체에게 잘못을 고백하
려던 사실도 잊어버렸다. 그런데 환영의 모습은 어른거리기만 할
뿐 그 실체를 알 수는 없었다. 다만 어른거리는 창백한 환영들의
입 모양으로 보아 무슨 말인가를 하고 싶어 하는 것 같은 느낌
이 들었다.

이때 갑자기 나르시스[386]가 생각났다. 그러나 현실의 나는 나르시스와는 반대로 물속에 비친 다른 사람의 얼굴을 나 자신으로 착각했다. 그만큼 환영들은 바닥이 훤히 들여다보이는 투명한 샘물 속에서 그 모습을 드러내는가 싶더니 막상 그 실체를 잡을 수는 없었다. 실체가 환영인지, 환영이 실체인지 알 수 없어 나는 어리둥절한 모습으로 베아트리체를 바라보았다.

베아트리체가 그런 내 모습을 보고 웃으며 말했다.

"내 웃음을 이상하게 여기지 마세요. 그대는 천국에 있으면서 아직 발은 지상에 있는 것처럼 진리를 대하는 자세가 미덥지 못하니, 부디 믿음과 신뢰를 갖도록 하세요. 그대가 본 것은 환영이 아니라 실체이며, 그들은 서원을 어긴 자들이기 때문에 가장 낮은 월광천에 있는 것이랍니다. 그들의 얘기를 잘 들어보세요."

달은 지구와는 가장 가깝지만 청화천에서는 가장 먼 하늘이었다. 여기 있는 영혼들은 처음과 끝이 한결 같지 못했기에 더 높은 하늘로 오르지 못하고 있었다. 나는 베아트리체의 말을 듣고서야 비로소 아까 얘기를 하고 싶어 하던 영혼의 실체를 확인할 수 있었다. 내가 그 영혼에게 물었다.

"오, 축복받은 이여, 누구든지 직접 맛보지 않고는 알 수 없는

---

386) 나르시스는 샘물에 비친 자신의 얼굴을 실물로 착각하고 사랑에 빠져 샘물에 몸을 던졌다. 그 자리에 수선화가 피어났다는 전설 속의 주인공이다.

천국의 은총을 누리고 있는 영혼이여, 그대는 누구이며 왜 이곳에 머물고 있는지를 얘기해 주시겠소? 대체 무엇이 그대로 하여금 서원의 맹세를 지키지 못하게 했나요?"

그러자 그 영혼은 주저 없이 말문을 열었다.

"나는 세상에서 하느님께 동정을 서원한 수녀였답니다. 그대도 어쩌면 알고 있을 내 이름은 피카르다 도나티[387]라고 합니다. 일찍이 아시시의 성녀 클라라는 프란시스코의 감화를 받고 수녀가 되어 최초의 여자 수도원을 세웠지요. 저는 속세를 떠나 피렌체에 있는 이 수도원에 들어가 생활하던 중에 악의 무리들에 의해 강제로 환속을 당해야 했지요. 자연히 타의에 의해 서원을 파기하게 되어 이곳 월광천에 머무르고 있답니다."

나는 얼른 피카르다를 알아보지 못했다. 지상에서의 모습과는 달리 거룩한 아름다움을 갖추고 있었기 때문이다. 지옥의 영혼들은 참혹하게 변해 알아볼 수 없었으나, 천국의 영혼들은 아름답고 거룩하게 변해 알아볼 수가 없었다. 나는 피카르다에게 선뜻 알아보지 못한 것을 사과하며 말했다.

"이곳 월광천에도 하느님의 은총은 충만하겠지요. 허나 이곳에 있는 영혼들도 더 높은 하늘로 오르기를 원할 테지요. 더 많

---

387) 겔프당의 우두머리 코르소와 포레세의 누이로, 단테의 아내 젬마와 사촌이다. 그녀는 정치적 야심가였던 큰오빠 코르소와 그의 수하들에 의해 수녀원에서 강제 납치되어 성격이 광포하기로 유명한 로첼리노 델라토자와 정략결혼을 했다.

은 것을 보고 더 많은 벗들을 얻고자 말이지요."

그녀는 내 물음을 어리석은 질문으로 치부했다. 그녀는 행복한 표정으로 각각의 하늘은 그 용량에 적당한 하느님의 빛을 받으며 그에 따라 그곳에 머무는 영혼들 역시 합당한 축복을 받게 된다고 말했다. 그러므로 어느 하늘에 있든지 다 만족하고 있다고 덧붙였다. 아울러 더 높은 하늘에 대한 열망이 있다면, 그 자체가 하느님의 섭리를 거스르는 일이며, 천국에서는 하느님의 의지가 곧 우리의 평화와 행복이라고 말했다. 마지막으로 쐐기를 박듯이 말했다.

"사랑의 힘이 우리로 하여금 현재의 자리를 지키게 하고 다른 욕망은 없답니다. 그게 축복받은 우리 영혼들이 가져야 할 자세지요. 그리고 그게 전능하신 하느님의 품안에서 머무르는 축복받은 영혼들의 행복이랍니다."

나는 피카르다의 말을 듣고서야 비로소 천국에서는 어느 하늘에 있든 그 모든 곳이 천국이라는 평범한 사실을 깨달았다. 천국에서는 하느님의 의지 속에 머무는 것 자체가 축복의 근본이며, 그것은 하느님의 섭리와 일치하는 것으로 그 속에 우리의 평화와 행복이 있는 것이다.

피카르다는 말을 마치고 자신과 비슷한 인생 역정을 겪었던 영혼을 소개했다. 그녀는 황후 콘스탄차[388]였다. 수녀였던 그녀는 강제로 환속했지만 세속에 돌아와서도 마음은 늘 수도원을 그리워했다.

피카르다는 콘스탄차를 소개한 후 성모 마리아를 찬미하는 '아베마리아'를 노래하기 시작했고, 노래를 부르면서 마치 무거운 물건이 물속으로 가라앉듯이 내 눈앞에서 사라졌다.

---

388) 그녀는 시칠리아의 왕 로체르의 막내딸로 역시 수녀원에서 강제로 납치되어 거룩한 서원을 파기했다. 그녀는 슈바벤 공국의 왕자 헨리 6세의 부인이 되어 프레드리히 2세를 낳았다.

제4곡

절대의지와 상대의지에 대하여

내 눈앞에서 피카르다는 사라졌지만, 그녀가 했던 말은 나에게 강렬한 두 가지 의문을 남겼다. 첫 번째 의문은 서원의 의지가 진실한데도 불구하고 타인의 폭력이 서원자의 공덕을 깎아먹을 수 있는가 하는 것이고, 두 번째 의문은 영혼들이 별에서 나와 별로 돌아간다는 학설은 옳은 것인가 하는 것이었다. 이 두 가지 의문 사이에 끼인 나는 어쩌지 못한 채 침묵을 해야 했다.

베아트리체는 나의 고민을 알고 있다는 듯이 말했다.

"나는 그대가 두 가지 의문 사이에 끼어 답답해하고 있는 걸 잘 알고 있어요. 어떻게 내 공덕이 다른 사람의 폭력으로 줄어들 수 있는가, 또 하나는 플라톤이 말했던 것처럼 영혼들이 별로 다시 돌아가는 것처럼 보이는가[389] 하는 것이지요. 먼저 두 번째 의문부터 풀어 드리지요."

베아트리체가 얘기를 이어갔다.

"그대가 제기한 두 번째 의문은 크나큰 신학적 과오가 있어요. 잘못된 학설일 뿐 아니라 해를 끼칠 수도 있지요. 하느님과 가장 가까이 있는 치품천사 세라핌이나 그 유명한 모세, 사무엘, 그리고 세례 요한과 사도 요한, 성모 마리아라 할지라도 조금 전에 그대가 본 피카르다나 콘스탄차와 다른 천국에 있는 것이 아닙니다. 이들 모두는 청화천인 엠피레오 둘레를 아름답게 장엄하면서 다만 하느님의 은총의 빛이 멀고 가까움에 따라 각기 행복한 삶을 누리고 있을 뿐이랍니다. 따라서 하느님의 축복과 은총이 하늘에 따라 많고 적은 것이 아닙니다. 천국은 하나이며, 모든 영혼은 사후에 거기서 살게 됩니다. 그러나 하나인 천국에서 각기 영혼들은 다른 층위에서 나타나게 됩니다. 그것은 각 별들이 제멋대로 영혼들을 배치했기 때문이 아닙니다. 그리고 천국의 여러 하늘에 대한 개념은 축복의 정도를 상징적으로 나타낸 것에 불과합니다. 천체의 별들이 인간의 삶에 영향을 미치지만, 별들이 개개인의 영혼을 천국의 어디에 배치할 것인가를 결

---

389) 플라톤은 영혼선재설을 주장했다. 각인의 영혼은 하느님께서 창조한 별에서 나와 사후에 다시 별로 돌아간다고 플라톤은 주장했다.

정하는 것은 아닙니다. 그건 전능하신 하느님의 역사에 의한 것입니다. 사람들이 알고 있듯이 별의 영향력이 그렇게 큰 것이 아닙니다. 로마시대에 별들에게 신성을 부여한 것은 아주 잘못된 것입니다."

베아트리체는 내가 이해하기 쉽게 얘기를 하고 싶어 했다. 그러니까 내 수준에 맞는 강론을 한 셈이었다. 그녀에 따르면, 나는 아직 감각에 의지해 사물을 판단하고 이해하는 수준을 벗어나지 못했던 것이다. 따라서 하느님의 말씀인 성경도 의인화시켜야 했고, 교회도 인간의 모습을 지닐 수밖에 없었다. 예컨대 예수 탄생을 예언했던 가브리엘 대천사나 미카엘 대천사, 그리고 라파엘 대천사 같은 천사들이 사람의 형상으로 나타나 하느님의 말씀을 전했던 것은 다 그런 이유 때문이었다.

이제 베아트리체는 내가 제기했던 첫 번째 의문에 대한 얘기를 시작했다. 그것은 하늘나라의 정의가 사람들에게 때로 불합리하게 보이는가에 대한 의문이며, 동시에 각 영혼이 머무르고 있는 위치에 대한 의문이기도 했다.

"자, 예를 들어 볼까요? 여기 폭행을 당한 자가 있습니다. 책임은 물론 폭력을 가한 자에게 물어야 마땅하지요. 그렇다고 폭행을 당한 자가 그 자체로 선이며 면죄가 되는 것일까요? 그렇지 않습니다. 폭행을 당한 자가 폭행을 강행한 자에게 아무런 의지도 보여주지 못했다면 일말의 책임이 있는 것입니다. 스스로 폭력에 굴복하는 것은 스스로 폭력을 돕는 것과 같으니까요. 적극적으로 방어하거나 대항해야 마땅하며, 그렇게 해야 설사 폭행을 당했더라도 성스런 향연의 자리로 돌아갈 수 있는 것입니다."

이어 베아트리체는 하느님의 의지에 대한 강론을 시작했다.

"이제 하느님의 의지의 본질을 얘기하지요. 의지는 두 가지로 나눌 수 있는데, 절대의지와 상대의지가 그것입니다. 예컨대 피카르다가 서원을 폭력에 의해 파기한 것은 상대의지이고, 환속한 콘스탄차가 서원의 베일을 벗지 않은 것은 절대의지입니다. 그러니까 피카르다는 이 두 의지의 모순을 드러낸 것입니다. 불꽃이 잠시 바람의 방해를 받을 수는 있지만 불의 속성은 불꽃을 위로 올라가게 하는 것과 같이 인간의 의지도 외압에 의해 서원을 파기할 수 있으나 폭력이 사라지면 선한 방향으로 움직이게 되는 것입니다. 마찬가지로 의지란 불꽃과 같아서 본성이 작용하는 한 꺾일 수가 없습니다. 결국 의지가 꺾였다는 것은 폭력의 불의가 발현될 수 있는 환경을 제공하게 되는 것이지요. 따지고 보면 피카르다나 콘스탄차는 수도원으로 돌아갈 수가 있었지만 폭력에 굴복을 해버린 것이나 마찬가집니다. 마땅히 두 영혼은 지옥에서 징벌을 받아야 했지만 하느님께서 긍휼히 여겨 월광천에 머무르고 있는 것입니다. 평화롭고 안정적인 상태에서 죄를 짓는 사람은 없지요. 죄는 어쩔 수 없는 상태에서 짓게 되는 것이라는 사실을 명심하세요. 우리는 불가항력적인 폭력 앞에서도 초지일관 의지를 관철시켰던 라우렌티우스[390]와 무키우스[391]를 모범으로 삼아야 합니다."

베아트리체는 의지의 본성이 발휘된 훌륭한 모범으로 이들을 칭송하면서, 콘스탄차가 환속한 후에도 마음속으로는 서원의 베일을 벗지 않았다고 했지만, 라우렌티우스와 무키우스와는 변별되는 것이라고 말했다. 서원은 하느님과의 약속이므로 어떤 상황 속에서도 파기될 수 없는 것이라고 덧붙였다. 그러면서 알크마이온의 일화[392]를 상기시켜 주었다.

알크마이온은 아버지의 유언을 실행하기 위해 친모를 살해하는 불효를 저질렀다. 아버지에게 효도하고 동시에 어머니에게 불효하는 모순에 빠졌던 것이다. 절대의지에 따르자면 아버지의 요구를 거절했어야 했지만 상대의지는 그를 모순에 빠뜨리고 말았다. 이처럼 폭력이 의지와 뒤섞일 때는 그가 누구든지 잘못을 변명할 수가 없다.

나는 베아트리체의 얘기를 듣고 모든 의문을 해소하게 되었다. 나는 베아트리체에게 감사의 말을 전했다.

---

390) 사제였던 라우렌티우스는 로마 황제가 뜨거운 불길이 치솟는 철판 위에 올려놓고 고문을 하자 이쪽은 익었으니 이제 뒤집어서 먹으라며 끝까지 항거하다 순교했다.

391) 로마를 공격하던 포르센나 왕을 암살하려다 실패하자 그 원인이 자신의 오른손에 있다면서 왕 앞에서 오른손을 불길 속에 집어넣어 태워버렸다.

392) 연옥편 제12곡에 나옴.

"하느님의 그대여, 그대의 긴 말씀이 나를 구원해 주었습니다. 이제야 마음이 평안해졌습니다. 부디 전능하신 하느님께서 그대에게 축복과 은총을 내려주시길 바랍니다."

베아트리체는 내 말에 미소로 화답했다. 나는 우리의 지성은 하느님이 빛을 밝혀주지 않는 한 만족할 수 없다는 사실을 깨달았다. 모든 진리 역시 하느님의 권능 안에서만 완성된다는 것과 그 외의 것은 다 헛된 망상이라는 것도 알았다. 나는 베아트리체의 설명을 들은 후 의문은 해소되었지만 어느새 내 마음속에는 새로운 의문의 파도가 밀려들었다. 그것은 한번 파기한 서원을 다른 선으로 대신할 수 있는가 하는 점이었다.

내 마음을 짐작이라도 하듯이 베아트리체는 거룩하고 사랑스러운 눈길로 나를 바라보고 있었다.

제5곡

성경과 교회의 권위

나는 베아트리체의 사랑스런 눈길을 받고 어리둥절해했다. 그녀의 몸에서는 범접할 수 없는 눈부신 광휘가 번쩍거렸다. 그 빛을 보는 것만으로도 눈이 멀 지경이었다.

"그대는 아무 걱정하지 마세요. 내 몸은 하느님께서 주신 거룩한 은총의 빛으로 가득 차 있답니다."

사랑은 우리 가슴을 뜨겁게 불태우고 때론 눈을 멀게 한다. 지상에서는 내가 베아트리체를 사랑했지만, 천국에서는 그녀가 나를 사랑하는 것인가. 사랑의 빛은 하느님을 인식한 대로 그것에 따라 깨달은 선만큼 실천하는 직관에서 나오는 것이다.

베아트리체는 사랑의 빛이 내 시력을 앗아간다 해도 놀라지 말라고 일러주었다. 물론 그녀의 거룩한 사랑의 빛으로 내 눈이 멀지는 않을 것이다. 그녀에 다르면 천상의 빛은 오를수록 강렬해지기 때문에 하느님을 만나게 되면 자신의 몸에서 나오는 빛과는 비교조차 할 수 없는 눈부신 빛이 나올 것이라고 했다. 따라서 앞날을 위해서 내 눈은 빛에 단련될 필요가 있다고 충고했다.

나는 베아트리체의 말에 안도와 위로를 느끼면서 그녀를 쳐다보았다. 그녀가 말을 이었다.

"나는 이미 그대의 지성 안에서 이 세상을 주재하시는 하느님의 위광이 빛나는 것을 보았습니다. 그 빛만으로도 우린 사랑의 불길을 타오르게 할 수 있답니다. 인간의 사랑이 지상의 것에 고정되었다면 그것은 하느님의 빛의 일부를 내포하기 때문이지요. 따라서 최고선에 직면했을 때 깨닫지 못한 영혼은 선 그 자체와 선의 일부를 분별하지 못하고 사소한 선에 이끌리게 됩니다."

그녀의 말에 따르면, 인간의 영혼은 근본적으로 선을 향하게 되어 있다. 하지만 때로 선을 벗어나 죄를 범하게 되는 것은 하느님의 공의인 선 그 자체와 선의 일부를 착각하는 데서 오는 것이라고 할 수 있었다.

이윽고 베아트리체는 내가 제기했던 의문, 즉 한번 파기된 서원은 다른 선한 공덕으로 대체될 수 있는가 하는 의문에 대한 얘기를 시작했다.

"하느님이 인간에게 주신 가장 큰 선물은 자유의지입니다. 이 선물은 오직 인간에게만 주어진 것으로, 그것은 이성을 가진 피조물만이 받을 수 있는 하느님의 특별한 은총입니다. 서원이란 자유의지에서 나온 것이며 하느님도 뜻을 같이 한 것이니, 그 값이 아주 비쌉니다. 따라서 함부로 서원을 해서는 안 되지요."

나는 새삼 서원은 무서운 약속이라는 사실을 깨달았다. 베아트리체의 말에 따르면, 그것은 한 사람의 자유의지가 하느님께 드리는 희생제와 같았다. 아울러 그것은 대체 불가능한 유일무이한 하느님과의 약속이다. 그 약속이 깨졌다면 어떻게 되는가? 다시 베아트리체가 입을 열었다.

"한 번 파기된 서원은 회복이 불가능합니다. 아무리 참회를 해도 마찬가지입니다. 이는 마치 도둑질한 물건으로 좋은 일을 하겠다는 것과 같은 것이지요. 그대도 알다시피 하느님의 나라에서 목적은 수단을 정당화시키지 못합니다. 한번 깨진 그릇은 원상회복이 안 되는 것과 같은 이치지요. 결국 본질적으로 한번 서원을 파기하면 그 죄는 씻을 길이 없게 되는 것입니다."

그렇다면 이곳 월광천에 있는 영혼들은 어떻게 해서 죄를 씻고 행복을 구가하고 있는가. 어떻게 하느님의 정의가 살아 있는 천국에서 이 같은 모순이 존재한다는 말인가. 이런 내 의문에 베아트리체는 명쾌한 대답을 해주었다.

"마음을 열고 제 말을 잘 들으세요. 그리고 뇌리에 새겨 잘 간직하세요. 사람의 지식이란 잘 간수하지 않으면 언제든지 바람처럼 날아가 버리니까요. 지금부터 내가 하는 얘기는 단단한 음식과 같아서 소화를 하기 위해서는 시간이 필요합니다. 마음을 열어 내 얘기를 받아들였다가 다시 마음을 안으로 굳게 잠그고 묵상을 하도록 하세요. 서원은 제물과 계약이라는 두 가지로 되어 있습니다. 여기서 제물은 바꿀 수 있으나 계약은 변경이 불가능합니다. 제물은 서원의 내용으로 순결, 청빈, 절제 같은 덕목을 말하지요. 하지만 서원의 본질은 하느님과의 약속이므로 그 약속을 이행하지 않고는 거기서 벗어날 수가 없습니다."

베아트리체는 이렇게 말하고 유대인의 예를 들어 설명을 계속했다. 유대인들이 하느님께 바치는 제물(번제)은 언제든지 더 좋은 것으로 바꿀 수 있었지만, 하느님과의 약속(서원)은 바꿀 수가 없었다. 비록 하느님의 사도 베드로가 두 가지 열쇠로 죄를 지은 영혼들을 치유해 주었지만, 근본적으로 우리는 최고의 선이신 하느님께서 그 죄를 용서해 주지 않는 한 우리 어깨 위에 놓인 짐을 내려놓을 수는 없다.

서원에 대한 베아트리체의 말은 이어졌다.

"지금까지 강조해 왔지만 서원 자체는 변경이 불가능합니다. 다만 서원의 내용은 두 가지 조건 아래서 변경이 가능하지요. 하나는 교회의 승인이고, 또 하나는 제물입니다. 파기된 서원은 재서원 안에, 그러니까 더 고귀한 것으로 봉헌되어야 하지요. 하느님에게 바치는 첫 예물보다 나중에 바치는 예물이 값이 쌀 수는

없습니다."

내가 생각하기에 베아트리체의 이 말은 피카르다와 콘스탄차의 서원을 겨냥한 것처럼 보였다.

그녀는 계속해서 모든 사람에게 서원을 경솔히 하지 말 것을 경고하면서 그 예로 입다[393]와 그리스 장군 아가멤논을 들었다. 입다는 섣부른 서원으로 자신의 딸을 번제물로 바칠 수밖에 없었던 인물이다. 아가멤논 역시 경솔한 서원으로 자신의 딸 이피게네이아를 제물로 바칠 수밖에 없었던 경험을 가지고 있었다.[394]

나는 두 사람의 서원을 위한 서원이 더 큰 과오를 저지르게 되는 것을 보면서 차라리 처음부터 잘못을 인정했으면 좋았을 것 같다는 생각을 갖지 않을 수 없었다.

마지막으로 베아트리체는 기독교인들에게 서원의 엄중함을 경고하며 성경과 교회의 권유를 안내 지침으로 사용할 것을 주문했다. 바람 앞의 깃털처럼 가볍게 행동하지 말라고 말했다. 일부 탐욕에 빠진 수도승들이 돈을 받고 서원 파기에 대한 면책을 해준다고 해도 현혹돼서는 안 되며, 우리에게 어미의 젖과 같은 성경과 교회의 가르침을 떠나서는 안 된다고 강력하게 경고했다.

---

393) 구약성서의 인물. 암몬족과의 싸움에서 이기게 해준다면, 맨 처음 마중 나온 사람을 번제물로 바치겠다고 야훼에게 서원했다. 싸움에서 이기고 돌아오는 날 맨 처음 마중 나온 이는 다름 아닌 외동딸이었고, 결국 입다는 외동딸을 번제물로 드린다.

394) 그리스 군대가 바람이 불지 않아 출항하지 못하자 결국 아가멤논은 여신 아르테미스에게 딸을 제물로 바친다.

베아트리체가 긴 얘기를 마치고 조용히 눈을 들어 높은 데로 돌렸다. 그 모습이 아름답고 경건해서 나는 질문할 것이 있었으나 감히 묻지 못했다. 그 사이 우리는 아주 빠른 속도로 두 번째 하늘 수성천을 향해 오르기 시작했다. 얼마나 빠른지 활시위를 떠난 화살이 멎기도 전에 과녁을 맞힌 것 같았다.

베아트리체가 두 번째 하늘에 들어가자 수성천은 더욱 찬란하게 빛이 났다. 감히 그 양을 측정할 수 없는 무량한 빛이 나에게 쏟아졌다. 수성천의 영혼들이 몰려나와 나를 환영했다. 그들은 모두 기쁨에 가득 차 있었다. 휘황한 빛으로 변한 영혼들 중에 한 영혼이 말했다.

"지상의 생을 다하기 전에 하느님의 은총을 입어 영계를 순례하는 자여, 육체를 지닌 채 하느님의 보좌를 보도록 태어난 그대를 환영합니다. 우리는 하느님의 축복과 은총의 빛에 둘러싸여 있습니다. 그대가 원한다면 그 빛을 그대한테도 드리겠습니다."

베아트리체는 나에게 저 영혼들을 신처럼 믿으라고 말했다.

이에 나는 귀한 영혼 하나에게 그대는 누구이며 왜 여기 있느냐고 물었다. 그러자 기쁨에 겨운 영혼들은 자신을 하느님의 빛 가운데 숨기고 화답했다.

유스티니아누스의 로마사 강론

나는 눈부신 빛에 둘러싸여 그 모습을 좀처럼 볼 수 없었던 영혼에게 다가갔다. 그는 유스티니아누스 황제였다. 그는 라비니아 출신으로 서로마 멸망 후 즉위한 황제였다. 그가 말문을 열었다.

"나는 유스티니아누스라고 하오. 라비니아에게 장가를 들었던 옛 사람의 뒤를 따라 일찍이 독수리가 쫓았던 하늘의 길을 거슬러 콘스탄티누스가 그 독수리를 되돌려 놓은 지 200년이 지나서야 다시 내 손에 이르게 되었소이다."

나는 대체 그가 무슨 말을 하는지 어리둥절했다. 그의 말은 상징으로 가득 차 있어서 언뜻 들으면 이해할 수가 없었다. 나는 좀 더 현실적인 설명을 듣고 싶어 구체적으로 생전에 세상에서 무슨 일을 했느냐고 물었다.

"나는 많은 일을 했지만 그중에서도 로마의 법전을 만들었소이다. 처음 나는 그리스도의 신성만을 믿었으나 교황 아가페투스[395]의 지도로 인성도 믿게 되었다오. 나는 하느님의 의지에 따라 5년에 걸쳐 로마 법전을 편찬했으며, 소피아 성당을 건립하기도 했소. 그 밖에도 내 치세에는 잃어버렸던 옛 영토를 회복하여 제국 통치의 기반을 닦았고, 동로마제국의 전성기를 구가했지."

나는 그 말을 듣고서야 비로소 그가 아까 했던 말이 이해가 되었다. 라비니아는 로마제국 시조 아이네이아스의 부인이었고, 독수리는 로마제국의 상징이었다. 콘스탄티누스는 312년에 기독교를 공인한 황제로 후에 수도를 로마에서 비잔틴(콘스탄티노플)으로 옮겼는데, 이는 트로이에서 이탈리아로 온 아이네이아스의 길을 거꾸로 돌려놓은 것이며, 동시에 제국의 권위를 실추시킨 사건이었다. 그 후 200년 후 유스티니아누스가 황제로 등극했다. 아까 유스티니아누스가 한 말은 이를 두고 한 말이었다.

이후 유스티니아누스는 로마의 건국신화로부터 역대 왕들과 영웅들의 행적을 소개하며 카이사르의 통치와 그리스도 시대의 일을 언급하고, 역사를 통해 이탈리아의 불행의 원인과 현실을

---

395) 단성설을 주장하던 총대주교 안티모를 단죄하여 유스티니아누스 1세의 지지를 얻었다.

개탄했다. 아울러 현실에서 벌어지고 있는 기벨린당과 겔프당의 이전투구의 싸움을 비판하고 고대 로마 역사를 회고하며 그 속에서 교훈을 얻어야 한다고 역설했다. 이어 일찍부터 로마제국을 상징하는 독수리 깃발을 두고 자웅을 겨뤘던 왕정시대의 영웅들을 언급하기 시작했다.

"이 모든 문제의 시작은 팔라스[396]가 죽고 그 왕위가 아이네이아스에게 돌아갔을 때부터 비롯되었소. 투르누스는 팔라스 왕을 죽이고 팔라스 왕관을 자신의 머리에 썼지요. 팔라스는 아이네이아스를 도와 싸운 전사였으므로 아이네이아스가 가만히 있었겠소? 그는 괴력을 발휘해 팔라스의 원수를 갚기 위해 전쟁을 벌여 폭군 투르누스를 물리치고 팔라스의 원수까지 갚게 되자 백성들의 신망을 얻게 되었다오. 이후 그의 아들 아스카니오스가 세운 라티누스 왕국의 오래된 도시 알바를 혹시 그대도 알고 있소? 로마의 전신으로 여겨지는 그 고도에서 이후 300년이나 왕국이 유지되었지요. 그리고 여기서부터 실질적인 로마의 역사는 시작되는 것이오."

이탈리아 사람이라면 이와 같은 역사를 알고도 남았다. 나 역시 그 이후의 역사를 소상하게 알고 있었다.

전설에 따르면 로물루스가 로마를 창건했다. 초대 왕이었던

---

396) 에우안드로스 왕의 아들로 아이네이아스를 도와 투르누스와 싸우다 죽었다.

로물루스에게는 고민거리가 있었는데, 남자에 비해 여자가 절대적으로 부족하다는 것이었다. 그는 이에 대한 고육지책으로 이탈리아 중부 지방에 살고 있던 고대 종족인 사비니 족을 초청하여 잔치를 벌였다. 잔치가 무르익을 즈음, 사비니 여인을 납치하여 그들의 아내로 삼았다. 사비니 여인들의 불행에서 남편의 극형과 함께 시숙으로부터 능욕을 당해 자살을 해버린 루크레티아[397]의 비극에 이르기까지 일곱 왕정시대의 깃발은 그 영역을 넓혀가며 천하무적의 위용을 과시했다. 이 시대는 외적을 물리치고 수많은 승리를 거두었던 시대의 영웅들로는 전쟁에서 군기를 세우기 위해 아들까지 처형시킨 토르콰투스[398]와 청렴결백했던 퀸크티우스, 그리고 3대에 걸쳐 조국을 위하여 목숨을 바친 명장 파비우스[399]와 데키우스[400]가 있었다. 유스티니아누스의 로마 역사에 대한 얘기는 계속되었다.

"카르타고의 명장 한니발이 스페인을 거쳐 파죽지세로 알프스를 넘어 이탈리아를 침공했을 때 이를 물리친 것은 스키피오 장군이었지. 이어 군인이자 정치가였던 폼페이우스는 북아프리카 전선에서 승리를 거둔 명장으로 카이사르와 크라수스와 더

---

397) 로마의 마지막 왕 타르퀴니우스의 아들 섹스투스에게 겁탈을 당해 자결했다.

398) 갈리아족을 격퇴시킬 때 명령을 어긴 자기 아들을 처형시킴.

399) 고대 로마의 장군.

400) 고대 로마의 황제.

불어 삼두정치를 했다네. 두 장군 역시 독수리 깃발 아래서 로마로 개선을 했었지. 황제의 영혼이 그 여세를 몰아 독수리 깃발은 그대가 태어난 피렌체 언덕에서 또 한 번 위세를 떨쳤게 되었고."

그 후에도 독수리 깃발을 움켜쥔 카이사르에 이르러 로마제국은 가장 강력한 힘을 떨치게 되었다. 이윽고 깃발은 라벤나를 떠나 루비콘 강을 건너 사방 각지로 뻗어나갔는데, 그 속도가 너무나 신속하여 우리의 혀나 펜이 따라갈 수 없었다. 지중해에서 이집트의 나일 강에 이르기까지 독수리의 깃발이 휘날렸다. 그러나 역대 황제가 독수리 깃발 아래 식민지 곳곳에서 행한 선행과 업적은 그 빛을 잃게 되었다. 이는 티베리우스 황제 재위 때에 이르러 인류 역사의 분기점을 이루는 예수의 탄생과 죽음이 있었기 때문이다.

유스티니아누스의 역사 강의는 계속되었다.

"예수의 탄생과 죽음은 티베리우스 황제 때 일어난 일이라오. 하느님께서는 아담의 죄에 대한 분노를 티베리우스의 손에 일임했던 것이지요. 황제 티베리우스의 대리인이 빌라도이고, 그가 그리스도의 처형에 가담했던 것은 하느님의 섭리이기도 했소. 그리고 그리스도를 죽인 유대인의 죄악을 단죄하기 위해 로마의 장군 티투스로 하여금 예루살렘을 함락하고 불태워버렸던 것이지요."

그의 로마 역사에 대한 얘기는 끝이 없었다. 이제 영광과 오욕으로 이어진 로마의 역사는 마지막을 향해 가고 있었다. 시계바퀴를 700년 뒤로 돌려 게르만 민족을 통합하고 영토를 확장했던 샤를마뉴에 대해 말했다. 그는 장발족 롬바르드의 이빨이 로마를 침공 교회를 박해했을 때 이를 물리쳤고, 이후 신성로마제국의 영광을 차지했다. 그 뒤 사정은 겔프당과 기벨린당으로 나뉘어 서로 로마제국의 독수리 깃발을 두고 이전투구를 하고 있는 형국이었다. 유스티니아누스는 이에 대해 어느 쪽이 더 큰 죄를 짓고 있는지 판단하기 어렵지만 모두 하느님의 정의를 외면하고 있다고 비난하면서 불행을 면치 못할 것이라고 경고했다.

이렇게 긴 얘기를 끝내고 비로소 유스티니아누스는 내 두 번째 의문에 대한 얘기를 시작했다. 그는 말하기를 이곳 수성천에 있는 영혼들은 지복자들이라고 했다. 그들은 하느님의 사랑에 의해 선행을 했을 뿐만 아니라 지상에서의 명성에 의해서도 동기가 유발된 사람들이라도 했다. 그에 따르면 지상에서의 명예의 추구는 하느님의 나라에 대한 관심을 경감시켰다. 그래서 천국에서는 낮은 수준의 행복을 누리며 살고 있다고 일러주었다. 그럼에도 불구하고 이곳에 있는 영혼들은 자신들에게 주어진 은총과 축복에 감사하고 있었다. 그것은 하느님의 축복은 자신들의 공덕과 일치하기 때문이었다.

"우리는 살아 있는 하느님의 공의 아래서 근심 걱정 없이 살고 있지요. 여러 가지 악기가 어울려 화음을 이뤄내듯이 이곳에도 여러 계층의 영혼들이 각기 아름다움을 빛내며 조화를 이루고 있다오. 그중에는 행색이 초라했던 순례자 로메오의 영혼도 빛을 발하고 있으니 내 그대에게 그를 소개하리라."

미천한 사람이며 순례자였던 로메오는 어느 날 프로벤차에 갔다가 프로방스의 백작 레이몽 베랑제에게 눈에 띄어 궁궐의 재정을 담당하는 등 가신으로 일했다. 그는 백작의 네 공주를 모두 왕가와 결혼시키는 데 주역을 담당했다. 이는 자신을 거둬주었던 백작에게 은혜를 갚으려는 로메오의 노력 때문에 가능한 일이었다. 그러나 귀족들의 시기와 모함을 받고 귀가 솔깃해진 레이몽 백작은 그에게 횡령죄를 뒤집어씌워 내쫓아버렸다. 결국 늙은 로메오는 궁전을 떠나 문전걸식하며 목숨을 연명하게 되었다.

유스티니아누스는 세상 사람들이 그의 충직한 마음을 알지 못하고 있다고 안타까워하며, 그의 현세의 빛나는 업적은 푸대접을 받고 있다고 비판했다.

제7곡

내 의문에 대한 베아트리체의 대답

"호산나! 만군의 주님이시여, 당신은 더없이 높은 곳에서 풍요한 빛을 발하시어 이 하늘나라를 두루두루 복되게 하시는도다."

나는 두 겹의 빛에 둘러싸여 강론을 마친 유스티니아누스와 그 반려들이 함께 노래를 부르며 홀연히 자취를 감추는 것을 바라보았다. 그것은 마치 바람에 날리는 불티처럼 홀연히 사라졌다. 나는 그들이 사라지는 것을 보면서 속죄에 대한 의문이 일었으나 입을 열지는 못했다. 베아트리체가 옆에서 미소를 짓고 있었다. 나는 그녀의 미소 앞에서 한없이 작아졌다.

지금까지 베아트리체는 내 궁금증을 해소시켜 주는 존재였다. 물론 베르길리우스에 이어 천국의 안내자이자 때로는 내 잘못을 꾸짖고 타이르는 준엄한 스승이면서 거룩한 연인이기도 했다. 그는 거룩한 빛을 발산하며 내게 저절로 경외심을 갖게 만들었다. 나는 의문을 품은 채 생각에 잠겨 고개를 숙이고 서 있었다. 그러자 베아트리체가 내 속마음을 꿰뚫어보고 입을 열었다.

"무엇이 그대를 생각에 잠기게 했습니까? 그대는 여전히 의문 투성이처럼 보이는군요. 그대의 의문은 어떻게 의로운 복수가 다시 보복을 당할 수 있는지 하는 것이겠지요. 그것은 십자가에 못 박혀 돌아가신 하느님의 정의에 대한 얘기기도 하고요. 이제 그대의 의문을 풀어보도록 하지요."

내 의문의 핵심은 아담의 죄에 대한 대속이 예수의 십자가 처형에서 유대인을 통해 정당하게 집행되었다면, 왜 그다음에 예루살렘 멸망으로 또 유대인은 보복을 당하게 되었는가 하는 것이었다. 베아트리체는 아담의 죄는 징벌을 받았으며, 이것은 죄에 대한 하느님의 복수라고 했다. 이 복수는 정당하다는 것이었다. 그리고 예수를 죽음에 넘긴 유대인의 죄는 로마의 장군 티투스에 의해 정당하게 복수를 하게 되었다고 했다.

"하느님은 아담을 직접 창조했지만 그는 분별력을 잃고 죄를 지어 인류 전체에 해악을 끼쳤습니다. 그 결과 인류는 오랫동안 원죄를 끌어안고 고통 속에서 헤매다가 예수 그리스도의 대속으로 인해 그 굴레를 벗어나게 되었지요. 따라서 그리스도의 죽음은 원죄에 대한 정의로운 복수였으나 이로 인해 여러 가지 문제가 가지를 치게 되었습니다. 그리스도의 죽음은 하느님의 의지를 실현시킨 것입니다. 아울러 그리스도의 죽음은 유대인들의 증오를 만족시킨 것이기도 합니다. 그 결과 예루살렘의 멸망이라는 대재앙을 맞이한 것이지요."

나는 그렇다면 왜 하느님은 인간의 구원을 위해 골고다 언덕에서 독생자의 죽음을 택하셨는지 궁금해졌다. 베아트리체가 다시 설명을 시작했다.

"다른 길이 있었다면 하느님께서 왜 그 길을 선택하지 않았겠어요. 결국 다른 길이 없었던 겁니다. 인간은 원죄로 인해 스스로의 힘으로 벗어날 길이 없었던 것입니다. 따라서 하느님께서는 복수의 복수라는 방법을 통해 당신의 사랑과 정의를 동시에 만족시켜 인간을 하늘나라로 이끄는 대사면을 단행한 것입니다. 역사적으로 보면 천지창조의 날과 앞으로 있을 최후의 심판의 날 사이에 이처럼 고귀하고 거룩한 일은 없을 것입니다. 자신을 십자가에 매달아 죽임으로써 우리의 죄를 대속해 인간을 해방시켰던 것이지요."

나는 베아트리체의 말을 듣고 첫 번째 의문이 해결되자 곧이어 두 번째 의문이 일어났다. 그것은 스콜라 철학 창시자이자 캔터베리 대주교였던 성 안셀무스의 화두이기도 했던 '왜 신은 인간이 되었는가?'에 대한 의문이었다. 베아트리체가 말했다.

"아까도 말했지만 하느님께 죄를 저지른 인간은 그 어떤 것으

로도 결코 그 죗값을 갚을 수가 없습니다. 오직 영원한 죽음만이 기다리고 있을 뿐이지요. 이 딜레마를 해결하기 위해서는 십자가의 대속만이 하느님께 나아갈 수 있는 유일한 길이었지요. 그러므로 십자가 대속의 죽음은 그의 인성의 측면에서 바른 형벌입니다. 허나 신성의 측면에서 볼 때는 신성모독이며 대단히 불의한 것입니다. 하느님께 구원을 성취하는 길은 두 가지인데, 하나는 자비의 길이며 다른 하나의 길은 공의의 길입니다. 하느님께서 독생자 아들을 보내주서 자비심을 나타냈고 골고다 언덕의 고난과 십자가 죽음을 통하여 하느님의 공의를 보여주셨던 것입니다. 이제 그대는 내 말을 잘 새기고 하느님께서 역사하시는 섭리의 심연을 잘 들여다보도록 하세요."

베아트리체는 이렇게 말을 마치고, 사람들은 이 같은 대속의 길을 통해서 우리 삶을 해방시켜 준 은총을 저버리고 종종 교만해지기 쉽다고 경고했다. 그녀는 인간의 교만이 하늘을 찔렀던 바벨탑의 예를 들어 교만을 경계하라고 말했다. 베아트리체의 말은 결국 하느님의 아들이 사람이 됨으로써 사람이 비로소 하느님의 나라에 참여할 수 있게 되었다는 것이다. 그러므로 그리스도를 사랑하는 것은 하느님을 사랑하는 것과 같으며, 이로써 우리는 하느님 아버지라고 부를 수 있는 축복을 받았다고 덧붙였다.

베아트리체는 내가 세 번째 질문을 할 것을 알고 미리 반문했다.

"그대는 어찌하여 하느님이 직접 만드신 물질이 영원하지 못하고 부패하는가 하는 질문을 하고 싶은 것이겠죠."

나는 그렇다고 수긍하면서, 천국은 영원한 것인지, 또한 천국 역시 하느님의 피조물일진대 현상적으로는 그 구성 물질들은 썩고 부패하는 것은 아닌지 물었다. 베아트리체가 간곡하게 말했다.

"지금 그대와 내가 있는 이곳은 전능하신 하느님의 의지에 따라 완전하게 창조된 곳입니다. 그 어떤 사소한 오류나 미세한 오차도 없답니다. 완전무결하며 영원불멸이란 말이지요. 하느님은 물질을 창조하셨지만 그 형상은 부차적인 원인에 의하여 결정되었는데, 그것이 물질들이 부패하고 소멸되는 이유랍니다. 하느님이 주관하시는 천체의 질서 안에서 그것들은 여러 가지 원소들이 결합되어 각기 그 형상을 부여받은 것에 불과한 것이기 때문입니다."

"그렇기는 해도 인간은 다르겠지요. 성경에도 나와 있듯이 인간은 하느님의 숨결이 스며 있는 게 아닙니까?"

"물론 그렇답니다. 인간의 육신과 영혼은 하느님이 숨을 불어넣어 창조하셨으며, 이 때문에 우리는 무의식 가운데서도 항상 예수 그리스도를 찾고 그리워하는 것입니다. 우리의 육체와 영혼은 하느님에 의해 직접 창조되었으므로 다른 원소들의 구성에 의해 만들어진 물질과는 달리 썩거나 부패하지 않습니다. 영원불멸의 완전체랍니다. 사후 인간의 영혼과 육신은 일시적으로 분리 이탈되지만 그것은 소멸이 아니라 최후 심판의 날에 부활을 통해 살아나게 되는 것입니다. 그건 불가피한 하느님의 섭리입니다. 맨 처음 조상 아담과 하와가 함께 창조되었을 때 사람의 육체가 어떠했는가를 생각해 보면 우리 인간은 영원히 죽지 않는다는 것을 알 수 있을 것입니다."

제8곡

마르텔과의 대화

예로부터 사람들은 금성이 키프로스 바다에서 떠오른다고 믿었다. 달에서 세 번째에 위치한 금성의 빛은 사람들을 사랑으로 미치게 한다고 생각했다. 그래서 이교도들은 금성을 비너스라 부르며, 사랑의 신으로 경배했다. 디오네[401]를 그 어머니로 큐피드를 아들로 여겼으며, 카르타고의 여왕 디도의 무릎 위에 큐피드가 앉아 있다가 사랑의 불을 지른다고 여겼다. 금성은 수성과 태양 사이에 위치하며, 하루 두 번씩 한 번은 태양의 뒤를 한 번은 태양의 앞을 돌고 있다.

---

401) 하늘의 신 우라노스와 땅의 여신 가이아의 딸. 제우스와 사이에서 비너스를 낳았다.

나는 금성이 아침저녁으로 태양의 사랑을 받는 아름다운 여인 같다는 생각이 들었다. 그 때문인지 나는 베아트리체가 더욱 빛나는 것을 보고 비로소 금성에 올라온 줄 알게 되었다. 이렇게 천국의 길은 의식하지 못하는 사이에 부지불식간에 오고가는 것처럼 보였다.

　나는 금성의 빛 속에서 지복의 영혼들이 빙글빙글 도는 것을 보았다. 휘황한 빛이 영혼들을 둘러싸고 있는 가운데 얼굴 가득 기쁨에 찬 표정으로 빙글빙글 원을 그리는가 싶더니 바람처럼 빠른 속도로 세라핌을 따라 우리를 맞이하러 모습을 드러냈다.

　내가 먼저 그들을 반기며 인사했다.

　"지혜롭게 세 번째 하늘을 움직이는 영혼들이여, 우리 또한 기쁨에 차 있으나 그대들의 기쁨을 위해서라면 가만히 있으리라."

　세라핌은 청화천에 살고 있는 최고위급의 천사였다. 세라핌이 이끄는 영혼의 행렬들 맨 앞에서 '호산나!'를 외치는 경건한 찬송이 들려왔다.

　그리고 한 영혼이 앞으로 나서며 말했다.

　"우리는 천상의 어른들인 천사들과 함께 하늘을 회전하며 기쁨에 넘쳐 노래하고 있습니다. 그대도 우리와 함께 이곳에서 하느님의 축복과 은총을 누리기를 바랍니다. 그대가 이곳에 머무는 일 자체가 우리에겐 잔칫날과 같지요. 우리가 이렇게 잠시 머무르는 것도 즐거움이랍니다. 부디 하느님의 영광 아래서 충만

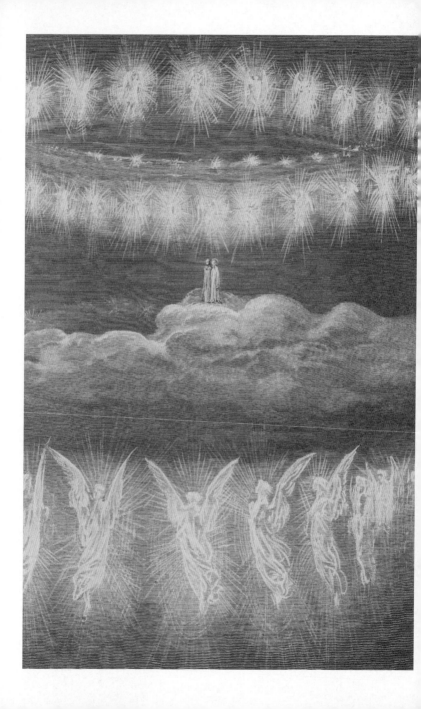

한 기쁨을 누리길 바랍니다."

나는 고개를 돌려 베아트리체를 바라보았다. 그녀는 금성천의 빛을 받아 그 어느 때보다 아름다웠다. 진주처럼 반짝이는 무언의 눈빛은 자애로웠고 사랑을 가득 담고 있었다. 나는 기쁨에 겨워 내게 말을 했던 영혼에게 물었다.

"거룩하게 빛나는 영혼이여! 그대는 누구신가요?"

"저 세상에서의 내 생은 아주 짧았지요. 나는 불과 스물네 살에 삶을 마무리했죠. 내가 좀 더 살았더라면 내 사후에 벌어졌던 크고 작은 재앙을 막을 수 있었을 겁니다. 학정은 물론 그대의 추방도 없었을 것이오. 프로방스와 나폴리와 귀도 왕국의 왕관이 나를 기다리고 있었지요. 그 전에 도나우 강이 독일의 기슭을 떠났을 때 내 머리 위에서 벌써 헝가리의 왕관이 빛나기도 했고요. 아, 하지만 권력이 뭐라고 몹쓸 권력 때문에 왕관이 아우 로베르트에게 넘어갔지요."

나는 그의 말을 듣고 비록 그가 자신의 이름을 말하지는 않았지만 프랑스 앙주가의 카를로 2세의 아들 카를로 마르텔로라는 것을 알 수 있었다. 마르텔로의 어머니는 헝가리 왕의 딸 메리였고, 훗날 합스부르크가의 딸 클로멘스와 결혼해 슬하에 세 자녀를 두었다.

마르텔로를 둘러싸고 있는 빛이 너무 강렬하여 그 모습이 잘 보이지는 않았다. 그는 내가 지상에 있을 때 존경했던 인물이며 한 번 만난 적도 있었다.

그는 시칠리아에서도 자기 후손들이 왕이 되기를 기다리고 있을 것이라고 말했다. 시칠리아 사람들은 에트나 화산의 연기 때문에 고통을 받곤 했다. 사람들은 제우스의 번개에 맞아 죽은 머리 100개 달린 거인 티폰[402]이 에트나 산 아래 묻혀 있다가 몸부림을 치는 바람에 화산을 폭발시켰다고 믿고 있었다.

"허나 그건 전설일 뿐이었지요. 실은 유황 화산 때문에 시칠리아는 늘 뿌연 안개에 싸여 있었소. 시인들에게는 그게 오히려 시적 영감을 불러일으켰지요. 아마 지금도 그곳 사람들은 내 핏줄을 이어받은 후손들이 왕이 되기를 기다리고 있을 것이오."

마르텔로는 이렇게 말하면서 비극은 일찍부터 씨앗을 잉태하고 있었다고 말했다. 앙주 1세가 폭정으로 백성들을 도탄에 빠뜨렸던 일이 그것이었다. 결국 견디다 못한 시칠리아의 수도 팔레르모 시민들이 봉기를 일으켜 정권이 무너지고 말았다. 그 뒤를 이어 등장한 마르텔로의 아우 로베르토가 나폴리 왕으로 즉위했으나 예전의 봉기를 교훈으로 삼지 않은 결과 다시 봉기가 일어났다.

"아, 불행한지고! 내 아우 로베르토는 그 자신뿐만 아니라 백성들을 위해서도 선정을 펼쳤어야 했건만 무지한 폭정으로 백성

---

402) 티포에우스라고도 하며 가이아와 암흑의 신 타르타로스 사이에서 태어났다.

들을 도탄에 빠뜨렸으니 그 결과야 뻔하지 않았겠소! 거기다 무거운 세금으로 백성들의 원성을 샀으니 배가 뒤집히지 않을 수가 없었지요."

마르텔로의 말을 듣고 보니 한 가지 의문이 생겨났다.

"어떻게 그렇게 좋은 씨에서 쓰디쓴 열매가 나올 수 있는지 궁금합니다."

마르텔로가 즉시 대답했다.

"내가 그대에게 진실을 알려줄 테니 눈앞에서 확인할 수 있을 거요. 천체를 섭리하시는 하느님의 질서는 한 치의 어긋남이 없소. 하느님께서는 개개인에 대해 고유한 개성과 적절한 목표를 미리 정해 놓으셨지요. 이와 함께 개개인에 조응하는 천체의 움직임도 화살이 과녁을 향해 날아가는 것처럼 정확하게 움직이고 있소. 만약에 하느님의 섭리 아래 있는 자연이 법칙대로 움직이지 않는다면 지상은 폐허가 될 것입니다. 그것은 하느님이 천사들을 그 계급에 따라 다스리고, 다시 천사들이 별들을 다스려 우리 인간에게 영향력을 미치게 되기 때문이지요. 그대에게 더 설명이 필요한지 모르겠소."

"아닙니다. 나는 지금 하느님과 그 피조물이 마땅히 있어야 할 자리에 있는 것을 보고 있기에 더 이상 설명은 필요가 없을 듯합니다."

내 말을 들은 마르텔로는 지상의 사람들이 각자 서로 다른 직무를 수행하지 않는다면 시민생활이 영위될 수 없다고 말했다. 그는 그 예로 입법가 솔론[403]과 크세르크세스[404] 장군, 제사장인 멜기세덱,[405] 이카루스의 아버지 다이달로스를 들었다. 그에 따르면 돌고 도는 천체의 힘은 인간을 포함하는 삼라만상에 완전한 도장을 찍지만, 그건 혈통과 유전 때문이 아니라 별의 영향력과 본성 때문이라고 했다.

마르텔로는 야곱과 에서의 예를 들어 개인의 소질과 개성은 혈통의 유전이 아니라 천체(별)의 힘이라고 말했다. 이삭의 쌍둥이 아들인 야곱과 에서는 이미 태중에서부터 그 성격이 완전히 달랐으며, 또한 천한 출신임에도 로물루스는 로마의 조상이 되었다고 덧붙였다. 만일 이러한 하느님의 섭리가 없다면 자식은 아비의 길을 가야 했을 것이고, 이는 하느님의 자유의지와 어긋나는 것이었다. 마르텔로는 마지막으로 한마디를 덧붙였다.

"이제는 사실이 분명해졌으리라 믿소. 내 말로 겉옷을 삼으면 모든 것이 확실해질 것이오. 하느님께 부여받은 개개인의 소질은 좋지 못한 조건에 처해질 경우 열매를 맺지 못할 수도 있지요. 그것은 땅에 뿌려진 씨앗의 운명과도 같습니다. 세상이 하느

---

403) 기원전 7세기에 활동한 아테네의 정치가이자 입법가.
404) 고대 페르시아의 왕.
405) 살렘 왕으로, 대제사장으로서의 그리스도를 상징한다.

님의 섭리에 따라 그 본성을 닦았더라면 좋았을 것을……. 그러나 인생은 반드시 그렇지 못하니 알다가도 모를 일이지요. 칼을 잡아야 제격인 로도비코[406]가 사제가 되고, 설교를 하기에 적당한 내 아우 로베르토가 왕이 되는 게 세상의 일이라오. 내 가문처럼 한 뿌리에서 나온 형제가 서로 다른 운명의 길을 걷기도 하는 것이라오."

마르텔로는 이렇게 말을 마치고, 자신의 자식들이 얼마나 사악한 죄를 저질렀으며 또 앞으로 어떤 죗값을 받게 될 것인지를 예언하고는 사라졌다.

---

406) 마르텔로의 동생을 말하며, 그는 보니파시오 8세에 의해 툴루즈의 주교로 임명을 받았다.

애욕의 두 영혼 쿠니차와 폴코

나는 아직도 베아트리체와 함께 금성천에 머물고 있었다. 이 곳에는 지상에서 애욕의 몸을 던졌던 영혼들이 머물고 있었다. 나는 거룩하게 빛나던 마르텔로가 하느님한테 돌아가며 남긴 마지막 얘기를 묵상하며 한참 동안 서 있었다.

그리고 얼마 후 찬란한 빛에 에워싸인 한 영혼이 다가왔다. 그는 환하게 미소를 지었는데, 마치 나를 바라보던 베아트리체의 미소와 같았다. 내가 정중하게 말문을 열었다.

"오, 축복받은 영혼이여! 그대는 내 마음을 잘 알 것이니 어서 그대의 마음을 드러내 보여주시기를 바랍니다."

그러자 빛나는 영혼은 기다렸다는 듯이 말했다.

"그대의 고향이기도 하니 잘 알고 있을 테지요. 나는 베네치아 북쪽의 지저분한 소택지 트레비소의 한쪽에 있는 로마노 언덕에서 살았답니다. 이 언덕에는 에첼리노 성이 우뚝 자리를 잡고 서 있지요. 일찍이 피에 굶주렸던 에첼리노 3세가 폭군으로 군림하며 이 일대를 황폐화시켰는데, 그는 나와 남매간이었답니다. 이곳 사람들은 나를 쿠니차 다 로마노라고 불렀지요."

쿠니차는 생전에 두 명의 애인과 네 명의 남편을 두었을 뿐만 아니라 사치와 노래를 즐긴 자유분방한 여인이었다. 그러나 만년에 이르러 성령의 도움을 받아 자신의 죄를 회개하고 정화했다. 이후에는 세속에 대한 욕망을 끊고 뜨거운 열정으로 하느님을 섬겼다. 그 결과 하느님의 은총을 입어 빛이 가득 찬 이곳 금성천에서 머물며 행복을 구가하고 있었다.

그녀는 자신의 과거 죄악을 기억하고 있지만 더 이상 괴로워하지 않고 오히려 그런 죄악을 씻고 은총이 가득 찬 이곳에 온 것을 영광으로 여기고 있다고 말했다. 그리고는 마르세유의 폴코[407] 주교를 소개했다.

하느님을 일심으로 섬겨 수도원 원장이 된 주교로서 이단자들에게 가차 없는 판결을 내려 세상 사람들의 명성을 얻었다. 쿠

---

407) 폴코는 젊었을 때 음유시인으로 이름을 날렸고, 한때는 방탕한 생활을 했지만 훗날 대오각성하고 개심하여 수도원에 들어가 마르세유의 주교가 되었다.

니차는 그의 명성이 수백 년은 더 계속될 것이라고 말하면서 덧붙였다.

"지상에서의 육체적 삶이 첫 번째 생이라면 사후 영적인 삶은 두 번째 생이라고 할 수가 있지요. 영적인 삶은 후세에 명성을 남기는 삶이지요. 이러한 사실을 그대도 잘 알고 있을 것입니다. 그러나 이탈리아 북쪽의 사람들은 그렇지를 못하니 걱정입니다. 에첼리노 같은 폭군에게 그렇게 당하고도 깨달음이 없으니 말입니다. 정쟁과 붕당에 휩싸여 밤낮 정치 놀음을 하고 있으니 재앙을 면치 못하게 될 것입니다. 파두아의 겔프당이 제국에 반항했으므로 피를 흘려 비센차 근처의 강이 더럽혀지게 되겠지요. 트레비소의 군주 역시 장기를 두다가 암살이 될 것이고, 싹싹한 주교 노벨로는 겔프당에 충성한다고 피신해 온 기벨린당 사람들을 내주어 피를 흘리게 될 것입니다."

쿠니차가 이렇게 예언을 할 수 있는 것은 청화천에 있는 좌품천사라 부르는 거울이 있었기 때문이다. 좌품천사는 토성천을 다스리는 천사로 거울을 통해 지상의 인간들에 대한 하느님의 심판을 볼 수 있다고 한다. 그녀가 말을 마치고 다시 빙빙 돌며 춤을 추는 무리 속으로 들어가자 폴코의 영혼이 나타났다.

"살아서나 죽어서나 명예를 드높인 영혼이여, 그대를 보니 저 위의 천상의 기쁨은 우리를 미소 짓게 하지만, 저 아래 지옥의 영혼은 우리의 얼굴을 어둡게 한다는 것을 알 수 있습니다. 제

가 이럴진대 그대는 무엇이든 모를 것이 없겠지요. 그러니 여섯 날개로 하느님을 기쁘게 하시는 세라핌 천사들과 함께 하느님의 영광을 노래하는 그대가 어찌 내 소원을 들어주지 못하겠습니까?"

내 간청을 듣고 폴코가 입을 열었다.

"나는 대서양이 목걸이처럼 감싸고 있는 마르세유에서 살았다오. 그 옛날 카이사르가 폼페이우스의 지지자들을 격파하고 피를 흘렸던 곳이며, 토스카나 사람에게서 제노바 사람들을 갈라놓은 물가에 자리를 잡고 있는 곳이지요. 나는 한때 사랑의 신 비너스의 빛을 받아 애욕에 몸을 던졌던 적이 있다오. 어리석었던 시절의 얘기지만, 그 시절 내 불타오르는 사랑은 아이네이아스를 연모한 디도나 이올레를 마음속으로 흠모했던 헤라클레스의 사랑 못지않았지요."

폴코는 지난 현세에서의 애욕의 삶을 회고하며 레테의 시냇물을 마시고 죄를 정화했으므로 여기서는 천국의 기쁨만을 누리고 있다고 말하면서 찬란한 빛에 둘러싸여 있는 여리고의 여인 라합[408]을 소개했다. 그녀는 결국 여호수아를 도와 여리고 성을 점령하는 영광을 함께 하기도 했다. 이는 목숨을 걸고 선한 일을 하면 미천한 기생이라도 천국에 갈 수 있다는 사실을 보여

---

408) 라합은 기생 신분으로 여호수아가 보낸 정탐꾼들이 위기에 몰리자 숨겨준다.

주고 있다. 그녀는 그리스도께서 지옥에 가셨을 때 맨 먼저 구원
돼 천국에 올랐다.

폴코는 교황조차 사라센에게 짓밟힌 거룩한 성지 팔레스티나
를 외면하고 있지만 기생 라합은 여리고 성의 점령을 가능하게
했다고 칭송했다. 이어 이렇듯 목자를 자처하는 자들이 악의 꽃
을 피워 양들로 하여금 길을 잃게 만들었다고 했다. 그 결과 성
스런 교회가 세속의 욕망을 추구하며 타락하고 교황과 추기경
이 그 앞에 서 있으나 머지않아 하느님의 뜻대로 교회가 정상으
로 돌아올 것이라고 말했다.

토마스 아퀴나스와 위대한 영혼들

이 세상 만물을 창조하시고 질서를 부여하신 하느님의 능력은 경이롭기 짝이 없다. 한 분이신 성부와 성자와 성령이 사랑으로 역사하시는 이를 데 없는 힘이 이 세계를 창조하셨으니, 이를 보는 자는 누구든지 놀라지 않을 수 없는 것이다. 하느님은 성부 창조주이시며, 성자는 예수 그리스도, 그리고 사랑은 아버지와 아들과 영원히 함께하시고 삼위 되시는 성령을 말한다. 삼위일체의 하느님은 물질세계와 정신세계의 그 모든 것을 오묘하신 질서로 조화롭게 창조하셨으니 이를 경험하지 않고는 알 수가 없다. 언제나 하느님은 삼위일체의 신비를 드러내 보이고 있는 것이다. 그러니 누가 창조의 신비와 창조주이신 하느님의 위대함을 노래하지 않을 수 있겠는가.

태양은 대자연의 심부름꾼인 양 돌아가고 있었다. 적도와 황도가 교차하는 지점에서 태양이 나선형으로 빙빙 돌아가고 있었다. 백양궁에 있는 태양이 춘분에는 황도와 적도가 교차하는 지점에 있었다. 황도와 적도가 같았다면 계절의 구별은 없었을 것이다. 만약 별들의 경사도가 적정 거리를 유지하지 못했다면 우주의 질서와 조화는 깨졌을 것이며 지구의 모든 생명체들도 존재하지 못했을 것이다. 내가 베아트리체의 존재도 잊어버릴 정도로 창조주 하느님의 경이로운 역사에 골몰해 있을 때 들리는 소리가 있었다.

"하느님께 감사를 드리세요. 하느님의 무한한 능력을 그대 눈으로 보았을 테니 절로 감사하게 될 거예요. 아울러 천사들의 태양에 감사하세요. 하느님의 은총으로 나는 그대를 태양천으로 이끌었답니다."

나는 베아트리체의 말을 듣고서야 비로소 우리가 태양천에 올라왔음을 알았다. 태양천에는 철학자들과 신학자들이 머물고 있는 곳이었다. 고개를 들어 바라보니 태양이 찬란하게 밝아오고 있었다. 나는 베아트리체를 따라 빛 속으로 들어갔다. 그곳에는 수많은 영혼이 걷거나 얘기를 나누는 모습이 보였지만 형체가 선명하지 않았다. 다만 불분명한 형체가 눈부신 빛을 내뿜고 있었다. 그러나 그 빛은 태양광선과는 구별되는 빛이었다. 나는 한동안 그 찬란한 빛에 눈이 멀 지경이었다.

잠시 후 열두 영혼들이 노래하고 춤을 추면서 화환 모양으로 우리를 둘러싸더니 세 번을 맴돌았다. 마치 원무를 추듯이 우리 주위를 돌며 노래를 하고 있었다. 그 노랫소리는 내가 일찍이 들어본 적이 없을 정도로 경건하고 아름다웠다.

이윽고 한 영혼이 나서 말했다.

"그대를 이곳까지 인도한 아름다운 여인을 화환 모양으로 에워싼 우리들이 누군지 알고 싶지 않소? 우선 나부터 소개를 하지요. 나는 거룩한 도미니코 수도회의 어린 양떼 중 한 마리였다오. 부디 저 양떼들이 빗나가지 않고 좋게 살이 찌기를……. 나는 학자였던 토마스 아퀴나스[409]라고 하오. 그리고 내 오른편에 계신 분은 내 스승이셨던 대학자 쾰른의 알베르투스[410]이십니다."

나는 깜짝 놀라 마른침을 삼켰다. 토마스 아퀴나스는 내게 학문의 길을 열어준 선대의 대학자로 한없이 존경하는 분이셨기 때문이다. 그의 신학에 대한 공헌은 아리스토텔레스의 철학과 기독교의 종합에 있었다. 내가 귀를 의심하며 토마스 아퀴나스에게 물었다.

"아니 정말 당신이 토마스 아퀴나스가 맞습니까?"

---

409) 신학자이자 철학자이며, 스콜라 철학의 대표적인 인물.
410) 중세 스콜라 철학의 대표적인 인물로 쾰른 대학에서 아퀴나스를 가르쳤다.

토마스 아퀴나스가 고개를 끄덕이며 내가 원한다면 우리를 둘러싸고 있는 나머지 영혼들을 소개시켜 주겠다고 말했다.

"내가 말하는 순서대로 축복을 받은 영혼들의 화환 위로 시선을 옮기면 됩니다."

나는 그가 말하는 첫 번째 영혼의 빛을 바라보았다.

"저 빛은 성 베네딕트회의 수사로 그 유명한 그라치아노의 웃음에서 나오는 것입니다. 그는 가장 위대한 법학자로 교회법과 세속법을 조화시킨 공적이 있지요. 그에 따라 하느님의 정의의 심판을 받고 천국으로 오게 된 것입니다."

토마스 아퀴나스는 계속해서 빛나는 영혼들을 가리키며 소개를 이어갔다.

"그다음 영혼은 성서학자 피에트로[411]인데 자신의 전 재산을 헌금으로 교회에 바친 것으로 유명하지요. 그는 교부들의 어록집을 펴내기도 했고 파리의 주교를 지내기도 했습니다."

나는 토마스 아퀴나스의 얘기를 들으며 유난히 빛나는 영혼을 보고 그가 누구냐고 물었다.

"그는 다윗의 아들이며 이스라엘 왕인 솔로몬이랍니다. 그는 세상 사람들도 그리워하는 현자로 칭송이 자자하지요. 아마도 사람들은 솔로몬 왕이 천국에서 행복을 구가하고 있다는 소식

---

411) 12세기의 뛰어난 성서학자.

을 들으면 기뻐할 것입니다. 솔로몬의 지혜가 진실이라면 그 어떤 것도 여기에 미치지 못하겠지요. 그의 빛이 유독 빛나는 것은 날카로운 지혜와 예지를 갖춘 현자였기 때문이랍니다."

나는 어려서부터 솔로몬 왕의 얘기를 들으며 자랐는데 이렇게 눈앞에서 보게 될 줄은 몰랐다.

"그다음 빛은 바울의 제자인 디오니시우스랍니다. 그는 사도 바울에 의해 개종하고 그분의 제자로서 아테네의 주교가 되었다가 순교를 하셨지요. 원래 그는 아레오파고스 법정의 판사이기도 했지요. 그는 살아서 천사에 대해 그 소임과 역할에 대해 가장 잘 알았던 사람이기도 했고, 천사처럼 살았답니다."

나는 디오니시우스의 얘기를 들으면서 내가 가졌던 천사의 이미지가 얼마나 허황되었는가를 깨달았다. 그는 살아서도 안 것을 나는 이제야 깨닫고 있었다.

"저기 빛 중에서 가장 작은 것은 영혼은 스페인의 사제 파울로 오로시우스랍니다. 그는 초기 기독교 시대의 변론가로 로마 제국의 멸망이 그리스도교 때문이었다는 이교도의 주장을 반박하는 저작을 남겼지요. 훗날 이 저작은 대학자 아우구스티누스[412]에게 많은 영향을 미치기도 했습니다. 그 옆의 거룩한 영혼은 냉철한 이성의 소유자로 성격이 대쪽 같았던 보이티우스랍니

---

412) 신학자이자 철학자로, 후에 성인으로 시성된 대표적인 교부.

다. 그는 로마 말기의 정치가이며 종교가로 그 성격대로 정직이 화근이 되어 죽었지요. 그는 감옥에서 쓴 『철학의 위안』이라는 저작을 남겼고, 사후 그의 유해는 성 베드로 성당에 안치되었습니다."

그 밖에도 토마스 아퀴나스는 스페인 세비야의 주교로 방대한 양의 백과사전을 남겼던 이시도루스와 일생 저술에 몸을 바쳐 『영국인 교회사』를 남겼던 비드,[413] 그리고 명상가이자 신비학자로 파리 근교 빅토르 수도원의 원장을 지냈던 리샤르를 소개했다.

마지막으로 토마스 아퀴나스는 열두 번째 빛나는 영혼인 시제르를 소개했다. 그는 파리 대학의 철학 교수로 개체의 불멸을 부인하는 아베로스주의를 옹호해 현세에서는 이단으로 몰렸으나 천국에서는 기쁨을 누리고 있었다.

토마스 아퀴나스의 긴 얘기가 끝나자 열두 영혼들은 시계의 톱니바퀴가 맞물려 돌아가듯이 우리를 에워싸고 원무를 이루며 노래를 불렀다. 그것은 하느님의 신부가 사랑하는 신랑에게 새벽 노래를 바치러 가는 것과 같았고, 그 노랫소리는 맑고 경건해서 마치 교회의 첨탑에 드리워진 줄을 잡아당겨 종소리를 울려퍼지게 하는 것 같았다.

---

413) 앵글로색슨 시대의 신학자이자 철학자로 영국사학의 시조로 불린다.

제11곡

프란체스코의 청빈

나는 토마스 아퀴나스의 얘기와 위대한 영혼들의 노랫소리를 들으면서 행복에 겨운 기쁨을 만끽했다. 그럴수록 지상의 인간들에 대한 연민이 느껴져 저절로 탄식이 흘러나왔다. 하느님의 나라를 모르는 인간의 모든 행위는 헛것에 불과한 게 아닌가. 나는 천국에서 진리를 찾는 철학과 신학의 현자들 가운데서 미망에 물든 중생들을 보고 연민의 노래를 불렀다.

"오, 그대들의 무분별한 헛수고여! 그대들로 하여금 날개를 꺾어 떨어뜨리는 저 삼단논법은 얼마나 엉터리란 말인가. 누구는 세상법과 교회법의 꽁무니를 쫓아가고, 누구는 히포크라테스의 선서를 쫓아가고, 누구는 성직을 쫓아가고, 누구는 폭력과 궤변으로 왕 노릇을 하는구나. 또 누구는 도둑질에, 또 누구는 나랏일에, 그리고 육체의 쾌락에 몸을 던졌던 자는 제풀에 지치고 누구는 안일에 몸을 던져 인생을 낭비하는구나."

그가 누구든 명예와 이익에 눈이 멀어 예지의 벗이 되는 자는 진정한 철학자라고 할 수 없다. 마찬가지로 세상의 법률가나 의사나 종교인들도 역시 돈과 지위를 얻고자 할 뿐 참된 지식을 위하여 학문을 하는 것은 아니다. 세상 사람들이 그렇게 하늘나라의 진리를 외면하고 지상의 일에만 골몰하고 있을 때 나는 천국에서 베아트리체와 함께 빛나는 영혼에 둘러싸여 있으니 이 무슨 은총이란 말인가.

우리를 둘러싸고 있던 열두 영혼들은 다시 원래 있던 곳으로 춤을 추며 돌아갔다. 그때 돌연 움직임을 멈추고 촛대 위의 초처럼 우뚝 서 있었다. 다시 토마스 아퀴나스의 목소리가 들려왔다.

"내 그대의 의혹을 풀어주겠소. 지금 나는 꺼지지 않는 축복의 빛을 받아 타오르고 있으니, 그 빛으로 보면 그대가 왜 의혹을 갖게 되었는지 알 수 있다오."

토마스 아퀴나스는 천국의 예지로 이미 내 마음을 간파하고 있었다. 내 의혹은 그가 성 도미니코 수도회를 말하면서 했던 '저 양떼들이 빗나가지 않고 좋게 살이 찌기를……' 하는 말과 솔로몬의 진리에 대한 것이었다.

"일찍이 예수 그리스도는 십자가에 피를 뿌리고 돌아가심으로 인해 교회와 인연을 맺었고, 우리 인간들이 교회를 통해 하늘나라에 참여하는 길을 만들어 주셨지요. 그리고 하느님의 섭리는 두 길잡이를 두셨답니다. 프란체스코와 도미니코가 바로 그들이지요. 프란체스코에게는 사랑에 불타는 세라핌 천사가 도미니코에게는 지성에 빛나는 케루빔 천사가 빛을 발하고 있지요. 오늘은 그중에서 아시시의 성 프란체스코에 대해서만 먼저 말을 하기로 하지요. 그러나 결국 어느 한 분을 칭송해도 결국은 두 분을 다 칭송하는 것이나 마찬가지라고 할 수 있을 것입니다."

토마스 아퀴나스는 본격적으로 프란체스코에 대해 말하기 시작했다.

"프란체스코 성인께서는 아시시의 페루자 마을에서 부유한 양모 상인 피에트로 베르나르도네의 아들로 태어났지요. 젊었을 때는 한때 쾌락에 빠졌으나 고난의 중병을 두 번이나 앓고 난 후 삶의 방식을 완전히 바꾸어 세속적인 삶을 버리고 청빈에 몸을 던졌답니다. 그의 나이 스물네 살 되던 해부터는 청빈한 생활을 하며 거리를 떠돌며 그리스도교를 포교하는 수도자의 생활을 이어갔지요."

"제가 알기로는 부친의 분노를 산 적이 있는 걸로 아는데, 그 얘기를 듣고 싶습니다."

"그런 일이 있었지요. 프란체스코는 1207년 봄에 부친의 포목과 말들을 팔아서 다 쓰러져가던 다미아노 성당을 개축하여 하느님께 바쳤지요. 이에 분노한 부친은 그를 데리고 아시시의 주교 구이도 앞에서 재판을 받아야 했습니다. 프란체스코는 주교와 여러 동네 사람들이 보는 가운데 입고 있던 옷을 벗어 부친에게 돌려주며 말했지요. 이제부터는 하늘에 계신 분이 나의 아버지이며, 가난이란 아가씨와 혼인한다고 선언을 한 거예요."

사실 가난이란 언제부턴가 누구에게나 절망감을 안겨주는 단어가 되어버렸다. 가난한 마구간에서 태어나 일생을 가난하게 살았고 하늘에 오르신 예수 그리스도 이후에는 가난을 받아들여 주는 이가 세상에 없었다. 그리스도가 십자가에서 돌아가신 후 가난은 프란체스코가 올 때까지 신랑이 없이 버려진 신부와 같았다.

토마스 아퀴나스는 가난한 자만이 가질 수 있는 겸허함과 용기의 예로 카이사르가 폼페이우스와 싸울 때 찾아갔던 가난한 어부 아미클라스를 들었다. 아미클라스는 한밤중에 오두막으로 찾아온 카이사르를 보고도 두려워하기는커녕 되레 태연했다고 한다. 청빈은 최고 통치자에게도 무릎을 꿇는 일이 없었던 것이다. 그러면서 인간의 교만이 가난을 외면하도록 했다고 비판하며 덧붙였다.

"프란체스코의 청빈한 수도 생활은 많은 사람들에게 감동을 주게 되었다오. 자연히 그를 따르는 형제들이 생겨났지요. 첫 번

째 제자는 부잣집 아들이었던 베르나르도였다오. 하지만 청빈을 몸으로 받아들이는 것은 고난을 자초하는 것이었지요. 그럼에도 베르나르도 이후에도 에지디오와 실베스트로가 맨발로 프란체스코를 따랐지요. 실베스트로는 아시시의 첫 주교였던 자로 탐욕스런 인간으로 악명이 높았으나 회심하고 제자가 되었다오. 프란체스코와 그를 따르는 제자들은 신발과 허리띠와 지팡이를 버리고 갈색의 허름한 입고 생활했지요. 이것이 훗날 프란체스코 수도회를 나타내는 상징이 되었다오."

이어 토마스 아퀴나스는 프란체스코가 교황청으로부터 수도원의 인준을 받기 위해 제자들과 함께 로마로 가서 인노켄티우스 3세로부터 구두로 허락을 받았던 사실과 이후 교황 호노리우스 3세로부터 정식으로 인가를 받기까지의 과정을 일러주었다. 이어 십자군 전쟁이 일어나자 순교를 무릅쓰고 이슬람의 술탄에게 복음을 전하러 이집트로 갔으나 성공하지 못하고 이탈리아로 돌아오기까지의 과정을 얘기해 주었다.

"프란체스코는 조국으로 돌아와 제자들이 마련한 은둔처에 머무르게 되었다오. 그리고 알베르니아 산에서 40일 동안 금식 기도를 한 끝에 손과 발과 옆구리에 그리스도의 다섯 상처를 몸에 받았지요. 그것은 그리스도께서 십자가에서 받은 상처와 같았습니다. 그 상처의 고통을 끌어안고 수도 생활을 계속하다 1226년 10월에 아시시 가까운 곳에서 소천을 했지요. 임종하며 그는 청빈을 제자들에게 유산으로 남겼으며 입고 있던 옷마저 벗겨 알몸 그대로 관에 넣지 말고 들에 버려 달라고 부탁을 했답니다. 끝까지 철저하게 청빈을 지키려고 했던 거지요. 그리고 사후 그레고리 9세로부터 성인 칭호를 받았어요."

이렇게 성 프란체스코의 일대기를 들려준 토마스 아퀴나스는 도미니코 수도회의 현재 상황을 비판했다. 도미니코는 수도회의 창시자이다. 창시자는 훌륭했으나 그분 사후 제자들이 욕심에 눈이 어두워 저마다 명예와 재물 따라 흩어졌다. 도미니코의 유지를 받들려는 아주 적은 소수의 무리들이 있긴 했지만 결과는 지리멸렬이었다. 토마스 아퀴나스는 마지막으로 도미니코 수도회의 부패와 쇠잔함을 스스로 질책하면서 길을 잃지 말고 바른 길로 가라고 충고했다.

제12곡

보나벤투라가 도미니코를 말하다

토마스 아퀴나스가 말을 마칠 때쯤 화환 모양의 빛나는 열두 영혼들이 다시 원무를 그리며 돌았다. 그런데 한 바퀴 둥그렇게 다 돌기도 전에 또 하나의 원이 첫 번째 원을 둘러싸고 돌았다. 이렇게 빛나는 두 영혼의 원은 서로 빛을 반사하고 울림을 주고받으며 완전한 조화 속에서 움직이고 있었다.

바깥에 있는 원의 원천이 되는 안에 있는 원은 주로 도미니코 수도회의 구성원들이었다. 그들은 사랑의 실천보다 학문을 강조했다. 토마스 아퀴나스에 따르면, 이해는 사랑의 행위에 선행하는 것이다. 나 역시 학문을 하는 학자들이 사랑을 실천하는 자들의 근원이 되어야 한다고 생각했다. 두 번째 원의 리더는 프란체스코 수도회의 성 보나벤투라였다. 이 두 겹의 화환 모양의 원이 나와 베아트리체를 둘러싸고 돌면서 찬란한 빛을 발하고 있었다.

그때 빛 가운데서 유난히 빛나는 영혼 하나가 나서며 말했다.

"나를 오늘까지 있게 해준 사랑이 나로 하여금 한 영혼을 칭송하게 하는도다. 토마스 아퀴나스 때문에 내 스승이 칭송을 받았으니 나 역시 화답을 하리라."

내가 깜짝 놀라 돌아보며 물었다.

"거룩하게 빛나는 영혼이여, 그대는 누구십니까?"

그 영혼이 기다렸다는 듯이 경쾌하게 대답했다.

"나는 보나벤투라라고 하지요. 프란체스코 수도회의 수도승이었으며 후에 총장과 추기경, 그리고 알바노의 주교 자리에도 올랐지요. 내 스승은 당연히 성 프란체스코고요. 도미니코 수도회의 토마스 아퀴나스가 내 스승님을 칭송했으니 이번에는 내가 화답하여 성 도미니코를 칭송해야 되지 않겠소."

그는 어렸을 때 중병으로 시달릴 때 프란체스코가 치료를 해주었는데, 치료를 받은 소년은 '보나벤투라!'라고 외쳤다고 한다. 이탈리아어로 보나벤투라는 '다행이군!'이라는 뜻으로, 그 어머니가 그 소리를 듣고 이름을 바꾸었다는 일화가 전해지고 있었다.

나는 보나벤투라에게 고개를 숙여 정중하게 감사를 표하며 말했다.

"아담의 원죄 때문에 낙원에서 추방된 인간들을 위해 예수 그리스도가 십자가 위에서 피를 흘려 하늘나라로 들어갈 수 있는 문을 열어놓았지요. 그러나 그 제자들이 십자가의 길을 제대로 따라가지 못하고 주저했어요. 그때 하느님이 위험에 처한 제자들을 은혜로 돌보아 주셨고, 프란체스코와 도미니코라는 두 길잡이를 보내시어 흩어진 교회를 도우셨고요. 그래서 빗나간 길을 가던 많은 사람들이 두 분의 말과 행동에 감복해 다시 제 길을 찾아 모여들었던 것은 아닐는지요."

내 말에 보나벤투라는 수긍한다는 듯이 고개를 끄덕이며 프란체스코에 대해 말하기 시작했다.

"서풍 제피로가 불어오면 유럽은 초록의 싱그러운 잎사귀들이 바람에 흔들리며 신록의 계절로 접어들게 된다오. 바람이 불어오는 저기 저쪽 스페인의 카스티야의 방패에는 사자가 아래위로 새겨져 있지요. 거기 카스티야의 칼라루에가라는 작은 마을에서 귀족 출신이었던 아버지 펠리체와 어머니 조반니 사이에서 도미니코가 태어났습니다. 그의 이름 도미니코는 라틴어로 하느님의 소유격을 의미하고 있는데, 누가 이름을 지었는지는 모르지만 그는 아마 태어날 때부터 하느님의 사제가 될 운명이었던가 봅니다."

보나벤투라에 따르면 도미니코는 태생부터가 그리스도의 사환이자 종이었다는 것이다. 그것은 마치 하느님이 과수원을 가

꾸기 전에 농부를 먼저 선택하는 것과 같은 것이라고 했다. 그는 일찍이 젊은 시절에 하느님의 가난에의 권유를 받아들여 자신이 가진 책을 모두 팔았다는 일화가 전해졌다. 물론 가난한 사람들을 돕기 위해서였는데, 그는 사람이 굶어죽는 데 책만 읽고 앉아 있을 수만은 없다고 말했다.

나는 보나벤투라의 말을 듣고 하느님의 복음적 권유가 생각이 나서 말했다.

"하느님의 가난에의 권유는 신빈을 말하는 것이겠지요. 일찍이 하느님이 계명과는 구분되는 세 가지 복음적 권유 가운데 신빈이 첫째고, 그다음에 정결과 순명이었던 걸로 알고 있습니다만……."

보나벤투라는 내 말에 동의를 표하며 계속해서 도미니코의 가난한 삶에 대해 말했다.

"사람들은 세속의 부와 명예를 추구했던 오스티아 사람 엔리코 디[414] 수사와 타데오[415] 등을 좇아갔지만 도미니코는 하느님의 나라를 사랑했기에 짧은 시간에 위대한 학자로 부상을 했지요."

도미니코는 굳건한 신앙으로 교회를 위해 일평생 헌신했으며,

---

414) 훌륭한 법령집의 주석가로 후에 추기경과 오스티아의 대주교가 되었다.
415) 피렌체 출신의 뛰어난 의사.

후에 그의 학문은 이단의 학설을 쳐부수는 역할을 하게 되었다.

그는 교황과 결탁하여 높은 성직에 오르려고 하지 않았고, 수입이 많은 주교의 자리를 탐하지도 않았다. 아울러 부임하기 전에 비어 있던 자리에 대한 급료나 십일조를 요구하지도 않았다. 다만 그는 교황에게 어지러운 세상에 대항하여 믿음의 씨앗을 지켜줄 것을 요구했을 뿐이다. 결국 도미니코가 보살피고 지킨 씨앗에서 지금 내가 보고 있는 지복한 영혼들인 스물네 그루의 나무가 자라났던 것이다. 보나벤투라가 계속해서 말을 이었다.

"도미니코는 프로방스 툴루즈 지방에서 일어났던 이단 알비파에 대하여 격렬하게 싸웠지요. 그들의 저항은 집요하고 끈질겼는데 도미니코가 앞장서서 그들을 쳐 격파함과 동시에 전도 활동에도 노력을 기울였어요. 그래서 그로부터 많은 가지가 생겨나 과수원은 풍성한 열매를 맺게 되었지요."

여기까지 말하고 보나벤투라는 길게 탄식을 내뱉었다.

"그대도 토마스 아퀴나스한테 들어서 알고 있겠지요. 마찬가지로 아직 소수의 수도자들이 우리 프란체스코의 정신을 지키고 있지만 그들조차 회칙을 잘못 해석해 강경파와 온건파로 나뉘어 만족할 만한 결과를 도출하지 못하고 있습니다. 마치 뒤축이 밟은 자국을 발끝으로 다시 밟을 만큼 질서가 뒤집혀져 있지요."

그리고 보나벤투라는 두 번째 원을 구성하는 프란체스코의 회원들을 소개했다. 일루미나토는 귀족 출신으로 프란체스코와 함께 이집트 전도 여행을 했던 인물이고, 아시시 출신의 아우구스틴은 캄파니아 수도원장이 되었던 인물로 프란체스코와 한 날한 시에 죽은 것으로 유명했다. 위고는 수도원장 출신이고, 피에트로 만두카토르는 프랑스의 신학자로 스콜라 철학사를 썼던사람이었다. 페드로는 교황을 지냈던 인물이고, 나단은 다윗왕의 죄를 꾸짖은 예언자이며, 크리소스토모스는 콘스탄티노플의대주교를 역임한 인물이었다. 안셀무스는 캔터베리 대주교였고,도나투스는 문법학자로 유명했던 인물이며, 라바누스는 토마스아퀴나스의 제자로 후일 마인츠의 주교를 지냈다. 마지막 열두번째 영혼은 조아키노인데, 그는 한때 이단으로 처벌을 받았으나 지금은 천국에서 기쁨을 누리고 있었다.

보나벤투라의 소개가 끝내자 두 겹으로 원을 그리고 있던 스물네 영혼들은 다시 노래하며 춤을 추었다. 그들이 뿜어내는 빛은 더욱 찬란하게 빛을 발하며 하늘나라의 축복과 은총을 드러냈다. 노래와 춤을 마친 영혼들은 다시 나와 베아트리체를 에워쌌다.

제13곡

솔로몬의 진리

나는 휘황한 빛을 내뿜는 스물네 영혼의 무리에 둘러싸여 하늘을 쳐다보았다. 하늘에는 장엄하게 빛나는 스물네 개의 별이 지상의 영혼들과 조응하며 하느님의 영광을 드러내고 있었다. 하느님의 권능 아래 움직이는 장엄한 별들의 운행은 장대하고 아름답게 보였다. 나도 모르게 시구가 흘러나왔다.

"내가 지금 본 것을 알고 싶어 애써 마음을 조이는 자가 있거든 상상해 보라. 내 혀는 굳어 있으니 상상력을 발휘해야 하리라. 제각기 다른 곳에서 크나큰 빛으로 하늘을 밝히는 열다섯 개의 별을 또한 상상해야 하리라."

하늘에는 큰곰자리의 일곱 개 별은 언제나 그 자리를 지키며 빛을 발했고, 작은곰자리의 두 별은 원동천이 돌아가는 축의 한 끝에서 찬란한 빛을 발했다. 이렇게 해서 하늘에서 가장 빛나는 별 열다섯 개와 합쳐 스물네 개의 별이 안과 밖에서 두 겹으로 우주의 장엄한 하모니를 이루며 천체의 아름다운 질서를 통해 하느님의 영광을 드러내고 있었다.

내가 그렇게 하느님의 권능을 드러내는 천체의 운행에 넋을 놓고 있을 때 프란체스코의 생애와 업적을 들려주었던 토마스 아퀴나스가 정적을 깨뜨렸다.

"벼를 타작하고 나서 그 알곡을 추수하고 나니 사랑의 유혹처럼 내게 또 하나를 타작하라고 하는구나."

토마스 아퀴나스의 말은 한 가지 의문을 해결해 주었으니 이제 다른 한 가지 의문을 해결해 주겠다는 말이었다. 그 의문은 내가 앞서 제기했던 솔로몬 왕의 진리에 대한 것이었다.

"하느님은 아담의 갈빗대를 뽑아 하와를 창조했지요. 하와가 선악과를 따먹었으므로 잃어버렸던 낙원을 회복하기 위해 그리스도가 십자가에 못이 박혀 죽으셨답니다. 이 위대한 힘은 하느님으로부터 인간의 본성에 최고의 지혜를 부여하신 것이지요. 여기서 그대는 의문은 타락 이전의 인류의 조상인 아담과 그리스도야말로 최고의 지혜라고 생각하고 있었는데, 솔로몬의 지혜에 필적하는 것이 없다는 내 말이 혼란을 일으키고 있다는 것이겠지요?"

나는 그렇다고 즉각 대답했다.

"그러나 하느님의 첫째 힘의 밝으신 모습을 투사하면 거기 티 없는 완전함이 있게 되지요. 이 두 가지 아담과 그리스도에게 이루어졌던 것처럼 인간 본성이 그리된 적이 없었고 앞으로도 없을 것이기에 그대의 의문은 일리가 있소."

이렇게 말한 토마스 아퀴나스는 피조물의 생성과정을 설명하면서 하느님의 위대한 능력을 설명했다.

"이 세상 모든 피조물은 이데아의 빛을 반영하고 있지요. 그 빛은 삼위일체의 첫째 힘인 성부로부터 나옵니다. 그리고 성부로부터 나온 빛은 아홉 계급의 천사들을 통해 반사되고, 이 천사들은 그 빛을 다양한 피조물을 통해 전달하지요. 반사가 계속됨에 따라 빛은 감소하게 됩니다. 여러 하늘의 힘을 통해서 피조물은 간접적으로 창조되는 것입니다. 이 창조 과정에서 밀랍은 다양한 용량에 따라 신적인 빛을 받게 되지요."

나는 토마스 아퀴나스의 설명을 들으면서 나름대로 이해를 하려고 했으나 수긍할 수 없는 점도 있었다. 내 나름으로 정리하자면 이 세상의 삼라만상을 이루는 일체의 피조물은 모두 삼위일체인 하느님으로부터 나오는 이데아의 현실태로 나타난다. 성자의 빛이 성부와 성령으로부터 나누어지지 않고, 그리스도의 의지대로 아홉 하늘에 있는 아홉 천사들이 실체를 통해 빛을 비추고 있다. 그리고 아홉 천사로부터 나오는 빛은 지상에 내려와 단순한 피조물을 창조했다. 이 창조물은 광물과 동식물과 함께 생성된 것을 가리킨다. 밀랍은 형상이 없는 기본적인 질료이다. 이 질료에 제천, 즉 여러 하늘이 영향을 미친다. 밀랍은 형상이 없으므로 이데아의 반영 정도에 따라 피조물의 우열이 생기게 된다. 결론적으로 티 없이 완전한 창조는 아담과 그리스도의 인성 안에서 이루어졌다. 이 완전한 창조는 하느님의 직접 창조하신 아담과 그리스도이므로 완전한 사람은 전에도 없었고 앞으로도 없을 것이라는 것이다.

그러므로 토마스 아퀴나스에 따르면, 솔로몬에게 준 진리와 아담과 그리스도에게 준 진리는 확연히 구별되는 것이다. 솔로몬에게 준 진리는 왕으로서 백성을 다스리는, 다시 말해서 정치가에게 준 진리로 이는 하느님이 분야별로 부여한 그 직분에 맞는 진리라고 할 수 있다. 이것이 하느님이 솔로몬에게 말한 '네 앞에도 너와 같은 자가 없었거니와 네 뒤에도 너와 같은 자가 없으리라'는 말의 진정한 의미라는 것이다.

나는 토마스 아퀴나스의 긴 설명을 듣고서야 내 의문이 경솔했음을 깨달았다. 잘 이해가 되지 않는 일에 조급하게 선입견으로 결론을 내렸던 내 자신이 부끄러워졌다. 토마스 아퀴나스의 경고가 내 가슴을 후벼 팠다.

"어떤 결론을 내릴 때는 신중을 기해야 합니다. 그대의 발에 납덩이를 매단 것처럼 천천히, 마치 지친 사람처럼 신중해야 합니다. 그렇지 않으면 밭에 있는 이삭이 채 익기도 전에 이러쿵저러쿵 떠벌리며 안이하게 판단하는 것과 같은 것이겠지요."

그는 내게 거듭 불확실한 일에 조급하게 판단하지 말라고 경고했다. 사리 판단에 있어 단견과 속단은 금물이라고 했다. 그것은 진리를 알고 싶어 하면서도 그 방법을 모르는 자는 마치 고기를 낚고 싶으나 그 방법을 모르는 자와 같다는 것이다. 인간은 보이는 것이 전부 참이라 믿고 판단을 내리기 쉽다는 경고였다. 그러면서 태양의 뜨겁고 차가움에서 만물이 생겨났으며, 인간 역시 태양에서 태어났다고 주장했던 그리스의 철학자 파르메니데스와 그 제자인 멜리소스,[416] 그리고 삼위일체를 부정했던 사벨리우스와 아리우스[417] 등을 언급하며 이들의 주장이야말로 성급한 판단의 적나라한 예라고 일러주었다.

---

416) 기원전 6세기의 그리스 철학자로, 둘 다 삼단논법의 오류로 아리스토텔레스의 비판을 받음.
417) 기원전 3세기의 그리스 수학자이자 철학자.

제14곡

화성천의 십자가 영혼들

　찬란한 빛을 발하는 토마스 아퀴나스의 영혼이 말을 마치자 베아트리체가 나를 바라보며 그에게 말했다. 우리를 둘러싸고 있는 스물네 영혼들의 첫 번째 빛나는 원에 있던 토마스 아퀴나스가 마치 밖에서 안으로 물결을 치듯 말했다면, 이번에는 베아트리체가 안에서 밖으로 물결을 치는 듯한 모양새를 취하고 있는 형국이었다.

　"그대는 아직 이 사람에게 말해 주지 않은 게 있어요. 그것은 지금 그대들을 둘러싸고 있는 눈부신 빛이 지금 그대로 영원히 그대들과 함께 남아 있게 되는가 하는 점이지요. 다시 말해서 최후의 심판이 끝나고 영혼이 다시 육체의 옷을 입게 될 때 그 빛이 그대들의 시력을 상하게 하지 않을까 하는 점이지요."

베아트리체는 내가 속으로 궁금해하던 의문을 꼭 집어 대신 물었다. 나는 그녀에게 눈길을 돌려 고마움을 표시했다. 베아트리체의 말에 스물네 영혼들은 우리를 에워싸고 춤을 추며 노랫소리로 기쁨을 나타냈다.

우리는 누구든지 천국에 살기 위해서는 저 세상에서의 삶과 결별하지 않을 수 없다. 따라서 지상에서 죽어서 저 위에서 산다는 것을 언짢게 생각하는 사람들이 있다면, 그것은 저 위에서는 영원한 빛과 은총이 마치 비처럼 쏟아지는 것을 모르는 사람들일 것이다. 다시 말해서 부활의 생명을 보지 못하는 어리석은 사람일 뿐이다. 한 분이신 성부와 성자와 성령이 주관하시는 영원한 삶은 한계가 없는 불멸의 삶이므로 부활의 생명인 것이다.

우리를 둘러싼 영혼들은 성부와 성자와 성령을 세 번씩 부르며 노래했다. 그리고 그때 우리를 둘러싼 작은 원의 눈부신 빛 하나가 나서서 내가 제기한 의문에 대답했다.

"천국의 축제에 참여한 지복의 영혼들이 지니는 밝은 빛은 하느님을 사랑하는 열기로 말미암은 것이고, 그 열기는 하느님을 뵙는 직관을 따르며, 직관은 또한 은혜로 말미암은 것이라오. 하느님을 뵙는 힘의 다소는 은총의 많고 적음에 달려 있지 공덕의 많고 적음과는 관계가 없지요. 영혼은 부활해서도 사랑의 빛을 발할 것이며, 빛도 직관도 뜨거움도 더 커질 것이오."

나는 베아트리체에게 물었다.

"내 의문에 친절하게 대답을 하고 있는 저 영혼은 누군가요?"

베아트리체는 미소를 보이며 대답했다.

"저 영혼은 그대가 어머니 무릎 위에서 들었던 옛날 얘기의 주인공이랍니다. 다윗의 아들 솔로몬 왕이지요. 그는 하느님으로부터 지혜를 선물로 받았지요. 지금 특별히 그대를 위해 직접 대답을 해주고 있답니다."

나는 존경심을 가지고 솔로몬 왕을 바라보았다. 그때 다시 솔로몬 왕이 입을 열었다.

"천국에서의 축복은 계속되는 것이지요. 그것은 육체의 옷을 다시 입게 된 후에도 마찬가지라오. 무엇이든 완벽에 가까울수록 하느님에게 가까워지는 것이지요. 그때가 되면 빛은 더욱 찬란하게 빛을 발할 것이며, 그 빛으로 하느님을 볼 수 있게 됩니다."

솔로몬 왕의 말이 끝나자 안과 밖에 있는 두 원의 영혼들이 나를 지목하며 목소리를 합쳐 "아멘!"이라고 외쳤다. 그들 영혼들은 솔로몬 왕의 말에 동의하면서 한편으로 나를 보며 육체의 부활을 염원하는 짧은 기도를 올리는 것 같았다. 물론 그 목적은 부모와 친지를 다시 만나고 싶은 바람이었을 것이다.

그때 우리를 둘러싸고 있는 두 영혼의 무리들이 원을 이루고 있는 그 너머로 세 번째 빛의 무리가 나타나더니 원을 그리고 있

었다. 처음에는 희미하더니 점차 강렬하게 빛을 발하고 있었다. 그리고 그 사이로 내 눈에 새로운 영혼의 실체가 얼핏 모습을 드러냈다. 나는 눈이 부셔 바라볼 수가 없을 정도였으나 베아트리체는 그 빛을 받아 그 어느 때보다도 아름답게 보였다.

그러는 사이 주위를 둘러보니 우리는 어느새 다섯 번째 하늘 화성천에 올라왔음을 알았다. 나는 하느님에게 감사의 기도를 올렸다. 가장 진실한 언어로 하느님의 은총으로 화성천으로 이끌어준 데 대한 감사의 기도였다.

내 기도가 다 끝나기도 전에 한 광명의 무리가 은하의 별들처럼 줄지어 모여들더니 화성천의 원 안에서 직각으로 교차되는 두 직경에서 십자가 모양을 만들었다. 그러니까 정확하게 화성천의 원 안에서 십자가가 그 모습을 드러냈다. 나는 감격하여 탄성을 질렀다. 십자가가 그리스도를 빛내고 있었던 것이다. 이 화성천에 나타난 영혼들은 자기 십자가를 지고 그리스도를 따랐던 순교자들의 영혼들이었다. 십자가 좌우는 마치 뿔처럼 보였다. 영혼들이 좌우로 상하로 움직였는데, 서로 교차할 때 광채가 강렬해졌다. 그 움직임이 마치 햇살에 비치는 작은 먼지들처럼 보였다.

그리고 그 속에서 하느님을 찬양하는 경건한 목소리가 장엄하게 울려 퍼졌다.

제15곡

고조부 카차구이다와의 대화

지상의 유한한 것에 집착하는 자는 하늘나라의 완전한 사랑을 잃어버려 후회할 수밖에 없다. 이는 하느님의 마땅한 섭리이다. 이 세상이 기뻐할 재물로는 우리의 근심과 고초를 면하지 못하는 것이다. 하느님의 참된 사랑만이 우리를 구원할 수 있다.

내가 십자가를 이룬 영혼들의 그 장엄한 광경에 넋이 빠져 있을 때 내 앞으로 유성처럼 한 영혼이 십자가의 오른쪽에서 아래로 떨어져 내려왔다. 그 빛나는 영혼이 떨어진 자리는 십자가에 그대로 남아 빛을 발하고 있었다. 위대한 스승 베르길리우스 입을 빌려 말하자면, 그 모습이 마치 연옥에서 사나운 길을 이겨내고 오는 아이네이아스를 안키세스[418]가 정겹게 맞이하는 것과 같았다.

그리고 그때 십자가를 이루고 있던 영혼들이 찬양을 중단하고 일제히 침묵했다.

내 발치로 내려온 빛나는 영혼이 감격한 듯 말했다.

"오, 나의 핏줄이여! 그대를 위해 천국의 문이 산 채로 한 번 사후에 또 한 번 열릴 것인즉, 대체 어떻게 이런 일이 일어날 수 있단 말인가. 오오, 은총이 넘치는 나의 핏줄이여!"

나는 그의 말을 이해할 수가 없었다. 라틴어였기 때문이다. 내가 어리둥절해서 베아트리체에게 눈길을 돌렸다. 그녀의 웃음이 내 눈에는 천국의 바닥에 닿은 것처럼 눈부시게 어여뻤다. 나는 베아트리체의 웃음을 보면서 하느님의 은총과 축복이 나에게 전해졌다는 확신이 들었다.

나는 처음에 그의 말을 이해할 수 없었으나 차츰 그가 내가 알아들을 수 있도록 인간의 수준에 맞게 말을 바꾸었기 때문에 곧 그의 말을 알아듣게 되었다. 그가 다시 말했다.

"내 가지에서 이렇게 축복받은 영혼이 나오다니. 거룩하신 삼위일체이신 하느님께서 영광과 찬송을 받으시기를! 하느님의 영원한 뜻이 적혀 있는 큰 책을 읽고 나는 그대의 내왕을 기다리

418) 아이네이아스의 아버지.

며 기분 좋은 허기를 느꼈다."

베아트리체는 영혼이 말한 큰 책에 대해 하느님의 미래 상황이 기록되어 있는 책을 의미하는 것이라고 일러주었다. 영혼은 이미 내가 올 곳을 알고 있었고 기다리고 있었다는 것이다.

"오오, 나의 핏줄이여! 이제 내 소원은 성취되었다. 그것은 오직 그대 옆에서 빛을 발하고 계신 베아트리체 덕분이야. 그녀가 그대를 이곳 화성천에까지 이끌었으니까."

영혼은 이렇게 말하면서 베아트리체에게 정중하게 고개 숙여 감사를 표시하고는 다시 말을 이었다.

"그대는 내가 누구인지, 왜 내가 이렇게 기뻐하는지 그 까닭을 묻지 않는구나. 하긴 이곳 영혼들은 거울처럼 속을 들여다보기 때문에 말할 필요가 없지. 그렇지만 그대를 향한 내 사랑의 갈증을 채워주기 위해 소리 내어 말해 주시게나. 내 대답은 이미 준비되어 있으니 어서 그대의 목소리를 듣고 싶다."

나는 베아트리체의 동의를 얻어 말했다.

"하느님은 원래부터 평등하십니다. 하느님께 속하는 일체의 사랑과 예지는 전적으로 균형이 잡혀 있으나 나는 그렇지 못하답니다. 아무튼 당신의 환대에 감사합니다. 지금 거룩한 빛으로 십자가를 이루고 있는 귀한 보석인 당신께 부탁하오니, 부디 당신이 누구이며, 이름은 어떻게 되는지 알려주시기 바랍니다."

영혼이 하늘을 우러르며 말했다.

"오, 나의 잎사귀여, 내 오랫동안 내 뿌리에서 잎이 돋아 나오길 기다려 왔음을 그대는 모르리라."

내가 여전히 그 말의 뜻을 몰라 어리둥절해하자 영혼이 다시 입을 열었다.

"그대의 증조부 알리기에로가 교만의 죄를 정죄하느라 무거운 짐을 지고 연옥산 첫 번째 둘레에서 100년 이상을 돌고 있으니 그를 위하여 기도를 해다오. 그는 그대의 증조부이며 동시에 내 아들이지. 내 이름은 카차구이다이며, 그대의 고조부가 되겠구먼."

나는 깜짝 놀랄 수밖에 없었다. 고조부를 여기서 만나게 될 줄은 상상조차 못했기 때문이다. 나는 급히 공손하게 인사를 올렸다. 나는 어리석은 자손이었음을 인정하고 용서를 구했다. 그러자 고조부가 말했다.

"그게 세상사야. 세월이 흐르면 원래 잎사귀는 땅속의 뿌리를 알아보지 못하는 법, 용서를 구할 필요는 없다. 내게 묻고 싶은 것이 있으면 물으렴."

나는 고조부께서 사시던 당대의 피렌체 사회에 대해 얘기해 달라고 부탁했다. 그러자 할아버지는 피렌체는 구시가지와 신시가지가 있는데, 정오와 오후 3시에는 종을 울려 시간을 알렸다고 말했다.

"내가 출생한 피렌체는 평화로웠고 절제 있고 깨끗했다. 지금과 같은 어지러운 당파 싸움도 없었고. 그 당시에는 결혼 비용도 부담이 되지 않았고, 한 가족이 살기에 너무 큰 집을 짓지도 않았으며, 사치 음란한 풍조도 없었어. 화려하게 사치스런 옷차림을 하거나 화장을 한 여인들도 없었으며 신발도 소박했지. 명문가의 귀부인들도 마찬가지로 손수 짠 옷을 입고 살았거든. 아주 검소하고 질박한 풍습이 널리 퍼져 있었지. 정쟁 때문에 남의 나라로 쫓거나 죽을 염려도 없었고, 남편의 일로 부인들이 독수공방을 할 필요도 없었어. 나는 그런 좋은 시절에 태어나 세례를 받고 그리스도교 신자가 되면서 카차구이다가 되었지.”

나는 고조부의 말씀을 들으면서 선대의 피렌체 사회가 이상향처럼 생각이 되었다. 내가 다시 말했다.

“할아버지의 형제는 어떻게 됩니까? 그리고 제 성이 생기게 된 유래를 알고 싶습니다.”

고조부는 내 성인 알리기에리라는 성이 생긴 유래와 고조부의 형제들에 대해 일러주고는 덧붙였다.

“십자군 전쟁이 일어났을 때 나는 콘라트 황제[419]로부터 기사칭호를 받았어. 우리는 전투 때마다 승리를 했고, 그래서 황제는 내 무훈을 기렸지. 나는 마지막으로 황제를 따라 저 사악한

---

419) 콘라드 3세로, 프랑스의 루이 7세와 함께 제 2차 십자군 원정을 했다. 하지만 그는 피렌체에 온 적이 없고 단테가 콘라스 2세와 혼동한 것 같다.

이교도들과 싸웠는데, 당시 이교도들은 우리 땅을 부당하게 점령하고 있었거든. 나는 칼라부리아 전투에서 용감하게 싸웠지만 불행하게도 순교를 하게 되었어. 허나 더러운 세상에서 풀려나 순교자[420]의 영예를 갖고 여기 화성천에서 행복과 평안을 누리고 있지."

---

420) 순교자는 연옥을 거치지 않고 곧바로 천국에 올라갈 수 있다.

제16곡

피렌체 비극의 기원

나는 고조할아버지 카차구이다의 얘기를 듣고 고귀한 가문의 후손으로서 자긍심을 느꼈다.

그러나 욕망으로 타락한 이 세상에서 가문의 자랑은 헛된 처사에 지나지 않는다. 아무리 훌륭한 혈통을 가졌다고 해도 대대로 새로운 공덕을 쌓지 않으면 덧없는 것이다. 혈통을 귀히 여기는 것은 바람에 날리는 허름한 외투에 지나지 않는다.

나는 최대한의 존칭을 써서 고조부에게 물었다. 지금은 사용하지 않는 '보이(당신)'라는 극존칭의 용어로 고조부를 불렀다. 내 말을 들은 베아트리체는 미소를 지어 보였다. 그녀에게 '보이'라는 말은 어색했던 것처럼 보였다. 왜냐하면 천국에서는 모두 평등했기 때문이다. 그것은 천국에서는 어울리지 않는 용어였다.

"당신은 내게 말할 수 있는 용기를 주었고 내 이름을 빛나게 해주셨습니다. 나는 그것만으로도 말할 수 없는 자부심과 자긍심을 느끼며 지금 기쁨에 젖어 있습니다. 이제 내 뿌리이기도 한 당신의 조상은 누구이며, 어린 시절은 어땠는지를 얘기해 주시지요."

내 말에 고조부는 흐뭇한 얼굴로 미소를 지으며 말했다.

"지금은 성녀가 되신 내 어머니께서 나를 출생한 지는 가브리엘 천사가 동정녀 앞에 나타나 수태고지를 알렸을 때로부터 1091년이 지난 시점이었다. 나는 피렌체에 있는 성 피에로의 제6구역에서 태어났다."

고조부는 짧게 말을 하고는 그만 침묵했다. 더 이상 조상들의 연원에 대해서는 말하지 않았다. 그것은 앞서 말했던 것처럼 혈통이나 조상 자랑은 다 헛된 것이라는 암묵적인 비판이 깔려 있는 것처럼 보였다.

나는 화제를 바꾸어 고조부가 살던 당대의 피렌체의 인구와 권력자들에 대해 물었다.

"내가 살던 피렌체는 베키오 다리 북쪽의 마르스 동상에서 남북 경계인 세례 요한의 성당까지를 가리켰지. 당시 인구는 지금의 5분의 1에 불과했어. 지금은 신분이 낮은 캄피, 체르탈도, 필리네 출신의 산골 사람들이 피렌체로 이주해 들어와 뒤섞이는 바람에 오염이 돼버렸지. 차라리 캄피, 체르탈도, 필리네 마을과 이웃해 있는 갈루초와 트레스피아노에 경계를 두었다면 너에게 사형을 언도한 아굴리온과 매관매직을 일삼던 시냐 따위의 부패한 무리들을 상대하지 않았을 거야."

나는 고조부의 말에 고개를 끄덕이지 않을 수 없었다. 내가 아는 한 교황과 추기경들이 세속의 황제들과 싸워 피렌체를 분열시키지 않았다면 피렌체 사람들이 쫓겨나고 이방인들이 들어오지는 않았을 것이다. 그리고 장사를 잘해 부자가 된 사람들은 자기 고조부가 구걸하고 다니던 세미폰테로 돌아갔을 것이다. 지금도 몬테무를로는 구이도 백작 일가의 것으로, 체르키는 아코네의 작은 도시에, 부엘델몬티는 발디그레베에 있을 것이다.[421] 결과적으로 교황과 황제 사이의 해묵은 분쟁이 없었더라면 외부인들이 피렌체에 들어오지 않았을 것이며, 따라서 피렌체의 불행도 없었을 것이다.

고조부는 피렌체에서 한때 명성이 높았던 가문과 그 인물들에 대해서 계속 말을 이어갔다.

"달의 운행에 따라 조수가 들락날락하듯이 피렌체의 명문가들의 부침도 그와 같았지. 우기, 카텔리니, 필리피, 그레치, 오르

---

421) 구이도 일가는 피스토야 측의 공격을 받아 1254년에 몬테무를로 성을 피렌체 인에게 팔았고, 체르키 가는 겔프당의 당수로서 아코네의 작은 도시에서 피렌체로 이주해 온 집안이었다. 낮은 신분의 체르키는 피렌체에서 부와 권력을 잡았다.

만니, 알베리키 등은 몰락하고 말았단다. 라비냐니 가문은 백당을 추방한 대죄를 진 체르키 가문과 이웃해 살았고. 체르키 가문은 성 베드로 문 위쪽에 살았고, 라비냐 가문은 조금 떨어진 곳에 살았거든."

고조부는 그 밖에도 내가 잘 알지도 못하는 수많은 명문가와 그 자식들이 얽히고설킨 인연을 일일이 예를 들어 설명을 해주고 나서 내게 예언처럼 말했다.

"훗날 오만불손한 동아리 아디마리 가문에 의해 너는 추방을 당한 후 재산을 몰수당하고 귀향을 못하게 될 거다. 네 앞길에 항상 걸림돌이 될 것이니 걱정이구나."

나는 걱정도 되고 불안한 마음도 들었다. 고조부의 내 앞날에 대한 경고이자 충고였기 때문이다. 내가 안타까운 마음에 대체 피렌체를 이 지경까지 부패하고 타락하게 된 원인이 어디서 비롯되었는지를 물었다.

"부온델몬테가 아미데이 가 사람들에게 살해됨으로써 피렌체의 평화는 종말을 고하게 되었지. 부온델몬테는 처음 피렌체에 오기 위해 에마 강을 건너야 했는데, 차라리 그때 강물에 빠져 죽었다면 피렌체의 비극은 없었을 텐데. 그 후 그는 아미데이 가의 딸과 약혼을 했는데도 도나티에게 설득당해 그의 딸과 결혼을 했어. 결국 아미데이 가 사람들은 베키오 다리 밑에서 부온델몬테를 살해하여 마르스 동상에 제물로 바쳤지. 그리고 이 사건

532

을 단초로 복수에 복수가 꼬리를 물고 이어지다가 마침내 겔프당과 기벨린당의 내란이 터졌고. 그 이후 꽃의 도시 피렌체는 사랑과 의로움이 넘치던 도시에서 피비린내 나는 정쟁과 혼란의 도시가 되었지."

나는 고조부의 말을 듣고 가슴이 터질 것 같은 슬픔에 몸을 가누지 못할 지경이었다. 피렌체를 상징하던 순결한 백합꽃이 피로 붉게 물들었으니, 아 내 조국의 비극은 언제나 끝날 것인가.

제17곡

미래의 내 운명

그 옛날 파에톤이 아버지 아폴론을 찾아가 죽음을 무릅쓰고 자신이 당신의 아들임을 밝혔던 것처럼 나 역시 미래의 운명에 대해 알고자 하는 욕망을 숨길 수가 없었다. 베아트리체와 고조할아버지의 영혼은 이런 내 마음을 알아차렸는지 나에게 다가왔다. 그때 베아트리체가 나를 격려하듯 입을 열었다.

"그대의 조상에게 궁금한 것은 무엇이든 여쭤보세요. 그렇다고 우리 지식이 늘어나는 것은 아니지만 마음속의 갈증은 그때그때 해소하는 것이 그대 자신을 위해서도 좋겠지요."

그녀의 격려에 힘입어 주저 없이 내가 입을 열어 말했다.

"오, 나의 뿌리인 거룩한 등불이여, 할아버지께서는 이미 천국

에 올라 계시니 우연과 인과의 법칙을 잘 알고 계시겠지요. 내가 위대한 시인 베르길리우스와 베아트리체의 인도로 연옥의 정죄의 산에 있는 동안이나 지옥을 순례하는 중에도 제 미래의 운명이 비극적일 것이라는 얘기를 들었습니다. 지옥에서는 파리나타와 브레네토로부터, 그리고 연옥에서는 말라스피나와 오데리시에게서 내가 추방될 것이라는 예언을 들은 바가 있지요. 허나 나는 운명에 흔들리지 않을 것입니다. 따라서 어떤 운명이 닥쳐오더라도 관계가 없으니, 내 미래의 운명에 대해 말씀을 해주시기 바랍니다. 죽을 때를 미리 알고 이를 조용히 맞이하면 갑자기 죽는 것보다 고통이 적을 것이니, 나 자신을 위해서도 부디 말씀을 해주시지요."

그러자 고조부는 좌고우면하지 않고 분명하고 단호하게 얘기를 시작했다.

"이 세상에서 우연하게 일어나는 일들도 사실은 하느님의 섭리 안에서 일어나는 것이지. 그렇다고 매 사건마다 무슨 필연성을 띠는 것은 아니야. 마치 강물 위로 흘러가는 배가 저절로 움직이는 것처럼 보이는 것과 마찬가지라고 할 수 있지. 여기에는 우연과 필연이 미묘하게 섞여 있어 섣불리 판단할 수가 없어. 다만 하느님은 영원의 눈으로 인간들이 우연이라고 하는 일을 바라보고 계시지. 내 눈에 너를 위해 예정된 하느님의 섭리가 보이기 시작하고 있으니, 이제부터 내 입이 바빠지겠구나."

고조부는 이렇게 말을 하고 고개를 들어 잠시 허공을 응시하더니 얘기를 계속했다.

"너는 피렌체를 떠날 수밖에 없는 운명이다. 이미 너를 추방하기 위한 계획이 세워져 있기 때문에 머잖아 그렇게 될 거야. 너는 권력투쟁에서 패배한 후 교황 보니파시오 8세를 비롯한 일당에게 추방을 당하게 된다. 너는 가족과 친지는 물론 그 밖의 모든 것을 잃게 될 거야. 그러나 하느님의 정의로운 심판은 천천히 그 모습을 드러내게 된단다."

내가 망명길에 오르게 될 것이라는 예언은 이미 연옥과 지옥에서 듣긴 했지만 이렇게 고조부의 입을 통해 들으니 가슴 한 구석이 서늘해지는 느낌이었다. 고조부의 말은 계속 되었다.

"너는 쓰디쓴 슬픔과 비애를 경험하게 되겠지. 눈물 젖은 빵을 씹을 것이며, 남의 집 사다리로 오르내리게 될 거야. 그중에서도 너를 힘들게 하는 것은 같이 추방된 백당의 믿었던 동지들의 배신이다. 그들은 너의 은혜와 축복을 원수로 갚을 것이며, 끝까지 패악질로 너를 괴롭히겠지. 그럼에도 불구하고 얼굴을 붉힐 자는 네가 아니라 저들이란다. 너는 두 파당을 떠나 너만의 당을 갖게 될 거야."

"내가 추방되어 동가식서가숙하며 떠돌 때 나를 도와줄 사람은 없습니까?"

"왜 없어. 훗날 너는 롬바르디아 공[422]의 후원을 받게 돼. 그 집안의 문장은 금으로 된 사다리 위에 로마제국을 상징하는 독수리가 그려져 있지. 넌 훗날 황제의 대리인으로 기벨린당과 용감하게 싸워 그 이름을 드높인 바로톨로메오의 동생 칸그란데 델라 스칼라[423]를 보게 될 거야. 그 사람이 너를 돌봐주게 되지."

나는 지푸라기라도 잡고 싶은 심정이었다. 칸그란데의 사람 됨됨이에 대해서도 말해 주었다.

"그는 태어날 때부터 힘센 별인 화성의 기운을 받아 빛을 내고 있지만 이제 겨우 아홉 살에 불과한 어린애라 사람들이 알아보지 못하고 있지. 하나 성장하면서 훌륭한 덕성을 갖춘 인재로 그 위대함이 세간에 회자될 거야. 그로 인해 많은 사람의 운명이 뒤바뀌게 되지. 너는 그 이름을 잘 기억해 두되 입 밖에 내지는 마."

이렇게 말을 마친 고조부의 영혼은 마지막 충고를 했다.

"너를 옭아맬 덫은 한두 해가 지나면 풀어지게 될 거야. 그렇다고 너에게 악을 행한 보니파시오 8세나 코르소 도나티 등등과 이웃을 저주하지 마라. 너의 이름이 저들이 죗값을 치른 후보다 더 멀리 미래에도 빛날 것이기 때문이다."

---

422) 바로톨로메오 델라 스칼라를 가리킴. 단테는 몇 달 동안 그의 신세를 진다.
423) 바로톨로메오 델라 스칼라의 동생으로, 단테를 환대했다. 단테는 그에게 『천국』을 헌정했다.

나는 거룩한 영혼인 고조할아버지의 얘기를 들으면서 지금 내가 순례하고 있는 영계에 대한 얘기를 시로 써서 후대에 남기기로 결심했다. 물론 양심이 흐려진 자들은 내 시를 싫어할 것이고 학대할 것이다. 그러나 나는 내가 지옥과 연옥과 천국에서 보고 들은 것들을 다 드러낼 것이다. 그렇게 함으로써 죄지은 자들을 부끄럽게 만들 것이다. 좋은 약은 입에 쓴 것처럼 내 시도 그렇게 될 것이다.

제18곡

목성천의 정의의 영혼들

나는 축복받은 영혼 고조부 카차구이다의 예언을 듣고 골똘하게 그 예언을 음미했다. 조만간 다가올 추방과 망명을 떠올리자 만감이 교차하는 심정으로 가만히 서 있었다. 추방과 망명이 쓴맛이라면, 후일에 빛날 명성은 단맛이리라. 그때 내 거룩한 사랑 베아트리체가 미소를 지으며 말했다.

"다가올 운명의 태풍에 대한 생각으로 오늘을 망치지 마세요. 그대가 어디에 있든 그대를 지키는 하느님과 함께 내가 있다는 사실을 잊지 마세요. 그럼 위안이 될 테니까요."

나는 고개를 돌려 베아트리체를 바라보았다. 그녀의 눈을 바라보는 순간, 사랑스런 눈길이 내 모든 걱정과 욕망으로부터 나를 벗어나게 했다. 나는 그녀의 눈을 통해 하느님을 보는 듯한 착각이 들었다. 인간의 말로는 표현할 수 없는 거룩한 아름다움 이 거기 깃들어 있었던 것이다. 그녀가 자상하게 말을 이었다.

"그대의 조상 카차구이다에게 돌아가 더 말씀을 들어보세요. 천국은 내 눈 속에만 있는 게 아니랍니다."

나는 몸을 돌려 거룩한 빛의 불꽃 카차구이다 고조부의 영 혼을 바라보았다. 여전히 찬란한 빛을 발하고 있었다. 그는 불 꽃으로 자신의 의사를 전달했다. 지상의 나무는 뿌리에서 영양 분을 받지만 천국에선 맨 꼭대기 하느님이 계시는 엠피레오에서 받는다.

"여기 다섯 번째 하늘인 화성천에 살고 있는 영혼들은 지상에 서 덕망이 높았던 사람들이지. 그래서 시인들이 그들을 소재로 삼아 많은 시를 남기기도 했단다. 이제 내가 너를 위해 저들의 이름을 불러 하나씩 소개할 테니 잘 보거라."

나는 고조부가 가리키는 영혼들에게 집중했다. 십자가의 뿔 모양을 이루는 양팔을 보니 번갯불처럼 빛나는 영혼들이 보였 다. 고조부가 첫 번째로 호명한 영혼은 여호수아[424]였다.

그다음 고조부가 호명한 영혼은 마카베오[425]였다. 그다음으

---

424) 그는 모세의 후계자로서 이집트를 탈출한 이스라엘 백성들을 이끌고 가나안으로 인 도한 지도자.

425) 시리아 왕의 폭정으로부터 이스라엘 백성을 해방시킨 유대민족의 독립투사이자 장군.

로 신성로마제국의 첫 황제로 스페인의 사라센 사람들을 무찌른 영웅 샤를마뉴의 이름이 호명되었고, 뒤이어 공작의 몸으로 후일 수도승이 되었던 구일리엘모가 호명되었다. 영혼들의 이름이 호명될 때마다 십자가를 가로질러 달려가는 빛들이 번쩍거렸다. 다음으로는 사라센 사람으로 그리스도교로 개종한 용감한 수도승 르누아르[426]의 이름이 호명되었고, 이어서 고드프루아,[427] 귀스카르[428]의 이름이 호명되었다.

이렇게 고조부는 소개를 하고 다시 빛의 무리 속으로 들어갔다. 나는 몸을 돌려 베아트리체에게로 향했다. 그녀는 빛나는 광채를 뿜어내며 아름다움이 무엇인지를 드러냈다. 그러다 어느 한 순간 그녀의 얼굴이 하얗게 변하는 것을 목도하면서 나는 화성천을 떠나 여섯 번째 하늘인 목성천에 올라왔음을 직감했다.

우리를 받아들인 목성천의 영혼들은 하얗게 빛의 무리를 이루며 반짝이고 있었다. 마치 새들의 무리가 여러 모양과 대열을 이루며 공중으로 날아오르는 것처럼 빛나는 영혼들은 이합집산의 움직임을 보이며 라틴어 D자로, I자로, L자로 모양을 그리고 있었다. 이 모양은 '너희가 서로 사랑하라(Diligite)'는 라틴어의

---

426) 전설적인 무사로 기용에 의해 기독교로 개종.
427) 제1차 십자군 전쟁의 총대장으로 참전, 예루살렘의 왕국의 초대 왕이 됨.
428) 11세기 남부 이탈리아를 침략한 노르만 족의 우두머리.

첫 세 글자였다.

나는 뮤즈를 불러 영감을 구하는 노래를 불렀다.

"오, 시의 여신 뮤즈여! 내가 본 천국의 영혼들을 노래할 수 있게 영감을 불어넣어 주시기를!"

내 눈앞에서 영혼의 빛들은 서른다섯 글자를 만들었는데, 그것은 'DILIGITE JUSTITIAM(정의를 사랑하라)'와 'QUI JUDICATIS TERRAM(땅을 심판하는 이여)'라는 말이었다. 그 후에는 뒤의 다섯 번째 낱말(terram)의 M자에서 멈추었다. 그리고 M자 위에는 수많은 영혼들이 몰려와 빛을 발하며 움직이기 시작하더니 마침내 독수리 형상을 그려냈다. 나는 독수리는 정의의 상징이므로 목성은 정의를 나타내는 하늘임을 깨달았다.

나는 정의의 목성천을 바라보며 지상에서도 정의가 실현되기를 간구했다. 나는 하느님께 정의의 빛을 가로막는 연기가 어디서 나오는지를 잘 보시고 부디 원래의 빛이 회복되기를 염원했다. 연기가 나는 곳은 교황청이었다. 그 옛날 거룩한 성전이 상인들의 놀이터가 되고 제물로 비둘기를 파는 것을 보고 진노하셨던 예수님 당시로부터 천 년의 세월이 지났어도 상황은 마찬가지였던 것이다. 지금 교황 보니파시오 8세는 칼을 들고 싸움질을 하며 파문을 일삼고, 또 돈을 받고 파문장을 거둬들이는 짓을 하고 있었다. 그는 하느님의 대리자가 아니라 성직 매매꾼에 불과했다. 그는 교회를 망치고 있지만 베드로와 바울은 아직도 교회를 지키고 있다. 나는 천국의 영혼들에게 세상에서 길을 잃은 자들을 위해 기도해 줄 것을 부탁했다.

현재 교황은 세례자 요한에게 굳은 믿음을 가진 것이 아니라 금화에 요한이 새겨져 있어 그를 의지하고 있는 형국이니 교회의 부패와 타락을 어떻게 말로 다할 수 있겠는가. 그러나 교황은 꼭 알아야 할 것이다. 세례자 요한을 금화에 새겨 넣은 것은 그가 피렌체의 수호성자이기 때문이지 당신 같은 배금주의자들의 욕심을 채우라고 그랬던 것이 아니라는 사실을 말이다.

제19곡

정의의 독수리 영혼

내가 베아트리체와 함께 머물고 있는 여섯 번째 하늘 목성천은 저 세상에서 정의를 실현한 영혼들이 거주하고 있는 곳이었다. 내가 교황청의 타락과 부패를 비판하고 독수리 형상을 한 정의의 영혼들에게 부디 지상의 교회가 원래의 거룩한 빛을 되찾게 해달라고 간구하고 있을 때에도 독수리 형상의 영혼들은 그 날개를 펼쳐 눈부시게 반짝이고 있었다.

그 모습은 아직까지 내가 그 어디에서도 한 번도 본 적이 없는 아름다운 광경이었다. 수많은 영혼들이 모여 독수리 형상을 하고 있었지만 그것은 하나로 된 인격체처럼 생각되었다. 신성한 상징을 한 독수리의 부리 모양을 한 곳에 있던 영혼들이 내

쪽으로 움직이더니 거기서 말소리가 흘러나왔다.

"나는 하느님의 정의의 상징으로서 목성천에서 지복을 누리고 있답니다. 나는 제국의 처지로는 감히 바라볼 수조차 없는 하늘의 영광으로 높이 우러름을 받고 있지요. 그렇지만 지상의 악인들은 로마제국을 기리면서도 정의를 지키지 않으니, 그 죄업을 어찌 다 씻을지 걱정이 이만저만이 아닙니다."

이렇게 말을 하는 정의의 영혼들은 무리를 이루고 있었으나 목소리는 하나였다. 이번에는 내가 나서서 말했다.

"내 영혼은 오랫동안 미지의 진리에 허기져 있었지요. 하지만 세상에서는 내 허기를 채워줄 만한 진리를 찾지 못했답니다. 그러니 부디 그대들이 내 진리의 허기를 채워 주시기 바랍니다. 천국에는 하느님이 갖고 있는 정의의 거울이 있는 까닭에 그대들의 눈에도 정의가 비친다는 것을 알고 있습니다. 이만하면 내가 가슴 속에 품고 있는 의문이 무엇인지 짐작을 하셨겠지요."

내 말을 들은 영혼들은 하느님을 찬미하는 노래를 부르다가 그 목소리 그대로 얘기를 시작했다.

"하느님은 천지를 창조하시면서 우리에게 빛과 어둠을 주시고 그곳에서 살도록 모든 것을 만드셨습니다. 그분은 오직 말씀만으로 세계를 창조하셨지요. 그러나 피조물은 불완전한 존재였기에 그분의 완전한 권능을 받아들일 수가 없었지요. 그럼에도 천사장 루시퍼는 자신의 교만을 믿고 하느님의 은총을 기다리지 못한 죄 때문에 저 아래 지옥에서 고통을 당하고 있는 것입니다. 하물며 루시퍼보다 약한 인간이 하느님의 권능이 역사하시는 이 세계의 정의와 선의 의지를 어찌 다 헤아릴 수 있겠습니까?"

하느님의 피조물 중 맨 처음 창조되었고 가장 뛰어났다는 루시퍼 역시 하느님의 은총이 없이는 한낱 미물에 불과했다. 이 세상 삼라만상 어디에나 존재하시는 하느님은 믿고 따르는 자에게 당신의 지혜를 채워주시지만 그렇지 않은 자에게는 루시퍼처럼 정의의 심판으로 지옥으로 내치시는 것이다. 그러므로 지상의 지혜로는 하느님의 정의를 판단한다는 것은 어불성설이었다.

하느님의 탁월성은 모든 피조물을 영원히 능가하며 무엇으로도 그분의 의지를 읽을 수가 없다. 우리 피조물은 성경대로 살아야 하며, 하느님은 완전하고 선하며 의롭다는 것에 만족해야 한다. 인간의 시각으로는 하느님의 깊은 지혜의 심연을 이해할 수가 없는 것이다.

그때 다시 독수리 형상의 영혼들이 부리를 움직여 말했다.

"그대는 아직 마음의 눈을 뜨지 못했나 봅니다. 마음속에 앙금이 남아 있으니 말이오. 그대의 의심은 자신은 아무 잘못이 없지만 세례를 받지 못한 영혼이 저주를 받는다는 교리가 하느님의 정의에 과연 합당한가 하는 것이겠지요."

나는 그렇다고 조심스럽게 고개를 끄덕이며 수긍하는 자세

를 보였다. 과연 그랬다. 그리스도가 이 세상에 오기 전에 살았던 착하고 선한 사람들이 지옥으로 떨어진다면, 그게 과연 하느님의 공의로운 정의라고 할 수 있겠는가. 사실 이 문제는 일찍이 지옥의 림보를 지날 때 베르길리우스에게 들은 얘기였으나 아직 말끔하게 이해된 것은 아니었다.

"그대는 천 리 밖에 있으면서 감히 심판의 자리에 앉아서 판단을 하려고 합니까? 인간은 가까운 것을 보고 하느님은 먼 데를 보십니다. 성경의 기계적 해석은 문제가 있지만, 인간은 성경의 권위에 의지하고 따라야만 합니다. 인간의 두뇌는 무디기 때문이지요. 정의란 다른 게 아니라 하느님의 의지에 우리를 일치시키는 것입니다. 하느님의 의지가 빛을 발하여 사물을 창조하신 이상 피조물 쪽으로 하느님의 의지가 굴절돼 왜곡될 까닭이 없습니다."

황새가 새끼에게 먹이를 먹이면 새끼가 어미를 쳐다보는 것처럼 나 역시 날개를 펼친 독수리 형상의 영혼들이 날개를 펼치고 노래하는 모습을 바라보기에 바빴다. 영혼들 역시 나를 쳐다보며 먹이를 먹여주듯이 말했다.

"내 말을 그대가 알아듣지 못하는 것처럼 하느님의 정의의 심판도 인간은 알지 못할 것이오. 그리스도 없이 인간은 구원받을 수가 없는 존재입니다. 세례를 받고 그리스도를 믿는 신앙을 실천하지 않고는 그가 누구든지 천국에 들어갈 수가 없답니다. 하지만 말로만 주님을 찾는 사람들은 이교도들보다 하느님 곁에서 더 멀리 있게 됩니다."

예수를 알지 못했거나 예수를 믿긴 믿었으나 실천 없이 입으로만 믿은 자들은 천국에 들어갈 수 없다는 말이었다. 이어 독수리의 영혼은 말로만 하느님을 섬긴 자들은 이교도인 에티오피아 사람들이 처벌할 것이라고 말했다. 그리고 그때 부유한 자들과 가난한 자들이 구별되며 온갖 쑥스러운 행적이 적혀 있는 책이 펼쳐질 것이라고 일러주었다.

죽은 자들은 누구나 하느님 앞에 서게 되는데, 그곳에는 생전의 행적이 기록된 책이 펼쳐져 있다고 했다. 따라서 죽은 자들은 책에 기록된 대로 심판을 받게 된다는 것이었다. 다시 독수리의 영혼이 입을 열었다.

"그 책에는 오스트리아의 알베르트[429]가 프라하를 침공하여 폐허화시킨 일도 적혀 있지요. 그는 대관은 받지 못했으나 황제가 되었다가 후에 생질에게 피살당했던 인물입니다. 아울러 전쟁 비용을 조달하기 위해 위조화폐를 마구 찍어냈던 프랑스 왕 필리프 4세의 죽음에 대해서도 적혀 있답니다. 그리고 스코틀랜드 인과 잉글랜드 인이 서로 땅을 놓고 벌인 전쟁에 대한 얘기도 적혀 있지요. 그 밖에도 스페인 왕 페르디난도 4세와 보헤미아

---

429) 합스부르크 왕가의 알베르트 1세.

의 왕 벤체슬라우스의 유약했지만 음란했던 행적도 적혀 있답니다."

나는 독수리의 영혼이 불러내는 인물들의 사악한 행동에 눈살을 찌푸렸다. 그 밖에도 독수리의 영혼은 예루살렘의 왕이자 나폴리 왕으로 악행으로 악명이 높았던 카를로 2세, 안키세스가 장수를 누렸던 시칠리아의 왕으로 속이 좁아터지기로 유명했던 페데리코 2세 등의 행적도 책에서 밝혀질 것이라고 말하면서 덧붙였다.

"욕심꾸러기였던 포르투갈 왕 디오니시오 아그리콜라, 노르웨이의 왕 야코네 7세를 비롯하여 왕위 쟁탈전이 일어났던 헝가리와 프랑스에 통합된 나바라[430]의 그간의 행적이 책에 낱낱이 기록될 것이오. 벌써 이 모든 것들을 증거하듯이 키프로스 섬의 두 도시인 니코시아와 파마코스타는 짐승 같은 프랑스 왕[431]의 폭정으로 고통을 당하고 있는 것이 보이고 있소이다."

---

430) 피레네 산맥에 둘러싸인 왕국.
431) 앙리 2세.

제20곡

정의를 실천한 통치자들

내가 머물고 있는 목성천은 눈부신 광채를 내뿜으며 하느님의 영광을 드러내고 있었다. 축복받은 영혼들이 빛의 무리를 이루어 단속적으로 하느님에 대한 찬미의 노래를 반복하고 있었다. 독수리의 영혼들이 잠시 조용해지자 다른 지복의 영혼들이 찬양하는데 상징적 실체로서 하나의 목소리가 아닌 각각의 제 목소리로 노래했다.

그리고 빛살이 사라질 때 태양의 빛을 반사시켜 빛나는 수많은 별들이 떠올라 하늘을 장식했다.

그때 통치자들의 표지임을 알리는 왕들의 휘장인 독수리 형상의 영혼들이 잠시 멈추었던 노래를 다시 시작했다. 마치 처음에는 바위틈에서 솟아나 흘러가는 시냇물의 속삭임이 비파 소리처럼 들리더니, 그다음엔 피리구멍에서 나오는 바람소리처럼 들려왔고, 마지막으로 거룩한 영혼들의 목소리가 되어 흘러나왔다.

"지상의 독수리들은 태양의 직사광선을 견뎌내었다. 지금 내게서 사물을 보는 내 눈을 눈여겨보시오."

나는 그 말에 따라 사물을 보는 기관인 독수리 형상의 눈 부분에 있는 영혼들에게 시선을 집중했다. 독수리 형상의 눈을 구성하고 있는 빛들은 목성천의 중요한 영혼들이었다. 다시 목소리가 독수리 형상의 부리에서 흘러나왔다.

"그대는 잘 보세요. 지금 눈이 되어 빛을 발하고 있는 다섯 개의 별들은 이곳에서 가장 으뜸가는 영혼들이랍니다. 그들은 지상에서 정의를 실천한 통치자들이었지요. 먼저 눈동자로 빛나는 분은 다윗 왕이라오. 그는 언약의 궤를 메어 옮겼던 믿음의 전사이며, 이스라엘의 왕이었지요. 또한 그는 거룩한 시로 하느님을 찬양했으므로 하느님의 은총을 받았다오. 그는 하느님의 은총 중에서도 가장 높은 지위와 상급을 받았지요."

여기까지 말을 마친 영혼은 차례로 다섯 개의 빛나는 별들에 대한 소개를 시작했다.

"그다음 별은 트라야누스 황제입니다. 그는 눈썹처럼 아치 모양을 하고 부리에서 가장 가까운 곳에 위치하고 있지요. 이미 많이 알려진 얘기지만, 그는 아들을 잃고 원수를 갚아 달라는 한 과부의 말을 듣고 전장에 나가야 함에도 불구하고 과부의 원수를 갚은 다음에 전쟁에 나갔던 어진 황제였지요. 그는 얼마 전까지 지옥에 있다가 교황 그레고리우스의 기도로 천국에 왔답니다. 천국의 행복을 맛본 그는 이제야 지옥에서 하느님을 따르지 않았던 것이 얼마나 큰 불행인가를 깨닫고 있는 중이지요."

독수리의 부리에서 나오는 목소리는 계속 이어졌다.

"그대는 다윗 왕의 손자이자 유대의 왕이었던 히스기야[432]를 알고 있겠지요. 지금 눈썹의 활 위에 자리 잡고 빛나는 별이 바로 히스기야랍니다. 그는 참회로 죽음을 늦추었지요. 하지만 기도가 오늘의 일을 내일로 미룰 수는 있으나 하느님의 영원한 심판은 바뀌지 않는다는 사실을 역설적으로 알려준 인물이었지요."

나는 영혼의 말에 수긍하지 않을 수 없었다. 하느님은 누구랄 것도 없이 개개인에게 그 소망을 실현시켜 주시고 계셨다. 나는 새삼 감사의 기도를 올렸다. 영혼이 말한 다음 별은 로마의 콘스탄티누스 대제였다.

"그는 눈썹의 가장 꼭대기 부분에 위치하고 있답니다. 그는 로마제국의 수도를 로마에서 비잔틴으로 옮겨 동로마 시대를 열었

---

432) 히스기야가 중병을 앓게 되자 선지자 이사야가 나타나 임종이 임박했음을 알려주었다. 이에 히스기야는 하느님께 간절히 기도하여 15년이나 생명을 연장받았다.

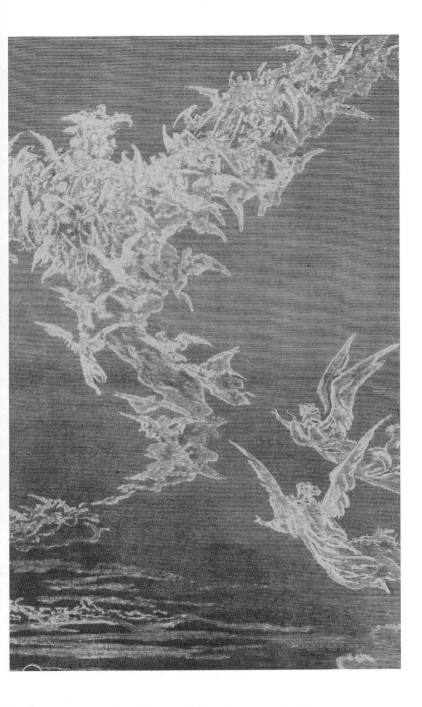

지요. 그 결과 로마는 교황에게 넘어가버렸답니다. 그의 선의에도 불구하고 그리스도교에 나쁜 결과를 가져왔지요. 이후 로마의 정치권력을 상실하게 되었고 제국은 내리막길을 걷게 되었지요."

그 뒤를 이어서 독수리의 영혼은 시칠리아 폴리아의 왕 굴리엘모 2세에 대해 말했다.

"그는 눈썹 아래쪽에 위치하고 있지요. 그는 선정을 베풀고 평화와 정의를 사랑했기에 당시 사람들은 시칠리아를 가리켜 지상 낙원이라고까지 말을 했답니다. 하지만 지금은 폭정으로 통곡의 땅으로 변해버리고 말았지요. 하느님이 얼마나 의로운 통치자를 사랑하는지를 굴리엘모를 통해서 알 수 있답니다."

이번에는 내가 나서서 독수리 형상의 영혼에게 다음 다섯 번째 별은 누구인지를 물었다.

"그는 트로이 사람 리페우스[433]랍니다. 그는 그대의 스승 베르길리우스로부터 가장 정의로운 영웅이라고 칭송을 받았던 인물입니다. 우리는 상상할 수 없지만 그게 하느님의 불가해한 섭리지요. 그는 비록 이교도였지만 지금은 빛나는 다섯 번째 별로 하느님의 축복을 받고 있으니, 누가 성령의 역사를 함부로 말할 수 있겠소. 아마 리페우스조차도 하느님의 은총을 받고 있지만, 그의 눈으로 하느님의 심오한 섭리를 볼 수는 없을 것입니다."

---

433) 트로이의 영웅.

나 역시 트라야누스 황제와 트로이 사람 리페우스가 이곳에 와 있는 것을 보고 놀랐다. 그 둘은 그리스도를 알지 못하고 죽은 이교도로 생각했기 때문이다. 내 의문에 대해 독수리 형상의 영혼은 트라야누스가 림보 지옥에서 구원을 받아 천국에 오게 된 경위와 리페우스가 그리스도 강림 전에 장차 올 그를 믿고 여기 온 것은 하느님의 은혜로 말미암은 것이라고 말했다.

이어 독수리의 영혼은 하느님의 예정의 신비를 인간은 알 수 없다고 말했다. 전체를 보지 못하고 부분만을 보는 인간에게 하느님의 예정된 신비는 다만 현묘할 뿐이라는 것이다. 그러므로 함부로 판단해서는 안 되는데, 왜냐하면 우리 지식의 결핍도 하느님 앞에서는 기쁨이 되기 때문이라고 덧붙였다. 그러고 나서 하느님의 깊은 뜻을 탐지하려는 인간의 불손에 대한 경고로 말을 마쳤다.

그때까지 트라야누스와 리페우스의 영혼은 독수리의 눈에서 더욱 찬란한 빛을 발하며 하느님의 축복과 영광을 밝히고 있었다.

제21곡

피에트로 다미아노의 분노

나는 문득 잊고 있었던 베아트리체를 생각하고 눈을 돌려 그녀를 바라보았다. 그녀의 아름다움은 더 높은 하늘로 올라갈수록 더욱 찬란한 빛을 뿜어냈다. 다만 그 까닭은 짐작할 수 없었지만 다른 때와는 달리 입가에서 그 특유의 밝은 미소를 볼 수 없었다. 전에 없는 그녀의 태도에 나는 내심 당황했다.

그녀가 다소 냉정한 표정으로 말했다.

"내 이런 모습이 이상한가요? 하지만 내가 웃었다면 재가 되었던 세멜라[434]처럼 그대도 그렇게 되었을 거예요."

---

434) 테베의 왕 카스모스의 딸이었던 그녀는 제우스를 사랑했다. 그러나 헤라의 꾐에 빠져

베아트리체는 세멜라를 예로 들어 설명하며 내 시력을 보호하기 위해 웃지 않았다고 설명했다.

"그대도 보았겠지만 나는 천국에 가까운 하늘에 올라갈수록 아름다워지고 더욱 강렬한 광채를 내뿜고 있습니다. 자칫하면 그 광채에 그대가 번갯불에 맞은 나무 잎사귀처럼 될까 걱정이 앞섰던 것입니다. 이제 내가 웃지 않은 이유를 알겠지요?"

나는 그녀의 배려가 너무 고마웠지만 왜 하필 이 시점에서 그래야 하는지 궁금했다. 언제나 그렇듯이 그녀가 나서서 내 궁금증을 해소해 주었다.

"그건 우리가 이미 일곱 번째 하늘인 토성천에 올라와 있기 때문입니다. 토성천은 원래 얼음 알갱이들이 떼를 이루고 있어서 서늘한 기운이 지배하는 곳이지만, 지금은 불타는 사자성과 결합하여 적절한 빛을 던져주고 있지요. 이제 그대 마음을 눈이 이끄는 데로 향하게 해보세요. 그럼 그 거울 속에 보이는 게 있을 테니까요."

나는 나의 수호자 베아트리체의 말에 기쁨으로 순종했다. 내가 베아트리체를 바라보자 거기서 나는 영원한 진리의 빛을 볼 수 있었다. 아마도 내 말을 이해하는 사람이라면, 내가 그녀를

제우스에게 위엄의 빛을 보게 해달라고 졸랐고, 제우스는 할 수 없이 그녀의 청을 들어주었다. 세멜레는 그 빛을 보는 순간 그만 재가 되고 말았다.

바라보면서 느끼는 기쁨보다 그녀의 말에 순종함으로써 느끼는 기쁨이 더 크다는 것을 알 수 있었을 것이다.

그때 내 눈에 태양을 받아 반짝이는 황금 사다리가 보였다. 사다리는 마치 하늘에 이르는 영롱한 무지개처럼 내 눈이 미치지 않는 저 위쪽 까마득한 곳까지 이어져 있었다. 그리고 위쪽에서 수많은 빛의 무리가 장엄한 광채를 발하며 내려와 황금 사다리를 돌며 시계 밖으로 오르내리기를 반복하고 있었다. 그들은 지상에서 명상과 사색의 삶을 살았던 영혼들이었다. 그 모습은 까마귀들이 공중을 선회하다 지상으로 내려앉았다 다시 올라가는 것과 흡사했다. 까마귀는 검고 아름다운 새가 아니었지만, 그것은 수도자의 복장과 모습을 상징하는 것처럼 보였다.

그중 한 영혼이 내게 다가왔다. 나는 베아트리체의 동의를 얻어 그 영혼에게 물었다.

"거룩한 영혼이시여, 내게는 그대의 대답을 들을 만한 공덕이 없습니다만, 내가 질문을 하도록 허락해 준 베아트리체를 보아 대답해 주십시오. 그대는 왜 내게 가까이 왔으며, 또한 저 아래 천국에서는 언제나 찬미가가 울려 퍼지곤 했는데, 어찌 이곳에서는 노랫소리가 들리지 않나요?"

예의 그 영혼이 대답했다.

"그건 그대의 눈이 그렇듯이 귀 역시 지상의 소리에 익숙하기 때문이랍니다. 그리고 그건 거룩한 여인 베아트리체가 웃지 않는 것과 같은 이유이죠. 그리고 내가 사다리를 타고 저 위에서 내려온 것은 사랑의 몸짓으로 그대를 환영하기 위한 것입니다."

그 말에 나는 예정론의 신비를 알고 싶어 질문했다.

"다른 많은 영혼들 중에 어째서 하필 그대가 내 앞에 오신 것입니까? 하느님께서 무슨 소임을 주셨나요?"

내 말이 끝나기도 전에 영혼은 마치 맴을 돌 듯이 빙그르르 돌더니 더욱 빛나는 모습으로 말했다.

"지금 나를 둘러싸고 있는 빛을 뚫고 하느님의 빛이 내 위에 와 계십니다. 그 힘이 나를 끌어당겨 빙그르르 돌았던 것이지요. 이것은 사랑의 기쁨에서 오는 선물로서 눈의 밝기에 따라 빛의 밝기도 달라지죠. 물론 가장 빛나는 영혼은 하느님을 가장 가까이 모시고 있는 세라핌 천사들이고요. 그대는 세라핌 천사도 모르는 것을 더 이상 알려고 하지 마세요. 그대의 질문은 하느님 외에는 누구도 흡족한 대답을 할 수 없답니다."

나는 영혼의 말에 말문이 막혔다. 거기다 영혼은 내게 예정의 신비에 대하여 깊이 묻지 말도록 세상에 돌아가 말해 주기를 요청까지 받았으니, 나로서는 말문이 막힐 수밖에 없었다.

이에 나는 말머리를 돌려서 그대가 누구냐고 물었다.

"이탈리아 남부 그대의 고향 피렌체에서 멀리 않은 곳에 아펜니노라는 바위산이 있다오. 그리고 거기 산꼭대기에 오직 기도와 묵상만을 위해 축성된 성 십자가 수도원이 있지요. 나는 그곳

에서 하느님을 찬미하는 영광을 누리며 살았답니다. 계절에 관계
없이 올리브 즙으로 양식을 삼고 묵상으로 세월을 보냈지요. 허
나 그 수도원은 허무하게 피폐해졌답니다. 머잖아 그 실체가 드
러나게 될 테지요. 내가 그곳에 있을 때는 피에트로 다미아노[435]
라고 불렸소이다."

피에트로 다미아노는 엄격한 성직자로 교회의 충복이었으며
하느님의 진정한 종이었다. 그가 성직에서 물러나 수도원으로
들어가 평범한 수사로 일생을 마감한 것은 그 때문이었다. 그는
성직에 대해 사람들이 임의로 씌워놓은 권세와 영광 속에 구더
기가 들끓었다고 비판했다. 그래서 베드로와 바울이 그랬던 것
처럼 헐벗고 야위어 아무 데서나 자고 먹었는데 세속의 성직자
들은 짐승처럼 탐욕스러웠다고 분노했다.

"요즘 성직자들은 옆에서 부축하고 앞에서 끌고 뒤에서 떠받
쳐야 할 만큼 살이 엄청나게 쪘답니다. 그네들이 타는 말까지
그 꼴이라 두 마리의 짐승이 걸어가는 것과 뭐가 다르겠소. 오,
하느님, 너무 참고 계십니다. 우리가 이 꼴을 대체 언제까지 봐
야 하는 겁니까?"

피에트로 다미아노의 말이 끝나자 수많은 빛의 영혼들이 사

---

435) 라벤나 태생으로 인문학과 법률을 공부한 뒤 나이 서른에 수도원 생활을 시작했다. 그
는 모범적인 수도승으로 오스티아의 주교를 거쳐 추기경이 되었다. 하지만 금세 모든 성
직에서 물러나 수도원으로 들어가 저술을 하는 데 힘썼다.

다리를 타고 내려와 맴을 돌았다. 그리고 피에트로 다미아노를 둘러싸더니 별안간 천둥 같은 함성을 내질렀다. 그 소리가 얼마나 크던지 지상에서는 한 번도 들어보지 못한 천둥소리 같았다. 나는 그 소리에 압도되어 그만 주저앉고 말았다.

제22곡

성 베네딕투스의 충고

　천둥 같은 함성에 놀라 주저앉았던 나는 겨우 정신을 차리고 베아트리체를 바라보았다. 아마 누가 내 모습을 보았다면, 곤경에 처해 어머니를 부르며 구원을 요청하는 어린애 같았을 것이다. 그만큼 내 심정은 절박했고 불안했다.

　나의 수호자 베아트리체가 나서서 아이를 돌보는 어머니처럼 자애로운 목소리로 말했다.

　"그대는 두려워할 필요가 없습니다. 여기는 천국이라는 것을 잊지 마세요. 여기서는 아무리 경천동지할 일이 일어나도 그것은 선한 열정의 결과인 것입니다. 그대가 들었던 천둥 같은 함성도 마찬가지랍니다. 그대는 내가 왜 미소를 보여주지 않았는지

를 기억하세요. 아울러 토성천에서 왜 하느님을 찬미하는 노랫소리가 들려오지 않았는지를 기억해 보세요."

베아트리체의 말은 이어졌다.

"그대가 들었던 천둥 같은 함성은 사실은 기도 소리랍니다. 피에트로 다미아노가 교황과 추기경 등 부패한 성직자들을 두고 했던 말을 한번 기억해 보세요. 그러면 그 함성은 타락하고 부패한 성직자들에게 떨어질 복수의 칼날임을 알게 될 것입니다. 하느님의 정의의 심판은 늦지도 빠르지도 않은 시점에 내려질 겁니다. 다만 그 심판을 기다리며 두려워하는 자들에게는 그 시기가 빠르다고 느껴질 뿐이겠지요. 자, 그러니 이제 눈을 들어 다른 영혼들을 보세요. 그대가 반가워할 훌륭한 영혼들을 볼 수 있을 것입니다."

나는 베아트리체의 말을 듣고 비로소 마음의 평안을 회복했다. 그리고 눈을 들어 그녀가 가리키는 곳을 바라보았다. 거기에는 수많은 영혼들이 진주처럼 영롱하게 빛나며 서로에게 빛을 주고받으며 일대 장관을 연출하고 있었다. 그것은 황홀하고 아름답고 거룩했다. 그중에서 가장 크고 찬란하게 빛나는 영혼이 내 곁으로 다가와 말을 걸었다.

"내가 카시노에 왔을 때 거기에는 아폴론과 비너스를 예배하는 신전이 있어 무지몽매하고 불경한 백성들이 오르내리고 있었지요. 나는 신전을 헐고 그 자리에 진리를 가져오신 하느님의 집을 지어 갈팡질팡하는 이교도들에게 그리스도교를 전파해 그들을 우상숭배로부터 구원하게 되었답니다. 이런 일은 다 하느님의 은총 덕분이었지요. 이만하면 그대는 내가 이름을 밝히지 않아도 누군지 알 수 있겠지요?"

나는 깜짝 놀라 휘둥그레진 눈으로 찬란하게 빛나는 영혼을 바라보며 나도 모르게 '오, 성 베네딕투스[436]여!' 하고 외쳤다. 그는 그리스도교의 역사에서 한 페이지를 이루는 성인 베네딕투스였던 것이다. 이제 나는 그와 대면하고 있었다.

그는 성경에 나오는 예언자들과 비견될 정도로 수많은 이적을 행했는데, 그럴수록 그를 시기하고 모함하는 사람들도 많았다.

"그대는 내 생애에 대해 잘 알고 있소이다. 지금 이곳에 있는 영혼들은 생전에 묵상과 기도를 일삼은 자들이니 하느님에 대한 열정을 불태웠던 거룩한 영혼들이지요. 저기 보이는 이가 마카리우스[437]이고, 이쪽에 있는 이가 로무알두스[438]라고 합니다. 그들은 모두 베네딕트회의 형제들로 참으로 아름다운 삶을 살았지요."

---

436) 로마 노르치아 태생인 베네딕투스는 서방 교회 수도원의 창설자이다. 그는 3년 동안 로마 근교의 수비아코에 있는 호숫가 바위 동굴 속에서 은거하며 청빈하고 경건한 삶을 실천했다.

437) 알렉산드리아 출신으로 동방에서 수도원을 확산시켰다.

438) 라벤나 출신으로 카말돌리 수도원의 창시자.

나는 베네딕투스와 두 영혼들에게 고개 숙여 예를 표했다. 나는 베네딕투스가 나타나 내 마음을 태양에 장미가 피어나는 것처럼 밝혀주신 것에 감사한 후 궁금했던 점을 물었다.

"거룩한 빛에 둘러싸여 있는 베네딕투스 성인시여, 나는 당신을 둘러싸고 있는 그 휘황하고 찬란한 빛 때문에 당신의 모습을 볼 수가 없습니다. 부디 은혜를 베풀어 빛의 빗장을 풀어 당신을 뵙게 해주시기를 바랍니다."

"그대의 소망은 항성천에 오르면 자연히 해결될 것이니 서두르지 마시오. 지금 그대의 눈으로는 볼 수가 없다오. 우리의 황금 사다리가 그 끝까지 이어지고 있어 그대는 이곳에서 볼 수 없소. 거기는 지상의 시공간이 아무 의미도 없는 곳이지요. 하지만 야곱이 생전에 꿈속에서 천사들이 오르내리는 사다리를 보았던 적이 있지요. 그게 하느님에 대한 사랑의 결과라는 것을 모르는 어리석은 사람들뿐이니……. 그래서 지금은 황금 사다리를 오르려는 사람들도 없고, 뿐만 아니라 내가 심혈을 기울여 완성한 회칙도 버려져 먼지만 쌓여가고 있으니, 이 얼마나 안타까운 일이란 말이오."

그에 따르면 지금 수도원의 회칙은 쓰레기가 되어버렸고 수도원 돌담은 도둑의 소굴이 되어버렸다고 비판했다. 아울러 수도승의 의복은 탐욕의 자루가 되었고 교회의 재산은 가난한 자를 위한 것인데 함부로 낭비하고 있다고 분노했다. 그는 작금의 교회와 수도원에 대해 절망적인 탄식을 쏟아낸 후 동료들과 함께 회오리바람처럼 빙글 위로 돌며 사라졌다.

그때 베아트리체가 나타나 영적인 힘으로 나를 황금 사다리 위로 밀어 올렸다. 순식간에 이루어진 일이었다. 우리는 이윽고 항성천에 올랐다. 나는 직감으로 나의 시적 재능이 여기 항성천의 별인 쌍자궁으로부터 부여받았음을 알았다. 내가 피렌체에서 태어났을 때 쌍자궁이 태양과 함께 떠 있다가 몸을 숨겼다고 들은 바가 있었던 것이다. 내 별자리는 쌍자궁이었던 것이다. 나는 쌍자궁에게 이제 마지막 천국으로 들어가는 험난한 여정을 위해 기운을 달라고 간청했다.

이런 내 마음을 알고 베아트리체가 말했다

"그대는 지금 하느님을 뵙기 직전에 와 있습니다. 그러니 정신을 집중하고 맑고 예리한 눈을 갖추세요."

나는 그녀의 말에 마음의 준비가 끝났다는 결의를 내보였다. 그리고는 마지막 끝에 이르기 전에 지금까지 거쳐 온 일곱 개의 별들을 바라보라고 말했다.

그녀의 말대로 나는 일곱 개의 별 저 멀리에 있는 지구를 바라보았다. 그 모양이 어찌나 작고 하찮게 보이던지 스스로 놀랄 지경이었다. 우주 전체에서 볼 때 지구는 참으로 미미한 존재였던 것이다. 그리고 그 위로 내가 거쳐 온 금성, 수성, 토성, 화성, 목성이 차례로 아름답게 선회하고 있는 것이 보였다.

성모 마리아의 승천

목요일 항성천의 오후, 나는 언제나처럼 그리워하고 사모하는 베아트리체를 바라보고 있었다. 그녀는 무언가를 간절히 기다리는 모습으로 하늘을 우러러 보고 있었다. 그 모습은 마치 새끼를 돌보는 어미 새가 날이 밝기를 기다리는 모습과 흡사했다. 나는 그 모습에 숙연해지면서도 왠지 설레었다. 뭔가 특별한 일이 일어날 것 같은 예감이 들었던 것이다. 잠시 후 하늘이 밝아오자 베아트리체가 내게 하는 말하는 소리를 들었다.

"그대는 잘 보세요. 저기 그리스도가 개선의 무리들과 함께 내려오 고 있잖아요. 마치 그 모습이 전리품을 수레에 가득 싣고 귀환하며 위용을 과시하던 로마군처럼 보이지 않나요? 그대의

눈에도 하느님의 은총으로 구원의 열매를 갖고 오는 그리스도와 그 무리들의 모습이 보이겠지요?"

내가 눈이 부서 살짝 눈을 찌푸리고 바라보니, 수많은 영혼의 등불이 그리스도를 뒤에서 에워싸고 빛나고 있었다. 살아 있는 실체인 그리스도가 베아트리체를 통해 내게 투영되었는데, 나는 그 빛이 두려워 도저히 감당 할 수가 없었다. 그때 베아트리체가 말했다.

"그대는 두려워할 필요가 없답니다. 저 빛은 이 세상 그 무엇으로도 막을 수가 없는 거룩한 빛이지요. 그리스도는 우리에게 길이자 진리이며 생명 그 자체이지요. 누구든지 그리스도를 통하지 않고는 하느님에게 갈 수가 없답니다. 그대에게도 누누이 얘기했지만, 그리스도는 우리 인류의 조상인 아담과 하와의 원죄를 대속함으로써 우리로 하여금 천국에 이르는 길을 열어놓으신 분이시지요."

나는 베아트리체의 말에도 불구하고 여전히 그리스도의 빛이 너무나 눈부시고 두려워 제대로 눈을 뜨지 못하고 있었다. 마치 정신이 육체에서 이탈한 황홀한 상태에 빠져들었다. 그 사이 그리스도는 내 시력을 회복시켜 주시기 위해 청화천으로 올라갔다.

"그대는 눈을 뜨고 나를 바라보세요. 그대는 이미 내 미소와는 비교도 할 수 없는 예수 그리스도의 영광된 빛을 보았답니다. 그러니 그대는 이제 아무리 강렬한 빛이라도 감당할 수 있는 눈을 갖게 된 것입니다."

나는 그녀의 말을 듣는 순간 꿈에서 깨어난 듯했다. 비로소 베아트리체의 얼굴을 바라보았다. 그녀의 얼굴은 천사의 아름다움으로 더욱 빛나고 있었다. 내가 아홉 뮤즈의 막내인 폴리힘니아[439]와 여러 자매들의 영감을 빌린다 해도 베아트리체의 빛나는 얼굴과 웃음을 노래하기는 불가능할 터였다. 그러므로 천국을 노래하는 거룩한 시는 이성과 논리 밖에 있을 수밖에 없었다.

"그대는 어째서 내 얼굴에만 넋을 잃고 그리스도의 축복 아래 피어오르는 지복의 영혼들을 보지 못하는가요? 어찌 성모 마리아의 빛인 장미와 성스런 사도들의 무리인 백합이 만발한 꽃밭으로 눈길을 주지 못하는가요?"

나는 베아트리체의 질책이 섞인 말을 듣고서야 그리스도의 거룩한 빛에 의해 활짝 피어난 천상의 꽃밭을 볼 수 있었다. 그때 한 천사가 다가오며 노래를 하기 시작했다.

"오오, 그리스도여! 부족한 제 입으로 당신을 찬양합니다. 당신의 빛 아래서 천국의 모습을 바라볼 수 있게 은총을 베풀어 주셨으니 감사의 기도를 올립니다. 저는 비로소 당신의 거룩한

---

439) 시와 웅변을 담당하는 여신.

사도들을 바라볼 수 있게 되었습니다."

천사는 이어 성모 마리아를 곱고 아름다운 장미에 비유해 찬양하며 온 누리에서 가장 아름다운 여인으로 노래했다. 성모 마리아는 지상에서나 여기 천국에서나 가장 거룩한 빛으로 빛나고 있었다. 그때 하늘 한가운데서 횃불 하나가 내려와 성모 마리아의 머리에 왕관을 씌우고 그 주위를 감싸며 맴돌기 시작했다. 그 횃불은 바로 성모 마리아를 찬양했던 가브리엘 대천사였다.

가브리엘 대천사는 다시 한 번 성모 마리아를 찬양했다.

"우리의 소원의 잠자리였던 뱃속에서부터 우리에게 드높은 즐거움을 주신 마리아여, 그리스도의 어머니시여! 당신이 그리스도를 따라 하늘의 맨 꼭대기 청화천으로 올라가시면 더욱 거룩함을 받도록 이 몸은 당신의 주위를 맴돌 것입니다."

가브리엘 대천사의 찬양이 끝나자 일제히 다른 영혼들이 목소리 합쳐 대천사의 찬양을 따라했다.

천국의 아홉 번째 하늘인 원동천은 다른 여덟 하늘을 덮고 있으며 그들에게 힘을 분배하는 역할을 하고 있었다. 그 안쪽은 청화천에서 가장 가까운 자리로 그리스도를 따라 성모 마리아가 승천하는 자리였다. 내가 있는 곳에서 그곳은 아득하게 멀리 있어 잘 보이지 않았다. 내 눈은 아들을 따라 천국에 오르는 성모 마리아의 승천을 따라가기에는 역부족이었다.

수많은 거룩한 영혼들이 마리아의 승천을 뒤따라가며 지상에서 부활절에 부르는 노래 '하늘의 여왕이시여'를 합창했다.

그리고 그때 하느님으로부터 천국의 열쇠를 받았던 베드로가 우리 앞에 나타났다. 그는 신구약 시대의 모든 성도들과 함께 항성천에 머무르며 생전에 세상의 악을 물리쳤던 승리를 자축하며 노래를 부르고 있었다.

제24곡

베드로가 내 신앙을 검증하다

베아트리체는 항성천에 있는 축복받은 영혼들에게 내게 신의
샘물을 내려 달라고 부탁했다.

"하느님의 어린 양이신 그리스도여, 지금 제 옆에서 당신의 자
식이 미리 잔칫상에 앉아 있으니 이 어인 축복인가요. 그는 지금
천국의 지식에 목말라 하고 있습니다. 부디 당신 자식의 목마름
을 해소할 샘물을 내려주옵소서."

그러자 수많은 영혼들이 혜성처럼 꼬리에 빛을 매달고 우리
주위로 몰려들어 맴돌기 시작했다. 축복받은 영혼들은 움직이
지 않는 축 위에서 톱니바퀴가 돌아가듯이 동시에 돌아갔다. 어
떤 것은 크고, 어떤 것은 작게, 다양한 움직임을 보이며 꼬리에

꼬리를 물고 춤을 추듯이 돌아가고 있었다. 그들은 그렇게 자신들의 풍요로움을 드러냈다.

그때 아주 크고 강렬한 광채를 내뿜는 영혼이 대열에서 빠져나왔다. 나는 그 강렬한 빛에 눈을 뜰 수 없을 정도였다. 그리고 그 빛은 돌연 베아트리체의 주위를 세 바퀴 돌더니 찬양의 노래를 불렀다. 그 찬양이 너무 신성하고 거룩해서 감히 표현할 수 없었다. 나는 그저 보이는 대로 보고 들리는 대로 들을 수밖에 없었다. 마침내 그 영혼이 입을 열었다.

"나의 누이여, 항상 하느님 곁을 지키는 거룩한 그대가 무슨 일로 이곳에 내려왔나요. 그대의 부탁은 뭐요? 내 그대의 마음을 읽고 그대의 간절한 부탁을 듣고자 저 지복의 영혼들로부터 잠시 벗어났다오."

이렇게 말을 마친 영혼은 성 베드로였다. 그는 베아트리체에게 어서 말을 하라는 듯이 시선을 집중시켰다.

"천국의 열쇠를 받은 분이시여, 그 옛날 당신이 주님에 대한 강건한 믿음으로 물 위를 걸으셨던 것처럼 내 곁에 있는 이분의 믿음을 점검해 주십시오. 과연 이분이 바로 믿고, 소망하며, 사랑했는지를 가려주시기 바랍니다."

나는 베아트리체의 말을 들으며 베드로의 심문에 대답할 준비와 각오를 다졌다.

마침내 베드로가 첫 번째 질문을 던졌다.

"그리스도 안에서 한 형제이신 그대여, 그대는 믿음이란 대체 뭐라고 생각하고 있는가?"

나는 질문에 답하기 전에 간단하게 감사의 예를 표하고 대답을 시작했다.

"훌륭하신 기수이자 대리자이신 당신에게 제 믿음을 고백하오니 부디 너그럽게 받아주옵소서. 당신과 함께 로마를 믿음의 반석 위에 올려놓은 사도 바울이 일찍이 말한 바 그대로 '믿음이란 우리가 희망하는 것들의 보증이요, 보이지 않는 사물의 증거'[440] 라고 생각합니다."

베드로는 내 대답이 믿음의 본질을 깨닫고 있다고 인정하면서 물었다.

"그렇다면 바울은 이것을 왜 실체와 확증으로 설명했는지 그 이유를 말해 보시오.

"천상의 일들은 지상의 인간들의 눈에는 감추어져 있습니다. 지상에선 그것들의 존재가 믿음 안에 있고, 그 위에 희망이 세워지고, 그래서 믿음의 실체로 인식되는 것입니다. 그러므로 우리는 이 믿음으로부터 직관해야 하는 것이므로 믿음은 그 자체가 확증의 성격을 가질 수밖에 없습니다."

"그럼 그대는 순전한 신앙을 그대 영혼 속에 지니고 있는가?"

---

440) 히브리서 11장 10절

"제 믿음은 불순물이 없는 금화처럼 빛나는 값진 보석 그대로 간직하고 있습니다."

"그대의 값진 보석은 어디서 온 것인가?"

"그것은 하느님의 말씀인 신구약 성경 위에 부어진 성령으로부터 나오는 것입니다."

"그렇다면 그대는 신구약 성경이 어떠한 이유로 하느님의 계시이자 진리라고 믿고 있는가?"

"그것은 성경에 있는 말씀이 기적적으로 증명되었기 때문입니다."

"그대의 말은 일종의 순환논법에 빠져 있는 게 아닌가? 모든 것이 다 성경으로 수렴되고 있으니, 그렇지 않은가?"

"세계가 기독교로 개종한 것 자체가 최대의 기적으로서 이에 비하면 다른 기적은 미미한 것입니다. 이는 성경에 나타난 어떤 기적보다 경이로운 것입니다. 지금은 비록 가시나무가 되었지만 당신을 비롯한 사도들이 좋은 씨를 뿌려 풍성한 포도밭을 가꾸지 않으셨습니까?"

이처럼 교리문답을 하는 듯한 대화가 끝나자 그는 흡족한 듯 웃었다. 나는 부활절 새벽에 당신께서 요한 사도와 함께 예수의 무덤에 들어가 직접 사실을 확인한 믿음을 칭송했다. 그리고 하느님에 대한 내 믿음과 그 원인에 대해 나는 삼위일체의 교리에 근거하여 성서와 아리스토텔레스의 철학을 갖고 설명했다.

그때 천상에서 '저희는 하느님을 찬미합니다!'라는 노랫소리가 들려왔고, 베드로가 내 주위를 세 번 돌고 나서 축복을 해주었다.

제25곡

야고보의 질문

　내가 고향에서 추방을 당해 유랑 생활을 견딜 수 있었던 것은 언젠가는 반드시 귀향할 수 있으리라는 일말의 기대가 있었기 때문이다. 나를 추방한 피렌체의 이리떼들은 지금 자기들 세상인 양 날뛰고 있었다. 그들에게 어린 양들은 먹잇감에 불과할 뿐이었다. 내 유랑 생활은 거친 광야를 헤매는 것과 같았다. 하지만 하느님은 나를 광야의 길 잃은 어린 양으로 내버려두지 않으셨다. 전능하신 하느님께서 나를 돌보아 지금 여기 천국에서 사도 베드로의 축복을 받은 영광까지 누릴 수 있었던 것이다.

　내가 이렇게 과거의 회상에 빠져 있는 동안 빛나는 영혼의 불꽃이 나타났다. 불꽃은 역시 베드로가 나왔던 빛의 무리로부터 나왔다. 그 모습을 보고 베아트리체가 다소 흥분한 듯 외쳤다.

"저길 보세요! 성 야고보[441]가 오고 있어요. 사람들이 산티아고를 순례하는 것은 바로 저분의 무덤 때문이지요."

야고보의 영혼은 베드로가 그랬던 것처럼 우리 주위를 둘러싸고 맴돌았다. 내가 볼 때 야고보와 베드로의 만남은 마치 비둘기가 제 짝을 만나는 것처럼 융숭 깊었다.

베아트리체는 내게 지혜가 부족하면 언제든지 하느님께 그것을 구하라고 조언했다. 그리고 야고보를 하느님의 첫 번째 제자라고 찬양하며 순교에 대해서도 칭송의 말을 건넸다. 이어 베아트리체는 하느님께서는 베드로를 믿음의 표상으로, 야고보를 소망의 표상으로, 요한을 사랑의 표상으로 삼고 있다고 상찬하며, 내 소망이 이루어질 수 있도록 해달라고 부탁했다.

베아트리체의 부탁을 받은 야고보는 찬란한 빛을 발하며 말했다.

"그대를 천상에 올라와 지복의 영혼들을 만나게 하신 뜻은 그대가 이곳에서 보고 들은 것을 지상에 있는 사람들에게 설명해 그들로 하여금 소망을 주기 위해서요."

나는 잘 알고 있다고 말했다. 그러자 야고보는 베아트리체가 부탁한 대로 내 무딘 지혜를 깨닫게 하려는 듯이 질문했다.

---

441) 사도 요한의 형제이며 유월절 전에 헤롯 아그리파 1세에게 처형을 당한 인물이었다. 스페인에서 복음을 전했고 순교 후 그의 시신은 기적적으로 산티에고로 옮겨졌다고 전해지고 있다.

"그대는 말해 보시오. 소망이란 무엇이며, 소망이 어떻게 꽃이 피었는지를, 그리고 그 소망이 어디서 나왔는지를 말해 보시오."

야고보의 질문이 끝나자 베아트리체가 두 번째 질문에 대해 대신 대답했다.

"거룩하고 복된 영혼이시여, 하느님의 거울을 통해 이분을 비추어 보십시오. 그럼 알게 될 것입니다. 그는 누구보다도 굳건한 소망을 가진 하느님의 자식이라는 것을. 부디 은총을 베풀어 그에게 깨달음을 주시기 바랍니다."

베아트리체는 이렇게 말하고 나서 야고보의 나머지 두 가지 물음에 대해 나에게 대답하라고 일러주었다. 나는 먼저 우리 주 예수 그리스도의 이름으로 기도를 올리고 나서 소망이란 '미래의 영광에 대한 기대이고, 희망을 낳는 것은 은총과 공덕'이라고 대답했다. 아울러 그 소망은 다윗의 시와 야고보서에서 배웠다고 대답했다.

내가 말을 마치자 천상에서 노랫소리가 들려왔다. 노래가 끝나자 휘황한 광채를 내뿜는 한 영혼이 두 사도가 있는 곳으로 다가왔다. 이어 세 불꽃의 영혼은 한데 어울려 춤을 추었다. 베아트리체는 새색시마냥 세 영혼의 원무를 다소곳이 바라보았다. 그러고는 나에게 우리에게 새로 온 영혼은 야고보의 아우 요한이라고 일러주었다. 이렇게 믿음, 소망, 사랑을 상징하는 사도가 함께 모여 춤을 추는 모습은 내게 경이로움을 불러일으켰다. 베아트리체가 말했다.

"가슴에서 피를 흘려 새끼를 먹여 살리고 자기 목숨을 버린 새가 전설의 새 펠리컨이지요. 그래서 흔히 그리스도를 상징하고 있는 새라고 불리고 있답니다. 그리스도 역시 십자가에서 피를 흘려 우리로 하여금 영적인 죽음에서 벗어나게 했지요. 그건 곧 인류의 구원이기도 합니다. 성 요한은 펠리컨인 그리스도의 가슴에 기대었던 사람이랍니다. 아울러 저 세 영혼은 그리스도가 최후의 만찬을 베푸실 때 그 옆 자리에 앉아 있었던 분들이기도 하지요."

요한은 열두 제자 중의 한 사람이었다. 그는 예수님의 사랑과 신임을 받았고, 예수님의 말씀을 후세에 전한 사도였다. 세간에서는 그가 영혼과 육체가 함께 승천했다고 믿고 있었다. 나 역시 그게 몹시 궁금했다. 내가 빛나는 영혼의 불꽃 속에서 요한의 육신을 보려고 했을 때 요한의 목소리가 들려왔다.

"그대는 분명하게 알아두기 바라오. 천국에서 영혼과 육체를 가진 분은 그리스도와 성모 마리아 두 분밖에는 없다오. 그대는 이 사실을 지상의 사람들에게 분명하게 전해 주어야 할 것이오."

한데 어울려 원무를 추던 영혼들이 요한이 말하는 사이 움직임을 멈추었다. 마치 뱃사람들이 잠깐 쉬기 위해 노 젓기를 멈춘 것처럼 일순 정적이 찾아왔다. 나는 돌연 불안을 느끼고 옆에 있는 베아트리체를 바라보았으나 눈이 어두워져 볼 수 없었다.

제26곡

요한의 질문과 아담과의 만남

　나는 지상에서의 욕심을 버리지 못하고 교만하게 성 요한의
영혼이 내뿜는 광체를 뚫고 그의 육신을 보려고 했다가 눈이 멀
어버렸다. 내가 암흑 속에서 손을 내저으며 더듬거릴 때 한 목소
리가 들려왔다. 바로 요한의 목소리였다.

　"그대는 걱정하지 마시오. 잠시 나로 인해 시력을 상실한 것이
니 걱정할 필요는 없소이다. 시력을 회복할 때까지 나와 사랑에
대하여 얘기하는 것은 그대에 대한 보상이 될 거요."

　나를 안심시키는 말이었으니 정작 나를 지켜주는 베아트리체
가 보이지 않았다. 요한에게 나는 베아트리체의 행방을 물었다.

　"베아트리체의 일은 걱정하지 않아도 되오. 그대의 시력은 그

녀의 의지에 따라 회복될 것이오. 그녀에게는 아나니아[442]의 손과 같은 능력이 있소이다."

나는 비로소 요한의 말을 듣고 마음의 안정을 찾았다. 이윽고 요한은 나의 영혼이 향하는 곳이 어디인지를 물었다. 나는 즉각 내 영혼은 하느님의 사랑과 하나가 되는 곳으로 가고 있다고 말했다. 그러자 요한은 하느님의 진정한 본래의 사랑에 대해 물었다.

"하느님은 사랑을 가르치는 알파와 오메가[443]이시지요. 그것은 이미 당신께서 성경 첫 구절에 기록해 놓으셨던 것이 아닙니까. 내 안에 하느님의 사랑이 머물 게 된 것은 성경과 교회의 가르침이었지요. 나는 사랑의 대상을 선이라고 보았습니다. 하느님의 사랑도 마찬가지입니다. 하느님의 사랑 밖에 있는 선은 선이 아닙니다."

이러한 사실은 철학적 논증을 통해서도 드러나는 것인데, 아리스토텔레스의 제1원인으로 신의 존재를 증명하는 데 사용했던 것이다. 나에게 실체로서의 사랑을 가르쳐 준 사람은 아리스토텔레스였다. 물론 요한을 통해서도 나는 하느님의 진리에 대해 많은 깨달음을 얻었다. 나는 그 점에서 요한에게 고개 숙여

---

442) 예수를 만나 잠시 멀었던 바울의 눈을 고쳐준 사람.
443) 알파는 그리스어 알파벳의 첫 글자, 오메가는 끝 글자로 이 말은 모든 것, 전부를 뜻한다.

감사했다.

요한은 내 얘기를 듣고 만족한 것 같았다. 요한은 그 밖에도 내 영혼이 하느님께 향하고 있는 다른 이유가 있는지를 물었다. 나는 예수님의 죽음과 부활을 통해 영생의 길을 알게 되었고 하느님의 완전한 사랑을 알게 되었다고 말했다.

내가 말을 마치자 하늘에 노랫소리가 울려 퍼졌다. 마치 내 말에 '아멘!' 하고 화답을 해주는 형국이었다. 베아트리체도 이를 어여삐 여겨 '거룩하도다, 거룩하도다, 거룩하도다!'를 세 번 외쳤다. 그리고 멀리 비치는 눈빛으로 내 눈에서 온갖 티끌을 씻어주었다. 그러자 내 눈은 전보다 훨씬 더 밝아지며 잘 보이는 것 같았다. 내가 시력을 회복하고 처음 본 것은 어느새 우리 앞에 와 있는 빛나는 영혼이었다.

다시 베아트리체가 말했다.

"저 눈부신 빛 속에는 인류의 조상 아담이 있답니다. 그는 하느님이 콧김을 불어넣어 생명을 주셨던 분이지요. 지금은 자신을 창조한 하느님을 항상 우러르고 있답니다."

그러니까 나는 지금 인류 최초의 조상과 대면하고 있는 중이었다. 나는 그 순간 여러 가지 의문이 생겨 질문을 하고 싶은 강렬한 충동에 휩싸였다. 나는 아담에게 부디 내 의문을 해소시켜 달라고 간절하게 호소했다.

그러자 인류 최초의 사람 아담의 목소리가 흘러나왔다.

"그대가 굳이 말하지 않더라도 나는 그대의 의문을 모두 다 알고 있소이다. 그건 바로 하느님의 거울이 있기 때문이지요. 이 거울은 세상 만물을 비추고 있지만 어떤 피조물도 스스로는 그 거울에 자신을 비출 수는 없습니다. 그대의 의문은 내가 얼마 동안 지상낙원에 머물렀으며 이후 하느님의 구원을 받기까지 얼마나 오랜 세월을 보냈는지, 그리고 하느님께서 분노한 이유와 내가 최초로 사용했던 언어가 무엇인가, 하는 점이겠지요."

아담은 정확하게 내 의중을 꿰뚫고 있었다. 그는 계속해서 내 의문을 해소해 주기 위해 작정한 듯 말을 이었다.

"그대는 내가 에덴동산에서 금단의 열매를 따먹었기 때문에 낙원에서 추방되었다고 알고 있소. 그렇다면 그건 잘못된 것이오. 내가 추방된 것은 사실 하느님이 인간에게 준 고귀한 선물인 자유의지를 남용했기 때문이오. 내 교만이었지요. 전능하신 하느님의 권위에 감히 버금가고자 하는 교만이 크나큰 죄를 불러왔던 것이오. 그리고 그 때문에 여기 천국에 오기까지 수많은 세월이 필요했던 것이오."

아담은 지상에서 930년, 지옥의 림보에서 머문 4302년을 합하여 5232살이 된다. 이것이 림보에서 그리스도를 만날 때까지의 나이였다. 아울러 아담이 에덴동산에서 썼던 언어는 함의 자손인 니므롯 족속들이 바벨탑을 쌓기 훨씬 이전에 사라져 버렸다고 말했다. 또한 언어는 이성의 산물이며 세월이 흘러감에 따라 변하는데 하느님을 한때는 '엘로힘'이라고 하더니 훗날엔 '야훼'라고 부른 것이 그러한 예라고 일러주었다. 마지막으로 아담은 죄 짓지 않은 순결한 몸으로 낙원에서 머문 시간은 일곱 시간이었다고 말했다.

제27곡

베드로의 분노와 원동천

천상에서 삼위일체이신 하느님을 찬양하는 영광의 노랫소리가 울려 퍼지고 있었다. 나는 그 아름답고 거룩한 화음에 빠져들었고 우주의 미소를 보는 듯했다.

"하늘의 모든 영광이 성부와 성자와 성령께 있을진저!"

천상의 축복받은 영혼들이 신성한 잔치를 벌이며 하느님께 영광을 돌리는 노랫소리는 나로 하여금 과연 이곳이 천국임을 실감케 했다. 풍요로운 축복받은 영혼들이었다.

내 앞에는 베드로, 요한, 야고보, 그리고 아담의 영혼이 강렬한 빛을 발산하며 타오르고 있었다. 그중 베드로의 영혼이 붉은 빛을 띠며 가장 강렬하게 타올랐다. 그 순간 찬양의 노랫소리가 멈췄다. 하느님의 섭리가 작용했던 것이다. 그리고 베드로의 목소리가 흘러나왔다.

"내 얼굴색이 변했다고 해서 놀라지 마시오. 여기 있는 거룩한 영혼들도 내가 말하는 동안 얼굴색이 변하게 될 것이오."

이어 베드로는 자신의 후계자들과 교회를 신랄하게 책망하기 시작했다.

"하느님이 주신 내 자리는 비어 있지요. 지상에 교황이 있으나 이미 그 자리를 더럽혔으니 하느님이 보시기에는 비어 있는 것과 같은 것이지요. 그들은 내 분묘를 더럽히고 악취가 진동하는 시궁창으로 만들어버렸소. 그들은 하느님의 성소를 도둑의 소굴로 만들어버린 예루살렘의 성전처럼 타락하고 부패했소. 하느님의 어린 백성들이 그로 인해 고통을 받고 있으니 이 얼마나 통탄할 일이 아니겠소. 지옥에 떨어진 루시퍼가 그 모습을 보고 웃고 있다는 사실을 알고나 있는지 모르겠소."

베드로의 분노와 탄식이 끝나자 나는 무거운 마음으로 하늘을 바라보았다. 내 마음과는 달리 천상의 하늘은 붉은 빛깔로 곱게 물든 구름들로 신비한 비경을 보여주고 있었다. 어디서나 우리 마음과는 다르게 하느님의 역사는 이렇듯 우리의 예상을 벗어나서 때로는 전혀 알 수 없는 풍경을 보여주는 것인지도 모르겠다.

베아트리체를 비롯한 모든 영혼들의 얼굴도 구름처럼 다 붉은

색깔로 변해 있었다. 베드로의 말 그대로였다. 그것은 또한 예수님이 골고다 언덕에서 돌아가신 후 온 천지가 캄캄한 어둠으로 뒤덮였던 일식의 풍경과 같았다.

그때 다시 베드로의 격정적인 목소리가 들렸다.

"교회는 순교의 피로 이어졌다오. 내 첫 번째 후계자 리누스는 사투르니우스에 의해 처형되었지요. 두 번째 후계자 클레투스 역시 순교의 피를 뿌렸답니다. 이렇게 피로 이어진 교회는 결코 황금을 쌓아두는 곳이 아니란 말이외다."

베드로의 음성은 점잖았지만 그 속에는 엄중한 분노와 질책을 담고 있었다.

"그 뒤로도 순교는 이어졌지요. 식스투스, 피우스, 칼릭스투스, 우르바누스 등 네 교황도 순교의 피를 뿌렸지요. 그들은 죽는 순간까지 하느님의 은총으로 충만했습니다."

베드로와 사도들의 뜻은 교황파와 황제파로 나뉘는 것이 아니었다. 베드로에 맡겨진 열쇠는 싸움의 깃발에 문장을 새기기 위한 것도 아니었다. 장사나 거짓의 특전이 되기 위한 옥새도 아니었다. 예수님은 이미 이러한 사실을 예견하시고 거짓 예언자를 조심하라고 했다. 그들은 양의 가죽을 쓰고 나타나지만, 속에는 사나운 이리가 들어 있다는 경고였던 것이다. 현재 교황 요하네스 22세[444]는 자리에 앉자마자 죄악만 키워가고 있고, 전임 교황 클레멘스 5세는 교황청을 아비뇽으로 옮긴 장본인이었다. 그는 순교자들이 피를 뿌려 지켜온 교회를 사유화하고 추악한 악의 소굴로 만들어버렸다.

베드로는 깊은 한숨을 내쉬며 한탄했다.

"그러나 걱정만 할 일은 아니지요. 스키피오[445]가 로마제국의 영광을 세계에 드높였듯이 하느님의 섭리가 교회를 구할 것이기 때문이지요."

베드로는 이렇게 말하면서 내게 천상에서 보고 들은 것을 세상에 알리라고 명령했다.

나는 봄이 되어 얼어붙었던 땅에서 아지랑이가 피어오르듯이 지금까지 우리와 함께 했던 영혼들이 천상으로 올라가는 것을 바라보았다. 그들의 뒷모습을 열심히 좇았으나 소실점처럼 멀어지는 그 모습을 더 이상 좇을 수가 없었다. 그때 베아트리체는 말했다.

"저 아래를 보세요. 그대가 지금까지 거쳐 온 하늘들과 지구를 내려다보세요."

나는 그녀의 말에 따라 눈을 돌려 아래쪽을 바라보았다. 가장 먼저 시야에 들어온 것은 적도의 바로 북쪽 북반구와 갠지스 강, 중앙의 예루살렘, 그리고 오디세우스가 질주했던 지브롤터 해협

---

444) 프랑스 카오르 출신 교황.

445) 카르타고의 한니발을 무찔렀던 장군.

의 뱃길도 보였다.

그러나 곧 나는 시선을 거두어 베아트리체를 바라보았다. 내 애타는 마음은 언제나 베아트리체를 향해 있었다. 그녀를 바라보게 하는 사랑의 힘이 그 순간 부지불식간에 나를 쌍자궁에서 아홉 번째 하늘인 원동천으로 올려놓았다.

베아트리체는 원동천의 기능을 설명해 주었다. 그녀에 따르면, 원동천이 여덟 하늘을 뒤덮고 있으며, 그 자체의 예지로 천체의 엔진 역할을 하고 있다고 일러주었다. 아울러 하느님이 있는 청화천은 빛과 사랑으로 원동천을 감싸고 있으며, 원동천은 모든 하늘을 움직이는 엔진으로 다른 여덟 하늘에게 힘을 배분한다고 했다. 그러니까 원동천은 하느님이 직접 움직이고 여러 하늘의 운행도 여기서 비롯된다는 것이었다.

베아트리체는 마지막으로 인간의 탐욕과 지상의 무질서를 책망했다. 그리고 어린이들의 믿음과 순진성을 칭송하면서 조만간 거대한 폭풍이 몰아쳐 지상의 악을 쓸어버리고, 그다음에 제대로 된 지도자가 나타나 세상 사람들을 하느님의 바른 길로 인도하게 될 것이라고 예언했다.

제28곡

천사들의 품계

아홉 번째 하늘인 원동천에는 하느님과 천사들이 살고 있었다. 나는 베아트리체가 지상의 인간들의 탐욕과 무질서를 비판하며 말을 마치자 그녀의 눈에 비친 아주 맑은 빛을 보고 하늘로 시선을 옮겼다. 그것은 바로 하느님의 빛이었다. 그 원점 둘레를 햇무리처럼 둘러싸고 천사들의 아홉 개의 불 바퀴가 돌고 있었다. 하나의 불 바퀴가 원동천의 둘레보다 더 빠른 속도로 돌고 있었고, 이 불 바퀴는 여덟 개의 다른 바퀴들에 감싸여 있었다. 그런데 원점에서 먼 바퀴일수록 점차 속도가 느려지고 있었다.

그 모습은 말로 표현할 수 없는 장관이었는데, 무지개의 여신인 이리스의 솜씨도 이에 미치지 못했다. 중앙 원점을 이루는 하

느님의 빛과 가까이 있을수록 천사들의 품계가 높아지고 거기서 멀수록 낮아졌다.

나는 아홉 개의 별이 지금 눈앞에 보이는 불의 바퀴와 서로 어긋나고 있는 것은 아닌지 의문이 들었다. 다시 말해서 천사들과 하늘의 서열이 반대되는 것에 의문이 생긴 것이다.

베아트리체가 내 의문을 읽고는 말했다.

"그대가 보는 별의 둘레의 크기로 판단을 해서는 안 되고 그별들을 지배하는 천사들의 힘에 의해 판단을 해야 한답니다. 하느님께 가장 가까이 있는 세라핌 천사가 지구에서 가장 먼 원동천을 지배하고 있으므로, 세라핌 천사가 원동천과 상응하는 것이 그대에게 거꾸로 보였을 뿐이지요. 천사들의 품계에 따라 각각의 하늘을 지배하고 하느님과 가깝고 먼 정도에 따라 정확히 상응하고 있음을 알 수 있을 거예요."

베아트리체의 말을 듣고 보니 비로소 이해가 되었고, 내 머리는 다시금 맑아지는 기분이었다. 그녀의 논리적이고 정연한 설명은 진리를 하늘의 별처럼 확연하게 드러냈다. 베아트리체가 말을 마치자 하느님을 둘러싼 아홉 바퀴가 작열하는 쇳덩이처럼 빛을 발산하며 돌아가고 있었다.

하느님의 의지에 따라 아홉 천사들과 그들이 다스리는 하늘이 한 점의 오차도 없이 정확히 상응하며 돌아가고 있는 것이다. 잠시 후 원동천의 모든 영혼들이 하느님을 향하여 '호산나!'를 외치며 합창을 하고 있었다. 천사들의 합창은 세 무리들로 구성되어 있었다.

베아트리체는 세 합창대로 나뉘어 있는 천사들의 서열과 그들의 기능을 설명해 주었다.

"아홉 천사들은 세 갈래로 나뉘어 있답니다. 하느님과 가장 가까운 1등급 천사는 세라핌과 케루빔과 트로니 천사랍니다. 이들은 각각 치품(熾品)천사, 지품(智品)천사, 좌품(座品)천사로도 불리며, 각각 원동천과 항성천과 토성천을 맡아 다스리고 있지요."

베아트리체는 이렇게 1등급 천사들의 이름과 그 역할을 일목요연하게 정리해 주었다.

"그다음 천사는 2등급 천사들인데, 이들은 1등급 천사 바로 아래에 위치하고 있답니다. 도미나티오는 주품(主品)천사로 목성천을 맡아 다스리고, 비르투테스는 역품(力品)천사로 화성천을 맡아 다스리며, 포테스타테스는 능품(能品)천사로 태양천을 맡아 다스리고 있지요. 호산나를 합창하던 천사들이 바로 이 2등급 천사들인데, 이들이 세 가지 선율로 하느님을 찬양하는 노래를 부르고 있지요."

이어 베아트리체는 지금은 우리와 가장 멀리 떨어져 있는 3등급 천사들에 대한 설명으로 이어졌다.

"마지막 3등급 천사 프린키파투스는 권품(權品)천사로 금성천을 맡아 다스리고, 아르칸겔루스는 대(大)천사로 수성천을 맡아 다스리고 있지요. 마지막으로 우리와 가장 멀리 있지만 지구와 는 가장 가까운 월광천을 맡아 다스리는 천사 안젤루스가 있답 니다. 이들 천사들 역시 청화천에 있는 하느님을 우러러 보고 있 지요."

베아트리체가 알려준 천사들의 품계 분류는 디오니시우스가 발견한 것을 그대로 따르고 있었다.

여기서 나는 베아트리체에게 수도자 출신의 교황 그레고리우 스 1세가 9품 천사론에 이의를 제기했던 사실을 상기시켰다. 그 는 자신을 하느님의 종으로 자처했던 인물이다. 무슨 이유가 있 었는지는 모르지만 그는 천사들의 품계 중에 일곱 번째 권품천 사를 다섯 번째 역품천사의 자리에 두었고, 역품천사는 일곱 번 째 권품천사의 자리에 두었던 것이다. 일설에 따르면, 교황이 어 느 무명인의 말을 듣고 그렇게 천사들의 품계를 바꾸어 놓았다 고 전해지고 있다.

베아트리체는 이 같은 일은 지상에 있는 인간들이 무지몽매 하기 때문이라고 한마디로 잘라 말했다. 그녀는 나중에 그레고 리우스가 천국에 와서 눈이 번쩍 뜨였을 때 쓴웃음을 지었다는 사실도 알려주었다. 결국 디오니시우스가 옳았고 그레고리우스 1세가 틀렸던 것이다. 그것은 디오니시우스가 바울에게서 바른 진리를 들었기 때문이다.

베아트리체가 천사를 말하다

베아트리체는 천사들의 품계에 대한 말을 마치고 말없이 천사들에 둘러싸인 하느님의 원점을 바라보며 침묵했다. 그리고 잠시 후 입을 열었다.

"그대가 말을 하지 않아도 나는 그대의 마음속에 있는 의문을 알고 있답니다. 언제 어디서나 하느님은 모든 것을 둘러보시고 있기 때문에 그대의 소망을 알 수가 있지요."

나는 어서 내 소망을 이루어 달라고 간청했다.

"하느님께서 천지를 창조하신 것은 우리 인간들에 대한 끝없는 연민과 사랑 때문입니다. 당신께서는 이 세상 만물에 자신의 존재성을 부여했지요. 하느님의 창조는 필연적인 결과가 아니에요. 다만 영원한 사랑으로 자신의 피조물을 창조하셨고, 우리 피조물은 하느님의 사랑을 어머니의 젖처럼 먹고 살 수밖에 없는 존재이지요."

나는 그녀의 말에 고개를 끄덕이며 창세기의 "땅이 혼돈하고 고요하며 흑암이 깊음 위에 있고 하느님의 신은 수면에 운행하시니라."는 말씀을 떠올렸다. 하느님이 이 세상을 창조하기 전의 풍경을 보여주고 있는 말씀 그대로 하느님은 창조 이전에도 쉬지 않고 있었던 것이다. 베아트리체가 말을 이었다.

"하느님은 완전체이십니다. 당신께서는 그 무엇으로도 움직여지지 않으며 오직 스스로만 움직이는 분이시지요. 하느님은 영혼을 뛰어넘는 유일무이한 고귀한 존재이지요. 삼위일체로부터 본질을 구성하는 완전한 존재가 나타나는 것입니다. 여기서부터 세 피조물이 형상과 물질과 그 혼합물이 현현하는 것이지요. 시공을 초월해 계시는 하느님께서는 순수 형상인 천사, 제천, 그리고 인간을 창조하시고 천체의 질서를 창조하셨던 것입니다. 하느님이 창조한 이 세 피조물은 처음과 마지막의 구별 없이 모두 동시에 창조되었지요."

"아니, 그렇다면 그 세 피조물 사이에 우선순위도 없다는 말인가요? 제롬에 따르면, 천사들은 다른 피조물보다 훨씬 전에 창조되었다고 주장했던 것으로 아는데요."

"성경을 잘 기억해 보세요. 창세기를 보면 내 말이 맞는다는

것을 알 수 있을 테니까요. 일찍이 위대했던 신학자 토마스 아퀴나스는 성경을 인용해 제롬의 주장을 반박한 바가 있습니다. 그렇지 않더라도 그대의 의문은 성경의 말씀은 차치하고 자연의 논리에도 어긋나는 것입니다. 그대의 말대로라면 하늘을 움직이는 천사가 하늘도 없이 창조되었다는 논리적 모순에 처하게 되지요."

나는 베아트리체의 논박을 받고서야 비로소 명백하게 하느님의 섭리를 깨달았다. 그와 동시에 어떻게 창조되었는지, 그리고 어디에 위치하고 있는지 궁금해졌다.

"천사들의 창조는 청화천에서 시간을 창조하기 전에 하느님의 순수한 사랑의 행위로 말미암은 것이랍니다. 일부 천사들은 하느님을 배반하고 거역하며 타락한 경우도 있지요. 그것은 일부 천사들의 교만 때문이었지요. 선한 천사들은 언제 어디서나 하느님으로부터 눈을 떼지 않고 있답니다. 물론 지금 이 천상에 그런 천사는 없지요. 그들은 이미 하느님을 거역하는 순간 네 개의 원소(땅, 물, 불, 바람)로 분해되어 땅으로 떨어져버렸답니다."

나는 베아트리체에게 지옥에서 만났던 마왕 루시퍼를 떠올리며 감히 어떻게 반역을 할 수 있었는지 물었다. 이에 대해 그녀는 하느님이 피조물에게 은총의 선물로 주신 자유의지를 절제하지 못하고, 교만하여 남용했기 때문이라고 일러주었다. 아울러 그녀는 천사는 인식하거나 기억하거나 욕망하지 않는다고 말했다. 왜

냐하면 그들은 모든 것을 하느님을 통해 보기 때문이라고 덧붙이면서, 그렇게 보면 과거나 미래까지 볼 수 있기 때문에 굳이 인식하거나 기억할 필요가 없다는 것이었다.

베아트리체는 지상에서 잘못된 가르침 때문에 천사들의 다른 성질에 대해서는 많은 혼란이 있다고 말했다. 아울러 천사 얘기의 주제에 벗어나서 그녀는 지상에서 잘못된 성경의 학설과 잘못을 가르치는 설교자들을 꾸짖었다.

"어떤 엉터리 설교자들이 이런 말을 하고 있지요. 그들은 예수 그리스도가 십자가에서 수난을 당하실 때 갑자기 캄캄해진 것은 때마침 일식 현상이 일어났기 때문이라고 말이지요. 제법 똑똑한 척하는 이런 엉터리 설교자들이 도처에서 횡행하고 있으니 통탄할 일이지요. 하지만 그것은 일식 현상이 아니라 태양이 스스로 그 빛을 거둬들인 것입니다. 이런 탐욕의 설교자들이 거짓으로 세상을 어지럽히고 자신들의 배를 살찌웠던 것이지요."

예수 그리스도는 사도들에게 복음을 전하라고 했지 만담을 전하라고 하지 않았다. 절대로 세상에 나가 허튼 소리를 퍼뜨리고 하느님을 팔아 금화로 제 뱃속을 채우라고 하지 않았다. 그래서 사도들은 허름한 옷을 입고 거친 음식을 먹으며 하느님의 말씀의 씨앗을 퍼뜨렸던 것이다. 그러나 요즘 성직자들의 행태는 그야말로 목불인견의 사태를 보여주고 있다. 거짓 사면령을 내

세워 백성들의 돈으로 배를 불리고 있었다.

베아트리체는 이렇게 지상의 교회에서 벌어지고 있는 타락과 부패를 질타하고 나서 다시 천사 얘기로 돌아왔다. 그녀는 천사들은 무수하게 많다고 했다. 얼마나 많은지 인간의 관념으로는 도저히 헤아릴 수가 없을 정도지만 하느님께서는 그 많은 천사들에게 공평하게 광명의 빛을 비춰주고 있다고 말했다. 그들은 하느님을 비추는 거울로서 지구와 청화천 사이에 존재한다고 덧붙이며 말을 맺었다.

제30곡

청화천의 장미화원

새벽의 여명이 밝아오자 천상에서 빛나던 별들이 그 빛을 잃어버리고 시들고 있었다. 그와 동시에 아홉 천사들이 중심 원점을 이루는 찬란한 빛에서 점차 벗어나더니 시야에서 사라졌다. 나는 아무것도 볼 수 없게 되자 베아트리체를 바라보았다.

베아트리체의 아름다움이 절정에 달하여 내 어쭙잖은 재주로는 그 모습을 표현할 길이 없었다. 그것은 인간의 한계를 초월한 아름다움이었다. 그녀의 아름다움을 제대로 볼 수 있고 표현할 수 있는 분은 오직 하느님뿐이 없을 것이다. 나는 내 언어와 시적 재능에 절망하고 탄식했다. 그때 베아트리체가 입을 열었다.

"우린 지금 원동천 위에 있는 순수한 빛만으로 이루어진 엠피레오, 곧 청화천에 와 있답니다. 하느님의 빛과 사랑만이 넘치는 곳이며, 시공간이 따로 없는 곳이기도 하지요. 여기 지복의 빛은 사랑이 가득한 지성적인 빛이 그 하나요, 기쁨이 가득하고 진실하며 선한 사랑이 그 둘이요, 일체의 감각을 초월하는 기쁨이 그 셋이랍니다."

나는 그녀의 말을 듣고 나도 모르게 하느님의 영광을 찬양하는 기도를 드렸다. 베아트리체가 미소를 지으며 말을 이었다.

"그대는 이제 이곳에서 천국의 군대를 보게 될 것입니다. 그 하나는 지옥의 마왕 루시퍼와 싸운 선한 천사들이지요. 이 천사들은 하느님을 바라보는 것만으로도 행복을 느끼고 있습니다. 그리고 다른 하나는 세속의 악마들과 싸워 물리친 지복자의 영혼의 군대입니다. 그들은 최후의 심판 때 갖게 될 육신의 옷을 입은 상태 그대로 나타나게 될 것입니다. 그들을 가려주는 빛이 없기 때문이지요."

그리고 그녀의 말이 끝나는 것과 더불어 나는 강렬한 빛의 면사포로 감싸여 시력을 잃어버렸다. 그것은 내 시력을 단련시켜주기 위한 하느님의 배려였다. 곧이어 내 몸에 문득 활력이 솟아나고 시력이 회복되었다. 어떤 강렬한 빛도 감당할 수 있게 된 것이다.

내가 시력을 회복하고 본 첫 풍경은 눈앞에 펼쳐진 장엄한 빛의 강물이었다. 강에서 현란하게 반짝이며 흘러내리는 빛의 무리가 보였고, 그 빛 속에서 불꽃을 일으키고 있던 천사들이 지복의 영혼들 속으로 떨어졌다. 그 모습이 찬란한 불꽃놀이를 보는 것과 같았다. 지복의 영혼들 속에 떨어져 파묻히는 경우가 있는가 하면 다시 뛰어오르는 천사들도 있었는데, 그 모습은 물고기가 폭포를 타고 오르는 것처럼 빛의 폭포를 연출하고 있었다.

"그대가 보고 있는 것은 사실 실체의 그림자에 지나지 않는 것이랍니다. 그것은 그대의 시력이 아직은 빛 속에 감싸인 실체를 보기에는 충분하지 않다는 것이기도 하지요. 그대는 시력이 더욱 강해졌다고 생각하겠지만, 그대의 시력은 더 강해져야 합니다. 그 어떤 강렬한 빛도 감당할 수 있도록 시력을 단련시켜야 합니다. 그대의 눈을 빛의 강물 위에 고정시키세요. 그리고 눈으로 그 빛을 마시도록 하세요."

나는 그 말을 듣자마자 몸을 구부려 눈으로 빛의 강물을 들이마셨다. 빛의 세례식이었던 셈이었다. 그러자 조금 전까지 길게 보이던 강물이 둥글게 보이는 것이었다. 이제까지와는 전혀 차원이 다른 개안이었다. 마치 얼굴에 가면을 쓰고 보던 사람이 그 가면을 벗고 세상을 보는 듯한 기분이었다. 따라서 형체를 알아볼 수 없던 사물들이 비로소 내 눈앞에서 실체로서 그 모습을 똑똑하게 볼 수 있게 되었다. 내 눈에 천사와 지복자들이 잔치를 벌이는 모습과 천상의 두 궁궐이 보였다.

그때 나도 모르게 내 입에서 하느님에 대한 찬양이 흘러나왔다.

"오, 하느님의 빛이시여! 당신의 빛을 받고 지복의 영혼들과 궁궐을 보았으니, 나로 하여금 내가 지금 본 것을 그대로 말하게 허락해 주옵소서."

나는 기쁨에 겨워 하느님을 찬양하고 천상의 그 아름다운 모습에 감동하여 하느님께 간청했던 것이다. 이제 나는 천상의 어느 빛도 그 실체를 볼 수 있었다. 내 눈에는 저 위쪽에서 하느님을 비추는 빛이 보였다. 빛은 둥글게 뻗어 있었고, 그 바퀴 둘레는 태양의 둘레보다 더 크게 퍼져 있었다.

이어 내 눈에는 수많은 지복의 영혼들로 이루어진 빛의 무리가 장미 화원으로 변하는 것이 보였다. 그때 베아트리체나 나를 장미화원 한가운데로 인도하더니 말했다.

"그대는 잘 보세요. 종려나무 나뭇가지를 들고 하느님의 옥좌와 어린 양 옆에 서 있는 복된 영혼들의 면면을 보세요. 이제 이 천국 화원의 자리는 거의 차 가고 있지요. 빈자리가 얼마 없지요. 그나마 지금 지상은 타락하고 부패하여 이곳에 올 수 있는 사람 또한 적기는 하지만 말이지요. 그리고 저 자리는 하인리히 7세[446]가 앉을 자리랍니다. 그가 로마의 황제가 되어 질서를 바로잡고 이탈리아는 평화를 되찾게 될 것입니다. 지긋지긋했던 교권과 황권의 불화와 대립도 끝나고 화해를 하게 될 것입니다.

---

446) 1308년 로마제국의 황제가 되지만, 1313년 이탈리아 원정 중에 사망한다.

그럼 그대도 살아 있는 동안 평화롭던 피렌체의 원래 모습을 볼 수 있게 되겠지요."

나는 그녀의 말에 환호했다.

베아트리체는 마지막으로 하인리히의 뒤를 이어 황제가 될 클레멘스 5세의 비운의 말로를 예언하며, 그는 결국 지옥의 여덟 번째 구덩이에 거꾸로 처박힐 것이라고 말했다.

제31곡

새로운 안내자 베르나르두스

나는 천국의 최고천인 청화천에서 빛과 불꽃과 꽃으로 어우러진 아름다운 세계를 보고 있었다. 그리스도의 신부는 교회이며 동시에 지복의 영혼들로 표상되는데, 이들이 천국에서 하얀 장미의 화원을 이루고 있었다. 그리고 나는 장미화원의 꽃잎 속을 드나들며 벌집에 꿀을 퍼 나르는 꿀벌들처럼 날아다니는 천사들의 모습을 보며 놀랐다.

천사들은 교회 성도들 사이로 하느님의 사랑과 평화를 퍼 나르고 있었다. 그러나 이 많은 무리들도 나로 하여금 하느님의 시야나 찬란한 빛을 막을 수는 없었다. 나는 온몸으로 전율하며 경이로움과 환희에 사로잡혔다. 그것은 마치 북방의 이민족들이

로마를 침략했을 때 로마의 위용을 보고 놀랐던 것과 같았으며, 내가 느끼는 천국의 기쁨은 우여곡절 끝에 마지막 목적지에 도착한 순례자들이 느끼는 기쁨과 같았다.

나는 순례자가 성전의 아름다움을 보고 놀라듯이 환희와 기쁨에 휩싸여 어리둥절할 뿐이었다. 순례자처럼 여행의 피로도 잊어버린 채 빛 가운데로 걸어갔다. 그 속에서 나는 광대한 천국의 장엄하고 아름다운 풍경을 일별하며 경이로움과 강한 호기심을 느꼈다. 그래서 지금까지 그랬던 것처럼 무의식적으로 베아트리체를 돌아다보았다. 아, 그러나 당연히 거기 있을 줄 알았던 그녀는 거기 없었다. 내가 심한 낭패감을 느끼고 있을 때 내 시야에 지복의 영혼들처럼 흰 옷을 입은 한 노인이 나타났다.

나는 망설이지 않고 노인에게 물었다.

"베아트리체는 어디에 있는지요?"

노인은 마치 내 질문을 예상하고 있었다는 듯이 자애로운 목소리로 말했다.

"그대의 소망을 들어주기 위해 베아트리체가 나를 이곳으로 오게 했다오."

나는 다시 베아트리체의 행방을 물었다. 그러자 노인은 손가락으로 위쪽을 가리키며 말했다.

"눈을 들어 저 높은 곳을 보시오. 그녀는 지금 장미화원 맨 위쪽에서 아래로 세 번째 층에 있지요. 그녀가 쌓은 공덕으로 인해 마련된 옥좌에 앉아 있는 것을 볼 수 있을 것이오."

나는 눈을 들어 아름다운 장미화원 위쪽을 바라보았다. 거기 베아트리체는 하느님의 후광을 받으며 여전히 아름답게 빛나고 있었다. 그 모습에 내 입술에서 그녀를 향한 찬가가 흘러나왔다.

"오, 사랑스런 여인이여, 그대는 나를 위해 지옥에 그대의 발자국을 남기셨지요. 내가 영계를 순례하며 본 모든 것이 그대의 사랑에서 비롯되었으니 그 큰 은혜와 공덕을 알겠소. 그대는 나를 종살이에서 해방시켰지요. 따라서 그대는 그대가 할 수 있는 일을 다 하셨습니다. 내 안에 그대의 너그러움을 간직하고 있으니, 내 영혼이 그대의 의지에 따라 육체에서 풀려나게 해주기를 바랍니다."

내가 노래를 마치며 베아트리체를 바라보니 그녀는 나를 굽어보고 있었다. 그런 다음 미소를 보이며 생명의 샘인 영원한 샘물[447]로 돌아갔다. 나는 베아트리체의 역할이 여기까지라는 것을 직감했다. 천국에 같이 있지만 최고천의 맨 꼭대기까지는 함께할 수가 없었다. 대신 그녀를 이어 나를 인도할 노인이 나서서 말했다.

"그대를 위해 베아트리체는 기도와 거룩한 사랑으로 나를 이곳으로 보내셨지요. 그대가 마지막까지 무사히 천국을 순례하도

---

447) 하느님.

록 내 기꺼이 안내하리다. 그대가 하느님의 은총을 받은 지복의 영혼들과 하느님을 직관할 수 있도록 내 역할을 다 하겠소이다."

나는 노인의 말에 우선 감사의 예를 표한 후 물었다.

"이렇게 안내를 해주시니 고맙기는 합니다만 어르신께서는 누구신지요?"

내 물음에 노인은 자신이 성모 마리아의 종이었던 베르나르두스[448]라고 말했다. 나는 깜짝 놀랐다. 동시에 경이로움에 휩싸이며 온몸에 전율이 일었다. 이제 베르길리우스와 베아트리체에 이어 내게 하늘의 궁극적인 모습을 보여주기 위해 깊은 명상과 지혜를 갖춘 베르나르두스가 나섰던 것이다.

그는 이미 세상에서 명상을 통해 하늘의 평화를 맛본 사람이었다. 그의 순수한 사랑을 보면서 나 역시 그런 사랑에 감염되었다. 그의 깊은 명상을 따라 나 또한 명상과 관조에 들어갔다.

"그대는 저 아래 쪽에 눈을 주지 말고 저 위쪽 아득히 먼 데를 올려다보시오. 그래야만 천국의 참 모습을 볼 수 있거든. 그대는 정신을 집중시켜 하얀 장미화원의 중심 노란 꽃술을 바라보시오. 그러면 거기서 우리의 어머니이신 성모 마리아를 볼 수 있소. 천상의 모든 천사들도 그분께 영광의 찬송을 드리며 기뻐

---

448) 프랑스 태생의 시토회 성직자이자 교회학자로 성모 마리아에 대한 글을 썼으며, 클레르보에 수도원을 세웠다.

춤을 추고 있지요."

내가 베르나르두스의 말을 듣고 눈길을 돌리자 거기 황금 불꽃의 깃발이 보였다. 바로 평화와 하늘의 여왕 성모 마리아의 깃발이었다. 그 주위에는 저마다 빛과 성질이 다른 수많은 천사들이 춤을 추고 있었다. 천사는 각각 개별적으로 찬양을 하며 춤을 추면서도 성모 마리아를 중심으로 하나로 통일되어 있었다. 나는 거기서 깃발 한가운데서 찬란한 광채를 뿜어내는 성모 마리아를 보았다. 어느새 내 열망은 성모 마리아에게 가고 싶은 충동으로 격렬하게 불타올랐다.

성모 마리아를 대면하다

여기 청화천에는 하느님과 천사들과 성도들, 그리고 축복받은 어린아이들이 살고 있었다. 성 베르나르두스는 오랫동안 성모 마리아를 응시하고 있었다. 그에게 있어 성모 마리아는 마르지 않는 기쁨의 원천이며 샘물이었다. 베르나르두스가 시선을 거두고 나를 돌아보며 하얀 장미화원을 채우고 있는 축복받은 영혼들을 소개했다.

"물론 맨 위에는 마리아가 계시지요. 성모 마리아는 그리스도의 어머니일 뿐 아니라 하와로부터 비롯된 원죄를 저지른 우리 인류를 구원하신 분이기도 하시지요. 하지만 지금 당신의 발치에 앉아 있는 하와를 너그러운 눈길로 바라보고 있지요. 원죄의 여인 하와가 성모 마리아와 가장 가까이 있는 연유를 그대는 잘 묵상해 보기 바랍니다."

하와 아래에는 내 사랑 베아트리체와 야곱에게 시집을 갔던 라반의 딸 라헬이 자리하고 있었다.

그리고 그 아래 아브라함의 아내 사라와 이삭의 아내 리브가와 므낫세의 아내 유딧, 그리고 다윗의 증조모인 룻이 자리하고 있었고, 마지막으로 일곱째 층에 히브리의 어린아이들이 있었다. 이들은 모두 위대한 왕 다윗의 가계에 있는 히브리의 여인들이었다. 베르나르두스는 다윗의 가계와 그 가문을 칭송하며 말을 이었다.

"그대는 위대한 꽃잎들을 보게 될 것이오. 아름다운 꽃잎 속에 꽃잎이 겹겹이 쌓여 있는 모습을 말이지요."

나는 문득 장미화원의 여러 지복의 영혼들이 신약과 구약으로 나누어져 있는지 궁금했다. 내가 보니 장미화원을 수직으로 양분하여 왼편에는 앞으로 오실 그리스도를 기다리는 구약의 영혼들이, 그리고 오른편에는 이미 오신 그리스도를 따르는 신약의 영혼들이 위치하고 있었다.

"그건 그럴 수밖에 없지요. 구약의 영혼들은 장차 오실 예수 그리스도를 그리워하며 기다리는 입장이고, 신약의 영혼들은 이미 오신 예수 그리스도를 따르는 입장이니, 서로 나뉘어 있을 수밖에 없지요. 물론 한 분이신 삼위일체 예수 그리스도를 믿는 신앙은 하나이며, 이는 신구약 모든 영혼들에게 같은 것입니다."

베르나르두스의 말은 예수님이 오시기 전에 죽은 구약의 영혼들도 구원을 받는 데는 아무런 장애가 없다는 뜻이었다. 그러고는 오른쪽 자리를 가리키며 앞으로 구원을 받아 천국에 올 영혼들을 위한 자리라고 일러주었다.

한편 베르나르두스는 신약의 영혼들이 위치하고 있는 오른쪽 빈자리를 가리키며 세례 요한의 자리라고 말했다. 세례 요한[449]은 예수님보다 앞서 유대 광야에서 그분의 도래를 예고하며 믿는 자들에게 세례를 주고 하느님의 사랑을 실천하다 순교를 한 예언자였다. 요한의 자리 아래에는 프란체스코와 베네딕투스와 아우구스티누스 등이 자리잡고 있었다.

그리고 수직으로 양분하여 두 구획을 한복판에서 가로로 갈라놓은 층 아래에는 어린아이의 영혼들이 하느님의 은총에 따라 여러 층으로 나뉘어 위치하고 있었다.

"저들은 아직 이성을 갖추지 못한 어린 영혼들이지요. 저들은 비록 공덕을 쌓은 바가 없지만 예수님의 사랑으로 구원을 받아 이곳에 있는 것입니다. 그들은 자유의지에서 오는 선택을 갖기 전에 육체를 벗었기 때문에 가능했지요."

---

449) 그는 헤롯왕이 동생의 아내인 헤로디아와 불륜을 저지른 사실을 폭로했다가 감옥에 갇혔다가 헤로디아의 딸 살로메의 간청에 따라 목이 잘려 순교했다.

나는 베르나르두스의 말을 이해할 수 있었다. 저 어린 영혼들은 선과 악을 행함 바도 없었고 더구나 무슨 공덕을 쌓은 적도 없지만 하느님의 섭리에 따라 이곳에서 안락을 취하고 있었다. 신구약 시대를 막론하고 어린아이들의 영혼도 그가 처했던 상황에 따라, 하느님의 섭리에 따라 그 위치가 결정되었던 것이다. 예컨대 신약시대에 이르러서는 그리스도의 완전한 세례를 받지 않으면 비록 죄가 없는 어린아이라도 사후에 림보에 머물러야만 했다.

다시 베르나르두스의 목소리가 들려왔다.

"그대가 그리스도를 뵙기 위해서는 충분한 명상의 힘을 길러야 합니다. 그러기 위해서는 지금 성모 마리아에게 시선을 집중해야만 합니다. 그분에게서 발산되는 빛을 감당해야만 그리스도를 볼 수 있는 능력을 갖게 되니까요."

나는 그의 말에 정신을 번쩍 차리고 성모 마리아의 얼굴에 시선을 모으고 집중했다. 지고지순한 아름다움의 결정체가 거기 있었다. 내 둔한 재주로는 표현할 길이 없는 천상의 거룩한 아름다움의 총화였다. 황홀경이 따로 없었다. 성모 마리아 앞에서는 여러 천사들이 날개를 활짝 펴고 경건하고 아름다운 화음으로 마리아를 찬양하고 있었다.

"은총이 가득하신 마리아여, 항상 기뻐하소서!"

천사들의 찬양과 더불어 가브리엘 천사가 날개를 활짝 펼친 채 노래하고 있었다. 베르나르두스는 찬란한 광채에 휩싸인 성모 마리아 아래에 있는 영혼들을 가리키며 아담과 베드로라고 일러주었다. 인류의 조상과 그리스도교의 반석을 놓은 첫 창시자가 성모 마리아와 가장 가까운 곳에서 기쁨을 누리고 있었다.

베르나르두스는 이어 사도 요한의 영혼과 모세를 가리켰다. 모세는 이스라엘 백성을 이끌고 이집트를 탈출해 홍해를 건넜고, 광야에서 고난의 시기를 보내다가 젖과 꿀이 흐르는 가나안으로 들어가기 전 여호수아에게 그 바통을 넘겨준 구약의 전설적인 인물이었다. 베드로 맞은편에는 성모 마리아의 어머니 안나의 모습도 보였다. 그녀는 자신의 딸인 마리아가 동정녀의 몸으로 잉태했을 때 그 거룩한 모습을 보며 '호산나!'를 연호했다고 전해지고 있다.

아담의 뒤에는 내가 방황하고 있을 때 베아트리체에게 달려가 나를 구원하도록 부탁했던 고마운 인연의 여인 루치아[450]가 앉아 있었다. 그녀는 일찍이 하느님에게 동정 서원을 했으나 배교를 강요받고 감옥에서 고문을 받는 등 고난 속에서도 신앙을 잃지 않았다. 이렇게 되자 감옥의 집정관은 화형을 시키려고 장작을 쌓고 매달아 불을 질렀으나 뜨거운 불길 속에서도 타지 않고

---

450) 로마제국 시대 순교한 그리스도인 동정녀 가운데 한 사람으로, 그녀의 이름은 광명 혹은 빛이라는 뜻을 가지고 있다.

멀쩡하게 서 있었다. 결국 당황한 집정관은 형리를 시켜 잔혹하게 목을 잘라버렸다. 마지막 숨이 끊어지기 전에 영성체를 받고 순교했다. 일설에 따르면, 그녀의 두 눈을 도려냈다고 한다. 그래서 흔히 세간에서는 접시에 자신의 눈동자를 들고 있는 모습으로 묘사되고 있는 성녀였다.

나는 이런 거룩한 순교자의 도움을 받았던 것이다. 나로서는 베아트리체와 함께 잊지 못할 여인이었다. 나는 그녀에게 감사의 기도를 드렸다. 이렇게 한참 루치아에 대한 상념에 빠져 있을 때 베르나르두스의 목소리가 들려왔다.

"이제 그대의 마지막 순례의 일정이 막바지에 와 있소이다. 그러니 하느님의 원초적 사랑으로 눈을 돌려 집중을 하도록 하세요. 그래야만 하느님의 눈부신 광채로부터 그대의 눈이 멀지 않을 것입니다. 그리고 성모 마리아에게 간구하세요. 하느님을 대면하기 위해서는 그 방법밖에 다른 길은 없습니다. 모든 허물은 다 벗어던지고 오직 사랑에 기대어 나를 따라오세요."

제33곡

거룩한 기도와 하느님과의 만남

 베르나르두스는 내 순례의 마지막 여정인 하느님과의 만남을 앞두고 마리아에게 거룩한 기도를 바쳤다. 그것은 나로 하여금 하느님의 본성을 직관할 수 있도록 성모 마리아에게 도움을 요청하는 기도이자 위대한 성모 마리아에 대한 뜨거운 찬양의 기도였다.

 "동정녀 어머니시여, 삼위일체이신 예수 그리스도의 어머니이자 그 따님이시여, 어느 피조물보다 겸손하지만 더 높은 분이시며 영원한 성지의 흔들림 없는 끝이신 분이시여, 당신은 인간의 본성을 고귀하게 높이신 분이기에 창조주 하느님께서 스스로 피조물이 되시는 것을 꺼려하지 않으셨습니다."

베르나르두스는 잠시 숨을 고른 후 성모 마리아를 우러르며 수태고지를 복중의 사랑으로 부르며 찬양했다.

"당신 복중의 사랑이 불타올랐고, 그 사랑의 뜨거운 열기를 통해서 천국의 영원한 평화 속에서 장미화원을 은총으로 장식할 수 있었습니다. 당신은 여기 우리에게 사랑의 횃불이며, 저 아래 지상의 인간들에게는 살아 있는 희망의 샘이십니다. 위대하신 여인이시여. 당신은 그토록 위대하고 전능하시니 하느님의 은총을 갈구하면서도 당신께 달려오지 않는 자가 있다면, 그는 날개 없이 날고자 하는 자와 같을 것입니다. 당신의 너그러움은 간청하는 자에게만 도움이 되는 게 아니라 간청하기 전에도 미리 스스로 오서 도움을 주십니다. 당신 앞에 자비가, 그리고 당신 안에 박애가 함께하고 있으며 또 피조물 안에 있는 어떤 선이라도 당신 안에 모여 있습니다."

베르나르두스는 여기까지 마리아를 칭송하고 나서 이윽고 나에 대한 간청의 기도를 시작했다.

"이제 이 천체의 맨 아래 밑바닥에서 여기 천국까지 오면서 모든 영혼들의 삶을 지켜보았던 여기 이 사람을 보아주시옵소서. 이 사람이 힘을 얻기 위해 당신께 간구하오니 그가 마지막 구원을 향해 제 눈을 아주 높이 들어 올릴 수 있도록 도와주옵소서. 주님을 뵙고 싶어 하는 그의 소망보다 내 소망이 더 컸던 적이 없습니다. 부디 제 모든 간구를 당신께 드리오니 헛되지 않게 하옵소서."

베르나르두스의 나를 위한 간구는 나로 하여금 감사의 눈물을 흘리게 할 만큼 절절했고 내 생애에서 가장 감동적인 기도였다. 그는 내 소망보다 자신의 소망을 앞세워 나를 위해 마리아께 간구하고 있었던 것이다. 그의 기도는 이어졌다.

"오 하늘의 여왕님이시여, 당신의 기도로 그의 운명 앞에 드리운 일체의 구름을 걷어주시고, 그에게 최고의 축복을 내려주시옵소서. 당신이 원하는 바를 다 할 수 있으니, 그가 최고의 직관으로 하느님을 뵙게 하시고 직관 뒤에도 사랑으로 지켜주소서. 당신의 보호가 인간의 충동을 이기게 하소서. 부디 지금 많은 지복의 영혼들과 베아트리체가 두 손을 모아 함께 간구하는 것을 지켜보아 주소서."

베르나르두스의 간절한 기도가 끝나자 이윽고 성모 마리아의 눈이 그의 기도가 잘 받아들여졌음을 은연중에 암시하고 있었다. 그리고 당신의 눈이 내 머리 위에 와 머무는가 싶더니 한순간 하느님께로 향했다. 나는 그 어느 때보다도 하느님을 내 눈으로 직접 완전하게 인식하고 싶은 열망에 불타고 있었다. 이제 열망을 실현하기 위한 시간을 목전에 두고 있었다.

그때 베르나르두스는 나에게 눈을 들어 높이 쳐다보라고 말하면서 예의 그 자비로운 미소를 보냈다. 나는 그 말에 시선을 들어 하느님께로 향하며 그 눈부신 빛을 바라보았다. 그리고 그 순간 나는 그 빛 속에 들어와 있음을 깨달았으며, 아울러 내 시력은 언어와 기억을 초월할 정도로 강해졌음을 알았다.

그리하여 나는 하느님께 직접 간구하여 내가 이곳 천국에 이르기까지 보고 들은 것을 기록해 지상의 후손들에게 남겨줄 수 있도록 해달라고 기도했다.

"전능하신 하느님, 하느님의 권능이 제 무딘 입술에 영감을 부여해 내가 본 것들을 후대에 전할 수 있도록 허락해 주옵소서."

나는 하느님의 원점 빛으로부터 눈을 떼면 길을 잃게 될 것임을 잘 알고 있었다. 하여 정신을 바짝 차리고 하느님께 시선을 고정하고 집중했다. 그리고 볼 수 있었다. 하느님의 빛 깊은 곳에는 우주 전체에 산재해 존재하는 모든 실체와 우연 등이 하나의 사랑의 사슬에 함께 얽혀 있음을 보았다. 그것은 우주의 실체이며 그 법칙이었다. 그 법칙에 따라 삼라만상이 하느님의 본체 속에서 하나의 책처럼 서로 합쳐지고 있었다. 이곳 천국의 어진 영혼들의 빛도 하느님의 빛에 비하면 한낱 티끌에 지나지 않았다. 하느님이 주관하시는 이 장대한 우주의 광경을 보면서 나는 형언할 수 없는 희열을 느꼈다.

나는 하느님의 빛을 바라보면 볼수록 빛의 장막을 투과하여 그 신성하고 거룩한 모습을 보고 싶은 열망이 불타올랐다. 왜냐하면 의지의 목표인 모든 선이 하느님 앞에 모여 있었기 때문이다. 우리가 그 하느님의 빛 안에 머물면 완전하지만, 벗어나는 순간 결함투성이의 불완전한 인간일 뿐이라는 사실을 깨달았다.

하느님은 불변하는 존재이며 불멸의 존재이다. 그런 존재의 영광과 은총을 논하는 내 혀는 젖먹이 아기의 혀처럼 무력할 뿐이었다. 하지만 하느님 빛이 점차 거룩한 모습의 본체를 드러냈다. 나는 하나의 독립체 속에서 세 가지 빛이지만 하나의 용적을 갖는 성부와 성자와 성령을 보았다. 삼위일체의 빛의 고리는 첫째가 둘째에게 반사되고 둘(성부와 성자)에게서 성령의 불이 나오는 것처럼 보였다. 그다음 나는 반사된 빛의 둘째 고리에 집중했는데, 그것은 사람의 형상으로 오신 그리스도였다. 그러나 내 재주로는 그리스도의 인성이 신성에 어떻게 합일되는지 그 성육신의 신비를 표현할 수가 없었다. 그것은 인간의 표현의 한계를 벗어나는 영역이었기 때문이다.

삼위일체의 거룩하고 투명한 빛의 본체로서 빛나는 지존하신 환상 앞에서 나는 힘을 잃었다. 그러나 이미 내 열망과 의지는 같은 방향으로 움직이는 바퀴처럼 해와 별들을 움직이는 사랑이 돌리고 있었다.

단테의 생애와 『신곡』에 대하여

끝내 고향으로 돌아가지 못한 불우한 망명객, 단테

단테 알리기에리는 1265년 3월 이탈리아 북부 피렌체에서 태어났다. 당시 피렌체는 중세에서 근대로 넘어가는 거대한 전환기의 중심 도시국가였으며, 후에 르네상스의 중심지가 된다. 단테의 집안은 본래 귀족 가문이었으나 아버지 대에 이르러 몰락했다. 넉넉지 않은 살림에 그의 나이 일곱 살 때 어머니마저 잃어 매우 불우한 어린 시절을 보냈다. 계모의 손에 길러지면서 쌓인 모성에 대한 그리움은 평생의 여인 베아트리체에게로 이어진다.

몇 년 후 아버지가 죽자, 장남이었던 단테는 10대 후반의 나이로 집안의 가장 노릇을 해야 했다. 그런 환경에서도 그는 학구열이 높은 청년으로 반듯하게 성장했다.

청년 시절, 단테는 속어를 시에 활용한 혁신적인 문체를 추구하는 문학운동을 벌이기도 했다. 당시까지만 해도 문학은 라틴어로만 표현되었는데, 단테에 의해 이탈리아어가 문학작품의 창작 수단으로 등장한 것이다. 무엇보다 그는 일상 언어를 문학에 도입해 지방의 방언들까지 작품에 끌어들이는 일대 모험을 감행함으로써 당대에 이미 시인으로 이름을 날리게 되었다. 이런 점에서 그는 이탈리아 국민문학의 효시가 되었을 뿐더러 오늘날까지 이어지는 현대 이탈리아 문학에도 지대한 영향을 끼쳤다고 할 수 있다.

아홉 살 때 단테는 아버지를 따라 피렌체의 유지였던 폴코 포르티나리의 집을 방문했다. 그는 그곳에서 폴코의 딸 베아트리체를 처음 보고 사랑의 감정을 느꼈으나, 9년 후 그의 신부가 된 여자는 당시 관습에 따라 부모님이 정해준 마네토 도나티의 딸 젬마였다.

첫 만남 이후로 성장하는 내내 베아트리체는 단테의 정신세계에 막대한 영향을 끼치게 된다. 현실적으로는 맺어질 수 없는 사랑이었기에 꿈속의 연인이 되어 정신적 지주로 자리 잡았다. 하지만 불행하게도 베아트리체가 스물네 살에 요절하자, 역설적으로 그녀는 단테의 영원한 사랑과 구원의 연인으로 탈바꿈했으며 『신곡』에서는 일약 신앙의 대상으로까지 승화되었다.

베아트리체의 죽음 이후, 단테는 철학에 몰두하여 아리스토텔레스와 토마스 아퀴나스 같은 철학자들에 천착했다. 그리고 1295년에는 정치에 입문하여 1300년까지 정치적으로 승승장구하며 자신의 인생에서 절정의 시간을 보냈다. 이 시기에 피렌체 공화국의 최고 지위인 최고위원으로 선출되는 등 주요 직책을 역임하며 정치적 위상이 최고조에 달했다. 그러나 권력을 쥐고 있었던 기간은 잠시였다. 그의 정치적 성취는 5년을 넘기지 못하고 무너졌고 평생을 방랑하게 하는 어둠속으로 빠져들게 된다. 그의 나이 서른다섯 살이 되던 해부터 일련의 사건에 직면하며 인생의 전환점에 서게 된 것이다.

피렌체는 다른 이탈리아의 도시국가들처럼 겔피당과 기벨린당이 권력다툼을 벌이고 있었다. 일반적으로는 교황을 지지하는 겔피당과 신성로마제국 황제를 지지하는 기벨린당으로 나뉜 것으로 알려져 있지만, 실제로는 상황에 따라 서로의 입장이 뒤바뀌기도 해서 양 당이 지지하는 쪽을 정확하게 구분하기는 어렵다.

단테가 정치를 하던 당시는 집권 세력인 겔프당이 백당과 흑당으로 분열되어 대립하고 있었다. 백당은 피렌체의 자치를, 흑당은 교황 보니파키우스 8세의 정책을 옹호했다. 백당에 속했던 단테는 최고위원 임기가 끝나자 로마에 특사로 파견되었다. 1301년 교황의 요청으로 샤를 백작이 군대를 이끌고 피렌체로 진격한 상황에서, 교황을 설득해 전쟁을 막고자 로마로 향했던 것이다. 하지만 특사단이 로마에 머물고 있는 사이, 샤를 백작이 피렌체에 진입했고 그 위세를 업고 권력을 장악한 흑당이 백당을 추방하기 시작했다. 그 여파로 로마에서 억류되어 있던 단테 역시 정치적 박해를 피할 수 없었다.

단테는 이듬해 피렌체로 돌아가지 못한 채 받게 된 궐석 재판에서 정치적 반역 혐의와 각종 비리 혐의로 기소되었고, 공직 추방과 2년 간 입국 금지라는 유죄 선고를 받았다. 하지만 그것이 끝이 아니었다. 얼마 후에 다시 영구추방 결정과 체포될 경우 화형에 처한다는 가혹한 조치가 내려졌다.

객지에서 이 소식을 접한 단테는 귀향을 포기하고 이때부터 정치적 망명생활을 하게 된다. 한때 피렌체의 권력자들로부터 개전의 정을 보이고 일정 기간 금고형을 받아들인다면 특사를 내리겠다는 제의도 받았으나 거절했다. 그러자 그들은 단테의 죄상을 다시 추인하고 아울러 그의 자식들에게도 영구추방령을 내렸다. 이때부터 1321년 라벤나에서 사망할 때까지 단테의 생애에서 가장 힘들고 어두웠던 망명과 유랑 시기에 쓴 필생의 위대한 작품이 바로 『신곡』이다.

단테가 그려놓은 『신곡』의 정교한 구조와 사상

단테가 망명지에서 13년에 걸쳐 집필한 『신곡』은 성경과 그리스 로마의 고전과 토마스 아퀴나스의 신학, 그리고 프톨레마이오스의 우주론과 플라톤 및 아리스토텔레스의 철학과 윤리학 등 방대한 지식이 그 기저를 이루고 있다. 중세의 사상과 세계관이 집약되어 있으며, 동시에 중세를 마무리하고 르네상스와 함께 근대로 나아가는 효시가 되는 작품이다.

『지옥편』 34곡(『지옥편』의 제1곡은 전체 노래의 서곡에 해당한다), 『연옥편』 33곡, 『천국편』 33곡으로 총 100곡, 14,233행에 달하는 『신곡』은 지옥과 연옥과 천국을 순례하면서 만나는 다양한 인간 군상을 통해 삶의 본질을 이야기하고 통찰하는 대서사시이다. 『신곡』은 제목에서도 알 수 있듯이 인간 영혼의 구원에 관한 중세 기독교의 교리와 세계관에 기반을 둔 기독교 문학의 기념비적 작품으로 평가받는다. 하지만 특정한 종교에 국한된 작품이라기보다는 시대와 공간을 초월한 인류의 보편적 가치를 추구하는 불멸의 고전, 중세 사상의 위대한 종합으로 보는 쪽이 더 합리적일 것이다.

이 책에서 단테는 1300년 부활절 전후인 4월 8일 성금요일부터 15일 사이에 지옥, 연옥, 천국을 방문하는 것으로 되어 있다. 1300년은 새로운 세기가 시작되는 해이며, 교황 보니파키우스 8세가 '희년'으로 제정한 해이기도 하다. '희년'은 구약성서에 근거한 것으로 모든 죄수를 풀어주고, 빚을 탕감해 주며, 저당 잡힌 조상의 땅을 후손들에게 되돌려주는 대사면의 성스러운 해를 뜻한다.

단테는 지옥과 연옥은 정신적 스승으로 따르고 흠모했던 고대 로마의 위대한 시인 베르길리우스의 안내로, 천국은 영원한 연인이자 성스러운 여인인 베아트리체의 인도로 순례한다. 단테가 그린 저승 세계는 중세적 세계관에 풍부한 상상력이 더해져 설계되어 있다. 지옥은 지하에 있으며 지구의 중심축을 기준으로 깔때기 모양으로 펼쳐져 있다. 위쪽이 넓고 아래로 내려갈수록 폭이 좁아지는데, 죄가 무거울수록 아래쪽으로 떨어져 형벌이 가혹해지고 고통이 심해진다. 죄의 경중은 임의로 정한 것이 아니고 기독교 교리를 적용하여 엄중하게 구분된다. 연옥은 예루살렘의 대척점에 있는데 일곱 구역으로 구분되어 있으며 위로 올라갈수록 좁아진다. 일곱 구역은 교만, 질투, 분노, 나태, 탐욕, 탐식, 방탕의 죄를 지은 영혼들이 죄를 씻고 있는 장소이다. 천국은 아홉 개의 하늘로 이루어져 있는데 이 하늘들은 서로 다른 속도로 회전하고 있다. 아홉 번째 하늘은 모든 하늘을 돌리는 원동천이며, 그 너머에 하느님이 있는 빛의 하늘 '엠피레오'가 있다. 하늘을 아홉 개로 나눈 것은 당시 가톨릭의 공식 우주관인 프톨레마이오스의 이론에 따른 것이다.

각 곡마다 들어간 19세기 삽화가 귀스타프 도레의 판화들은 단테가 묘사에 놓은 『신곡』의 세계를 마치 실존하는 공간을 들여다보는 것처럼 생생하게 다가오게 해준다. 특히 유명한 『지옥편』의 판화들은 그 끔찍한 장면들에 박진감이 넘쳐, 차마 볼 수 없을 정도로 참혹하고 기괴한 지옥의 풍경들을 적나라하게 묘사하고 있다.

『신곡』은 그 양이 방대할 뿐 아니라 난해하기로 정평이 나 있는 만큼 제대로 독파하기가 쉽지 않다. 서사시로서 시가 갖는 음악성은 번역의 한계 밖에 놓여 있는데다가 서사시의 또 다른 요소인 스토리마저 제대로 따라가기가 쉽지 않다. 이는 원문의 시를 이해하기 쉽게 산문화하는 과정에서 발생하는 문제이기도 하다. 그래서 이

책은 본래의 운율이나 형식에 따르기보다 내용상 꼭 전달해야 할 내용을 중심으로 편역했다. 원래 전달하고자 했던 의미를 훼손하지 않으면서도 누구나 쉽게 줄거리를 따라갈 수 있도록 접근성을 높이는 데 주안점을 두었다. 편역자로서는 아무쪼록 독자 여러분이 이 책을 통해 단테가 전하고자 했던 바의 핵심을 놓치지 않으면서 끝까지 단테의 순례에 동참할 수 있기를 바란다. 그러는 가운데 괴테가 "인간의 손으로 만든 최고의 것"이라고 칭송했던 『신곡』의 가치와 재미를 함께 느끼게 된다면 바랄 것이 없겠고, 더 나아가 이 책을 길잡이로 서사시 형태를 그대로 살린 완역본에 도전할 수 있는 힘이 생긴다면 더욱 좋을 것이다.

2015년 10월

이종권

단테 알리기에리 연보

1265년 이탈리아 피렌체에서 태어났다.

1270-975년 어머니 가브리엘라 사망.

1274년 베아트리체 포르티나리와 처음으로 만남. 베아트리체는 첫
만남 이후 평생 단테의 이상의 여인이 된다. 『신곡』의 『천국
편』을 이끈 것도 베아트리체이다.

1277-1280년 당대 최고의 인문주의자로 알려진 브루네토 라티니에
게 수사학, 고전, 문화 등을 폭넓게 사사받는다. 이 어간에
젬마 디 마네토 도나티와 약혼.

1281년 아버지 알리기에로 디 벨린치오네 사망.

1283년 베아트리체와 두 번째 만남. 산타크로체 수도원에서 인문학
을 공부하며 문학 수업과 창작 활동을 시작한다.

1285년 약혼녀 젬마와 결혼.

1289년 6월 캄팔디노 전투에 기병으로 참전.

1290년 6월 베아트리체 사망. 철학과 신학에 몰두하여 아리스토텔레스와 토마스 아퀴나스 등에 심취한다.

1294년 스승 브루네토 라티니 사망. 베아트리체를 찬양하며 쓴 글들을 모아 『새로운 인생』을 완성한다.

1295년 약사 길드에 가입, 본격적인 정치 활동을 시작하여 피렌체 36인 위원회 위원이 된다. 이후로 피렌체에서 추방될 때까지 정치에 열성적으로 참여한다.

1296년 피렌체의 100인 위원회 위원이 된다.

1300년 피렌체를 지배하고 있던 겔피당이 체르키 가문이 이끄는 백당과 도나티 가문이 이끄는 흑당으로 나뉜다. 단테는 백당에 속해 있었고, 백당이 집권하자 2개월 간 최고위원을 맡는 등 권력의 핵심에 서게 된다.
5월 겔피당을 대표하여 산 지미냐노에 대사로 파견.

1301년 피렌체 100인 위원회 재선.
교황 보니파키우스 8세가 토스카나 남부의 땅을 손에 넣기 위해 피렌체에 군대 파병 요청하자 단테는 위원회에서 반대 연설을 한다. 10월에는 샤를 발루아의 군대 동원을 막기 위해 교황청에 특사로 파견되었다가 로마에 억류된다.
5월 샤를 발루아가 피렌체에 입성하고 백당은 흑당에게 패배한다.

1302년 본인이 없는 궐석 재판에서 공금횡령과 뇌물 등의 죄목으로 벌금과 함께 2년 간 추방 선고를, 후속 재판에서 피렌체 영토에서 체포되면 사형에 처한다는 선고를 받음. 피렌체로 돌아오는 도중 재판과 선고 소식을 듣고 이때부터 기약 없는 유랑생활을 시작한다.

1303년 포를리와 베로나 등을 떠돌며 머물다가 아레초에서 망명자들의 위원회인 12인 위원회의 위원으로 선출됨.

1303~1304년 『속어론』 집필. 이 책에서 문학언어로는 라틴어보다 속어, 즉 각 나라의 자국어가 낫다고 주장한다.

1304년 7월 벨리니와 연합한 궬피 백당이 피렌체 근교 라스트라 전투에서 흑당에 참패.

1306~1309년 『신곡』의 『지옥편』 집필. 1304-1307년에 걸쳐 구상함.

1309년 3월 피렌체의 망명자들이 루카에서 모두 추방됨.

1308~1312년 『연옥편』 구상과 집필에 들어감.

1310~1311년 1월까지 룩셈부르크 왕가 출신의 신성로마제국 황제 하인리히 7세 보좌. 단테는 하인리히 7세가 이탈리아 반도의 분쟁을 종식시키고 자신도 피렌체로 돌아갈 수 있을 것이라고 보았다. 그러나 피렌체는 하인리히 7세를 받아들이지 않았다.

1312년 피사에서 어린 소년 페트라르카를 만남. 페트라르카는 단테와 함께 이탈리아 르네상스의 토대를 마련하는 시인이 된다.

1313년 하인리히 7세 말라리아로 사망. 『제정론』 집필. 이 책에서 교황과 황제의 이상적인 권력 관계에 대해 논한다.

1314년 『지옥편』 출판.

1315년 흑당으로부터 죄를 공개적으로 인정하는 조건으로 사면과 귀환을 제의받지만 거절함. 이로 인해 추방과 종신형을 재선고 받고, 이 판결이 가족들에게까지 확대 적용된다. 『연옥편』을 출판하고 『천국편』 집필을 시작.

1320년 『천국편』 완성하여 즉시 출판. 라벤나의 외교사절로 베네치아에 파견.

1321년 9월 13일 베네치아에서 돌아오는 길에 병으로 사망. 시신은 산 피에르 마조레 교회에 안장되었고 아직까지 피렌체로 귀환하지 못하고 있다.